Invincibles ensemble

Pour l'amour de Rachel

LENA DIAZ

Invincibles ensemble

Traduction française de
CHRISTINE BOYER

BLACK ROSE

HARLEQUIN

Collection : BLACK ROSE

Titre original :
AGENT UNDER SIEGE

HARPERCOLLINS FRANCE
83-85, boulevard Vincent-Auriol, 75646 PARIS CEDEX 13
Service Lectrices — Tél. : 01 45 82 47 47 – www.harlequin.fr
ISBN 978-2-2804-6280-8 — ISSN 1950-2753

Composé et édité par HarperCollins France.
Imprimé en octobre 2021 par CPI Black Print (Barcelone)
en utilisant 100% d'électricité renouvelable.
Dépôt légal :novembre 2021.

FSC
www.fsc.org
MIXTE
Papier issu de sources responsables
FSC® C159065

Pour limiter l'empreinte environnementale de ses livres, HarperCollins France s'engage à n'utiliser que du papier fabriqué à partir de bois provenant de forêts gérées durablement et de manière responsable.

1

Bien avant que l'homme gravisse les marches du porche pour gagner la terrasse et s'approcher de son fauteuil roulant, Bryson Anton fut averti de sa présence. Les détecteurs de mouvement et les caméras de surveillance avaient fait vibrer sa montre dès que l'intrus avait franchi les grilles au volant de sa voiture et remonté l'allée. D'autres signaux électroniques lui avaient permis de suivre sa progression jusqu'à la maison.

Bryson se moquait de l'identité de son visiteur tant qu'il n'avait pas à lui faire la conversation.

— La vue est vraiment magnifique, lança le nouveau venu derrière lui. Votre propriété est située si haut dans les Smoky Mountains que le panorama est exceptionnel. Je parie que, la nuit, vous voyez toutes les lumières de Gatlinburg et de ses environs.

Bryson soupira mais ne se retourna pas.

— Après mon accident de travail, mon ancien patron a eu pitié de moi et m'a offert une grosse somme d'argent. Ce pactole m'a permis d'acheter cette belle maison. Mais ça ne l'autorise pas à passer quand l'envie lui en prend.

— Je suis toujours votre patron. Je n'ai jamais accepté votre démission.

— Ça ne marche pas comme ça, Mason. Que vous le vouliez ou non, je ne serai plus jamais un Justicier. Je ne retournerai pas à Camelot. Vos chevaliers de la Table ronde et vous n'avez pas besoin d'un ex-profileur raté et infirme qui viendrait compliquer vos enquêtes.

— Est-ce la raison pour laquelle vous restez ici, les bras croisés devant le lac, à boire des bières à longueur de journée ?

— Oui.

Bryson prit une bière dans la glacière posée près de son fauteuil, tira sur la languette et avala une longue gorgée du breuvage. De toute évidence, il cherchait à irriter son visiteur indésirable.

Mason s'empara d'une canette, en lut la marque et la remit à sa place sans l'ouvrir.

— Ça mord ? poursuivit-il.

— Vous voyez une canne à pêche quelque part ?

Bryson vida sa bière avant de faire pivoter son fauteuil.

— Profitez de la vue aussi longtemps que vous le voulez. Après tout, c'est vous qui avez payé la maison, ajouta-t-il en s'éloignant.

Mason le suivit.

— Dalton et Hayley ont regretté que vous ne soyez pas venu à leur mariage, la semaine dernière, dit-il.

— Je n'ai pas eu le temps d'apprendre les danses à la mode.

En passant, il jeta sa canette vide dans une corbeille en osier. Comme il s'apprêtait à ouvrir l'une des baies vitrées, Mason s'avança pour lui barrer la route.

Bryson poussa un juron.

— Qu'espérez-vous de moi ? demanda-t-il.

— Que vous vous remettiez au travail. Une nouvelle cliente est venue à Camelot. Elle veut vous embaucher, vous et personne d'autre.

— Vraiment ? Elle tient à ce qu'un ex-agent du FBI bousille son enquête et provoque la mort d'innocents ? Je n'en crois rien. Mais, si c'est le cas, envoyez-la-moi. Je le fais les yeux fermés.

Mason s'adossa à la porte.

— Rien ne justifie une telle culpabilité, Bryson. Si vous vous rendiez aux séances de rééducation au lieu de les annuler une fois sur deux sous un prétexte ou un autre, vous n'auriez plus besoin de ce fauteuil roulant depuis longtemps, ajouta-t-il. Ne prenez pas cet air surpris. Je paie vos primes d'assurance. Je vois ce qui est facturé. Et ce qui ne l'est pas. Vous avez jeté l'éponge, Bryson. Pourquoi ? Je ne comprends pas.

— Pourquoi ? Vous avez la mémoire courte. Alors, permettez-moi de vous rappeler que, à l'époque où j'étais le jeune prodige du FBI, mes profils criminels étaient considérés comme paroles d'évangile. Voilà pourquoi quand j'ai présenté celui de l'Éventreur du Kentucky à mes supérieurs, ils ont ciblé leurs efforts sur Avarice Lowe, le suspect en tête de ma liste. Pendant ce temps, Leviathan Finney – le véritable tueur en série – n'était plus sous surveillance. Pour fêter ça, il a kidnappé et massacré une autre femme. À cause de moi, il a eu la possibilité de tuer à nouveau.

— *Grâce à vous*, la police a réduit sa liste de suspects en un temps record. Vous n'êtes pas responsable des choix faits par les inspecteurs chargés de l'enquête. Bon sang, Bryson. Sans votre travail, il leur aurait fallu des mois, peut-être des années pour capturer l'Éventreur et le mettre en prison.

— Allez dire ça aux parents de la dernière malheureuse qu'il a assassinée.

Mason secoua la tête.

— J'ai appris qu'un donateur anonyme envoyait régulièrement de l'argent à la famille de cette femme. J'admire la générosité du geste, mais cela signifie juste que ce bienfaiteur s'estime redevable d'une dette qu'il n'a pas contractée. Le seul responsable de la mort de cette femme, c'est son meurtrier – Leviathan Finney.

Bryson serra les poings.

— Aviez-vous autre chose à dire, Mason ? Il se fait tard.

— Vous avez des projets pour la soirée ?

— Je dois me laver les cheveux.

Mason laissa échapper un profond soupir.

— Je vais vous laisser, mais avant, expliquez-moi quelque chose. Pourquoi maintenant ? Vous avez quitté le FBI il y a plus de trois ans pour travailler avec les Justice Seekers. Pourquoi l'Éventreur revient-il vous tourmenter à présent, après tout ce temps ?

Bryson secoua la tête d'un air incrédule.

— Vous plaisantez ? Il n'a *jamais* cessé de me tourmenter. Mais, en collaborant avec vous, j'essayais de racheter mes fautes. Et vous avez vu le résultat. À cause de moi, Hayley a failli se faire tuer, j'ai été pris pour cible et les chirurgiens n'osent même pas extraire la balle logée dans ma hanche. Vu l'endroit où elle est placée, je risquerais de rester paralysé. Je ne demande à personne de s'apitoyer sur mon sort. Seuls ceux qui ont été blessés ou tués à cause de moi méritent de la compassion. Acceptez ma démission et laissez-moi tranquille, Mason. Je refuse de mettre la vie de quelqu'un d'autre en danger. J'arrête.

Mason laissa passer un moment avant de lancer :

— Apparemment, votre décision est prise.

— Apparemment, vous entendez enfin ce que je vous serine depuis des mois.

— Oh ! j'avais entendu. Mais vos propos ne me plaisaient pas.

Il sortit de sous sa veste une chemise cartonnée vert fluo parsemée de pois roses et la posa sur les genoux de Bryson.

Bryson considéra le dossier comme s'il s'agissait d'un serpent à sonnettes.

— Qu'est-ce que c'est que cette horreur ?

— La cliente dont je vous ai parlé, celle qui aimerait que vous vous chargiez de l'affaire, m'a prié de vous le remettre. Elle a interrompu ses études en droit pénal et sciences criminelles pour enquêter sur les agissements d'un tueur en série. À ses yeux, vous êtes le seul à pouvoir convaincre la police que ses conclusions sont valables et, surtout, l'aider à attraper cet individu. Cette chemise contient l'essentiel de ses recherches.

— Si elle pense qu'un ancien profileur raté leur donnera du poids, elle a intérêt à retourner à la fac sans tarder. Son raisonnement est erroné à la base.

— Personnellement, j'ai trouvé ses analyses pertinentes. Et j'ai déjà obtenu mon master en droit pénal, sans parler de mes dix ans d'expérience au sein de la police et de mes sept ans à la tête des Justice Seekers.

Mason se redressa et réajusta sa veste.

— Mais je vois bien que rien ne vous fera changer d'avis. Le plus drôle, c'est que je ne vous ai jamais pris pour un lâcheur, Bryson. Même après votre démission du FBI.

— Et de mon côté je n'avais jamais imaginé que j'aurais un jour la mort d'une innocente sur la conscience. Nous avions donc tout faux tous les deux.

Mason le dévisagea un long moment avant de reporter son attention sur la montagne.

— La vue est vraiment magnifique. Prévenez-moi quand vous aurez envie de pêcher. J'apporterai des cannes. Tous vos frères et sœurs de Camelot seraient ravis de pêcher avec vous, y compris Hayley. Il suffit de demander.

Sans attendre sa réponse, il enfonça les mains dans les poches de son pantalon et s'éloigna.

Bryson baissa les yeux sur le ridicule dossier vert à pois roses, posé sur ses genoux. Il le regarda longtemps. Il l'observait encore quand il n'entendit plus le moteur de la voiture de Mason qui s'éloignait. Il le fixait toujours quand le soleil se coucha, que les moustiques se mirent à bourdonner autour de lui. Et que les lumières de Gatlinburg commencèrent à se refléter sur les baies vitrées.

Finalement, il jeta le dossier à la poubelle et rentra.

2

Comme elle sortait de sa voiture et découvrait le panorama, Teagan poussa un sifflement admiratif. Elle avait vraiment l'impression d'être sur le toit du monde. Les Smoky Mountains s'étalaient sur trois cent soixante degrés autour d'elle. Il n'y avait pas d'autres maisons à proximité et la belle demeure de plain-pied était bâtie si loin de la route principale qu'elle avait failli la manquer.

Elle n'en revenait pas qu'un ancien agent du FBI ait les moyens de vivre dans un endroit aussi magnifique. Par la suite, il avait travaillé avec les Justice Seekers, une agence d'anciens membres des forces de l'ordre dont l'objectif affiché était de défendre des personnes injustement traitées qui ne pouvaient obtenir justice par les voies traditionnelles. C'était certainement au sein des Justiciers qu'il avait fait fortune.

Lorsqu'elle atteignit la terrasse, elle fut surprise de n'y voir aucune balancelle, aucun transat, aucune fleur dans les jardinières, alors que le printemps battait son plein.

Elle s'apprêtait à frapper lorsqu'une porte latérale s'ouvrit brusquement. Bouche bée, elle vit apparaître un homme à demi nu, une serviette nouée autour des reins. Il semblait furieux. Ses cheveux bruns étaient humides. Des gouttes d'eau s'accrochaient aux poils de son torse musclé.

Quel type magnifique ! songea-t-elle. *Et sexy en diable !*

— Bonjour, balbutia-t-elle.

Contrariée de n'avoir rien trouvé de plus intelligent à dire – l'émotion, sans doute –, elle s'éclaircit la gorge pour se présenter correctement. Mais, sans lui laisser le temps d'ajouter un mot, il lui lança avec hargne :

— Enfin, vous voilà. Depuis le début de la matinée, je souffre de crampes terribles. J'espère que vous parviendrez à décoincer les muscles ankylosés de ma hanche. Sinon, je serai condamné à rester cloué dans mon fauteuil roulant toute la journée et à m'enivrer au whisky pour tenter d'apaiser cette douleur.

S'appuyant lourdement sur la canne qu'elle venait de remarquer, il boita jusqu'à un immense canapé en cuir noir.

— Où voulez-vous que je me mette ? demanda-t-il.

Était-ce une question piège ? Il pouvait s'allonger sur un lit, sur une table, sur le tapis ou n'importe où. Tout lui convenait. Mais comme il semblait attendre une réponse, elle dut rembobiner leur bref échange dans sa tête, se remémorer ce qu'il avait dit quand il avait ouvert la porte. Son cerveau, aux abonnés absents depuis qu'elle avait posé les yeux sur lui, se remit en marche. Elle comprit qu'il avait sans doute rendez-vous avec une kinésithérapeute ou un coach personnel. Apparemment, il voulait qu'elle lui indique où il devait s'allonger pour lui permettre de soulager ses crampes musculaires.

Sa libido avait envie de dire « oui » à tout ce qu'il désirait. Mais il ne serait pas très éthique de laisser perdurer ce quiproquo, elle en était consciente. Manifestement, il y avait erreur sur la personne. Elle devait donc lui dire qui elle était et pourquoi elle était là.

Il fronça les sourcils.

— Quel est le problème ? Si c'est ce qui vous inquiète, je ne suis pas nu sous ma serviette. Je porte un caleçon.

— Votre nudité ne me dérange pas du tout, croyez-moi.

Au contraire ! Retirez tout, je vous en prie. Vous me donnez faim !

Elle rougit, se ressaisit et s'éclaircit la gorge.

— Euh, je voulais seulement dire que…

La sonnette retentit, suivie d'un coup frappé sur la vitre.

Il jura.

— Depuis que mon ancien patron est venu hier, ma maison est devenue un vrai hall de gare. C'est la troisième personne qui passe en deux jours.

— Trois visiteurs en deux jours ! C'est une invasion.

Il lui lança un regard étrange.

Elle sourit. Pour s'interdire de lui arracher sa serviette et son caleçon. Face à un homme aussi séduisant, maîtriser ses pulsions était très difficile.

Le visage crispé de douleur, il boitilla vers la porte. Tout en le suivant des yeux, Teagan s'interrogea sur l'origine de cette souffrance. Mason ne lui avait pas dit qu'il était blessé. Il lui avait seulement expliqué que Bryson était actuellement en congé mais serait plus qu'heureux de s'occuper de son affaire.

Manifestement, Mason avait exagéré. Beaucoup.

Bryson ouvrit la porte avec un peu de méfiance, cette fois.

Incapable d'entendre ce qui se disait, Teagan se demanda de qui il s'agissait. En tout cas, ils parlèrent plus longtemps que pour échanger un simple « Bonjour ».

Lorsqu'il recula, une femme à la silhouette impressionnante entra. Elle traversa la pièce avec l'autorité de quelqu'un qui a une bonne raison d'être là. Ses bras musclés auraient fait se pâmer d'envie un rugbyman. Après avoir étendu un drap sur le canapé, elle ordonna à Bryson de s'allonger.

Teagan hésita. Devait-elle partir ou rester ?

Bryson se tourna vers elle et lui ordonna d'un ton sec :

— Asseyez-vous là jusqu'à ce que je puisse me relever sans hurler. Vous m'expliquerez alors qui vous êtes et ce que vous faites ici.

Il laissa tomber sa serviette et s'étendit sur le sofa. Ses cuisses étaient tout aussi musclées que le reste de son corps viril. Quant à ses fesses, rondes et fermes, elles étaient tout simplement à croquer.

Après avoir enfilé des gants en latex, la kinésithérapeute posa un coussin sur le sol et s'y agenouilla. Puis elle se mit à masser la hanche de Bryson avec énergie.

Pour sa part, Teagan n'aurait pas mis de gants.

Elle s'installa sur l'autre canapé pour profiter du spectacle. Qui fut trop bref à son goût. Elle faillit gémir de déception quand Bryson se releva, déclara que ses crampes avaient disparu et remercia la thérapeute. Lorsque celle-ci partit, il se rendit dans sa chambre et revint, vêtu d'un jean et d'un T-shirt noir. Le jean caressait ses cuisses musclées et ses fesses, le T-shirt mettait en valeur ses pectoraux. Voilà pourquoi Teagan ne regretta pas trop qu'il se soit rhabillé. Admirer un spécimen masculin aussi parfait était un pur bonheur. Cela dit, elle aurait aimé le voir en tenue d'Adam.

Il boita jusqu'à son canapé, arborant le même air grincheux qu'il avait en ouvrant la porte.

— Mason vous envoie, n'est-ce pas ?

— Disons que je suis allée voir M. Ford pour solliciter l'autorisation de vous embaucher. Il était certain que vous seriez intéressé mais que je devais vous le demander moi-même. Il m'a communiqué votre adresse et me voici. Teagan Ray, je suis ravie de vous rencontrer, ajouta-t-elle en lui tendant la main.

Il ne la prit pas.

— Bryson Anton. Je ne travaille plus pour Mason Ford. Sortez de chez moi.

3

— Non.

Bryson regarda la jeune femme assise sur son canapé. Rien dans sa tenue ne désignait une féministe radicale, déterminée à lui rendre la vie impossible. Avec ses chaussures plates, son pantalon bleu marine, son corsage blanc à manches courtes boutonné jusqu'au cou et ses boucles brunes serrées dans une longue tresse, elle n'avait rien de provocant et ne semblait ni agressive ni sûre de son bon droit.

Alors pourquoi n'était-elle pas rebutée par son accueil peu amène ? Et surtout, pourquoi était-elle encore là alors qu'il venait de lui ordonner de partir ?

— Peut-être ne m'avez-vous pas bien entendu, mademoiselle Ray.

— Appelez-moi Teagan, je vous appellerai Bryson.

Elle lui décocha un sourire éclatant qui avait dû coûter une fortune à ses parents.

— Mademoiselle Ray, je ne me rappelle pas vous avoir invitée chez moi. Alors je vous remercie de prendre vos cliques et vos claques et…

— En fait, si. Vous l'avez fait, vous m'avez invitée à venir.

— Pardon ?

— Quand M. Ford vous a parlé de moi, vous lui avez dit : « Vraiment ? Elle tient à ce qu'un ex-agent du FBI bousille son enquête et provoque la mort d'innocents ? Je n'en crois rien. Mais, si c'est le cas, envoyez-la-moi. »

Son sourire s'élargit tandis qu'elle poursuivait :

— Et me voici ! De plus, vous m'avez ouvert votre porte. C'est un peu comme avec les vampires : une fois que vous les avez laissés entrer, c'est fini. Vous ne pouvez plus vous en débarrasser.

— Vous voulez parier ?

Décidé à la jeter dehors, il lança sa canne sur le canapé puis prit Teagan dans ses bras. Comme il la soulevait, il vit ses yeux noirs s'écarquiller. Elle faisait moins la fière, maintenant. Mais alors qu'il se tournait vers la porte, il trébucha et dut prendre appui sur la table basse pour ne pas s'étaler de tout son long.

Les bras passés autour de son cou, elle le dévisagea avec inquiétude.

— Je ne suis pas sûre que vous devriez me porter ainsi. Vous pourriez vous faire mal. De plus, et même si je vous trouve très séduisant, peut-il vaudrait-il mieux que nous nous connaissions un peu mieux avant de nous enlacer amoureusement. Qu'en pensez-vous ? ajouta-t-elle en battant des cils, des cils incroyablement longs.

Il la regarda, l'air incrédule.

— Vous a-t-on déjà traitée de folle ?

— Plein de fois ! Ma capacité à me comporter comme une démente est un atout majeur. Les gens me croient un peu demeurée. Par conséquent, ils ne se méfient pas et je peux les mener par le bout du nez.

Il la fusilla du regard.

Elle lui sourit.

— J'adorerais rester toute la journée ainsi, pendue à votre cou. Mes courbes féminines s'accordent à la perfection à votre torse musclé, l'avez-vous remarqué ? Cette position est très confortable.

— Essayez-vous de flirter avec moi, mademoiselle Ray ?

— Je le crains, monsieur Anton.

— Dans l'espoir que je vous laisse rester ?

— En grande partie, oui. Mon petit stratagème fonctionne-t-il ?

— Le jury ne s'est pas encore prononcé sur ce point. Mais ma hanche recommence à me faire souffrir. Alors, soit je vous laisse tomber, soit je vous pose par terre. Personnellement, je préférerais la première option.

— Et moi, la seconde. Posez-moi. En douceur, s'il vous plaît.

— Courageuse mais pas téméraire…

Il la laissa glisser sur le sol puis la lâcha avec précaution, s'efforçant manifestement de ne pas perdre l'équilibre dans la manœuvre.

Elle saisit sa canne et la lui tendit.

— Cette canne fait-elle partie des armes secrètes dont ne se séparent jamais les espions dignes de ce nom ? Cache-t-elle un pistolet ? Ou peut-être du poison comme le parapluie bulgare ? Vous piquez le méchant et il meurt en quelques instants dans d'horribles souffrances. Ai-je raison ?

— Un pistolet y est dissimulé, bien sûr. Un agent du FBI ne s'abaisse pas à utiliser du poison.

Le sourire de Teagan s'élargit.

— James Bond n'a rien à vous envier, les gars.

Il leva les yeux au ciel. La douleur qui cisaillait ses muscles lui interdisait de faire mieux. Quand il s'estima capable de traverser la pièce sans tomber, il se dirigea vers la cuisine. Il réprima un soupir en la voyant se servir de ses hanches parfaites pour se hisser sans effort sur l'un des tabourets du bar.

— Ne vous comportez pas trop vite comme si vous étiez en terrain conquis, dit-il. Dès que j'aurai ingurgité assez d'alcool pour pouvoir vous traîner jusqu'à la porte, je vous jetterai dehors comme promis.

— D'accord. Est-ce indiscret de vous demander quel est le problème avec votre jambe ? J'ai remarqué le fauteuil roulant dans un coin du salon.

— Vous êtes libre de demander ce que vous voulez. Et moi de répondre ou pas.

Évitant le scotch qu'il préférait boire tard dans la nuit – et seul –, il prit une bouteille de tequila et un verre.

Elle fronça les sourcils.

— Vous pourriez m'en proposer. Ce serait faire preuve d'un minimum de politesse, non ?

— Avez-vous au moins l'âge de boire ?

— Flatteur ! répondit-elle en riant. Ne me faites pas croire que vous pensez avoir affaire à une mineure !

Avec un soupir, il sortit un second verre. Après y avoir versé deux généreuses rations, il posa la bouteille entre eux.

— Vous m'avez l'air d'une jeune femme intelligente…

— Vous dites « jeune » comme si vous vous adressiez à une gamine. Je ne dois pas avoir plus de dix ans de moins que vous.

— Ce qui signifie que, pendant que vous étiez à l'école primaire, je perdais ma virginité avec la reine de beauté de mon lycée.

Alors qu'elle portait son verre à ses lèvres, Teagan interrompit le geste.

— D'accord, je suis plus jeune que vous, mais j'ai toujours été précoce. J'ai reçu mon premier baiser en CE2.

— Sur la bouche ?

— Sur la joue.

— Ça ne compte pas. Pour ma part, j'étais en CE1 quand j'ai embrassé Becky Louis. Elle m'a giflé.

— Vous n'auriez peut-être pas dû l'embrasser avec la langue.

Il sourit à contrecœur.

— Peut-être pas.

Il avala une gorgée d'alcool et savoura la douce brûlure

qui l'envahit aussitôt. Encore quelques rasades et peut-être qu'il pourrait se passer du fauteuil roulant jusqu'au dîner.

— Avez-vous envisagé de prendre des antalgiques prescrits par un médecin au lieu de noyer vos douleurs dans l'alcool ?

Il lui lança un regard qui aurait dû la pétrifier sur place.

Elle leva les mains dans un geste apaisant.

— Pardonnez-moi. Il m'est très difficile de ne pas dire ce que je pense. Le filtre entre mon cerveau et mes lèvres est défectueux. Mais j'ai eu tort de poser cette question, je l'admets.

Le regard amusé qu'elle lui lança, en opposition totale avec ses paroles, l'obligea à rire. Depuis combien de temps n'avait-il pas ri ou même souri ? Il n'en avait aucune idée. Mais, loin de l'agacer, son sens de la repartie et sa gaieté naturelle lui plurent et il commença à se détendre un peu.

— Au début, je me nourrissais de puissants antalgiques mais j'avais l'impression de vivre en permanence dans le brouillard. Cet état comateux m'était pénible. J'ai dû me sevrer. Boire me convient mieux.

Il remplit son verre, puis s'interrompit, le regard interrogateur et la bouteille levée.

— Oui, s'il vous plaît, dit-elle en lui tendant le sien.

Il la servit puis vida son verre, les yeux dans les siens. S'il n'avait pas été attentif, sans doute n'aurait-il pas remarqué sa petite grimace involontaire lorsqu'elle avala le breuvage.

— Si vous n'aimez pas la tequila, ne vous forcez pas.

— Qui vous dit que je n'aime pas ça ?

— Mes dix ans de plus que vous, sans doute. Rentrez chez vous, Teagan. Je ne peux rien pour vous.

— Voulez-vous dire que vous n'avez pas envie de m'aider ?

— L'intention n'a pas d'importance. Seul le résultat compte.

— Alors, trinquons. Me soûler avec un beau gosse ne me déplaît pas. Il y a pire façon de passer ma matinée.

Comme elle lui tendait son verre, il secoua la tête.

— Ne vous fatiguez pas. Je suis insensible aux flatteries. Je ne vous aiderai pas. Et cessez de jouer à la fille sexy, mignonne et débordante de joie de vivre. Je ne crois pas un instant qu'il s'agisse de votre véritable personnalité. Personne n'est ainsi, en réalité.

Elle sourit et battit de nouveau des cils.

— Vous me trouvez sexy, mignonne et débordante de joie de vivre ? Je me sens rougir !

— Je vous trouve nerveuse comme quelqu'un qui joue la comédie.

Son sourire s'envola et elle parut vraiment perplexe.

— Que voulez-vous dire ?

— J'ai été profileur, l'avez-vous oublié ? Il m'a fallu un peu de temps pour vous percer à jour. Sans doute parce que je ne pratique plus depuis un moment et que j'évite au maximum les gens. Mais inutile de continuer à faire semblant d'être ce que vous n'êtes pas. Cela dit, peut-être parce que j'admire votre jeu d'actrice ou peut-être parce que j'ai déjà trop bu, je vous accorde un léger sursis. J'accepte d'écouter votre laïus et, ensuite, je vous jetterai dehors.

Elle le dévisagea, les yeux écarquillés, puis attrapa son verre et le vida d'un trait avant qu'il puisse l'en empêcher.

En son for intérieur, il se reprocha de ne pas avoir été plus vigilant. Vu sa petite taille et son extrême jeunesse, elle ne tenait sans doute pas l'alcool et ne serait pas en état de prendre le volant pour rentrer chez elle.

Quand elle reposa son verre, il lui lança sèchement :

— Vous vous sentez mieux ?

— Beaucoup mieux. Cela dit, j'aurais préféré un bon scotch.

— N'y pensez même pas. Et je vous préviens que je n'ai pas lu le dossier que Mason m'a laissé.

Elle sourit.

— Je l'ai compris en le voyant dans la poubelle de votre terrasse.

— Vous êtes observatrice mais là encore, il est difficile de passer à côté d'une épaisse chemise cartonnée vert fluo ornée de petits pois roses hideux.

— Vous n'aimez pas les pois roses ?

— Du tout.

Il déplaça son poids pour soulager la tension de sa hanche.

— Vous pourriez me résumer le contenu de votre dossier. D'après Mason, si je m'en souviens bien, vous pensiez être sur la piste d'un tueur en série.

Elle hocha la tête et se frotta les bras. Elle semblait soudain moins pressée de lui exposer l'objet de sa venue. Elle attrapa la bouteille de tequila.

Avec un juron, il la lui arracha des mains et la rangea dans le placard.

— Ça suffit. Vous avez assez bu. Maintenant, dites-moi quel est le nom de votre tueur présumé.

Elle prit une profonde inspiration, puis redressa les épaules comme si elle s'apprêtait à se battre.

— L'Éventreur du Kentucky.

4

Bryson se figea, puis se redressa lentement.

— Ce n'est pas drôle.

— Je ne plaisante pas. J'effectue des recherches sur l'Éventreur du Kentucky depuis un bon moment.

— Maintenant, je comprends mieux pourquoi vous avez demandé à Mason que je m'occupe personnellement de l'affaire. Eh bien, je refuse. Ressasser mes erreurs passées ne m'amuse pas.

Elle leva les mains, faisant tinter ses bracelets.

— Je ne suis pas venue vous faire des reproches, loin de là, mais solliciter votre avis. Et vous poser une question très importante.

Elle prit une profonde inspiration et lança :

— Si l'individu désigné comme l'Éventreur était en fait un imitateur et si le véritable tueur en série était toujours en liberté ?

— Si c'est vrai, alors j'ai vraiment tout raté.

— Pas du tout. Vous n'avez pas commis la moindre erreur lors de l'enquête sur l'Éventreur. Contrairement à la police.

— J'ai sans doute trop bu parce que je ne comprends pas votre raisonnement.

— Alors, laissez-moi vous expliquer. D'abord, les profils criminels sont des outils, pas des paroles d'évangile.

Reconnaissant ses propres mots, il la regarda fixement.

— Est-ce Mason qui vous a dit ça ?

Elle fronça les sourcils.

— Non. Pourquoi ?

— Pour rien. Continuez.

— Quand vous avez établi le profil de l'Éventreur du Kentucky, vous avez estimé que l'un des deux principaux suspects était sans doute le coupable. La police s'est alors focalisée sur celui-ci et a totalement cessé de surveiller l'autre. Ce dernier en a profité pour enlever et assassiner une autre femme. Les inspecteurs chargés de l'enquête ont fait preuve d'une réelle légèreté. Au lieu de considérer votre profil comme une certitude absolue, une vérité mathématique, ils auraient dû continuer leurs investigations sur les deux suspects jusqu'à ce que les preuves fassent pencher la balance vers l'un ou l'autre.

Elle agita les mains comme pour balayer le sujet.

— Quoi qu'il en soit, le profil criminel que vous avez dressé était parfait, mes recherches m'en ont convaincue. Pour moi, il est évident que, comme vous l'avez indiqué, le premier suspect était bien le tueur en série, le véritable Éventreur. Et la police a capturé et enfermé un imitateur. Les inspecteurs se sont laissé induire en erreur par le dernier meurtre. Ils ont poursuivi son auteur et considéré à tort qu'il était également l'auteur des autres assassinats. Donc, si beaucoup de fautes ont été commises dans cette enquête, aucune n'est de votre fait.

Il se promit de tailler Mason en pièces pour avoir donné son adresse à cette femme ravissante mais complètement à côté de la plaque. Son raisonnement était faux. Elle se trompait sur toute la ligne. Malheureusement, elle y croyait et il n'avait pas envie de détruire sa confiance en elle alors qu'elle n'avait même pas commencé sa carrière au sein de la justice.

De sa voix d'enseignant, neutre et patiente, qu'il employait lorsqu'il donnait des conférences à Quantico, il expliqua :

— Pour que votre théorie tienne la route, il faudrait déjà que l'Éventreur soit toujours actif. Or depuis qu'il a été emprisonné, aucune autre femme n'a été torturée et brutalisée selon son mode opératoire très spécifique. Expliquez-moi comment votre analyse prend cet élément en compte.

— Aucune autre femme *à votre connaissance.*

— Certes. Mais si d'autres malheureuses avaient été assassinées de la façon dont l'Éventreur tuait ses victimes, les médias en auraient parlé. Dans l'hypothèse fort peu probable où la police n'aurait pas déjà fait le rapprochement. L'affaire de l'Éventreur a fait les choux gras de la presse. Si un meurtre aussi sensationnel se reproduisait, les journalistes seraient sur le coup, je vous le garantis.

— Les journalistes du Kentucky, c'est certain. Ailleurs, pas nécessairement. Ils ne seraient pas forcément au courant des meurtres d'origine et donc conscients qu'un tueur en série sévit dans leur région.

— Peut-être.

— C'est sûr et certain, répliqua-t-elle.

Il admirait son assurance, même si elle avait tort.

— Pourquoi le tueur aurait-il changé de terrain de chasse ?

— Parce qu'il est intelligent. Il a eu beaucoup de chance qu'un malade mental s'accuse de ses crimes. Il sait que s'il tue à nouveau dans le même secteur, la police comprendra tout de suite son erreur. Elle a attrapé un fou qui a avoué des meurtres qu'il n'avait pas commis dans le seul but d'attirer l'attention sur lui. Les enquêteurs se remettraient alors sur la piste du véritable Éventreur. Mais arrêter de tuer n'était pas non plus une option. Ce type est un psychopathe. Son désir de tuer s'impose à lui, il ne le maîtrise pas. Voilà pourquoi il a non seulement changé de lieu mais aussi de mode opératoire.

Bryson comprenait pourquoi Mason l'avait trouvée

convaincante. Elle parlait avec autorité, comme quelqu'un qui a réellement l'expérience de ce genre d'enquêtes au lieu de se contenter d'un savoir théorique. Il décida de la pousser un peu dans ses retranchements, pour voir si elle se rétracterait et se remettrait en question ou si elle resterait ferme sur ses positions.

— Les tueurs en série ne gardent-ils pas toujours le même mode opératoire ?

Elle lui lança un regard blessé qui le culpabilisa presque.

— Vous me parlez sur le ton d'un professeur s'adressant à une étudiante, comme si vous cherchiez à voir si je sais de quoi je parle.

— Savez-vous de quoi vous parlez ?

— Oui, murmura-t-elle en détournant les yeux. Je le sais.

Le désarroi qui teintait sa voix le mit soudain en alerte et le poussa à étudier son langage corporel. Le meilleur indicateur de sincérité, par opposition aux mensonges et à la provocation gratuite, était la façon dont une personne bougeait et parlait. Le langage corporel de Teagan lui soufflait que quelque chose d'autre se jouait, quelque chose qu'elle n'était pas encore prête à dire, quelque chose qui l'inquiéta, lui.

— Vous parliez de modus operandi.

Elle s'éclaircit la gorge.

— Comme je le disais, les tueurs en série ne maintiennent pas toujours le même MO, la façon dont ils tuent. Le modus operandi est un choix conscient. Ils sont susceptibles de le modifier si nécessaire. Si un tueur a, par exemple, l'habitude d'attacher ses victimes avec des lacets et que l'une d'elles parvient un jour à casser ceux qui l'entravaient et à s'échapper, la prochaine fois qu'il enlèvera quelqu'un, il utilisera des menottes. Le MO est différent même s'il s'agit du même tueur.

— C'est vrai, reconnut-il. Mais j'ajouterais que le MO concerne davantage ce que le tueur juge nécessaire pour commettre le crime. Une question me taraude : sans empreintes digitales ni même ADN, qu'est-ce qui vous a convaincue que certains meurtres ont été commis par le même tueur, puisque le MO a changé ?

Encore une fois, il l'observa attentivement, essayant de lire entre les lignes.

— Sa signature. Un tueur en série, un vrai psychopathe, est poussé à tuer. S'il est susceptible de modifier des éléments de son mode opératoire pour des raisons pratiques, sa signature, elle, fait partie intégrante de son rituel de meurtre. C'est la partie de ses crimes qu'il ne change jamais. La signature est une action subconsciente, quelque chose qu'il ne choisit pas. Quelque chose qu'il *est obligé* de faire.

Elle joignit les mains.

— Après les avoir enlevées, l'Éventreur grave un X sur le ventre de chacune de ses victimes. C'est sa signature, sa façon de les marquer, de leur faire savoir qu'il les possède, que ces femmes lui… appartiennent.

Elle ne parvenait plus à le regarder. Au lieu de quoi, elle semblait fascinée par les veines du marbre de la table.

— La signature est souvent un moyen fiable de relier les crimes, poursuivit-elle. Mais la police confond souvent MO et signature. Et même s'il a été maintes fois prouvé que les tueurs en série pouvaient parfois changer leurs habitudes, sortir de leur zone de confort et choisir une victime qui ne correspond pas à leurs anciennes proies, la police y voit systématiquement les actes d'un tueur différent. À leur décharge, la plupart des inspecteurs de police ne rencontrent jamais un seul cas de serial killer au cours de toute leur carrière. Ils ne sont pas équipés pour évaluer la complexité du phénomène, pour approfondir sa façon de mettre en balance sa soif de tuer et son désir de ne pas se faire pincer. Ils ne comprennent pas sa volonté ni sa faculté à s'adapter.

— Vous revenez de nouveau à l'Éventreur du Kentucky.

Il l'encourageait à poursuivre son raisonnement, à aller jusqu'au bout de ce qu'elle avait manifestement besoin de dire. Pendant tout ce temps, il maudit Mason de lui avoir envoyé cette fille, de l'avoir utilisée pour l'atteindre.

— À l'origine, dit-il, il ciblait des blondes, âgées d'une trentaine d'années, mariées, avec enfants. Elles vivaient toutes dans la même région, à l'est du Kentucky. Aucune d'elles ne travaillait à l'extérieur.

— C'est vrai, mais il a pu changer tout cela, répliqua-t-elle, et s'installer dans un autre État, s'attaquer à une brune, plus jeune, célibataire, sans enfants. Quelqu'un qui travaillait, qui effectuait des petits boulots pour joindre les deux bouts. Même si la signature était la même, la plupart des policiers n'auraient pas l'idée de rattacher le crime à l'Éventreur puisque le tueur présumé est en prison. Ils ne se rendraient pas compte qu'ils ont affaire à lui, ni même à un tueur en série, quel qu'il soit.

Ce que Bryson commençait à soupçonner depuis un moment devenait de plus en plus réel. Un frisson glacé le parcourut. Il serra les dents si fort qu'il en eut mal.

S'accrochant à la table pour maintenir son équilibre, il boitilla jusqu'à elle. Puis, d'une voix aussi douce que possible, il demanda :

— Quel âge avez-vous ? Répondez-moi avec sincérité. Je suis sérieux.

Sa question ne parut pas la surprendre.

— J'ai eu vingt-six ans le mois dernier.

Elle était plus jeune qu'il ne l'avait pensé. Leur différence d'âge était plus importante encore de quelques années.

— Mason ne m'a pas précisé d'où vous étiez originaire. Je suppose qu'il ne s'agit pas du Kentucky.

— Je n'ai jamais mis les pieds dans le Kentucky. Je vis dans le nord-est de la Floride, à Jacksonville.

Sa lèvre inférieure tremblait.

Il resserra son emprise sur la table.

— Célibataire ?

Elle hocha la tête, les yeux trop brillants, comme si elle luttait contre les larmes.

— Pas d'enfants ?

Elle ferma les paupières, puis secoua la tête.

— Pas d'enfants.

— Vous effectuez des petits boulots pour joindre les deux bouts tout en menant votre enquête ?

Elle acquiesça lentement.

— Montrez-moi, murmura-t-il, priant pour faire erreur mais certain qu'il ne se trompait pas.

Sans hésiter, elle souleva son corsage jusqu'au menton.

Des marques rouge foncé formaient un grand X sur sa peau, sur son abdomen.

Il abaissa doucement son chemisier.

— Quand vous a-t-il fait ça ?

— Il y a deux ans.

La douleur teintait chaque mot.

— J'étais à mi-parcours de mon année de maîtrise. Mais j'ai dû mettre mes études entre parenthèses, le temps de… de récupérer. Après cette histoire, je n'arrivais plus à me concentrer, j'étais même incapable de retourner à la fac. La police n'avait aucune piste, aucun suspect. Elle n'a toujours rien.

Elle secoua la tête.

— C'est là que j'ai commencé ma propre enquête. Le dossier que je vous ai donné représente un an et demi de ma vie. Ma conclusion est que l'homme emprisonné connu sous le nom de l'Éventreur du Kentucky n'a tué qu'une seule personne, même s'il a revendiqué la responsabilité de beaucoup d'autres meurtres. Le véritable Éventreur a changé de lieu et de proies.

Elle leva finalement les yeux vers lui.

— Je suis une victime de sa deuxième fournée, dit-elle

d'une voix étranglée. Il y en a probablement d'autres, des meurtres que personne n'a reliés entre eux, moi y compris. Et d'autres femmes souffriront et mourront si je ne l'arrête pas. Comme j'ai réussi à m'enfuir avant qu'il me tue, je crains aussi qu'il revienne un jour finir ce qu'il a commencé.

Son regard de biche fouilla celui de Bryson, comme s'il y cherchait des réponses.

— S'il vous plaît. Aidez-moi à le retrouver et à l'envoyer en prison. Je ne veux pas mourir.

Les larmes qu'elle avait retenues jaillirent et ruisselèrent sur ses joues.

Avec un juron, il la prit dans ses bras. Oubliant sa hanche douloureuse, il l'enlaça et la berça contre sa poitrine.

5

Teagan fit rouler sa tête sur l'oreiller et se frotta les yeux. Elle était dans la chambre de Bryson Anton. Dans son lit. Mais il n'était pas avec elle. Et elle était tout habillée. Elle ne savait pas si elle devait le féliciter de s'être comporté en gentleman ou le maudire de n'avoir rien tenté. Avec un soupir, elle rejeta les couvertures et sortit pour gagner le salon.

Bryson était assis sur le canapé, une pile de papiers étalés devant lui sur la table basse. Il leva les yeux quand elle entra.

Elle traversa la pièce en chaussettes. Elle n'avait aucune idée de l'endroit où se trouvaient ses chaussures et son sac.

— Sans vouloir froisser votre ego, je ne me souviens pas de ce qui s'est passé après que vous m'avez mise au lit. Pourriez-vous me rafraîchir la mémoire ?

— Si j'avais couché avec vous, vous vous en souviendriez, croyez-moi.

Elle sourit.

— J'en suis sûre.

— Vous vous êtes effondrée dans mes bras et, avec la générosité qui me caractérise, je vous ai installée dans ma chambre pour vous permettre de dormir dans les meilleures conditions. Vous ne tenez pas l'alcool.

— C'est vrai. C'est du café ? ajouta-t-elle en désignant le mug posé sur la table à côté de lui.

Pour toute réponse, il le lui tendit

Elle en but une longue gorgée avant de le lui rendre.

— Je crois que je suis déjà à moitié amoureuse de vous.

— C'est la tequila qui parle. Vous êtes encore ivre.

— Sûrement pas. J'ai cuvé maintenant. Combien de temps ai-je dormi ?

Il jeta un coup d'œil à sa montre.

— Dix-sept minutes.

— Alors, en effet, je suis peut-être encore sous l'emprise de l'alcool. J'aimerais un peu plus de café, s'il vous plaît.

Il lui tendit le mug sans lever les yeux.

Lorsqu'elle s'assit à côté de lui, la cuisse pressée contre la sienne, il secoua la tête.

— Vous franchissez une ligne jaune, Teagan, dit-il en lorgnant leurs jambes, collées l'une contre l'autre.

Avec un soupir, elle s'écarta pour rompre le contact.

— Soit vous êtes marié, soit vous avez une petite amie, soit je ne comprends pas. J'ai beau tout essayer, rien ne marche.

— Je n'ai jamais été marié. Ma copine m'a largué il y a des mois parce qu'elle ne supportait plus la compagnie d'un infirme. Peut-être n'êtes-vous pas mon type…

— Pff. M'avez-vous seulement regardée ? Mes jambes sont interminables.

— Votre faible estime de vous-même est un point à travailler.

Elle se mit à rire et jeta un coup d'œil aux papiers qu'il avait devant lui. Quand elle comprit de quoi il s'agissait, elle sentit l'espoir enflammer sa poitrine.

— Vous lisez mon dossier ?

Il haussa les épaules.

— Je m'ennuyais. J'avais dix-sept minutes à tuer.

— Cela signifie-t-il que vous allez m'aider ?

— En matière d'aide, mon parcours n'a rien de remarquable, vous savez. Je m'engage uniquement à parcourir vos recherches pour vous proposer des pistes que vous suivrez ou pas. À votre place, je ne m'exciterais pas trop. Comme je l'ai dit, mon bilan n'est pas terrible. Je suis physiquement diminué parce que j'ai raté une manœuvre qu'un débutant aurait effectuée les yeux fermés. J'ai réussi à faire basculer le véhicule d'une tueuse dans un fossé mais je me suis si bien débrouillé qu'elle m'a tiré dessus. Ensuite, elle m'a poussé hors de la voiture pour filer avec un otage qui ne doit la vie qu'à l'intervention d'un de mes collègues.

— J'ai le sentiment que l'histoire ne se résume pas à ça.

Elle commença à lui caresser la jambe mais s'interrompit devant son regard de reproche.

— Pardonnez-moi, je suis d'une nature très tactile, on s'en aperçoit vite. Je vais essayer de me maîtriser. Vous allez m'aider, n'est-ce pas ? ajouta-t-elle en se mordillant les lèvres.

— Je pensais que vous jouiez une sorte de comédie.

— Désolée de vous décevoir.

— Je n'ai pas dit que j'étais déçu.

Elle le dévisagea, espérant qu'il lui expliquerait ce commentaire. Au lieu de quoi, il replongea dans les papiers.

Après quelques instants, elle dit :

— Si vous changez d'avis à propos de nous deux, prévenez-moi, d'accord ?

Il laissa échapper un profond soupir et lui lança un regard exaspéré.

— Teagan ?

— Bryson ?

— Taisez-vous.

Avec un sourire, elle se recula sur le canapé pour s'asseoir en tailleur pendant qu'il se replongeait dans son dossier. Cela lui prit beaucoup plus de temps que ce à quoi elle s'attendait. Elle ne lui avait pourtant apporté que des résumés, pas les rapports détaillés. Mais il n'arrêtait pas de feuilleter les pages, de comparer les documents, de les relire. Elle mourait d'envie de lui demander ce qu'il en pensait.

Elle se leva soudain.

— Où sont les toilettes les plus proches dans cette monstrueuse baraque ? Dites-moi vite ! Ou je fais pipi dans ma culotte, ajouta-t-elle en sautillant d'un pied à l'autre. Bon, peu importe, je me débrouillerai toute seule.

Elle courut vers la chambre principale.

— J'ai trouvé ! cria-t-elle avant de claquer la porte.

Bryson fixa la porte derrière laquelle Teagan la Tornade venait de disparaître. Il s'attendait à découvrir une femme différente à son réveil, pensant que son comportement précédent était une sorte de provocation, un mécanisme de défense causé par ce qui lui était arrivé. Visiblement, elle n'avait pas dormi assez longtemps pour se dégriser

Il prit son téléphone portable sur la table basse et appela un numéro programmé qu'il aurait dû supprimer depuis des mois.

Lorsque son correspondant décrocha, il lança :

— Vous avez juré de m'achever ou quoi ?

— Elle est charmante, n'est-ce pas ? dit Mason avec un petit rire.

— Vous voulez dire qu'elle est toujours comme ça ? Il n'existe pas d'antidote ?

— Je ne la reprends pas. Si c'est ce que vous espériez, je raccroche.

Il tourna la tête, se remémorant sa dernière conversation avec Mason. Ne remontait-elle vraiment qu'à la veille ?

— Bryson ? Vous êtes toujours là ?

— Je suis là.

— Il est difficile de lui dire non.

— Je vous le confirme.

— Si vous avez besoin de quoi que ce soit pour mener votre tâche à bien, dites-le.

Mason s'exprimait désormais sur un ton professionnel.

Bryson se gratta la tête.

— J'ai besoin des dossiers que j'ai conservés – en violation totale avec les règles du FBI – sur l'affaire de l'Éventreur. Je vous avais demandé de les stocker et je sais que vous les avez archivés au siège des Justice Seekers. Vous serait-il possible de me les envoyer ici, quand vous aurez cinq minutes ?

— Vous les aurez dans l'heure.

Teagan apparut à la porte de sa chambre. Vacillant sur ses jambes, elle s'agrippa au cadre de la porte. Décidément, elle ne tenait pas l'alcool, ce qu'il trouva adorable pour une raison qui lui échappa.

— Merci, Mason, dit-il avant de raccrocher.

Il attrapa sa canne et se remit péniblement debout.

Teagan s'avança vers lui et s'arrêta à quelques pas en se massant le ventre. Bryson avait le sentiment qu'il était sur le point de faire enfin connaissance avec la vraie Teagan.

Elle leva les yeux vers lui, l'air catastrophé.

— Vous ai-je vraiment dit que je devais faire pipi ?

Il sourit. Peut-être avait-il déjà rencontré la vraie Teagan, après tout…

— Allons, n'y pensons plus. Je vais vous préparer du café et mon remède spécial anti-gueule de bois.

6

Lorsque Bryson avait fait allusion à son remède anti-gueule de bois, Teagan aurait sans doute dû se méfier et refuser. Mais, assise sur le carrelage de sa salle de bains principale, la tête au-dessus des toilettes, elle dut reconnaître que son horrible décoction était efficace.

Elle se rassit en frissonnant. Bryson était visiblement une fée du logis. Ou avait à son service une armée de femmes de ménage. En tout cas, le carrelage de sa salle de bains était impeccable. Elle grimaça. Il l'avait du moins été jusqu'à son arrivée. Son estomac lui laissant enfin un peu de répit, elle se remit sur ses pieds et s'approcha d'un pas vacillant du lavabo.

Après s'être rincé la bouche et brossé les dents avec son doigt et un peu de dentifrice, elle se sentit à nouveau presque humaine. Elle s'aspergea le visage, s'assura que ses boucles ne s'étaient pas échappées de sa tresse, puis nettoya rapidement la salle de bains.

Des bruits de voix la poussèrent à traverser la chambre principale et à sortir dans le couloir.

Les portes d'entrée étaient grandes ouvertes. Bryson, assis dans son fauteuil roulant, donnait des instructions à un homme équipé d'un diable. Faisant attention à ne pas le gêner, elle le vit transporter plus d'une douzaine de cartons.

Bryson fit rouler sa chaise vers elle.

— Vous vous sentez mieux ?

— Beaucoup mieux, merci. Même si je me demande si le remède n'est pas pire que la gueule de bois.

Elle fit un signe vers son fauteuil et ajouta :

— Je vois que vous n'avez plus de tequila et que vous avez troqué votre canne pour ce fauteuil. Si vous voulez vous déshabiller, je serais ravie de vous masser.

Elle se frotta les mains, souriant par anticipation.

— Je compenserai le manque de technique par l'enthousiasme.

Bryson toussa comme pour dissimuler un rire.

— Je n'en doute pas. J'apprécie votre proposition mais, à ce stade, un autre massage n'améliorerait pas la situation. La hanche cède lorsque les muscles ont été trop longtemps sollicités et ne me soutiennent plus.

— Faites-vous de la physiothérapie ?

— Laissez-moi deviner. Vous pouvez aussi m'aider dans ce domaine ?

— Si j'avais su que je vous rencontrerais un jour, j'aurais changé de spécialité à l'université pour pouvoir vous dire oui.

Cette fois, il éclata de rire et fit un signe vers le couloir du fond.

— Interrogez-moi plutôt sur ces cartons. Je devine que vous êtes dévorée de curiosité.

Elle fronça les sourcils.

— Votre théorie selon laquelle votre petite amie vous a largué à cause de votre claudication est sans doute fausse. Je pense plutôt qu'elle vous a quitté parce que vous êtes toujours en train de profiler les gens et de lire dans leurs pensées. Vous avez raison, la curiosité me dévore. Qu'y a-t-il dans ces cartons ?

— Je ne lis pas dans les pensées. Le profilage ou, plus précisément, l'analyse de la psyché criminelle, est une science, pas un art divinatoire. Et pour répondre à votre question, ces cartons contiennent mes recherches sur l'Éventreur du Kentucky. J'avais fini de lire votre dossier à pois.

— Il vous suffisait de demander. Je vous aurais donné la suite.

Elle désigna d'un geste de la main l'endroit où l'homme avec le diable avait disparu.

— Le FBI vous a envoyé les études que vous aviez menées sur l'affaire ? ajouta-t-elle.

— Le FBI n'autorise pas les anciens agents à garder leurs dossiers. Il s'agit des copies que j'ai faites lorsque je travaillais sur l'enquête. Plus précisément, sur le profil du tueur. Techniquement, je n'étais pas enquêteur. Mais l'affaire m'a laissé un goût d'inachevé. J'avais plus de questions que de réponses, même après la condamnation du meurtrier. J'ai donc copié religieusement tout ce que je pouvais et rapporté le tout chez moi. Je n'ai jamais réussi à classer cette affaire.

Elle posa les mains sur ses hanches.

— J'en étais sûre. Vous avez toujours su que le type qui a été jeté en prison n'était pas le bon. Sinon, vous n'auriez pas risqué votre carrière en rapportant ces documents chez vous. Reconnaissez-le. Ma théorie tient la route.

— Je ne reconnais rien. Mais je suis prêt à examiner le dossier avec un nouveau regard. Voilà pourquoi j'ai fait venir ces cartons.

Il fit un signe vers la porte au fond de la pièce.

— Autant vous donner un aperçu de cette monstrueuse baraque. Suivez-moi.

— Mon commentaire sur votre maison était dû à l'urgence du moment. Je ne la trouve pas du tout monstrueuse.

— Vous avez le droit de le penser. Et je ne me vexe pas. Cette maison est grande, beaucoup trop grande pour une seule personne. Mais elle répondait à un certain nombre de critères impératifs que j'avais en matière de logement.

— Laissez-moi deviner. Exigence numéro un : pas de

tapis, pour bouger plus facilement avec une canne ou un fauteuil roulant ?

— N'importe qui l'aurait deviné.

— Exigence numéro deux, dit-elle, une maison de plain-pied. Vous n'êtes pas encore prêt à vous attaquer aux escaliers.

— Encore une fois, trop facile. Qu'en est-il de la troisième exigence ?

Elle secoua la tête.

— Vous me posez une colle. Je suis perplexe sur celle-là.

— Un endroit isolé pour décourager les importuns.

Il glissa un œil vers elle pour vérifier qu'elle avait compris l'allusion.

Elle grimaça.

— Eh bien. Deux sur trois, ce n'est pas si mal. C'est plus que la moyenne et suffisant pour passer dans la classe supérieure. Au lycée, en tout cas.

— J'ai du mal à vous imaginer satisfaite d'avoir seulement la moyenne. Vous étiez major de la promotion, n'est-ce pas ?

— Faut-il l'être pour rencontrer un congénère ?

Il sourit.

— Allons-y. Vous avez déjà vu la cuisine, le salon et vous avez pris vos aises dans ma chambre et ma salle de bains.

Il désigna deux autres portes sur le mur le plus à droite.

— Placard et toilettes.

— Si j'avais su qu'il y avait des toilettes si près, je n'aurais pas couru jusqu'à votre salle de bains.

— Au moins, vous y êtes arrivée à temps.

Il fit rouler sa chaise vers un autre couloir.

— Continuons la visite.

Elle le suivit.

En route, il désigna les différentes pièces mais ne s'arrêta pas avant d'atteindre le fond. Il lui désigna une porte.

— Elle mène à…

— Laissez-moi deviner. Votre garçonnière ?

— Mon bureau.

— Ça ne semble pas très rationnel de l'avoir installé à l'autre bout de la maison.

— N'exagérons pas. Il n'est pas si loin.

— Dit l'homme qui a roulé jusqu'ici. J'ai déjà effectué mes dix mille pas quotidiens.

— Voulez-vous voir la partie la plus intéressante de la maison ou non ?

Elle sourit.

— Très certainement.

Il poussa la porte ouverte. Puis recula et lui fit signe d'avancer.

— Après vous.

Vu l'excitation peinte sur le visage de Bryson, Teagan s'attendait à quelque chose d'extraordinaire en franchissant le seuil.

Elle ne fut pas déçue.

7

Quand Bryson entra dans son bureau derrière Teagan, quelque chose d'inattendu se produisit. Il apprécia pleinement l'instant présent. Il oublia sa hanche douloureuse, ses erreurs passées, ses ennuis. Il cessa un moment de ressasser les échecs de sa vie.

Au lieu de quoi, il savoura le spectacle de la joie pure qui se peignit sur son visage alors qu'elle découvrait l'endroit.

La pièce valait le détour, il fallait le dire.

Microcosme de la maison, elle contenait une kitchenette dans un coin, une salle de bains, une chambre d'amis au cas où il avait besoin d'une petite sieste avant de retourner travailler.

Sur la gauche se trouvait la bibliothèque. Les étagères étaient remplies de toutes sortes de manuels, traitant de sujets tels que l'analyse des scènes de crime et le profilage. Les autres murs étaient tapissés de tiroirs et d'étagères. Le stockage ne serait jamais un problème ici. Les cartons que Mason avait envoyés étaient soigneusement empilés à côté de ces rangements. Il s'en occuperait plus tard, après avoir tout scanné. En effet, la véritable beauté de cette salle résidait dans la technologie.

Au milieu de la pièce se dressait une grande table ronde en pierre, centre de contrôle de la myriade d'écrans qui occupaient la majeure partie du mur opposé. De là, il pouvait afficher des rapports ou des photographies ou même se connecter sur Internet et avoir toutes sortes d'informations sous les yeux en même temps. Avoir tout à portée de main permettait de faire des comparaisons et de voir l'ensemble du dossier en un coup d'œil.

L'idéal pour un profileur.

Dommage qu'il n'ait, de fait, jamais utilisé ce dispositif pour une enquête.

Teagan fit le tour complet de la pièce, ouvrant les placards, inspectant le contenu des différents rangements. Mais elle le surprit en retournant ensuite à la bibliothèque. Elle caressa les livres, y promena les doigts.

Quand elle se retourna enfin vers lui, elle semblait émerveillée.

— C'est incroyable. Vous avez des ouvrages que je rêve de lire depuis toujours, des livres rares que mon université ne possède même pas. Deux d'entre eux portent votre nom. J'ignorais que vous étiez écrivain.

— La plupart des gens qui travaillent dans le profilage le sont, répondit-il sèchement. Mon éditeur a perdu une fortune en les publiant.

— Alors il ne mérite pas d'être votre éditeur. De toute évidence, s'il avait su présenter correctement le fruit de vos travaux, il en aurait vendu un million.

— Faites-vous partie des six personnes qui en ont acheté un exemplaire ?

Elle leva les yeux au ciel.

— Je suis sûre que vous exagérez.

— Pas de beaucoup, malheureusement.

— Vu votre réputation dans le domaine, j'aimerais devenir la septième lectrice, si vous m'autorisez à les emprunter.

— Je vous les offre. J'en ai des cartons pleins. Et que pensez-vous du reste ? Vous semblez moins impressionnée que je ne l'espérais. Mon ego en prend un coup.

— Je me serais extasiée sur l'équipement à la pointe de la technologie moderne si je n'avais pas vu votre bibliothèque. Je suis une grande amatrice de livres. Mais tout ce que contient cette salle est incroyable. Vous avez dû adorer être un Justice Seeker, un membre des chevaliers de la Table ronde, ajouta-t-elle en caressant l'imposante table. Mason m'a dit qu'il y en avait une dans une pièce super secrète au siège des Justice Seekers.

— La mienne est moins grande. Mais j'avoue avoir apprécié son goût pour le médiéval et le concept Camelot. Voilà pourquoi je l'ai en partie reproduit chez moi. Après mon accident, j'ai transformé une aile de la maison afin de pouvoir travailler à domicile tout en récupérant de mes blessures. Mais ma convalescence a été plus lente et plus déprimante que prévu. J'ai finalement préféré démissionner.

— Attendez. Êtes-vous en train de dire que vous n'avez jamais utilisé ce bureau ?

— Exactement. Je ne me souviens même plus de la dernière fois où j'y suis entré. Si une entreprise de nettoyage ne venait pas y faire le ménage une fois par semaine, il y aurait des toiles d'araignées et de la poussière partout.

— Si je l'avais su, j'aurais squatté l'endroit depuis longtemps. Je pourrais vivre ici des semaines entières sans jamais prendre l'air.

Elle s'assit sur l'une des chaises de la table ronde.

— C'est classe ! J'adore. N'hésitez pas à flatter votre ego en me faisant une démonstration.

Il écarta une chaise et plaça son fauteuil à côté d'elle.

— Au départ, je voulais une table de douze, pour garder le thème de Camelot. Mais c'était excessif pour l'espace, alors j'ai opté pour une table de neuf. Tous les écrans fonctionnent ensemble comme un seul moniteur si je le souhaite, mais il est possible d'afficher des documents différents sur chacun d'eux. C'est un vrai plus de pouvoir afficher des données sur différents crimes et de les comparer. Avec une tablette informatique, je sélectionne un écran. Un stylo lumineux me permet de dessiner des cercles autour de certains éléments pour les mettre en évidence ou les modifier.

— Super. Puis-je essayer ? demanda-t-elle en tendant la main, les yeux brillants.

Au lieu de faire sortir une des tablettes d'ordinateur d'un compartiment caché de la table, il fit rouler son fauteuil pour lui faire face et prit ses mains dans les siennes.

Comme elle écarquillait les yeux et qu'un sourire éclairait son visage, il secoua la tête.

— Non, Teagan, dit-il. Quel que soit le commentaire sexy, drôle ou intelligent que vous vous apprêtiez à faire à propos de moi tenant vos mains, attendez. J'ai besoin de vous parler sérieusement. Pouvez-vous vous concentrer pendant quelques instants sans plaisanterie ni provocation ?

Elle prit un air méfiant.

— Pourquoi ai-je l'impression que je suis sur le point d'être envoyée chez le directeur ? D'accord. Je ne dis rien et je vous écoute. Vraiment, ajouta-t-elle. Je suis capable d'être sérieuse quand je veux. Alors ?

— Avant d'aller plus loin, je tiens à ce que vous mesuriez bien à quoi vous vous engagez. Vous êtes entrée dans ma vie comme une tornade, soulevant tout sur son passage. Je vous connais depuis, quoi, quelques heures ? Et pourtant, sans que je comprenne comment, vous avez réussi à me donner envie de retravailler. Voilà pourquoi je vous ai amenée dans cette salle, pour vous montrer les outils dont nous disposerions pour enquêter ensemble, si c'est vraiment ce que vous voulez.

— Vous plaisantez ? Je ne veux rien d'autre depuis que j'ai découvert l'affaire de l'Éventreur du Kentucky et vu vos contributions à l'enquête. Je rêve de travailler avec vous pour démasquer l'Éventreur…

— Nous n'allons pas travailler sur l'Éventreur.

— À mon tour de ne pas comprendre.

Il mêla leurs doigts pour qu'elle sache qu'il était là pour elle si elle avait besoin de son soutien.

— Je vais embaucher un intérimaire pour scanner et cataloguer les documents contenus dans ces cartons. Cela lui prendra plusieurs jours, peut-être même une semaine. En attendant, le seul cas que nous aurons la possibilité d'analyser est le vôtre. Pendant que vous vous remettiez de vos excès de tequila, j'ai utilisé le scanner de ce bureau pour traiter les éléments de votre dossier. J'aimerais à présent les faire apparaître sur ces moniteurs. Mais il y a un monde entre regarder quelque chose sur une feuille de papier et le voir sur grand écran. Beaucoup de descriptions sont profondément personnelles, intimes. Êtes-vous sûre de pouvoir gérer tout ça ?

— Je ne comprends pas vos inquiétudes. J'ai constitué ce dossier moi-même. Je sais ce qu'il y a dedans. Je veux que vous le voyiez, que vous l'examiniez avec moi.

— Le récit de la dernière attaque perpétrée, d'après vous, par l'Éventreur ne précise pas votre nom. C'est assez révélateur. Et votre dossier est parcellaire. Il ne décrit pas en détail tout ce qui vous est arrivé, tout ce que vous avez vécu. Pour avoir une chance d'aboutir, il va nous falloir tout examiner et pas uniquement certains éléments.

— Bien sûr. Je vous apporterai les rapports détaillés qui étayent les résumés que j'ai rédigés. Je ne les ai pas emportés.

— Ce n'est pas ce que je voulais dire. Il y a des détails auxquels vous n'avez pas fait allusion.

— Comme quoi ?

Il lui serra les mains avant de les lâcher. Puis il tapa quelques touches avant d'appuyer sur « Entrée ».

Teagan leva les yeux vers les écrans. Elle écarquilla les yeux et porta les mains à sa bouche avant de détourner la tête.

— Où avez-vous trouvé ça ? balbutia-t-elle d'une voix blanche.

Il frappa sur une commande et les écrans s'assombrirent.

— J'ai gardé quelques contacts au sein de la police.

Elle croisa les bras.

— Ils n'auraient pas dû vous communiquer ces photos prises à l'hôpital. Elles sont…

— Trop personnelles ? Ce ne sont pas mes affaires ?

Elle tressaillit et baissa la tête, livide.

Il recula de la table.

— Oubliez tout ça. Vous n'êtes pas prête.

— Attendez… Donnez-moi un instant pour reprendre mon souffle, d'accord ? Je peux le faire. Vraiment.

— Teagan. Vous avez déjà vécu un cauchemar. L'enlèvement, la torture… Rien ne vous oblige à tout recommencer, à rouvrir de vieilles blessures. Laissez-moi enquêter. Peut-être parce que j'admire votre courage, ou peut-être parce que je suis prêt à revenir dans la partie, même si je n'en étais pas conscient jusqu'à présent. Quelle que soit la raison, j'accepte de travailler sur ce dossier. Mais, pour mener à bien ces investigations, je dois me plonger dans toutes les données entourant votre enlèvement, dans tout ce qui vous est arrivé. *Tout*. C'est le seul moyen de m'assurer que rien n'a été oublié, que tous les indices éventuels ont été pris en compte. En attendant, vous pouvez retourner en Floride, continuer votre vie. Lorsque j'aurai quelque chose, je vous appellerai.

Il se dirigea vers la porte et la tint ouverte pour elle.

— Venez. Nous avons terminé ici.

8

Teagan resta immobile, le regard buté, et Bryson poussa un gros soupir. Elle n'esquissa pas le moindre mouvement vers la porte. Comme il fallait s'y attendre, elle n'allait pas renoncer sans se battre.

Lui non plus.

— Teagan, nous devrions…

— Vous m'avez prise au dépourvu. C'est tout. Je ne m'attendais pas à voir… ces photos, d'accord ? Vous auriez dû me prévenir.

— Si je vous avais prévenue, vous auriez sans doute dissimulé vos vraies émotions, ou du moins essayé de le faire, derrière une bravade ou une provocation. Maintenant, je connais la vérité. Tout est encore à vif et c'est normal. Voilà pourquoi vous ne devez pas vous impliquer dans l'enquête. Si les victimes ne travaillent pas sur leurs propres cas, ce n'est pas pour rien.

— Je ne suis pas une victime, rétorqua-t-elle. Je suis une survivante.

— C'est vrai, mais cela ne change rien à ce que je viens de dire.

Elle pointa du doigt les piles de cartons.

— Pourquoi ne pas commencer par ceux-ci ? Je sais déjà que le véritable Éventreur est l'homme qui m'a attaquée et non Leviathan Finney qui est en prison. Revoir en détail ce qui m'est arrivé ne présente pas beaucoup d'intérêt. Nous avons dépassé ce stade. Nous avons identifié mon ravisseur. Il s'agit de l'autre individu que vous avez profilé dans le Kentucky, celui que la police a laissé partir, Avarice Lowe.

— Avez-vous dit aux inspecteurs que vous pensiez que Lowe était l'homme qui vous avait enlevée ?

— Oui, bien sûr.

— Et ? Laissez-moi deviner. Ils vous ont écoutée d'une oreille distraite. Par la suite, ils n'ont pas réussi à le localiser ou vous ont expliqué qu'il avait un alibi.

— Ils n'ont pas pu le retrouver. Mais ils ne l'ont pas beaucoup cherché.

— Pourquoi, à votre avis ?

— Sans doute parce qu'ils ne voulaient pas se fatiguer et préféraient faire simple. Ils avaient un gars en prison et n'avaient pas envie de chercher plus loin.

— Essayez de réfléchir à une autre raison. Oubliez un instant vos émotions et servez-vous de vos neurones.

Elle lui lança un autre regard buté.

— Ils ne croyaient pas à la culpabilité de Lowe et ils n'avaient rien qui le relie à moi. Parce qu'ils ont refusé de m'écouter.

— Les inspecteurs, les bons du moins, s'appuient sur les preuves pour enquêter. Vous pensez que l'homme qui vous a enlevée est l'Éventreur pour une seule et unique raison : il a gravé ce X sur votre ventre. Tout le reste est différent, y compris le fait que vous avez survécu.

— Plongeons-nous dans vos dossiers et découvrons d'autres similitudes. Vous les avez fait livrer ici dans ce but, non ?

— Je les ai fait apporter ici pour les examiner *après* avoir étudié votre histoire à vous. Si, et seulement si nous constatons que les différents rapts et le vôtre sont liés. Que se passera-t-il si nous procédons comme vous préconisez de le faire, que nous consacrons tout notre temps à l'affaire de l'Éventreur pour découvrir à la fin que vous vous trompez ? Nous aurons perdu des semaines, voire plus, à analyser tous les crimes de l'Éventreur sans avoir avancé d'un pouce sur *votre* agresseur. Si vous voulez mon aide pour découvrir qui vous a attaquée, je suis d'accord à condition de travailler à *ma* manière. Je pars des preuves. Voilà pourquoi je commencerai par ce qui vous est arrivé.

Elle regarda les piles de cartons un long moment. Quand elle reporta enfin son attention sur lui, son regard était perdu.

— J'ai passé plus de dix-huit mois à étudier mon attaque dans l'espoir d'identifier mon agresseur. Je ne veux pas recommencer. Je n'en ai pas la force.

La déception le traversa mais il s'obligea à sourire.

— Alors, ne le faites pas. Continuez à faire ce que vous faites. Suivez vos pistes et vous verrez bien où elles vous mèneront.

— Sans vous.

— Sans moi.

— C'est la méthode Bryson ou je me débrouille toute seule, c'est ça ?

Il détestait la douleur dans sa voix. Et surtout d'en être en partie la cause. Mais ce serait bien pire s'il cédait et allait à l'encontre de tout ce qu'il avait appris sur la façon de mener des enquêtes. Il s'appuyait sur des années d'expérience en tant que profileur, non seulement au sein du FBI, mais également au sein des Justice Seekers. Teagan avait réussi à réveiller en lui une soif de justice, un désir d'expier ses fautes passées et de prouver qu'il valait mieux que ses erreurs.

En commettre une autre ne lui permettrait pas de se racheter.

S'efforçant de se blinder, il répondit à son accusation.

— J'étais très heureux de vivre en ermite. J'étais très bien tout seul jusqu'à ce que vous vous présentiez à ma porte. Alors, ne réagissez pas comme si je vous poussais à faire quelque chose dont vous ne voulez pas. Vous êtes venue ici pour obtenir mon concours. J'étais prêt à vous aider de la seule manière que je connaisse, en utilisant ma formation et mon expérience. J'aurais suivi les étapes que je juge indispensables pour créer un profil criminel. J'aurais commencé par rassembler le plus de preuves possible. Ensuite, j'aurais contacté les inspecteurs de police pour les leur présenter et les obliger ainsi à avancer. Rien de tout cela n'est sexy ou rigolo. C'est au contraire pénible, laborieux. Mais c'est ainsi qu'il faut vous y prendre. Et si vous, vous ne pouvez pas, je le respecte mais notre collaboration s'arrête ici. Nous avons terminé. Vous continuez votre route et moi, la mienne. Je vous souhaite le meilleur, vraiment. Mais partez, à présent.

Il fit pivoter son fauteuil et sortit de la pièce pour gagner la terrasse. Il sortit de la glacière une canette de bière et la décapsula comme si les vingt-quatre heures écoulées depuis la visite de Mason n'avaient jamais existé.

Pourtant, il se rendit compte que, en réalité, tout avait changé. Il n'y avait plus de retour en arrière possible. Mason avait déclenché quelque chose en lui. Teagan avait transformé ce frémissement en tremblement de terre.

Tout lui était revenu : le frisson de la traque, l'envie de résoudre le casse-tête qu'était une enquête et le désir d'aider les gens, raison pour laquelle il s'était lancé dans cette voie professionnelle à l'origine. Il avait de nouveau envie d'exercer son métier, de relever les défis du profilage criminel.

Lorsqu'il entendit Teagan quitter la maison, démarrer et s'éloigner, il prit vite conscience qu'il avait été beaucoup trop dur avec elle. Ce qu'il lui avait dit était vrai. Mais elle n'était pas prête à l'entendre. Elle n'était pas un agent endurci ou blasé à qui il pouvait parler sans précautions.

Elle était une victime, une survivante. Elle méritait du respect et de la gentillesse.

Si mener des investigations sur l'Éventreur était sa manière de faire face à ce qu'elle avait vécu, qui était-il pour l'en empêcher, pour la critiquer ? Il aurait dû l'encourager, l'épauler. Au lieu de quoi, il avait joué les professeurs et lui avait enseigné d'un ton docte la – bonne – façon d'enquêter.

Qu'allait-elle faire, à présent ? Il l'avait condamnée à retourner dans sa chambre d'hôtel et à continuer ses recherches seule et sans guide comme un hamster sur une roue. Elle n'aboutirait jamais à rien ainsi. Elle avait besoin des conseils de quelqu'un qui soit disposé à travailler l'angle qu'elle voulait poursuivre.

Alors, comment pourrait-il l'aider ?

Il avait plaisanté plus tôt en disant qu'il avait encore quelques contacts dans la police. En réalité, il en avait bien plus que cela. Après tout, il n'avait quitté les Justiciers que six mois plus tôt. Au cours de ces années à travailler en tant que Seeker ou comme agent spécial du FBI, il avait rencontré des centaines, voire des milliers de confrères. Beaucoup d'entre eux étaient devenus des amis. Peut-être arriverait-il donner à Teagan ce qu'elle voulait – quelqu'un à qui parler.

Il sortit son téléphone portable et appela l'agent spécial Pierce Buchanan. Il lui posa des questions sur sa femme, Madison, et sur leur petite fille, Nicole. Il s'excusa de s'être comporté comme un ours et d'avoir refusé les nombreuses demandes du couple de venir lui rendre visite après la fusillade. Mais ils trouvèrent un accord. Pierce allait contacter Teagan et lui offrir un point de vue d'initié sur les meurtres de l'Éventreur. En échange, Bryson se rendrait chez Pierce et Madison à Savannah l'été suivant.

Après avoir mis fin à cet appel, il en passa un autre.

À l'aéroport.

9

La mort et l'extrême violence avaient déjà toutes deux emprunté le long chemin tortueux qui traversait le lotissement The Woods. L'épais feuillage des chênes protégeait les promeneurs des rayons brûlants du soleil de Floride. Elles s'étaient cachées à l'ombre de ces grands arbres pour repérer leur proie sans se faire remarquer. Puis elles s'étaient accroupies dans les buissons qui bordaient les hautes palissades en bois, dressées de part et d'autre du sentier, pour l'attendre. À l'origine, ces panneaux occultants avaient été installés pour préserver l'intimité des habitants qui voulaient profiter de leur jardin à l'abri des regards indiscrets. Mais, deux ans plus tôt, ces clôtures hermétiques avaient permis à un monstre de kidnapper une femme sans être inquiété.

C'est ici que Teagan Ray avait été attaquée et enlevée.

Certaines théories prétendaient que la violence extrême, qu'elle aboutisse ou non à la mort, laissait une marque indélébile sur un lieu. Son énergie négative souillait le sol, les arbres, l'atmosphère et son empreinte maléfique se percevait encore, des années plus tard.

À en juger par l'angoisse et l'oppression qui l'envahissaient, Bryson était plus enclin à croire ces thèses qu'à les mépriser. Il sentait planer autour de lui un sentiment écrasant de malheur, de fatalité.

Il chassa ces pensées parasites, indignes d'un scientifique. Il était venu sur ce sentier pour tenter de se mettre dans la peau d'un prédateur traquant une proie. Il ne tarda pas à localiser l'endroit où il se posterait pour attendre une victime potentielle. Il y faisait sombre, les hautes palissades et les épais buissons offraient une couverture parfaite. Deux ans plus tôt, malheureusement, Teagan était passée par là. Elle s'était retrouvée au mauvais endroit, au mauvais moment. Et elle l'avait payé cher.

Lorsque son assaillant avait fondu sur elle, sans doute l'avait-il droguée. Pour qu'elle soit toujours capable de marcher au bras de quelqu'un mais n'ait plus la lucidité, la force de comprendre la situation, de riposter ou d'appeler à l'aide. Il l'avait alors entraînée jusqu'à l'endroit où il avait garé son véhicule. Ou, du moins, les adjoints au shérif qui avaient enquêté sur cette affaire l'avaient-ils pensé. Mais aucun témoin n'avait été en mesure d'étayer leurs hypothèses.

Quand elle avait repris connaissance, elle était ligotée, les yeux bandés. Deux semaines plus tard, alors que son agresseur s'était absenté pour aller au ravitaillement, elle avait miraculeusement réussi à s'échapper. Mais elle s'était perdue et avait erré plusieurs jours dans la nature sauvage de l'arrière-pays de la Floride. Lorsqu'un randonneur l'avait découverte, elle était déshydratée et à moitié folle. À l'hôpital, il lui avait fallu quarante-huit heures supplémentaires pour être en état de raconter son cauchemar.

La police avait utilisé des chiens pour retrouver le petit chalet à moitié en ruine où elle avait été emprisonnée. Situé à environ une heure et demie de sa ville natale de Jacksonville, au fond des bois de Live Oaks, près de la rivière Suwannee, il était désert à leur arrivée. Et le ravisseur n'y était pas revenu.

Teagan n'avait jamais eu la possibilité de voir son tortionnaire. Il lui avait bandé les yeux et avait veillé à garder la maisonnette dans l'obscurité. Dès le départ, il lui avait annoncé qu'il la tuerait. Mais, en attendant, il avait toujours été très prudent, au cas sans doute où elle parviendrait à s'échapper, ce qui s'était effectivement produit.

De ce fait, Teagan était certaine qu'elle ne le reconnaîtrait pas si elle le croisait dans la rue. Voilà pourquoi elle avait mis ses études et le reste de sa vie entre parenthèses pour essayer d'identifier son agresseur. Tant qu'il ne serait pas derrière les barreaux, elle vivrait dans la crainte qu'il la retrouve et finisse ce qu'il avait commencé.

Dommage que le propriétaire de la petite structure ait rapidement été mis hors de cause. S'il avait été coupable, toute l'histoire serait classée à présent. Mais il avait été innocenté. Il vivait et travaillait au Canada et s'y trouvait déjà au moment des faits. Beaucoup de gens en avaient témoigné. Il revenait deux ou trois fois par an en Floride pour défricher le terrain.

Bryson griffonna quelques notes sur le rapport de police qu'il tenait à la main, ajoutant des éléments concernant le sentier. Avec un dernier coup d'œil circulaire, il glissa les feuillets dans la poche de sa veste. Il prévoyait de parcourir tous les chemins alentour à pied, si sa hanche le supportait, ou en fauteuil roulant, ce qui semblait plus probable. Il tenait à voir s'il y avait dans le lotissement d'autres lieux propices à une embuscade. Si tel était le cas, alors les habitants de l'une des maisons bordant le sentier se souviendraient peut-être de quelque chose. Ils avaient peut-être remarqué le manège du ravisseur sans mesurer à l'époque l'importance de ce qu'ils avaient vu.

D'après le site web de la ville, le lotissement The Woods comprenait plus de huit cents maisons, une dizaine d'étangs ou de mares et douze kilomètres de sentiers, la majeure partie serpentant en pleine nature. L'endroit tirait son nom de ce cadre bucolique mais, pour Bryson, ces données signifiaient surtout une zone envahie par la végétation, de nombreux arbres et buissons, le tout offrant de nombreuses cachettes aux agresseurs potentiels. Comme le lotissement était clos et ses entrées surveillées, les résidents s'étaient bercés de l'illusion qu'ils y étaient protégés.

Voilà sans doute pourquoi Teagan n'avait pas été le moins du monde inquiète lorsqu'elle était venue se balader dans cette partie du bois beaucoup moins fréquentée que d'autres alors que le soleil se couchait à l'horizon. Ses parents habitaient non loin de là et elle était passée leur rendre visite avant les examens semestriels à l'université. Elle avait grandi ici, n'avait jamais entendu parler de crimes graves perpétrés dans le coin et n'avait donc aucune raison de s'angoisser. Dans un monde parfait, il n'aurait pas dû y en avoir. Mais, malheureusement, elle avait fait une mauvaise rencontre.

À moins que son agresseur ne l'ait ciblée elle, spécifiquement ?

C'était l'une des nombreuses questions auxquelles Bryson devrait répondre. À en croire les rapports de police ainsi que Teagan et ses parents, elle avait été choisie par hasard. Rien ne prouvait le contraire. Mais Bryson voulait en être sûr.

Un grognement le fit se retourner. Une main sur sa canne, il s'apprêtait à saisir de l'autre son pistolet quand il interrompit brusquement son geste. Stupéfait, il regarda l'impressionnant berger allemand et la jeune femme qui le tenait en laisse.

Teagan.

Un bref instant, il se demanda si elle avait poussé Pierce à lui dire où il était et à le suivre jusqu'à Jacksonville. Mais il comprit très vite que ses soupçons étaient ridicules. Elle ne s'attendait pas à le voir ici. Ses yeux écarquillés et sa main pressée contre sa gorge témoignaient de sa surprise.

— Que faites-vous ici ? demanda-t-il. Je vous croyais à Savannah.

Comme il l'avait espéré, son ton accusateur aida Teagan

à chasser la peur qui l'avait saisie à la vue d'un homme sortant de l'ombre, là où elle avait été attaquée autrefois.

Elle ordonna au chien de s'asseoir. L'animal obéit immédiatement, comme s'il avait déjà oublié qu'un instant plus tôt il était prêt à sauter à la gorge de Bryson.

— Pourquoi serais-je à Savannah ? répliqua-t-elle, perplexe.

Ce fut à son tour d'être surpris.

— Vous n'avez pas reçu un coup de fil de Pierce Buchanan, l'agent spécial du FBI ?

Elle secoua la tête.

— Non. Mais je n'ai pas écouté mes messages depuis que je suis partie de chez vous, hier. Le numéro de téléphone indiqué dans le dossier est celui de la ligne fixe de mon appartement. Je ne le donne qu'à très peu de personnes. Et la ligne n'est pas à mon nom.

Il comprit pourquoi et hocha la tête.

— Vous avez un téléphone prépayé, n'est-ce pas ? Vous craignez que votre agresseur ne vous retrouve.

Elle ne répondit pas mais son regard fermé était assez éloquent. Il se demanda pourquoi elle était là.

Comme il s'avançait vers elle, le chien émit un autre grognement menaçant.

— Zeus, arrête.

L'animal se calma mais ses yeux sombres continuèrent à suivre chaque mouvement de Bryson.

— Pourquoi un agent du FBI chercherait-il à me joindre ? reprit-elle. Ont-ils trouvé quelque chose ? À Savannah ? Oh non ! Ne me dites pas qu'une autre femme a été enlevée !

— Non, non. Je ne suis pas au courant d'autres attaques liées à votre agresseur. Pierce est un bon ami à moi qui vit à Savannah. En raison de son expérience dans le domaine des tueurs en série, il avait fini par rejoindre l'équipe qui enquêtait sur l'Éventreur du Kentucky. Nous avons travaillé ensemble sur cette affaire. Et après votre départ hier…

— Après que vous m'avez virée, vous voulez dire, répliqua-t-elle d'un ton accusateur. Et moi qui croyais que les Justice Seekers aidaient les gens dans le besoin ! Cette réputation est manifestement usurpée.

Il sourit, heureux de retrouver la femme confiante et impertinente qu'il avait rencontrée à Gatlinburg.

— Lorsque vous êtes venue me voir, j'étais en congé des Seekers. Vous n'étiez donc pas officiellement ma cliente. Et je voulais vous aider. Donc, après vous avoir priée de partir, j'ai appelé Pierce et je lui ai demandé de vous donner un avis d'initié sur l'Éventreur et de répondre à toutes vos questions.

— Pourquoi avez-vous fait ça ? Vous m'avez dit que se pencher sur les crimes passés de l'Éventreur n'était pas la bonne approche.

Il commença à s'avancer vers elle mais Zeus se leva aussitôt, les babines retroussées. N'ayant aucune envie de tirer sur le chien pour se défendre, il recula.

— Je suis content que vous ayez Zeus avec vous, pour vous protéger, lui dit-il. C'est intelligent.

Comme elle détournait les yeux, il comprit qu'elle avait mal interprété sa remarque.

— Je n'étais pas en train de vous reprocher d'être venue ici sans lui la première fois.

Elle ne répondit pas et il se pencha sur le côté, essayant de l'amener à le regarder.

— Teagan ?

— Quoi ? dit-elle avec un gros soupir.

— Rien de tout ça n'est votre faute. La victime n'est jamais responsable. La seule personne à blâmer est le monstre qui vous a attaquée.

Un sourire triste se dessina aux coins de la bouche de Teagan.

— Vous me faites penser à mes parents.

— Aïe.

Elle se mit à rire.

— Ne vous inquiétez pas. Rien à voir entre un magnifique spécimen de sexe masculin et eux.

— C'est bon à savoir. Dans l'hypothèse où je suis le magnifique spécimen en question, bien sûr.

— Vous l'êtes.

Le sourire de Teagan s'envola et une partie de son malaise refit surface.

— Je passe quelques jours chez eux. Comme chaque fois que je viens les voir, je me balade sur ce sentier. Il ne s'agit pas d'un pèlerinage, mais je me suis promenée ici tous les jours ou presque depuis que je suis toute petite. Et je refuse de changer cette habitude à cause de… à cause de cette histoire. Ce sinistre individu m'a déjà pris beaucoup. Cela peut sembler idiot mais le laisser me voler aussi mon plaisir à marcher dans la nature, les longues promenades, n'était pas une option.

Elle tapota le chien à côté d'elle.

— Mais maintenant, à la demande de ma mère, je viens en compagnie de son chien, Zeus, et de Jane.

— Jane ? Qui est Jane ?

Elle glissa la main dans la poche de son jean et en sortit un calibre 22.

— Voilà Jane.

— Laissez-moi deviner. Vous lui avez donné ce surnom en référence à Calamity Jane ?

Son magnifique sourire fit une autre apparition.

— Bravo, Sherlock. Peut-être avez-vous des chances de devenir un jour agent du FBI, dit-elle en remettant l'arme dans sa poche.

— Avez-vous un permis de port d'arme à me montrer ?

— Ça dépend. Avez-vous le droit de me le demander ? Êtes-vous devenu policier depuis la dernière fois que nous nous sommes vus ?

— Bien répondu. Ne vous inquiétez pas. Je n'appellerai

aucun de mes contacts dans les forces de l'ordre pour leur parler de Jane.

— Est-ce ainsi que vous avez franchi les grilles du lotissement ? Quelqu'un du bureau du shérif de Jacksonville a prié le gardien de vous laisser passer ?

— Pas du tout. J'ai opéré à l'ancienne.

— À l'ancienne ?

— En soudoyant le gardien en question. Avec quelques billets de banque.

Il s'attendait à un rire. Au lieu de quoi, son ravissant visage devint pâle.

— Teagan ? Tout va bien ?

Risquant la colère de Zeus, il se pencha vers elle.

Comme il fallait s'y attendre, le chien aboya et tira sur la laisse, essayant de l'atteindre.

Elle fronça les sourcils et cria :

— Zeus, ça suffit ! Ami. C'est un ami.

Elle fit signe à Bryson.

— Tendez votre main pour qu'il la renifle, la paume vers le bas.

— Vous plaisantez, n'est-ce pas ?

— Pas du tout. Laissez-le vous sentir. Ami, Zeus. Ami.

Conscient d'avoir l'air d'un imbécile, il fit ce qu'elle lui demandait.

Zeus renifla sa main pendant un bon moment puis lui donna un long coup de langue avant de se rasseoir.

Bryson grimaça à la vue de la salive sur ses doigts, puis leva les yeux à temps pour surprendre le sourire triomphant de Teagan.

Il la considéra avec suspicion.

— Vous l'avez fait exprès.

— Le spectacle d'un homme en costume avec de la bave de chien sur les mains vaut le détour, j'avoue.

Après un rapide coup d'œil à Zeus, qui semblait beaucoup plus intéressé par un papillon maintenant qu'il l'avait classé comme une non-menace, Bryson essuya sa main sur la chemise de Teagan.

Consternée, elle regarda la tache humide sur son chemisier blanc.

— Je n'arrive pas à croire que vous ayez fait ça.

— Nous sommes quittes, maintenant. N'allez pas planifier votre vengeance.

— Hum. On verra.

Elle regarda à nouveau autour d'elle.

— Vous avez dit que vous aviez soudoyé le gardien à la porte pour qu'il vous laisse entrer ? Vous ne lui avez pas montré d'anciens badges du FBI ou quelque chose du même genre ?

Maintenant, il comprenait pourquoi elle avait pâli.

— Vous êtes surprise de voir à quel point il est facile pour quelqu'un qui ne vit pas ici d'entrer. C'est ça, non ?

Elle hocha la tête.

— Je ne devrais pourtant pas être étonnée. Après tout, la police avait exclu qu'un résident du lotissement puisse être coupable. Ils ont enquêté sur chaque habitant, propriétaire ou locataire. Mon ravisseur venait de l'extérieur. Mais je ne pensais pas qu'il était aussi facile d'entrer.

— Les gardiens ne sont pas toujours exemplaires. Pour devenir policier ou agent de sécurité, il faut un casier judiciaire vierge. Mais tout le monde ou presque peut postuler pour être gardien d'un lotissement. Et ceux qui occupent ces postes ne sont pas assez payés pour être incorruptibles, certains d'entre eux, en tout cas. Bien sûr, la plupart sont des gens formidables qui font du bon travail.

Elle secoua la tête.

— N'essayez pas de me raconter d'histoires. Je vous préfère sincère au risque d'être brutal.

— Brutal ?

— La vérité l'est souvent.

— En tout cas, rien ne se passe comme je l'avais prévu lorsque j'ai atterri ici, hier soir.

— Vous pensiez que j'étais en Géorgie. Vous n'aviez pas prévu de tomber sur moi, répondit Teagan.

— Non, en effet. Maintenant, je me demande pourquoi vous êtes venue ici. Vous sembliez si déterminée à enquêter sur l'Éventreur… Alors, pourquoi êtes-vous revenue à Jacksonville, finalement ? Faites-vous une pause dans l'enquête ? Avez-vous envie de retourner à la fac, de terminer votre master ?

Elle redressa les épaules.

— Pas du tout. J'ai décidé de suivre vos conseils. Et donc de commencer par le début…

Elle fit un geste de la main vers les arbres et les buissons autour d'eux.

— Et c'est ici que tout a commencé.

10

Teagan se raidit à la vue de l'expression de Bryson.

— Pourquoi semblez-vous si étonné ? Je m'étais tournée vers vous pour obtenir de l'aide et des conseils. J'ai évidemment tenu compte de votre réponse. Pensiez-vous que j'ignorerais vos suggestions ?

Il hocha la tête, la surprenant par son honnêteté.

— J'ai en effet cru qu'une femme assez têtue pour prétendre aimer la tequila au point de se rendre malade n'aurait pas l'ouverture d'esprit nécessaire pour renoncer à plus d'un an de recherches et tout recommencer de zéro.

— Eh bien, vous avez tort de juger les gens si vite.

Il esquissa ce petit sourire qui la faisait craquer chaque fois.

Bon sang, Bryson Anton était dangereux. Et lui faisait regretter de porter un vieux jean et non un short plus sexy. Envahie par une douce chaleur, elle se sentit plus légère. Elle remarqua soudain que le printemps était là.

Mais il poursuivait :

— Mes compétences en matière de profilage criminel sont encore plus médiocres que je l'avais imaginé, dit-il. Pardonnez-moi de vous avoir cataloguée si vite et si mal.

Comme il passait d'un pied sur l'autre et posait les deux mains sur sa canne, elle remarqua la grimace révélatrice sur son séduisant visage.

— Votre hanche vous fait souffrir.

— Je n'en mourrai pas.

— Tout le monde meurt, à la fin.

Son sourire s'envola et il murmura :

— Pardonnez-moi. Je ne voulais pas vous rappeler de mauvais souvenirs.

Elle secoua la tête.

— Vous ne l'avez pas fait. Ils sont toujours là, au fond de moi. Voilà pourquoi je mène cette enquête. Quand je me suis sauvée ce jour-là, j'ai réussi à sortir de cette bicoque en ruine. Mais pas à lui échapper. Il est toujours là, présent dans ma tête. Tant qu'il n'aura pas été mis hors d'état de nuire pour de bon, je ne pourrai jamais me sentir libre d'avancer.

Il poussa un profond soupir.

— Je le craignais, en vérité. Que se passera-t-il si vous ne le retrouvez jamais ?

Zeus gémit à côté d'elle et elle se rendit compte qu'elle tirait inconsciemment sa laisse, lui transmettant son agitation. Elle lui tapota le flanc pour le rassurer.

— C'est un problème dont la future Teagan devra s'inquiéter. Dans l'immédiat, j'enquête, déterminée à aboutir, à démasquer cet individu et à le traduire en justice. La vraie question est : sommes-nous tous les deux engagés dans cette histoire, travaillons-nous ensemble ou allons-nous mener ces investigations chacun de son côté ?

Mine de rien, il s'écarta un peu pour s'adosser contre l'un des chênes bordant le chemin. Elle ne l'avait jamais vu aussi longtemps debout, sans pause dans son fauteuil roulant. Il semblait prêt à s'effondrer.

— Et si nous en discutions pendant le dîner ? proposa-t-il.

— Vous m'invitez à dîner ? S'agit-il d'un appel du pied ? Ai-je manqué une allusion, un signal ?

Il se mit à rire.

— Je vous propose seulement de partager un repas. J'ai faim et, pour être honnête, ma hanche va bientôt me lâcher si je ne m'assieds pas. Voilà pourquoi j'aimerais regagner ma voiture et aller grignoter un morceau quelque part. Nous avons un peu de temps devant nous. Mon prochain rendez-vous est dans deux heures, ajouta-t-il en consultant sa montre. Qu'en dites-vous ? Si vous voulez, je vous reconduis chez vos parents pour vous permettre de déposer Zeus et ensuite nous allons dîner ?

— Avec qui avez-vous rendez-vous dans deux heures ?

Il s'écarta de l'arbre pour se remettre en marche.

— Je me doutais que vous ne laisseriez pas passer ça, dit-il. J'ai l'intention d'interroger les Broderick, un couple qui vivait autrefois dans l'une des maisons qui longent le sentier, pas très loin de l'endroit où vous avez sans doute été attaquée. Ils ont déménagé peu de temps après le drame et se sont installés à l'autre bout du lotissement, dans le quartier de Beautyberry Circle. Demain, je rendrai visite à d'autres personnes qui habitent le long de ce chemin. D'abord parce qu'elles sont susceptibles d'avoir remarqué quelque chose dans les années qui ont suivi l'agression. Mais aussi, pour avoir une idée plus précise du terrain et pour tenter de mieux comprendre l'état d'esprit du ravisseur.

Elle planta les yeux dans les siens.

— Bryson. Vous évoquez ces futurs interrogatoires parce que vous acceptez de me laisser vous accompagner, n'est-ce pas ? Vous n'auriez pas sinon la cruauté d'y faire allusion ?

Il sourit tristement et lui caressa la joue. Cette caresse fut si inattendue, si douce, que Teagan sentit son cœur s'accélérer dans sa poitrine. Encore plus surprenant, il se pencha pour déposer un petit baiser sur son front avant de se redresser. Mais il laissa la main là, sur son visage, son pouce effleurant sa peau, comme s'il ne voulait pas rompre le contact.

— Je ne serai jamais sciemment cruel avec vous, dit-il. Et je regrette de vous avoir parlé si durement à Gatlinburg.

Je pensais ainsi vous protéger. Je ne me doutais pas que vous reviendriez ici pour tout reprendre seule. Si l'homme qui vous a agressée est toujours dans les parages et se rend compte que vous êtes de retour pour essayer de le démasquer, vous êtes en danger.

— Mais je peux…

— Laissez-moi finir. Si je ne cherche certainement pas à vous faire des appels du pied, à vous envoyer des signaux…

Il laissa tomber sa main en rougissant comme s'il se rendait compte soudain qu'il la touchait toujours.

Il s'éclaircit la gorge.

— J'admets qu'il y a quelque chose entre nous, que vous avez quelque chose de spécial, qui me fait penser à vous bien plus que je ne le devrais.

Elle battit des paupières vers lui.

— Vous me trouvez « spéciale » ?

Il frissonna comme s'il menait une sorte de guerre intérieure. Puis il recula d'un pas.

— Ce que j'essaie de dire, sans très bien y arriver, est qu'il me sera vraiment difficile de travailler avec vous sur cette affaire et de rester objectif, de ne pas me laisser distraire. Mais il me serait impossible d'enquêter seul, en sachant que vous êtes quelque part, à mener des investigations de votre côté en vous exposant au danger, sans personne pour veiller sur vous. Je m'inquiéterais pour vous en permanence et serais incapable de réfléchir sereinement. Vous avez donc gagné cette bataille. Je vous propose de vous joindre à moi pour travailler sur votre enlèvement en commençant par l'entretien avec les Broderick, ce soir. Cela dit, et pour éviter tout malentendu, cette collaboration ne sera possible que si nous nous engageons mutuellement à avoir des relations exclusivement professionnelles. Au moins jusqu'à ce que l'affaire soit terminée, ajouta-t-il en regardant ses lèvres.

Teagan ne put réprimer un sourire radieux. Non seulement elle prenait conscience qu'il s'intéressait autant à elle qu'elle à lui, mais, surtout, il allait l'aider à démasquer et à arrêter le monstre qui hantait ses nuits et qui lui interdisait de vivre pleinement. Bryson était la réponse à ses prières. Elle comptait bien profiter de chaque instant en sa compagnie. Il était fin, drôle, facile à taquiner. Et beau comme le péché. Il tenait à des relations strictement professionnelles ? Le pauvre, il rêvait ! Mais, bien sûr, elle n'avait pas l'intention de le lui dire. Il finirait par comprendre, mais d'ici là il serait tellement accro à elle qu'il lui serait incapable de résister.

Du moins l'espérait-elle.

— Ma réponse sera également très claire.

Elle glissa le bras sous le sien comme pour flirter. En réalité, elle voyait qu'il avait du mal à rester debout mais était trop fier pour demander de l'aide.

— Je vais adorer travailler avec vous. Je suis ravie de dîner avec vous et de vous accompagner chez les Broderick, ce soir. Mais d'abord, comme vous l'avez compris, nous devons déposer Zeus chez mes parents. Il appartient à ma mère.

Ils se remirent en marche, lui s'appuyant lourdement sur la canne, elle lui tenant le bras pour l'empêcher de tomber et tenant Zeus au bout de sa laisse.

Lorsqu'ils atteignirent sa voiture, elle fut surprise et un peu déçue de voir qu'il avait loué une BMW. Bryson Anton était encore jeune, même s'il prétendait être beaucoup plus âgé qu'elle. Elle l'avait imaginé au volant d'une décapotable rouge.

Quand il se glissa derrière le volant – après avoir insisté pour lui tenir la portière ouverte –, elle comprit pourquoi il avait choisi cette voiture. Sa hanche le faisait souffrir et il avait besoin de confort.

— Avez-vous pensé à obtenir un deuxième avis à propos

de votre hanche ? demanda-t-elle. Je veux dire, il doit y avoir moyen de ne pas vivre un martyre tout le temps.

— J'ai vu trois ou quatre spécialistes. La balle est logée près de ma colonne vertébrale et appuie sur un nerf. La chirurgie n'est pas une option. Il paraît qu'il y a cinquante pour cent de chances pour qu'un jour, la balle se déplace toute seule. Dans ce cas, soit j'en sortirai comme neuf, soit elle touchera ma moelle épinière et me clouera définitivement dans un fauteuil roulant.

— Oh mon Dieu ! Je suis vraiment désolée.

Il haussa les épaules.

— J'apprends à vivre avec. En partie grâce à vous. Avant votre arrivée, j'avais tendance à m'apitoyer sur mon sort. Maintenant, si la balle se déplace et que je ne peux plus marcher, ça se produira au moins pendant que j'essaie de faire quelque chose de positif. Pas pendant que je broie du noir chez moi en buvant de la tequila.

Il démarra mais garda le pied sur le frein.

— Assez parlé de moi. Où allons-nous, mademoiselle Ray ?

Bryson suivit ses instructions vers la maison de ses parents, située au bout d'un étang sur Birch Bark Court. Quand il se gara dans l'allée, ses parents étaient en train de planter des pervenches dans le jardin.

— Donnez-moi un instant pour atteindre votre portière, dit-il en ouvrant la sienne. S'il vous plaît, ne me gênez pas en sortant la première. Ma mère ne pardonnerait jamais mes mauvaises manières.

Elle sourit et leva un pouce. Bien sûr, elle n'avait pas besoin de lui. Mais sa galanterie à l'ancienne lui plaisait, d'autant plus qu'il la trouvait « spéciale ». Elle repensa à cette déclaration alors qu'il s'appuyait sur sa canne, s'efforçant visiblement de ne pas trop boiter alors qu'il contournait la voiture. Derrière lui, son père et sa mère observaient avec curiosité le bel homme qui avait reconduit leur fille à la maison, se demandant manifestement de qui il s'agissait.

Dès qu'elle et Zeus furent sortis, elle lui prit le bras.

Il fronça les sourcils.

— Ce geste n'est probablement pas une bonne idée, dit-il à voix basse. Vous pourriez donner à vos parents des idées fausses sur la nature de nos relations.

Au lieu de le lâcher, elle resserra son emprise.

— Ai-je déjà mentionné que mon père souffrait de problèmes cardiaques ?

— Je suis désolé. Je l'ignorais.

— Oh ! il est suivi. Mais s'il apprenait que j'enquête à nouveau sur le tueur, les conséquences pourraient être graves.

Il s'arrêta.

— Ils ne savent pas ?

— Nan. Et je veux qu'ils continuent à l'ignorer. Pour protéger mon père, dit-elle.

Sa mère souriait en les regardant approcher.

— Alors, qu'allez-vous leur dire pour expliquer ma présence ici ? murmura-t-il avant de passer sa canne dans sa main gauche pour pouvoir serrer la main tendue de son père.

— Bonjour. Je suis Nick Ray, le père de Teagan. Voici ma femme, Sylvie.

— Je suis ravi de vous rencontrer tous les deux. Je suis…

— Bryson Anton, de Gatlinburg, intervint Teagan avec un grand sourire avant de lâcher sa bombe : Mon amoureux.

11

— Pourquoi leur avoir raconté que j'étais ton amoureux ?

Deux heures plus tard, Bryson se tourna vers Teagan alors qu'ils repartaient. Pour donner un minimum de crédibilité à la fable du petit ami, ils avaient décidé de se tutoyer.

— Et, après avoir balancé cette bombe, tu m'as laissé à la merci de la curiosité de tes parents, légitimement avides d'en savoir plus sur le copain de leur fille, et tu as disparu pour prendre une douche. Je ne savais pas ce que tu leur avais dit sur moi, j'avais peur de gaffer. Je ne me suis jamais senti aussi gêné de ma vie, jamais.

— Mais tu t'en es très bien sorti. Tu as traversé l'épreuve de l'interrogatoire en règle et celle du dîner comme un politicien expérimenté – sans jamais mentir. J'ai particulièrement aimé ta réponse à mon père qui te demandait depuis combien de temps nous nous connaissions. Tu lui as dit que tu avais l'impression de m'avoir rencontrée hier. J'ai adoré, ajouta-t-elle en lui décochant un sourire éclatant.

Il grommela un juron.

— Pourquoi avoir fait ça, Teagan ? Mentir par omission ou ne pas signaler à quelqu'un qu'il fait erreur est toujours un mensonge. Et pourquoi m'avoir forcé la main pour dîner avec eux alors que nous étions convenus de rester juste le temps de déposer Zeus ?

Le sourire de Teagan s'envola et elle regarda par la vitre de sa portière. Ils roulaient à travers le labyrinthe de rues pour rejoindre l'arrière du lotissement où vivaient désormais les Broderick.

Ces derniers n'avaient pas plus envie que Teagan de ressasser leurs souvenirs du drame. Bryson avait dû déployer des trésors de persuasion pour qu'ils acceptent de lui parler. Heureusement, quand il leur avait passé un coup de fil en sortant de table pour leur demander s'il pouvait venir en compagnie de Teagan, ils avaient accepté. Il ne voulait pas se présenter avec elle sans les avoir prévenus. Mais s'ils avaient refusé, il aurait été ennuyé de la décevoir. Teagan semblait vraiment déterminée à continuer.

Comme elle ne répondait pas, il se tourna vers elle :

— Teagan ?

Elle poussa un gros soupir.

— Je refuse de m'excuser. Parce que s'il le fallait je le referais. Mais je suis sincèrement désolée que ce dîner ait été une telle épreuve pour toi. J'adore mes parents et je pensais que tu aimerais leur compagnie. Ainsi que la cuisine de ma mère. J'imaginais que tu apprécierais ses lasagnes aux courgettes autant que moi. Surtout, je croyais que tu serais content de partager ce repas avec eux, dans une ambiance détendue, avant que nous nous replongions dans cette histoire sordide. Pour ma part, j'avais besoin de cette petite pause pour me préparer à l'interrogatoire des Broderick.

Le découragement qui teintait sa voix donna à Bryson l'impression d'être un minable. Il se gara sur le trottoir à quelques pâtés de maisons de leur destination mais laissa le climatiseur en marche. La chaleur devenait insupportable.

— J'ai beaucoup apprécié tes parents. Et j'aurais savouré ce dîner avec plaisir si je n'avais pas dû faire tant d'efforts pour leur raconter un tas de mensonges dont je devrai m'excuser plus tard. Ta mère est une cuisinière hors pair. Nous ne nous serions pas autant régalés dans un restaurant à quatre étoiles. Mais le problème n'est pas là.

Ma colère est déjà oubliée. En revanche, je mérite la vérité. Pourquoi leur avoir raconté que j'étais ton amoureux au lieu de prétendre que j'étais l'ami d'un ami ou une vague connaissance ? Quand, par la suite, ils t'interrogeront sur moi, tu devras leur dire que nous avons rompu, ce sera encore plus difficile. Et je passerai pour un pauvre type, merci beaucoup.

Elle serra ses mains jointes sur ses genoux et il eut soudain l'impression d'être le pauvre type qu'il venait de décrire. Après tout ce qu'elle avait traversé et les innombrables questions à venir sur son calvaire, avait-il besoin, en prime, de l'agresser ? Les désagréments liés au mensonge n'étaient rien comparés à ce qu'elle avait enduré.

Il posa sa main sur la sienne.

— Pardonne-moi, Teagan. Laisse tomber. Tout cela n'a aucune importance et…

— Non. Je te dois une explication. Hier, chez toi, tu m'as parlé de ta petite amie. Elle t'a largué parce qu'elle refusait de vivre avec un infirme. Eh bien, tu n'es pas le seul à avoir subi ce triste sort. J'avais un amoureux, nous étions ensemble depuis le lycée. Ce n'était pas encore officiel mais nous avions décidé de nous marier à la fin de nos études. Mais finalement, il n'a pas… Il n'a pas supporté ce qui m'est arrivé. Il faut dire que…

Il mêla leurs doigts.

— Ne me raconte pas. Je comprends…

— Non, ne prends pas ce ton plein de pitié. Pas toi, je t'en prie. Écoute, ce garçon n'était pas pour moi. Heureusement, j'en ai pris conscience avant de m'engager à passer le reste de ma vie avec lui. La rupture remonte à plus d'un an. J'ai tourné la page. Je ne pense plus du tout à lui. Mais depuis, je n'ai jamais… je n'ai pas… Eh bien, c'est difficile de…

— Tu n'es sortie avec personne d'autre depuis ?

Elle ferma les paupières et hocha la tête.

Il attendit en silence qu'elle le regarde à nouveau. Il lui caressa alors doucement la joue.

— Une femme aussi fabuleuse que toi n'a qu'à claquer des doigts pour que dix princes charmants se battent pour tenter de la séduire. Il s'agit donc forcément d'une décision personnelle. Mais tes parents ne comprennent pas ton choix, n'est-ce pas ? Ils s'inquiètent pour toi parce que, à leurs yeux, tu n'as pas évolué.

— Comment l'as-tu si vite deviné ?

— Je ne te l'ai pas dit ? Je suis profileur ! Où est mon badge ? J'aurais juré que je le portais aujourd'hui avec mon foulard de boy-scout.

Son rire réchauffa le cœur de Bryson.

— Tu n'as jamais été scout, Bryson Anton.

— Qu'est-ce qui m'a trahi ?

Elle secoua la tête, son insouciance revenue.

— Tu aurais détesté tout ce qu'ils adorent faire, à commencer par le port de l'uniforme. Surtout, je ne te vois pas suivre le mouvement de la troupe. Tu préfères être à la manœuvre. Si tu t'aventures dans les bois, ce n'est pas pour chanter en chœur mais pour y tracer ta route. Si tu allumes un feu de camp, c'est uniquement pour te prouver que tu en es capable. Tu ne me sembles pas fait de la même étoffe que les boy-scouts.

— Manifestement, je ne suis pas le seul profileur ici. Si tes parents sont rassurés de te savoir avec un amoureux, alors j'accepte le rôle. Mais, la prochaine fois, préviens-moi, que je ne sois pas obligé d'improviser, d'accord ?

Sans prévenir, elle se jeta à son cou, ses seins s'écrasant contre son torse. Tous les arguments logiques de Bryson sur la nécessité de ne pas s'impliquer avec elle tant qu'ils enquêtaient s'envolèrent à l'instant où ses lèvres touchèrent les siennes.

En un clin d'œil, il s'embrasa. Et il l'embrassa comme

il en rêvait depuis le moment où il avait posé les yeux sur elle, la toute première fois.

Comme leurs langues entamaient une danse sensuelle, il sentit un long frisson lui parcourir l'échine. Un plaisir violent le souleva. Mais il voulait plus, tellement plus. Avec un gémissement, il l'étreignit plus fort.

Teagan ne ressemblait à aucune femme qu'il avait rencontrée. Avec elle, il ne savait jamais à quoi s'attendre. Quelque part, bien sûr, il était ennuyé de ne pas pouvoir prédire ses réactions, malgré sa formation de profileur et ses années d'expérience. Comme il passait la main sur son short, pour descendre sa fermeture Éclair, il prit soudain conscience de ce qu'il était sur le point de faire. Il fit appel à toute sa volonté pour s'interdire d'aller plus loin. Avec un soupir, il l'attrapa doucement par les épaules pour l'écarter de lui. Le souffle court, il éprouva une satisfaction idiote à remarquer qu'elle avait autant de mal à respirer que lui.

Elle s'éclaircit la gorge, les mains tremblantes alors qu'elle les passait dans ses cheveux pour les remettre en place.

— Waouh ! Jamais je n'oublierai ce baiser. Comparé à toi, Lennie ne savait pas embrasser. C'était un nul. Je ne me souviens même plus à quoi il ressemblait. Et nous avons été en couple pendant plus de huit ans.

Il sourit, ridiculement flatté par le compliment.

— Attends. Ton ancien copain s'appelait Lennie ?

Quand elle s'humecta les lèvres, il eut du mal à ne pas se jeter sur elle de nouveau.

— Personne ne choisit son prénom. Embrasse-moi encore, Bryson.

Il secoua la tête et la repoussa doucement mais fermement.

— Sûrement pas. Nous devons parler de ce… de ce qui se passe entre nous avant que cela aille plus loin.

— Tes baisers m'aident à oublier cet abruti pour de bon.

— Je commence à me sentir désolé pour ce Lennie.

— Il ne le mérite pas, crois-moi.

Elle se rassit de son côté de la voiture.

Voir son humeur changer aussi rapidement, comme si elle nageait à travers des bandes de souvenirs sombres, eut sur Bryson l'effet d'un seau d'eau glacée – ce qui était une bonne chose dans l'immédiat. Mais qui lui donna aussi envie de frapper cet ex-fiancé pour la blessure qu'il lui avait manifestement causée.

— J'ai quelques amis au bureau du shérif de Jacksonville, dit-il. Où habite ce Lennie ? Je parie que je pourrais multiplier les contraventions pour excès de vitesse à son encontre afin qu'il soit obligé de prendre le bus pour se rendre au travail pendant les six prochains mois.

Elle esquissa un sourire forcé.

— Cela pourrait être drôle. Sans sa Mercedes, Lennie n'est que l'ombre de lui-même.

— Tu n'as qu'un mot à dire.

Elle rit, puis désigna l'horloge numérique sur son tableau de bord.

— On n'est pas déjà en retard à notre rendez-vous ?

Il regarda l'heure et grimaça.

— En effet, il faut y aller. Tu es sûre de vouloir m'accompagner ? Tu peux me déposer et venir me chercher plus tard, lorsque je t'appellerai.

— Je n'ai jamais voulu quelque chose d'aussi difficile de ma vie. Je suis dans les limbes depuis des années. Si tu m'aides à mettre ce monstre en prison une fois pour toutes, ma vie changera. Je peux le faire. Je te le promets.

Bryson était loin de partager son optimisme. Mais il n'allait pas discuter. Si elle avait envie d'assister à cet entretien, elle en avait le droit. Il s'agissait de sa vie et il ferait tout pour qu'elle se sente à nouveau en sécurité.

— Ils habitent ce petit pavillon là-bas, deux maisons plus bas. Ce n'est pas loin, je pourrais y aller en marchant mais, avec ma hanche, je préfère me garer devant.

Dès qu'il coupa le moteur, il attrapa son attaché-case derrière son siège.

Contrairement à ce qu'elle avait fait chez ses parents, elle n'attendit pas qu'il lui ouvre la portière. Il maudit sa blessure et boita derrière Teagan.

Il avait sollicité sa hanche plus que n'importe quel autre jour depuis qu'il avait été pris pour cible. Cela se voyait. Tout son corps protestait. Sa démarche était si raide et si douloureuse qu'il devait faire appel à toute sa volonté pour mettre un pied devant l'autre. Mais il serra les dents, décidé à aller au bout de cet entretien, quoi qu'il lui en coûte. Il se doutait que lorsqu'il regagnerait enfin sa chambre d'hôtel, il s'effondrerait sur son lit. Il prendrait des antalgiques et ne bougerait plus avant le matin.

Il sonna à la porte et sursauta lorsque Teagan lui prit le bras.

— Teagan…

— Ne t'inquiète pas. Je ne flirte pas, Bryson. Donne-moi un instant.

Il remarqua son teint blême, ses traits crispés. Il avait envie de lui prendre la main, de lui transmettre de la force. Mais il n'en avait pas à revendre. S'il lâchait sa canne, il avait peur de tomber. Il regrettait amèrement toutes ces fois où il avait annulé les séances avec sa kinésithérapeute.

— Ça va aller, dit-il avec un sourire rassurant. Nous sommes deux dans cette histoire. Nous formons une équipe et, ensemble, nous sommes invincibles. Je suis là pour toi, d'accord ?

Elle poussa un soupir tremblant et hocha la tête au moment où la porte s'ouvrit.

Une femme apparut, l'air encore plus stressée que Teagan. Son visage était d'une pâleur anormale.

Bryson la salua d'un mouvement de tête. Il n'osait pas lui serrer la main. Il avait trop besoin de sa canne pour tenir debout.

— Bonsoir, madame Broderick, je suis ravi de faire votre connaissance. Je suis Bryson Anton. Voici Teagan Ray. Êtes-vous toujours d'accord, votre mari et vous, pour nous parler de l'enlèvement de Teagan, il y a deux ans ?

— Bien sûr.

Son regard passa de l'un à l'autre, puis elle recula pour les laisser passer.

— Nous vous attendions. Entrez, je vous en prie.

Sur ce, elle tourna les talons pour se diriger vers la grande salle peu éclairée, s'éloignant d'eux.

Bryson hésita. Il se tourna vers Teagan :

— La perspective de répondre à nos questions bouleverse manifestement Mme Broderick plus que je ne l'aurais cru. Tu devrais peut-être aller attendre dans la voiture.

— Certainement pas. Si je n'arrive pas à gérer les émotions provoquées par ce premier interrogatoire, tu ne me laisseras pas assister aux suivants. Je vais bien. Nous sommes une équipe. C'est ce que tu as dit, non ?

Il regrettait d'avoir accepté de l'emmener pour une multitude de raisons. Mais ils ne pouvaient pas rester ici à attendre et laisser entendre aux Broderick qu'ils avaient changé d'avis. Il l'invita d'un geste à entrer. Avec un petit sourire, elle le précéda à l'intérieur.

La voix grave de M. Broderick leur parvint soudain du salon qui était à peine visible à travers l'entrebâillement de la porte.

Teagan poussa un petit cri et se pétrifia.

Bryson se tourna pour voir ce qui n'allait pas. Les yeux écarquillés, une main pressée contre ses lèvres, elle avait l'air terrifiée.

— Teagan ? Qu'est-ce qui ne va pas ?

— Cette voix, balbutia-t-elle, livide. *Sa* voix…

Avec un juron, Bryson comprit enfin la situation. Il laissa tomber sa canne et tira le pistolet de son holster, mais une vive douleur explosa alors dans sa tête et ses jambes se dérobèrent sous lui.

Le cri de Teagan fut la dernière chose qu'il entendit avant que tout devienne sombre.

12

Teagan resta pétrifiée, incapable de la moindre réaction. Ce qui se passait – ce qui se reproduisait – la replongeait dans l'horreur et la paralysait. Le sang rugissait à ses oreilles, étouffant les bruits autour d'elle. Elle avait soudain l'impression que son esprit s'était séparé de son corps et qu'elle regardait les événements de l'extérieur, à distance, comme s'ils arrivaient à quelqu'un d'autre.

Bryson. Le charmant et merveilleux Bryson gisait à ses pieds, les cheveux poisseux de sang. Quand il s'était effondré, elle s'était tournée vers l'homme qui l'avait frappé, persuadée que le prochain coup de batte de base-ball serait pour elle. Mais elle n'avait pas esquissé le moindre geste pour se défendre, elle n'avait pas levé les bras pour tenter de se protéger, d'amortir l'impact.

Elle était comme transformée en statue de sel.

Au lieu de l'agresser frontalement, son ancien tortionnaire s'était emparé du pistolet de Bryson puis du sien, le tout en un clin d'œil.

Comment avait-il su qu'elle était armée alors qu'elle-même l'avait oublié, au moment où elle aurait eu un besoin vital de s'en souvenir ?

Après leur avoir pris leurs armes, il s'éloigna d'eux. Impuissante, elle le regarda traverser la pièce jusqu'à la femme recroquevillée dans un coin. Comment s'appelait-elle déjà ? Broderick. Mme Broderick.

Elle les avait attirés dans un piège. Pourquoi ? Pourquoi avait-elle fait ça ?

Elle dévisageait l'homme qui la dominait de toute sa hauteur. Il brandissait toujours sa batte de base-ball ensanglantée et elle semblait terrifiée. Elle lui parlait, l'implorait peut-être ? Le sang qui rugissait aux oreilles de Teagan l'empêchait d'entendre ce qu'elle lui disait, mais toute l'attitude de la malheureuse trahissait sa peur.

Teagan avait l'impression d'être en plein cauchemar. Ce qui se passait n'avait aucun sens. Il ne s'agissait certainement pas de la réalité. Impossible.

En tout cas, si le tueur s'apprêtait à la kidnapper de nouveau, à lui faire revivre l'enfer qu'elle avait connu deux ans auparavant, elle n'y survivrait pas. Elle le savait.

Il leva la batte et Mme Broderick se recroquevilla un peu plus sur elle-même.

Non !

En comprenant qu'il s'apprêtait à rouer de coups la pauvre femme, Teagan voulut crier et s'élancer à son secours. Mais sa gorge était si serrée qu'elle fut incapable d'émettre un son. Et ses jambes tremblaient tellement qu'elles ne la portaient plus.

Les coups pleuvaient et Teagan resta, impuissante, à regarder la malheureuse se faire massacrer.

Un hurlement se fit entendre et, quand son ancien tortionnaire se retourna, Teagan prit conscience que c'était elle qui avait poussé ce cri horrible.

Tout s'assombrit autour d'elle, comme un tunnel se rétrécissant jusqu'à l'homme qui la regardait de l'autre côté de la pièce. Teagan se focalisa sur ce qu'elle n'avait jamais vu de lui avant cet instant précis.

Son visage. Elle avait reconnu sa voix, cette voix diabolique qui hantait encore ses rêves. Mais découvrir son visage la sidéra. Comment se pouvait-il qu'un monstre se cache derrière des traits aussi charmants ?

Âgé d'une trentaine d'années, châtain, rasé de près, il semblait… normal. L'élégance de sa tenue comme de sa coupe de cheveux prouvait qu'il avait de l'argent, un travail, sans doute une maison, une voiture. Peut-être même une famille.

Il ressemblait à n'importe quel inconnu lambda croisé dans la rue.

Mais il n'était pas un inconnu.

Il était le sadique qui lui avait fait tant de mal.

Ses yeux. Ses yeux l'avaient trahi. Sombres, presque noirs, dépourvus de chaleur, d'humanité, ils reflétaient le mal absolu.

Cet homme l'avait agressée, deux ans plus tôt. Et maintenant, il venait de tuer sauvagement Mme Broderick. Et Bryson.

Teagan s'interdit de regarder ce dernier. Elle ne supporterait pas de voir les dégâts de la batte de base-ball sur son visage. Elle refusait de garder en mémoire ses traits défigurés. Bryson, si intelligent, si drôle, si beau, si gentil, était tombé dans ce piège parce qu'il avait espéré la sauver.

Pardonne-moi, Bryson.

Le tueur continuait à la dévisager. Il avait du sang plein les mains. Saisie de nausées, elle frissonna.

Il lui sourit, visiblement heureux de sa détresse. Puis il s'avança vers elle. Comme un fauve traquant l'animal le plus faible du troupeau, le séparant des autres, se préparant à tuer.

Bouge-toi. Cours. Fais quelque chose.

Mais elle n'y arrivait pas. Elle restait pétrifiée. Pourquoi ? Deux ans plus tôt, quand il lui avait injecté un somnifère mais avait raté la veine, elle avait su profiter de son erreur pour lui échapper. Elle avait fait semblant de dormir et, après avoir entendu sa voiture s'éloigner, elle s'était sauvée.

À présent, ils se trouvaient dans un lotissement. Il y avait des voisins à proximité. La plupart devaient être chez eux. La soirée était déjà bien entamée. Les employés de bureau avaient fini leur journée de travail depuis longtemps.

Il lui suffirait de s'élancer vers la porte et de… Non.

Elle ne pouvait pas laisser Bryson.

Pas question de l'abandonner à son triste sort.

Elle n'avait pas le droit de vivre alors que lui baignait dans son propre sang.

À cause d'elle.

Il avait été battu à mort par sa faute. Pour tenter de se racheter, elle devait affronter le monstre. C'était le prix à payer pour avoir conduit Bryson ici, pour l'avoir piégé malgré elle.

Le tueur s'approcha d'elle.

Lentement. Savourant sa peur.

Comme elle poussait un gémissement, elle se reprocha aussitôt sa faiblesse. Elle allait mourir, elle le savait. Mais, au moment d'en finir, elle avait envie de faire face à son bourreau avec dignité. Malheureusement, les blessures du passé étaient encore à vif. Elle ne parvenait pas à les dépasser. Son corps ne lui obéissait plus. Elle ne cessait de trembler. Peut-être était-elle déjà morte.

Le monstre s'arrêta à trois pas.

Elle s'ordonna de le regarder en face, de mémoriser chaque ligne, chaque angle de son visage. Elle s'interdit de détourner la tête quand il leva de nouveau la batte. Si elle n'avait pas la possibilité de fuir, au moins avait-elle celle de rester debout et de mimer un courage qu'elle n'éprouvait pas. Elle ne tenterait pas de se protéger, de se défendre. À quoi bon ?

Mais tandis qu'elle le dévisageait, un étrange sentiment la saisit. Elle avait déjà vu cet homme. Pas dans le minuscule chalet délabré où il l'avait retenue prisonnière, deux ans plus tôt. Non. À l'époque, il prenait grand soin de dissimuler ses traits. Elle l'avait vu ailleurs. Mais où ? Qui était-il ?

Le regard plongé dans le sien, il brandit sa batte de base-ball, attendant de voir ce qu'elle allait faire. Comme elle restait immobile, se contentant de le fixer, son sourire sadique s'envola. En refusant d'esquisser le moindre geste pour parer les coups ou de s'abaisser à le supplier de l'épargner, elle lui gâchait son plaisir.

Finalement, elle avait le dessus. Pas de beaucoup et pas pour longtemps, elle s'en doutait.

Mais ce fut à son tour de sourire.

Une lueur de haine dans le regard, l'autre jeta la batte de base-ball sur une chaise et saisit quelque chose dans la poche de sa veste. Un pistolet ? Non. Des menottes. La dernière fois, il l'avait attachée avec des bandes de tissu. Jamais avec des menottes. Elle avait déchiré les bandelettes avec ses dents lorsqu'elle s'était retrouvée seule. Peut-être avait-il décidé alors de changer de méthode, apprenant de ses erreurs.

Elle tenta de s'écarter mais, avec une rapidité terrifiante, il lui menotta le poignet gauche. Elle tomba à genoux, glissant dans le sang humide et poisseux.

Le sang de Bryson.

Allongé sur le sol, le visage tourné vers elle, le malheureux avait les yeux clos pour toujours.

Le tueur saisit le poignet droit de Bryson et y referma le second bracelet, ancrant Teagan à son corps. Puis il ramassa la batte de base-ball. Mais, au lieu de la battre à mort comme elle l'avait imaginé, il s'éloigna dans le couloir.

Avec son pantalon gris bien coupé et sa chemise blanche, il avait la tenue d'un cadre moyen. Revenait-il du bureau ? Quel salarié s'introduirait chez quelqu'un en rentrant du travail et le battrait à mort comme s'il s'agissait du programme normal de la journée ?

Le monstre ouvrit une porte et, bientôt, Teagan perçut des cris étouffés dans la pièce voisine. Elle comprit avec horreur qu'il frappait à mort quelqu'un d'autre, sans doute l'autre moitié du couple qui vivait ici, M. Broderick. Le malheureux était probablement bâillonné et ligoté. Sans doute le tueur avait-il fait croire à la femme qu'il leur laisserait la vie sauve si elle faisait ce qu'il lui ordonnait.

Écœurée, elle se détourna du corps de Bryson pour vomir contre le mur. Elle frissonna et essuya sa bouche.

Seigneur, faites que je meure vite, que je n'aie pas à ramper devant lui ou à le supplier de m'épargner. Donnez-moi de la force. Aidez-moi.

Elle sentit soudain quelque chose contre sa chaussure.

Le souffle court, elle se retourna. Les doigts de Bryson lui tapotaient le pied. Quand il leva vers elle ses yeux bleus teintés de douleur, elle se baissa pour lui caresser le visage.

— Bryson, murmura-t-elle d'une voix tremblante. Tu es en vie. Oh ! Merci, mon Dieu. Je suis vraiment désolée. Tout est ma faute. Pardonne-moi.

Il fut pris d'une quinte de toux. À la vue du sang qui s'échappa de ses lèvres, elle paniqua.

— N'essaye pas de parler, dit-elle.

Elle redressa la tête, consciente qu'il n'y avait plus aucun bruit dans la pièce voisine. Le tueur en sortirait bientôt pour s'attaquer à Bryson et à elle.

— Ferme les yeux, ajouta-t-elle. Ne bouge pas. Tu m'entends ? Fais le mort. C'est ta seule chance.

Ses doigts l'attrapèrent de nouveau et, après avoir jeté un œil vers le couloir, elle se pencha vers lui, essayant d'entendre ce qu'il disait.

— Sauve-toi, chuchota-t-il. Cours. Vite.

Elle fondit en larmes.

— Oh ! Bryson. Je ne vais pas te quitter. Il n'en est pas question. De toute façon, même si je le voulais, je ne pourrais pas partir sans toi, ajouta-t-elle.

Elle leva la main, lui montrant les menottes qui les liaient. Puis elle se tourna de nouveau vers le couloir.

Que fabriquait le monstre ? Pourquoi prenait-il tant de temps pour revenir ?

— Il n'y a rien à faire, je ne peux pas me sauver. Mais il croit que toi, tu es déjà mort. Allonge-toi, ferme les yeux, ne bouge plus. Tu vas y arriver, fais le mort.

De nouveau, il s'efforça de parler :

— Canne. Ma canne.

— Penses-tu vraiment qu'elle va t'être utile ? demanda-t-elle d'un ton dubitatif.

— Attrape-la, insista-t-il d'une voix plus forte. Prends ma canne.

Elle tendit leurs mains liées aussi loin qu'elle le put. Il lui fallut quelques contorsions mais elle réussit à s'en saisir.

— Je l'ai.

— Donne-moi ça, intervint le tueur qui revenait.

Il la lui arracha des mains.

— Essaies-tu de te rebeller, Teagan ? poursuivit-il. Comptais-tu me frapper avec cette canne ? File-moi aussi son téléphone portable. Et le tien. Vite.

— Le mien est dans mon sac.

Elle montra d'un geste son sac à main qui gisait plus loin.

— Prouve-le-moi. Retourne tes poches.

Elle fit ce qu'il lui demandait.

— Maintenant, prends son smartphone et jette-le-moi. N'essaie pas de composer le numéro des flics au passage. Si tu tentes quoi que ce soit, je vous bute tous les deux. Compris ?

Elle hocha la tête, puis fouilla dans les poches de la veste de Bryson jusqu'à ce qu'elle trouve son téléphone. Un bref instant, elle hésita à appeler le 911. Mais le tueur ne la quittait pas des yeux. Et il pointait son arme sur la tête de Bryson.

Elle se redressa et, du mieux qu'elle le put avec son bras menotté à celui de Bryson, elle lui lança le portable.

Après avoir vérifié l'écran, il balança l'appareil sur le canapé et poursuivit :

— Maintenant, retire-lui sa montre. Je sais qu'il peut passer des appels avec.

De nouveau, elle obéit.

L'homme ordonna alors :

— Aide-le à se mettre debout. Nous l'emmenons. Avant de le tuer, j'ai besoin de savoir ce qu'il sait.

Elle hésita.

— Il est déjà mort. Détachez-moi et je partirai avec vous.

— Ne me prends pas pour un imbécile, Teagan. Je ne l'ai pas frappé assez fort pour le tuer. Mais si tu préfères que je vous roue de coups l'un et l'autre avec la batte pour t'encourager à obéir, dis-le…

— Non ! cria-t-elle. Je vous en prie, non. Donnez-moi sa canne. Je vais l'aider, mais il en a besoin pour marcher.

Il la lui lança.

— Je t'aurais bien aidée mais je ne veux pas tacher ma belle chemise propre avec son sang.

Elle se rendit compte alors qu'il s'était changé. Il avait dû se servir dans le placard de M. Broderick. Après avoir tué le pauvre homme.

La gorge serrée, elle baissa la tête. Les yeux de Bryson étaient de nouveau ouverts. Il la fixait.

— Je suis tellement désolée, répéta-t-elle, accablée.

Si elle s'était doutée qu'il était encore en vie, elle aurait tenté quelque chose. Elle aurait profité du fait que le tueur était dans la pièce voisine pour courir chercher de l'aide chez les voisins ou pour appeler les secours. Au lieu de quoi, elle était restée pétrifiée de peur. La certitude que Bryson était mort l'avait anéantie. À cause de sa lâcheté, il était en danger, alors qu'elle aurait pu le sauver.

— Lève-le, répéta le monstre. Dépêche-toi. Si tu prends trop de temps, je vous bute tous les deux et j'en aurai terminé.

Si elle avait été seule en cause, elle aurait préféré en finir tout de suite. Mais ce n'était plus une option. Il ne s'agissait plus de sa seule vie, maintenant. Elle devait être courageuse, forte, et trouver comment sortir Bryson de ce guêpier.

Elle l'aida à se mettre debout, s'excusant chaque fois qu'elle le bousculait à cause de leurs mains menottées.

Comme il ne tenait pas bien sur ses jambes, il s'adossa contre le mur. Son teint livide et ses lèvres crispées prouvaient qu'il vivait un martyre. Sa hanche devait le faire terriblement souffrir. Le coup qu'il avait reçu sur la tête aussi.

Elle lui caressa les cheveux avec tendresse.

— Tu ne saignes plus, murmura-t-elle. C'est un bon signe.

— Dépêchez-vous, ordonna le tueur. Leur fille va bientôt rentrer du lycée.

Teagan et Bryson échangèrent un regard horrifié. L'idée d'une adolescente arrivant à la maison pour trouver ses parents massacrés était terrible. Mais s'ils étaient encore là à son retour, elle subirait le même sort.

Comme s'il mesurait la gravité de la situation, Bryson s'écarta du mur et s'efforça de se remettre en mouvement.

Elle lui donna le bras. Dès qu'elle fut sûre qu'il n'allait pas tomber, elle lui glissa sa canne dans la main gauche. Il la tenait normalement dans sa main droite, mais, celle-ci étant menottée à la sienne, ce n'était plus possible. Elle espérait avoir la force de l'empêcher de tomber.

— Remontez le couloir, vers l'arrière de la maison.

À présent, le tueur tenait une arme. Le pistolet de Bryson. Il veillait à rester hors de portée de la canne ou d'un coup de pied. Enchaînés l'un à l'autre et avec Bryson blessé, ils n'avaient aucune chance de lui échapper.

Non sans mal, ils réussirent à franchir les portes-fenêtres ouvertes sur le patio. Le monstre les referma derrière eux, probablement pour ne pas inquiéter le voisinage.

Mais où les entraînait-il ?

Il se dirigea vers la haute palissade de bois qui entourait la cour arrière. L'arme au poing, il leur fit signe d'avancer vers la partie du panneau occultant qui séparait le jardin des Broderick de celui de leurs voisins.

Lorsqu'ils parvinrent devant, il écarta un grand pan de bois du poteau sur lequel il aurait dû être cloué.

Avait-il réussi à entrer ainsi chez les Broderick ?

Avait-il enlevé Teagan des années plus tôt de la même façon ?

Jusqu'à cet instant précis, elle s'interrogeait encore sur la manière dont il avait réussi à la faire sortir du sentier sans que personne les voie. Elle y marchait tranquillement quand il l'avait abordée. Très vite, la piqûre d'une aiguille dans son cou et une main sur sa bouche l'avaient réduite à l'impuissance. Un voile noir était tombé sur ses yeux alors qu'il la jetait sur son épaule. Dans un état second, elle avait vaguement entendu un grincement de bois. Par la suite, elle l'avait attribué à tort au craquement des branches au-dessus de sa tête. Maintenant, elle comprenait qu'elle avait entendu en réalité le bruit de la palissade qu'il ouvrait comme à présent. Voilà comment il l'avait enlevée sans que personne remarque rien.

— Teagan ? chuchota Bryson. Il faut bouger.

Le tireur pointait le pistolet sur elle. Il avait dû lui dire d'avancer, la menacer de lui tirer dessus. Elle serra la main de Bryson, puis se remit en marche. Appuyé lourdement contre elle, il semblait sur le point de s'écrouler.

Le tueur leur fit signe de se hâter vers la maison voisine tandis qu'il refermait le pan de palissade. Alors qu'ils atteignaient le porche équipé d'une porte-moustiquaire, le grillage découpé leur confirma que leur ravisseur avait organisé leur enlèvement dans ses moindres détails.

Il avait tout prévu.

Elle échangea un regard angoissé avec Bryson avant de l'aider à franchir la porte.

Mais comment l'homme avait-il su qu'elle serait chez les Broderick ?

Cette question la rongeait. Et elle n'avait pas de réponses. Elle voulait demander son avis à Bryson mais doutait qu'il puisse réfléchir correctement alors qu'il souffrait. Il faisait le maximum pour rester debout, comme en témoignaient la façon dont il s'appuyait sur elle et la fréquence à laquelle il trébuchait. Le fait que le sol soit couvert de moquette ne lui facilitait pas la tâche. Il lui était très difficile de garder son équilibre et il tomba plus d'une fois.

— Direction le garage, ordonna le monstre. La porte, là-bas.

— Où sommes-nous ? chuchota Bryson alors qu'ils obéissaient.

— À Bentwater Place, répondit-elle. Le lotissement qui se trouve derrière The Woods. L'entrée est à un kilomètre ou deux, peut-être plus, sur le boulevard Hodges.

Il hocha la tête alors qu'ils atteignaient la porte qui menait au garage. Une camionnette de livraison était garée à l'intérieur. Teagan, qui avait espéré que le chauffeur du véhicule avait été épargné, comprit, le cœur serré, qu'il avait été tué, lui aussi. Les colis répandus dans un coin l'attestaient. Aucun livreur n'aurait autorisé quelqu'un à vider ainsi le contenu de son véhicule.

Combien de personnes étaient donc mortes à cause de ce malade ?

— Trouve le bouton qui ouvre la porte du garage, chuchota Bryson. Si quelqu'un passe dans la rue, nous essayerons d'attirer son attention.

— Fais ça et je vous bute tous les deux, intervint le tueur.

Teagan se raidit et regarda par-dessus son épaule. Les yeux sombres et vides du monstre se plantèrent dans les siens. Le canon du pistolet était pointé sur la tête de Bryson.

— Que voulez-vous que nous fassions maintenant ?

Elle cala le corps tremblant de Bryson contre le mur du garage. Il était si pâle qu'elle avait peur qu'il s'évanouisse.

— Montez à l'arrière de la camionnette.

Un bruit de sirènes emplit soudain l'air, venant de quelque part derrière eux. Le tueur se figea, penchant la tête pour écouter. Des voitures de patrouille fonçaient vers le pavillon des Broderick. Leur fille avait dû rentrer, découvrir les cadavres de ses parents et appeler les secours. Et la police était certainement à proximité pour arriver aussi vite.

Ils n'allaient plus tarder à débarquer dans la maison voisine. Une centaine de mètres et une palissade séparaient les deux propriétés.

Si elle criait, l'entendraient-ils ?

Comme s'il lisait dans ses pensées, le tueur appuya le canon de l'arme contre la tête de Bryson.

— Montez dans le camion. Tout de suite. Si vous faites quoi que ce soit pour alerter les flics, je vous buterai tous les deux, lui d'abord. Ensuite, je trouverai une autre famille un peu plus loin, je les massacrerai et partirai au volant de leur voiture pendant que la police en sera encore à essayer de comprendre ce qui se passe. Vous serez tous les deux morts, une autre famille sera morte, mais tout ira bien pour moi. Est-ce ce que tu veux, Teagan ? Vas-tu regarder ton copain et une famille innocente se faire descendre, parce que tu refuses de suivre mes instructions ?

— Non, d'accord.

Elle marmonna ces mots entre ses dents serrées.

Bryson avait l'air de vouloir parler. Mais il n'était pas en état de le faire. Ils se hissèrent à l'arrière du petit camion. Le tireur leur avait ouvert le hayon. Comme prévu, le véhicule était vide. Il n'y avait pas de lucarne, pas de vitre, ni d'ouverture vers la cabine.

Avec leurs mains menottées, monter à l'intérieur fut

compliqué. Mais, avec quelques grognements et contorsions, ils y parvinrent.

Le tireur les regardait faire.

— Je vais prendre cette canne pour le moment. Je ne veux pas que tu essayes de me frapper avec quand j'ouvrirai de nouveau le hayon.

Il arracha la canne des mains de Bryson et les enferma à l'intérieur.

13

— Il ne nous a pas bandé les yeux, dit Teagan.

L'angoisse qui teintait sa voix accabla Bryson. Il savait très bien de quoi elle avait peur. Si l'homme qui les avait enlevés ne leur avait pas bandé les yeux, cela signifiait qu'il comptait les tuer. Il ne s'inquiétait pas du fait qu'ils sauraient le reconnaître, plus tard.

Mais dans l'immédiat, Bryson était incapable de la rassurer. Il luttait de toutes ses forces pour rester conscient. Ce coup à la tête avait vraiment fait des dégâts.

L'obscurité absolue qui régnait à l'arrière de la camionnette était déjà un élément désorientant. Les élancements lancinants qui cisaillaient sa hanche n'arrangeaient rien. Et surtout, avec cette migraine qui lui donnait l'impression d'avoir le crâne dans un étau, il lui était impossible d'avoir la moindre pensée cohérente.

Teagan mêla leurs doigts.

— Bryson ? Tu souffres beaucoup ? Comment va ta tête ?

— Ne t'inquiète pas pour moi. Je vais bien.

— Je te croirais peut-être si tu n'avais pas cette voix rauque de douleur. Je suis vraiment désolée. Rien ne te serait arrivé si je ne t'avais pas demandé de m'aider. Je n'aurais jamais dû me rendre à Gatlinburg et t'obliger à t'impliquer dans une enquête dont tu ne voulais plus entendre parler. Je me suis comportée en égoïste. Et maintenant, nous allons mourir…

— Arrête. Tu n'as rien fait de mal. C'est moi, le professionnel. J'aurais dû me méfier. Mais l'heure n'est pas aux regrets. L'important pour le moment est de s'accrocher. Comprends-tu ce que je dis, Teagan Ray ? Je t'interdis de renoncer. D'accord ?

Il attendit, mais comme elle ne répondait pas il reprit :

— Ne hoche pas la tête, j'ai complètement oublié d'emporter mes lunettes de vision nocturne.

Son petit rire le rassura comme rien d'autre ne l'aurait pu. Il la retrouvait. Quand il avait repris connaissance après le coup sur la tête, Teagan lui avait paru pétrifiée, impuissante, déjà morte. Il ne savait pas combien de temps il était resté inconscient.

Lorsqu'ils avaient quitté la pièce, il avait aperçu la batte de base-ball pleine de sang sur l'une des chaises et il avait été surpris d'être encore en vie.

Ses yeux s'étaient alors posés sur Mme Broderick.

À la vue du corps sans vie recroquevillé dans un coin, il avait compris qu'il avait eu de la chance d'être épargné. Pour l'instant.

— N'as-tu pas envie de me lancer : « Je te l'avais bien dit » ? demanda Teagan, interrompant ses pensées.

Il prit plusieurs inspirations profondes pour repousser le brouillard qui menaçait de le submerger.

— Que racontes-tu ?

— Avarice Lowe. J'ai toujours été persuadée qu'il était mon ravisseur. Je me trompais. C'est cet homme, celui qui conduit la camionnette, qui m'a enlevée il y a deux ans. Je sais que cela semble absurde., mais j'ai toujours été persuadée que je reconnaîtrais mon tortionnaire si je le croisais un jour. Même si je n'ai jamais eu la possibilité de voir son visage au cours de mes deux semaines de captivité, j'imaginais que je reconnaîtrais sa silhouette, son profil, quelque chose. Pourtant, lorsque j'ai vu des photos de Lowe, elles n'ont rien déclenché en moi. Et, pour être honnête, quand j'ai découvert cet individu tout à l'heure, il ne me disait rien non plus. Pas vraiment. Sauf sa voix. Oui, j'ai reconnu sa voix. Plus bizarre encore, alors que j'ai l'impression de l'avoir déjà vu quelque part, il ne semble pas… Je n'arrive pas à le considérer comme mon ravisseur. Mon Dieu, tu dois penser que je suis folle, que je dis n'importe quoi.

— Pas du tout… Fie-toi toujours à ton instinct, à tes petites antennes.

Bryson luttait contre les haut-le-cœur qui l'assaillaient. De toute évidence, il souffrait d'une commotion cérébrale. Il avait envie de dormir. Ou de vomir. Ou les deux.

Il s'éclaircit la gorge et s'obligea de nouveau à suivre la conversation.

— Ton instinct cherche à te dire quelque chose. Pourquoi as-tu l'impression de l'avoir déjà vu quelque part ?

— Ses traits me sont vaguement familiers. Je suis incapable de mettre un nom sur son visage mais il ne m'est pas inconnu.

— Comment ça ?

— C'est le genre de gars que tu peux croiser dans la rue un milliard de fois sans y faire particulièrement attention. Il n'est pas mal. Il a les cheveux bien coupés, il est habillé avec une certaine classe. Mais beaucoup de gens sont comme lui. En tout cas, je suis sûre que je l'ai déjà vu. Pas une fois, mais plusieurs. En revanche, je ne me souviens pas où.

Bryson se frotta les tempes, essayant désespérément d'atténuer la douleur qui menaçait de faire exploser son crâne. Il s'efforçait de se concentrer sur ce que disait Teagan. Elle venait de préciser quelque chose d'important, de plus important que sa conviction de l'avoir déjà vu. Pourtant, il n'arrivait pas à mettre le doigt sur ce qui le perturbait dans ses propos. Finalement, il renonça à chercher.

— Peut-être vit-il dans le lotissement The Woods, dit-il.

Tu l'as croisé dans la rue. Ou au centre sportif. As-tu déjà fréquenté les courts de tennis, la piscine ?

— La piscine. J'y allais souvent autrefois. Mais je n'y suis pas retournée depuis un moment. Depuis, euh… Je n'aime pas trop me mettre en maillot une pièce. Cela fait trop grand-mère pour moi. Mais porter un bikini ne me paraît pas une bonne idée désormais…

Il voulut la rassurer, lui dire que personne ne remarquerait le grand X sur son ventre. Mais les gens étaient parfois cruels, il le savait bien. Certains la regarderaient comme une bête curieuse. D'autres lui poseraient des questions, pensant innocemment qu'elle avait fait graver ce X exprès, qu'il s'agissait d'un genre de tatouage. Ils l'interrogeraient peut-être sur la signification de ce dessin, sans se rendre compte qu'ils réveillaient d'horribles souvenirs.

Il recommençait à s'assoupir quand elle demanda :

— Qu'allons-nous faire ?

Elle chuchotait comme si elle craignait d'être entendue par leur ravisseur.

— S'il te plaît, dis-moi que tu as un plan.

Il n'avait pas de plan, pas même la moindre idée. Il serra sa main.

— Nous allons le mettre au point ensemble. Ne t'inquiète pas. Nous sommes deux contre un. Nous avons déjà cet atout.

La camionnette passa sur un nids-de-poule, les envoyant valser l'un contre l'autre. Il voulut s'écarter mais Teagan en profita pour se plaquer contre lui. Et cet élan n'avait rien de suggestif ou de déplacé, il le comprit vite. Elle ne cherchait pas à le séduire, elle voulait juste un peu de réconfort. Il s'aperçut qu'elle pleurait en silence. Avec précaution, pour ne pas lui faire mal par inadvertance, il manœuvra leurs mains menottées pour l'enlacer. Elle enfouit la tête dans son cou pour sangloter.

Tout en la berçant, Bryson s'efforçait de prêter attention

aux bruits extérieurs, à la circulation, aux mouvements du petit camion, à l'itinéraire emprunté par le ravisseur. Depuis combien de temps roulaient-ils ? Une heure ? Deux heures ? Davantage ? Il n'en avait pas la moindre idée. Sans sa montre et dans l'état second dans lequel il était plongé, il avait perdu toute notion du temps. Son seul repère était sa souffrance. Chacune des imperfections de la route, chacun des nids-de-poule envoyait une pique douloureuse dans sa hanche. Le simple passage des roues sur le gravier lui était pénible.

Sur le gravier ?

— Nous ralentissons, murmura-t-elle.

Il hocha la tête, puis se souvint qu'elle ne voyait rien, qu'ils étaient dans le noir complet.

— Nous roulons sur un chemin ou une allée, ajouta-t-il. Où qu'il nous conduise, nous sommes arrivés à destination.

Il passa avec précaution leurs bras liés au-dessus de sa tête pour qu'ils soient de nouveau côte à côte.

Les freins grincèrent lorsque la camionnette s'immobilisa.

Les doigts de Teagan serraient ceux de Bryson.

— C'est le moment de m'exposer ton plan, dit-elle.

Si seulement il en avait eu un… Ses pensées étaient si confuses.

— Sois observatrice. Dès qu'il ouvrira le hayon, évalue rapidement tes options et réagis en conséquence. S'il est assez stupide pour se tenir à portée de main, nous l'attaquerons. Mais j'en serais surpris. À mon avis, il s'arrangera pour demeurer à distance.

— Nous n'avons donc pas de plan.

— Cela ne signifie pas qu'il n'y a pas d'espoir. Restons à l'affût d'une erreur de sa part, d'un moment d'inattention. Nous saisirons la moindre occasion pour prendre le dessus.

— Crois-tu vraiment que nous avons une chance d'y arriver ?

— Je veux le croire, je le dois. Certes, je ne suis pas

au mieux de ma forme, je n'ai pas toutes les cartes en main et ma vision est floue depuis notre passage chez les Broderick. Le coup que j'ai reçu sur la tête m'a bien secoué. Mais renoncer n'est pas une option. J'ai besoin de toi pour compenser mon handicap. Quand il ouvrira ce hayon, fais attention à tout. Nous devons savoir où nous sommes, ce qui nous entoure. Où fuir si nous en avons la possibilité.

— D'accord. Je… je ferai de mon mieux.

La portière du conducteur s'ouvrit en grinçant.

— Allez, insista Bryson. Et si tu en as la possibilité, frappe-le.

Ils entendirent des bruits de pas sur le gravier. Qui se dirigeaient vers l'arrière.

Bryson la sentit frissonner contre lui. En son for intérieur, il maudit cet homme qui l'avait agressée, qui lui avait fait plus de mal que la plupart des gens n'en endurent au cours d'une vie entière et qui avait encore le pouvoir de la faire souffrir.

Il serra les mâchoires et se redressa, espérant qu'elle était prête à s'élancer avec lui pour attaquer leur ravisseur. Il n'y avait pas d'autre solution puisqu'ils étaient menottés ensemble.

Le hayon s'ouvrit brusquement. Bryson n'avait pas prévu de se retrouver dans l'obscurité quasi totale et hésita un instant. Teagan sautait déjà du camion. Il la suivit, espérant tomber sur leur agresseur. Mais ils furent précipités dans le vide et manquèrent de peu s'étaler par terre.

Le faisceau d'une puissante lampe de poche les força à fermer les paupières pour protéger leurs yeux de la brusque luminosité. Et le rire de l'homme les fit frissonner.

— Bien essayé. J'étais sûr que vous tenteriez quelque chose alors j'ai veillé à rester hors de portée.

Il pointa sa lampe vers le sol, devant eux, pour leur indiquer le chemin. À en juger par les aiguilles de pin mélangées aux gravillons et aux insectes qui bourdonnaient à proximité, il y avait fort à parier qu'ils étaient loin de la ville, dans une pinède. Sans doute avaient-ils roulé une heure ou deux, peut-être plus, après avoir quitté Jacksonville. Mais il était difficile pour Bryson d'estimer leur temps de trajet. Leur ravisseur avait peut-être tourné en rond pour les désorienter.

Les doigts de Teagan serraient les siens. Peut-être commençait-elle à mesurer à quel point ils étaient isolés et à se demander, comme lui, ce qui allait se passer ensuite.

Maintenant qu'il n'était plus aveuglé par le faisceau lumineux, il était capable de distinguer un peu mieux les alentours. La lune et les étoiles prodiguaient suffisamment de lumière pour voir qu'ils étaient entourés d'arbres et de broussailles de Floride, principalement des petits buissons.

L'homme se tenait à une vingtaine de mètres d'eux, un pistolet à la main.

— Avancez.

De sa lampe de poche, il leur fit signe de marcher vers ce qui était apparemment leur destination, un minuscule chalet délabré.

— J'ai besoin de ma canne, cria Bryson.

Leur ravisseur pointa le faisceau de sa lampe vers son propre visage. Un lent sourire passa sur ses lèvres alors qu'il sortait quelque chose de sa poche.

— Laissez-moi deviner. Comptiez-vous y prendre… ça ?

Il secoua les deux minuscules clés au bout d'une chaîne, les faisant cliqueter l'une contre l'autre.

— Vous aviez des clés de menottes cachées dans le manche de la canne. Je trouvais que vous insistiez un peu trop pour la récupérer. Il m'a fallu un petit moment pour comprendre.

Il jeta les clés au loin, dans les fourrés, puis ramassa la canne qui gisait à ses pieds et lui fit subir le même sort.

— Vous allez devoir vous en passer. Au cas où une autre astuce du même genre y serait dissimulée que je n'aurais pas vue. Maintenant, avancez, répéta-t-il en désignant du faisceau lumineux la maisonnette en bois. Teagan, au lieu de rester plantée là, aide ton petit ami. Il ne tient plus sur ses jambes, il va s'écrouler, ajouta-t-il en riant.

Bryson la regarda. Elle n'avait pas bougé depuis qu'ils avaient tenté de s'attaquer au tueur. Ses doigts étaient glacés, crispés. Elle tremblait comme une feuille alors qu'elle fixait, les yeux écarquillés, la petite structure dans la clairière.

Il comprit soudain pourquoi. Il avait déjà vu cette bicoque à moitié en ruine, sur des photos de scènes de crime.

Le tueur lui avait fait remonter le temps, deux ans en arrière pour être exact. Il les avait conduits dans le minuscule chalet où il avait autrefois retenu Teagan en captivité.

14

Le monde disparut pour Teagan. Tout s'évanouit au moment où elle sauta de la camionnette et où le faisceau lumineux éclaira l'endroit où elle se trouvait. Elle aurait dû s'y attendre, certes, pourtant elle avait du mal à le croire. Le monstre l'avait ramenée dans le petit chalet délabré où elle avait passé deux semaines deux ans plus tôt, dans un état second à cause des drogues qu'il lui administrait et des tortures qu'il lui infligeait.

Elle posa une main sur son ventre, se souvenant de cette première nuit. Quand il avait lentement gravé le X sur sa chair, la douleur avait été atroce. Avec ses bras et ses jambes attachés et lui à califourchon sur elle, elle n'avait rien pu faire pour échapper à la terrible brûlure de la lame. Elle avait tellement hurlé que quelque chose dans sa gorge avait éclaté et elle avait senti le goût du sang.

Après avoir échappé à cet enfer, elle avait décidé de rebondir, de tracer une nouvelle voie pour sa vie. Elle avait concentré ses énergies pour devenir plus forte, physiquement et mentalement. Comme la police semblait n'avoir aucune piste sérieuse, elle s'était chargée elle-même de l'enquête. Elle avait tout fait pour découvrir l'identité de l'homme qui l'avait brisée et réduite à l'état d'esclave pendant ces quatorze jours. Et elle pensait avoir abouti. Elle était certaine qu'Avarice Lowe était le véritable Éventreur, le sadique qui l'avait marquée comme du bétail. Le fait que personne d'autre ne partage cet avis ne l'avait pas découragée. Au contraire, le déni général la mettait en colère et la poussait encore plus à trouver quelqu'un qui l'aiderait à mettre Lowe en prison. Elle avait cru que Bryson serait cette personne, qu'il lirait son dossier et lui dirait qu'elle avait tout compris.

Mais elle s'était trompée. Bryson avait raison depuis le début.

Tout ce qu'elle avait entrepris au cours de ces vingt-quatre mois et dix-neuf jours était une perte de temps, un gaspillage, une farce.

Elle était revenue au point de départ, là où tout avait commencé. Et elle avait entraîné Bryson dans cet enfer.

Cette fois, tous deux allaient mourir.

— Chérie, regarde-moi.

Les mots chuchotés de Bryson semblaient venir du fond d'un long tunnel.

— N'abandonne pas, Teagan. Ne le laisse pas gagner.

Elle ne le voyait pas, ni lui ni rien. Ni les silhouettes sombres des arbres ni les lumières scintillantes des étoiles. Elle ne voyait que le petit chalet délabré.

Le taudis qui avait été sa prison pendant quatorze jours. Une éternité.

Quatre murs de bois qui semblaient sur le point de s'écrouler. Il n'y avait ni électricité ni climatiseur. L'intérieur se composait d'une minuscule chambre avec une salle de bains installée dans un placard, d'un tout petit séjour avec une kitchenette aménagée dans un coin. La salle d'eau était si sale qu'elle fermait les yeux quand le monstre la poussait à l'intérieur. Il montait la garde devant la porte ouverte, en la regardant prendre sa douche.

Il passait son temps à la reluquer. Ou à lui faire du mal.

Seigneur, je vous en prie, laissez-moi mourir. Faites que la foudre s'abatte sur moi. Ou n'importe quoi. Mais ne le laissez pas… me toucher… de nouveau. S'il vous plaît.

— Teagan, regarde-moi. Ouvre les yeux.

La voix douce mais ferme de Bryson la sortit de sa stupeur.

Elle le dévisagea. Le clair de lune n'était pas suffisant pour qu'elle voie le bleu de ses yeux mais elle n'avait pas oublié leur profondeur.

Bryson était beau, intelligent et… il allait mourir.

Un faible gémissement s'échappa de ses lèvres.

— Nous devons le neutraliser, murmura-t-elle. Avant qu'il nous fasse entrer dans cet horrible endroit. Il ne me tuera pas tout de suite. Cela gâcherait son plaisir. Il prendra son temps. Nous devons refuser de pénétrer dans cette baraque. Si nous nous débattons, il devra se rapprocher pour nous y contraindre. Tu te mettras derrière moi et je pourrai alors…

— Pas question. Je refuse de t'utiliser comme bouclier humain. Je n'ai pas encore de plan, mais te mettre dans la ligne de mire d'un tueur n'est pas une option. Oublie.

Leur ravisseur cria soudain :

— Hé, vous deux. Avancez et plus vite que ça !

Un coup de feu partit, faisant voler la terre près de leurs pieds. Terrifiée, Teagan se jeta contre Bryson pour le protéger de son corps.

Avec un juron, il la repoussa aussi loin que les menottes le lui permettaient. L'expression douloureuse sur son visage lui disait qu'il détestait avoir besoin de son aide. Mais il devait s'appuyer sur elle pour réussir à marcher.

— La balle suivante, je la logerai dans ta petite tête d'agent du FBI. Ou de Justice Seeker, si tu préfères. Pigé ? Vous faites ce que je dis, quand je le dis. Ou je vous bute tous les deux.

De Justice Seeker ? Lorsqu'il avait parlé aux Broderick, Bryson avait certainement mentionné son passé de profileur au FBI pour qu'ils acceptent de lui parler. Mais en aucun cas il n'avait précisé qu'il était un Justice Seeker. Il avait fallu de longues recherches à cet homme pour remonter la trace de Bryson jusqu'aux Seekers. Comment y était-il parvenu ?

— J'ai besoin de ma canne.

La voix de Bryson était rauque, témoignant de la souffrance dont il était la proie.

— Je ne peux pas marcher sans canne, dit-il. Détachez ces menottes et envoyez Teagan la récupérer pour moi.

— Pour lui donner l'occasion de s'enfuir ? N'y pense même pas. C'est bien essayé mais je suis fatigué d'attendre. Je sais comment accélérer le mouvement, ajouta-t-il en pointant son arme sur la jambe de Bryson.

Teagan se précipita vers Bryson pour l'aider. Leurs mains menottées gênaient sa marche. Sa jambe gauche tremblait comme si elle était sur le point de s'effondrer.

Atteindre le petit chalet fut un chemin de croix, mais ils y parvinrent ensemble, avant de s'arrêter devant la porte d'entrée.

Cette porte était neuve et des barreaux fermaient à présent les fenêtres. Le monstre avait transformé la masure en prison.

Il n'y aurait pas d'échappatoire, cette fois.

Elle leva les yeux vers Bryson. Il essaya de dire quelque chose, mais n'arrivait pas à articuler trois mots.

Elle le traîna pratiquement à l'intérieur alors qu'il vacillait d'avant en arrière. Heureusement, le canapé était à la même place que la dernière fois.

Il s'écroula sur les coussins, la tirant avec lui. Il s'était évanoui.

À son grand soulagement, le ravisseur ne les suivit pas.

— Je vais vous laisser un peu seuls, les tourtereaux, dit-il avec un clin d'œil qui donna à Teagan envie de vomir à nouveau. Assure-toi qu'il sera prêt à répondre à mes questions à mon retour, Teagan. Je veux qu'il me détaille ce que les flics savent sur moi. S'il ne peut pas parler, il ne me sert à rien.

Il les enferma à l'intérieur et verrouilla la porte blindée, pourvue d'une ouverture vitrée.

Teagan s'était demandé pourquoi il s'était donné la peine d'embarquer Bryson avec elle, pourquoi il avait pris ce risque, au lieu de le tuer chez les Broderick.

Il voulait l'interroger.

— Aujourd'hui, j'ai été pris au dépourvu, je dois l'admettre, poursuivit-il. Les événements se sont précipités. Je ne suis pas vraiment préparé. Je n'ai pas mes… outils à portée de main. Mais ne t'inquiète pas. Je me souviens de tout ce que tu aimes. Je reviendrai bientôt avec ce qu'il faut.

Il se pencha plus près, le visage contre la vitre.

— Comment se porte ma marque sur ta peau ?

Elle pressa automatiquement sa main contre son ventre, tout son corps tremblait alors qu'elle le fixait. Des larmes brûlantes coulaient sur ses joues malgré ses efforts pour les retenir.

Le sourire du monstre s'élargit, la blancheur de ses dents étincelant dans la lumière.

— Je vais la rafraîchir un peu, m'assurer qu'elle ne s'est pas effacée depuis la dernière fois. À plus tard.

Il éclata de rire et se dirigea vers la camionnette.

15

Bryson battit des paupières dans l'obscurité, le cerveau embrumé. Où était-il ? Comment était-il arrivé ici ? Et pourquoi était-il allongé sur un canapé sale et défoncé qui n'était certainement pas le sien ?

Comme il tentait de s'appuyer sur les coussins pour se redresser, le tiraillement d'un bracelet métallique à son poignet droit l'obligea à interrompre le mouvement. Une petite silhouette était pelotonnée par terre, son bras gauche posé sur le sofa.

Dès que ses yeux se furent un peu adaptés à la pénombre et qu'il commença à distinguer les détails, il aperçut les menottes à leurs deux poignets. Ils étaient attachés ensemble. Il se pencha pour mieux voir. Teagan. Les yeux clos, elle était étendue sur le sol.

Que se passait-il ?

Elle dormait mais son sommeil était manifestement agité. N'ayant jamais vu ses cheveux autrement que nattés, il fut surpris de voir des boucles brunes, échappées de sa tresse, former un halo autour de son visage. Plus inquiétant, il remarqua des taches sombres sur son chemisier.

Du sang.

Les souvenirs des derniers événements affluèrent soudain à sa mémoire. Soulagé, il se remémora l'origine de ces taches sombres. Il ne s'agissait pas du sang de Teagan, mais du sien. Dieu merci, elle n'avait pas été blessée. Tout risquait de changer quand leur ravisseur reviendrait.

Veillant à ne pas bouger leurs poignets joints, il parvint à se redresser. Il était mieux en position assise pour faire le point. La situation n'était pas brillante. La porte du petit chalet était fermée, sans doute verrouillée, mais à travers les barreaux de la lucarne, il voyait la cour éclairée par la lune et l'allée de gravier qui y menait. Toutes deux étaient désertes. La camionnette n'était nulle part en vue.

Il s'efforça d'étudier les lieux, malgré le peu de luminosité. Comme il avait vu des photos de la bicoque délabrée, prises par la police deux ans plus tôt, quand Teagan avait réussi à s'en échapper, il la reconnut. Le ravisseur les y avait enfermés. Il y avait apporté des modifications. Les deux fenêtres de la pièce principale – minuscule – étaient à présent ornées de barreaux, comme celle de la petite chambre au bout du couloir.

L'endroit était trop petit pour être un pavillon de chasse, comme le propriétaire l'avait pompeusement désigné dans les rapports de police. Ce dernier était-il à l'origine des barreaux et de la porte blindée ? Ou avait-il vendu sans le savoir la vieille structure au tueur qui s'en servait déjà depuis des lustres comme si elle lui appartenait ? Le propriétaire en question était peut-être l'assassin et, dans ce cas, la police l'avait innocenté par erreur.

Beaucoup d'autres questions tourmentaient Bryson. L'une d'elles en particulier tournait en boucle dans sa tête : comment leur ravisseur avait-il su que Teagan serait avec lui chez les Broderick ?

Près de lui, Teagan demanda d'une voix pâteuse :

— Bryson ? Tu te sens mieux ?

Il prit ses mains dans les siennes et les embrassa longuement.

— Je m'en veux d'avoir dormi. Mais j'en avais vraiment besoin. Je suis capable de réfléchir, maintenant.

— Et la douleur ? Et ta tête ? Ta hanche ? Si tu veux, je pourrais te masser…

Il lui lança d'un ton taquin :

— Tu franchis la ligne jaune, Teagan…

Elle sourit, visiblement à contrecœur.

— J'avoue que je n'aurais jamais imaginé que la première fois que nous dormirions ensemble, nous dormirions vraiment.

— La prochaine fois, tout sera sans doute différent.

— Si tu le penses vraiment, je vais défoncer l'un de ces murs pour nous permettre de sortir d'ici. Et, une fois dehors, je te rappellerai ta promesse.

Il rit, étonné d'en être capable dans un tel contexte.

— Maintenant, je retrouve la femme impertinente, sexy et intelligente que j'avais gardée en mémoire. Nous avions besoin de nous reposer. Mais pas question de rester plus longtemps les bras ballants. Nous devons filer avant son retour.

Elle bougea le bras et fronça les sourcils quand la courte chaîne entre leurs poignets bloqua son mouvement.

— Tu avais des clés de menottes dans ta canne. Pourquoi ne me l'as-tu pas dit ?

— Je n'étais même pas sûr qu'elles y étaient toujours. C'était un cadeau de Bishop, l'un des Justice Seekers, après la fusillade. Pour plaisanter, il m'a offert un jeu de menottes, en disant que cela m'aiderait à retenir ma petite amie. Après l'accident, elle voulait me quitter.

Teagan se mit à rire.

— C'est vrai que tu es pénible quand tu souffres. J'ai pu m'en rendre compte par moi-même.

— Il m'a dit qu'il avait caché un passe-partout dans la canne, mais je l'avais oublié. Ce détail m'est revenu en mémoire quand le ravisseur nous a menottés ensemble chez les Broderick. C'est la raison pour laquelle je ne cessais de réclamer la canne. Mais il nous surveillait de près et je n'ai jamais eu la possibilité d'en extraire les clés. Pour les atteindre, il faut dévisser la poignée. Difficile de le faire discrètement. Une fois qu'il nous a mis à l'arrière du camion et qu'il a gardé la canne, j'ai pensé que j'avais laissé passer l'occasion, donc il n'était pas utile d'en parler.

— Je t'avais demandé à Gatlinburg si une arme y était dissimulée.

— Et j'avais plaisanté sur le sujet. Comme un imbécile.

— Tais-toi donc, dit-elle avec ferveur en serrant leurs mains jointes.

— Nous devons d'abord nous débarrasser de ces menottes. Pour pouvoir nous défendre, voire l'attaquer, s'il revient avant que nous ayons réussi à sortir.

— Tu crois vraiment que nous avons une chance d'y arriver ? demanda-t-elle.

Elle essayait de se montrer courageuse. Mais, visiblement, elle était terrifiée.

Il se pencha et lui leva le menton pour planter son regard dans le sien avant de poser un doux baiser sur ses lèvres. Avec ce geste, il voulait seulement la rassurer. Qu'elle sache qu'il était là pour elle et ferait tout pour la protéger.

Mais ils étaient la proie d'émotions si intenses que le simple fait de la toucher eut l'effet d'une allumette dans un bidon d'essence.

Soudain, elle se retrouva à califourchon sur lui comme plus tôt dans la BMW. Ils se mirent à s'embrasser à pleine bouche tels deux adolescents en proie à leurs premiers émois amoureux. La température monta vite en flèche. Lorsqu'elle poussa un gémissement, il se rendit compte qu'il avait glissé les mains sous son chemisier et tentait d'ouvrir le fermoir de son soutien-gorge. La partie rationnelle de son cerveau lui criait d'arrêter cette folie. Ils perdaient un temps précieux. Mais une petite voix lui soufflait que s'ils vivaient leurs derniers moments sur terre, la caresser était sans doute le mieux à faire. Quelle plus belle façon de quitter ce monde que de faire l'amour avec la femme la plus incroyable qu'il ait jamais rencontrée ?

— Le dos, murmura-t-elle contre ses lèvres. Le fermoir est dans le dos.

Il interrompit leur baiser et la regarda. Ils avaient réussi à lui retirer à moitié son corsage qui pendait à son bras, pris dans la chaîne des menottes. Grâce à la faible lumière qui filtrait par les fenêtres, Bryson vit deux seins parfaits se dresser dans toute leur splendeur. Plus que tout, il voulait les caresser, en exciter la pointe.

Soudain, il désira autre chose davantage encore.

Les baleines, l'armature métallique de son soutien-gorge.

Il tâtonna pour le dégrafer et quand il le retira, elle soupira de plaisir. Mais en le voyant porter le bout de dentelle à ses lèvres, elle écarquilla les yeux.

— Que… Que fais-tu, Bryson ? Si tu veux mettre ta bouche sur quelque chose, crois-moi, il y a de meilleurs endroits, ajouta-t-elle en bombant les seins.

Il sourit malgré le tissu entre ses dents. Elle était du genre à savoir ce qu'elle voulait. S'il avait pu remonter le temps et la garder au lieu de la chasser de chez lui, l'autre jour, ils seraient probablement toujours au lit, à présent.

— Bryson ?

Il finit par le déchirer le morceau de dentelle.

Elle le regarda d'un air consterné.

— Ce soutien-gorge m'a coûté plus de cent dollars !

— Tu plaisantes. Tu portes de la lingerie à cent dollars ?

— Je n'en ai qu'un aussi beau. Je le gardais pour une occasion spéciale. Pourquoi crois-tu que j'ai pris une douche chez mes parents ? Pour qui penses-tu que j'ai mis ce soutien-gorge ? J'ai la culotte assortie, ajouta-t-elle en souriant.

— Je t'achèterai un autre soutien-gorge à cent dollars, une douzaine, si tu veux. Promis. Avec des culottes assorties. Mais, pour le moment, j'ai besoin de… ça.

Il réussit à arracher l'une des baleines.

— Voilà la clé de nos menottes. Tends-moi ton poignet. Je vais d'abord ouvrir ton côté.

Il fit courir ses doigts le long du cercle métallique jusqu'à ce qu'il trouve le petit trou. Il y glissa l'extrémité de l'armature qu'il remua en tous sens.

— Ça va marcher ! s'exclama-t-elle d'une voix teintée de respect.

— Ne crie pas victoire trop vite, ce n'est pas gagné. Je dois faire attention à ne pas casser la tige dans la manœuvre. Notre ravisseur t'a pris Jane chez les Broderick, non ? poursuivit-il. Sinon, j'imagine que tu l'aurais déjà transformé en passoire.

— Jane ? Oh ! mon arme ?

Elle poussa un gros soupir avant d'avouer :

— Je ne comprends pas ce qui s'est passé. J'ai eu mille fois l'occasion de sortir mon pistolet de mon sac et, surtout, mille fois la possibilité de m'en servir pour tuer ce fumier, oui. Mais j'étais comme… pétrifiée. Il a pris ton arme et la mienne avant même que j'aie eu l'idée de l'utiliser. Je n'ai même pas eu la présence d'esprit de filer par la porte et d'aller demander de l'aide chez un voisin. Je suis seulement… restée là, plantée comme une idiote.

— C'est dû au traumatisme d'origine. S'il s'était agi de quelqu'un d'autre, tu aurais réagi, tu aurais eu les bons réflexes. Mais ton cerveau s'est bloqué au moment où tu as compris qui il était. Brutalement, tu ne maîtrisais plus rien. C'est un phénomène très classique.

— C'est gentil de ta part de le dire, mais je ne suis pas si sûre que…

Il réussit à débloquer la fermeture des menottes avec un petit clic et il les lui retira.

Elle se frotta les poignets et sourit.

— Je suis libre !

— Pas encore, malheureusement. C'était la première

étape. La deuxième consiste à sortir de cette baraque. Et la troisième, à disparaître dans les bois avant son retour.

Il passa le bracelet qu'il venait d'ouvrir à son propre poignet et le referma.

— Es-tu fou ! s'exclama-t-elle. Pourquoi fais-tu ça ?

— Pour gagner du temps. Si les deux bracelets sont sur le même poignet, ils ne me gênent plus. Je les retirerai plus tard.

Il ramassa le corsage de Teagan qui était tombé par terre.

— Me concentrer malgré cette commotion cérébrale est déjà difficile. Si, en prime, tes seins magnifiques me distraient, je n'y arriverai pas. Aurais-tu la bonté de remettre ton chemisier ?

Elle lui décocha un sourire rayonnant.

— Tu trouves mes seins magnifiques ? Waouh !

Avec un clin d'œil, elle se rhabilla en vitesse.

— Sortons d'ici, Bryson. Je veux que tu m'achètes de la lingerie et que tu me la retires dès que tu m'auras vue la porter.

Il s'esclaffa et essaya de se mettre debout, mais sa hanche céda et il s'effondra contre les coussins. Il rougit d'embarras alors qu'il s'éclaircissait la gorge.

— J'ai besoin d'un peu d'aide pour me lever. Je devrais pouvoir marcher, mais m'extraire de ce canapé dépasse mes capacités actuelles. Je suis toujours raide après m'être allongé pendant un moment.

— J'espère bien que tu l'es.

Il la regarda avec perplexité puis éclata de rire quand il comprit à quoi elle faisait allusion.

Il secoua la tête en souriant.

— Tu es unique, Teagan. Ton sens de la repartie est exceptionnel. Aide-moi.

Il tendit la main pour arrêter ce qu'elle était sur le point de dire.

— Pas d’autre allusion sexuelle. Nous manquons de temps.

Le sourire de Teagan s’évanouit et la peur prit sa place. Il regretta d’avoir été si brutal. Avec elle, il s’efforçait toujours de plaisanter et de flirter pour calmer son angoisse et la réconforter. Mais, dans le contexte, cette tendance naturelle était toxique. D’autant que le coup porté à sa tête rendait sa réflexion plus laborieuse.

Elle l’aida à se relever et il parvint à boiter jusqu’à la porte.

— Que fait-on maintenant ? demanda-t-elle tout en reboutonnant son corsage. Si on essayait de faire sauter les gonds de la porte ?

Bryson, qui s’activait déjà à glisser l’armature du soutien-gorge dans la serrure, s’interrompit. Elle avait raison. Les charnières étaient posées à l’intérieur. Parce que, en général, les portes étaient destinées à empêcher les gens d’entrer. Pas de sortir.

Finalement, leur ravisseur avait peut-être commis une erreur.

16

— Tu es géniale, Teagan Ray, assura Bryson. Je m'apprêtais à forcer la serrure mais je n'étais pas certain d'y arriver. L'armature de ton soutien-gorge est trop fragile. Faire sauter les charnières sera sans doute plus efficace. Mais, pour les désaxer, il nous faut un objet solide à insérer sous la porte. Un genre de pied-de-biche.

Il lui désigna la kitchenette à proximité.

— Regarde partout. Fouille cette cuisine mais aussi la chambre, sous le canapé, partout. Cherche une tige en métal assez fine pour être glissée sous le battant de bois mais assez solide pour le soulever.

— Je m'en occupe.

Elle commença à ouvrir les placards, à inspecter les tiroirs. Bryson suivait son cheminement dans la maison au son de ses jurons, de ses coups de pied dans les murs.

Il se mit en devoir de crocheter la serrure.

Après une demi-douzaine de tentatives infructueuses, il se rendit compte qu'il n'y parviendrait pas. Trop mou, le métal de la baleine ne cessait de plier. Il la jeta de côté alors que Teagan courait vers lui, une longue tige en acier à la main.

— Qu'en penses-tu ? Ça peut marcher ?

— C'est parfait. Où l'as-tu trouvée ? Et pourquoi est-elle toute mouillée ?

— Tu n'as pas envie de le savoir.

— Tu étais dans la salle de bains, non ?

— Mieux vaut ne pas poser de questions, crois-moi.

Il sourit. Il avait déjà vu ce genre de baguettes métalliques dans les chasses d'eau des toilettes anciennes. Elles tenaient le flotteur. Celle-ci avait la taille parfaite.

Comme il la glissait sans difficulté sous la porte, l'espoir souleva sa poitrine. Pourtant, il eut beau essayer de faire levier, le gond ne bougea pas. Au bout d'un moment, il s'interrompit et se pencha vers le mécanisme pour comprendre ce qui bloquait. En l'étudiant dc plus près, il poussa un juron.

— Que se passe-t-il ? demanda-t-elle.

— Une broche de verrouillage a été posée sur la charnière.

— J'ignore de quoi il s'agit mais, visiblement, c'est un problème.

Il posa la tige sur le sol et s'essuya les mains sur son pantalon.

— Je pensais que notre ravisseur avait commis une erreur en laissant les gonds de la porte à l'intérieur. Mais il est moins bête que je l'espérais. Une vis supplémentaire en interdit le démontage. Nous aurions besoin d'une clé Allen et d'un tournevis pour l'extraire. C'est raté.

Elle hocha la tête.

— Voilà pourquoi il n'a pas essayé de nous droguer ou de nous ligoter en partant. Il savait que nous n'aurions pas la possibilité de nous enfuir.

— Attends, je n'ai pas dit mon dernier mot.

Elle acquiesça. Mais il voyait bien qu'elle perdait espoir.

— Parle-moi, dit-il. Pendant que je cherche un autre moyen de sortir d'ici, raconte-moi comment tu es parvenue à t'échapper la dernière fois.

— Inutile de te creuser la tête. Il n'y a aucun autre moyen de sortir. J'ai fait le tour de cette vieille bicoque. À part le canapé et quelques casseroles, il n'y a rien. Les autres ustensiles de cuisine sont en plastique. Il ne faut pas espérer le frapper avec.

— De toute façon, il est armé. Sans pistolet, nous n'avons aucune chance de prendre le dessus. Conclusion : nous devons filer avant son retour. Et, pour y parvenir, faire preuve de créativité.

Il se rendit en boitant dans la kitchenette et commença à ouvrir les tiroirs.

— Parle-moi de ce chalet puisque tu y as déjà été enfermée et dis-moi comment tu en es sortie.

— Lorsqu'il m'y retenait prisonnière, il n'y avait pas de barreaux aux fenêtres ni de porte blindée. Il n'y avait qu'une porte ordinaire. Voilà sans doute pourquoi il me ligotait à l'aide de bandelettes en tissu chaque fois qu'il partait. Il ne se servait pas de menottes. Surtout, il me droguait. Les somnifères qu'il m'injectait m'assommaient pendant des heures. Il savait que je ne me réveillerais pas avant son retour. Après mon évasion, j'ai dû suivre une cure de désintoxication.

Bryson retira un tiroir, le retourna.

— Continue. Quoi d'autre ?

Elle soupira.

— J'avais les yeux bandés pendant la journée. La plupart du temps, quand il était là, il portait une cagoule qui dissimulait son visage. Je ne voyais que ses yeux. Le fait qu'il s'arrange pour ne jamais être identifié, qu'il s'assure que je ne pourrais jamais le reconnaître, me donnait de l'espoir. Je me disais qu'il ne se fatiguerait pas à cacher ses traits s'il comptait me tuer. Je croyais qu'il finirait par me relâcher. Je ne sais pas s'il l'aurait fait. Peut-être était-il d'un naturel prudent. Peut-être voulait-il se protéger, au cas où il se passerait quelque chose d'imprévu et que je réussirais à m'enfuir. Avec nous, il n'a pas pris ces précautions. Il se moque que nous puissions le reconnaître. Parce qu'il a l'intention de nous tuer.

À ces mots, Bryson, qui venait d'entrer dans la salle de bains, se retourna pour lancer :

— Sauf si je le tue d'abord.

La conscience du temps qui filait le rendait nerveux. Il devinait que leur ravisseur ne tarderait plus à revenir.

L'inspection de la salle de bains ne donna rien. Non seulement il y faisait sombre comme dans un four, mais elle était minuscule. Il n'y avait même pas la place pour une armoire à pharmacie. Il avait espéré y trouver de l'eau de Javel ou un détergent quelconque qu'il aurait lancé aux yeux du ravisseur. Mais l'examen du réduit fut une perte de temps. Il se demanda comment Teagan avait réussi à penser à la tringle des toilettes et comment elle l'avait sortie du réservoir dans l'obscurité. Elle ne manquait pas d'ingéniosité.

La chambre n'offrait pas davantage d'issues. Des barreaux interdisaient de passer par l'unique fenêtre. Le placard était vide. Il n'y avait pas de lit, mais un simple matelas jeté sur le sol.

Il examina le petit couloir à l'extérieur de la chambre.

L'endroit était tellement délabré qu'il était peut-être envisageable de défoncer l'un des murs comme Teagan l'avait suggéré en plaisantant. Il doutait que l'entreprise aboutisse mais il la chargea de les sonder et d'y chercher d'éventuelles faiblesses. En vérité, il tentait plus de la distraire qu'autre chose. Il retourna dans la kitchenette de la pièce principale et se pencha sous la gazinière pour l'examiner de plus près.

Un tuyau relié à une bonbonne de gaz installée à l'extérieur lui donna une idée. S'il ouvrait la gazinière pour laisser le propane se répandre dans la bicoque, il serait alors facile de provoquer une explosion. La maisonnette en bois s'embraserait comme une boîte d'allumettes. Et l'incendie se verrait à des kilomètres à la ronde. Les pompiers et les secours ne tarderaient pas.

La perspective d'être tous deux déchiquetés par l'explosion ou de brûler vifs était en revanche peu séduisante.

— Que regardes-tu ? demanda-t-elle.

— Rien d'utile. Je vais retourner inspecter la chambre. As-tu trouvé des failles dans les murs ?

Elle le suivit alors qu'il boitillait dans le couloir.

— Non, dit-elle. Mais je ne suis pas experte en bâtiment. Et il fait si sombre ici que j'ai peut-être manqué quelque chose. À moins que tu aies besoin de lattes de plancher. Il y en a un tas par là.

Bryson, qui examinait les bords de la fenêtre en espérant que l'humidité les avait pourris, dressa l'oreille.

— Des lattes ? Où en as-tu trouvé ?

Elle pointa le placard du doigt.

— Là-dedans. Il va bientôt revenir, n'est-ce pas ? ajouta-t-elle en se frottant les bras comme si elle avait froid.

Sa voix tremblante lui donnait envie de la prendre contre lui pour la réconforter. Mais il n'y avait plus un instant à perdre, il en était conscient.

Aussi s'agenouilla-t-il, grimaçant de douleur.

— Tu me racontais comment tu t'étais enfuie.

Il fouilla le fond du placard alors qu'elle parlait derrière lui, lui racontant comment, un jour, son ravisseur avait piqué à côté de la veine. Il n'avait pas vu que la majeure partie du produit s'était perdue.

— Il devait descendre au ravitaillement, dit-elle. L'injection m'a assommée un moment mais pas autant que d'habitude. J'ai fait semblant d'être dans les vapes. Après son départ, j'ai retiré le bandeau de mes yeux. J'ai défait mes liens avec les dents et je me suis détachée. La porte était à moitié pourrie, alors je l'ai frappée du pied jusqu'à ce qu'elle casse. Puis j'ai foncé. J'ai couru le plus vite et le plus loin possible. Après un moment, j'ai souffert d'un point de côté alors j'ai marché. Ensuite, j'étais tellement épuisée que j'ai rampé. Plusieurs jours plus tard, un randonneur m'a retrouvée. Mais la situation actuelle est très différente. Nous n'arriverons pas à défoncer la porte. Nous sommes coincés ici.

Bryson, qui s'interrogeait sur la présence de ce stock de lattes, eut soudain l'idée de frapper le plancher d'un violent coup de talon. Un gros craquement s'ensuivit.

Teagan sursauta à côté de lui.

— C'est quoi, ce bruit ?

Il lui lança un coup d'œil par-dessus son épaule.

— Les murs sont sans doute plus solides qu'il n'y paraît. Mais le plancher ne l'est pas. Il est pourri, il a été rongé par les termites.

Il fit un signe de la main vers le trou qu'il venait de faire près du placard.

— En dessous se trouve le vide sanitaire du chalet. C'est par là que nous allons sortir.

Elle secoua la tête.

— Je ne parlais pas du bruit que tu as fait en frappant le plancher, Bryson. Mais de celui que j'entends dehors.

Il boitilla aussi vite qu'il le put jusqu'à la pièce principale. Elle le suivit et tous deux s'arrêtèrent brusquement quand ils virent des phares à travers les arbres. Un véhicule remontait la route de graviers vers le petit chalet.

Ils n'avaient plus le temps.

17

Teagan regarda les lumières des phares à travers les arbres. Leur ravisseur revenait. Quand il entrerait dans le vieux chalet et se rendrait compte qu'ils n'avaient plus leurs menottes, il les leur remettrait. Ensuite, il ferait le tour des lieux et trouverait le trou que Bryson avait commencé à creuser dans le plancher. Il comprendrait que Bryson représentait un gros danger.

Et il le tuerait.

Ensuite, il se tournerait vers elle et lui ferait revivre l'enfer, comme deux ans auparavant…

— Tue-moi, Bryson, dit-elle en lui prenant le bras. Je t'en prie. Je ne veux pas replonger dans ce cauchemar.

— Le combat n'est pas fini. Tu m'entends ? Ne renonce pas.

Il désigna le canapé.

— Avant tout, nous devons bloquer la porte. La pièce est minuscule. Si nous coinçons une extrémité du sofa contre la porte et l'autre contre le mur, il ne pourra pas entrer.

— Provisoirement peut-être. Mais tôt ou tard, il y parviendra. Nous ne ferions que retarder l'inévitable. À quoi bon ? J'ai une meilleure idée. Je vais l'énerver, le pousser à bout pour l'inciter à me tirer dessus. Une fois morte, je n'aurai plus rien à craindre de lui.

Alors que le crissement des gravillons sous les roues

du camion se faisait entendre à l'extérieur, Bryson la prit dans ses bras.

— Nous sommes tout près du but. Il nous faut encore briser quelques lattes du plancher et nous pourrons nous enfuir. Pour y arriver, nous devons gagner du temps. Alors, aide-moi à bouger ce canapé.

Enfin convaincue, elle courut à l'autre bout du sofa et, ensemble, ils le tirèrent pour le faire pivoter.

— Il se gare ! Il est là, cria-t-elle soudain en regardant par la fenêtre. Il vient de s'arrêter devant le chalet.

— Encore un effort. Nous n'avons plus qu'à le caler entre le mur et la porte. Vite !

Elle tenta de toutes ses forces de bouger son extrémité mais le meuble était trop lourd. Elle n'y parvint pas.

— Je n'y arrive pas.

À l'extérieur, le moteur fut coupé. Une portière s'ouvrit et claqua.

Teagan se mit à trembler.

— Mon Dieu. Il est là.

Bryson sauta par-dessus le canapé, trébucha et faillit s'étaler de tout son long avant de se rattraper de justesse. Les mâchoires serrées pour ne pas crier de douleur, il souleva le meuble et le cala contre la porte.

Teagan voyait bien que la distance entre le mur et la porte n'était pas comblée. Le sofa n'était pas assez grand. Lorsque le tueur ouvrirait le battant, s'il poussait assez fort, il réussirait à pénétrer à l'intérieur.

Bryson le comprit aussi. Il contourna le meuble pour le pousser contre la porte. Les ressorts grincèrent en signe de protestation. Puis il disposa les coussins entre l'autre extrémité et le mur, bien serrés.

Bientôt, ils entendirent le cliquetis des clés dans la serrure. L'homme tenta en vain d'entrer.

— Hé, que fabriquez-vous là-dedans ?

Bryson attrapa le bras de Teagan et la tira vers le couloir.

— Viens ! Vite !

— Ouvrez cette porte ! cria le tueur avec colère.

Une fois dans la chambre, Bryson boitilla vers le placard. Il s'y adossa pour garder son équilibre et frappa de son talon les planches pourries, encore et encore. Le bois se fendit, s'émietta. Le trou s'élargit mais il n'était toujours pas assez grand pour qu'ils puissent s'y faufiler. Loin de là.

Des coups de feu claquèrent alors.

Teagan sursauta de peur. Le tueur tirait sur le mur de façade et des éclats de plâtre volaient dans la pièce.

— Allonge-toi !

Bryson la coucha par terre et s'étendit sur elle pour la protéger de son propre corps.

D'autres projectiles explosèrent à travers le mur. Terrifiée, Teagan enfouit la tête dans le cou de Bryson.

Ensuite, l'homme cribla de balles la porte d'entrée. Il jurait et criait comme un fou furieux. Puis ce fut le silence. Ils n'entendaient plus rien que le sang qui rugissait à leurs oreilles.

Le souffle court, elle se tourna vers Bryson :

— Que fait-il maintenant ? dit-elle. Où est-il ?

Il posa un doigt sur ses lèvres pour lui intimer de se taire.

Elle hocha la tête.

Un bruit de verre brisé résonna à l'extérieur. Le tueur cassait la vitre d'une fenêtre. Bryson se souleva pour entraîner Teagan plus loin, à l'abri des éclats de verre. Quelques instants plus tard, l'homme promena une lampe de poche à travers les barreaux. Ils se blottirent contre le mur, serrés l'un contre l'autre, regardant le jet de lumière qui se déplaçait dans la pièce. Quand le faisceau lumineux s'arrêta sur le trou dans le sol près du placard, Teagan poussa un gémissement. La lampe s'éteignit.

— Oh ! non, murmura-t-elle.

Avec un juron, Bryson boitilla jusqu'à la fenêtre et regarda dehors.

Au même moment, un bruit sourd se fit entendre quelque part sous le plancher pourri. Le tueur le défonçait à son tour. Ils avaient voulu emprunter le vide sanitaire pour quitter leur prison, et c'était lui à présent qui tentait ainsi d'y entrer.

Teagan couvrit sa bouche pour ne pas hurler.

Bryson la saisit par le bras et la poussa devant lui, vers la porte, lui faisant signe d'être aussi silencieuse que possible. Il avait manifestement du mal à marcher. La façon dont il boitait trahissait sa souffrance. Mais ils gagnèrent la pièce principale.

Il se hâta vers la porte et actionna la poignée pour s'assurer qu'elle n'était plus verrouillée. Seul le canapé en bloquait l'ouverture.

Il se pencha pour chuchoter à l'oreille de Teagan :

— Je vais soulever le sofa et tu en profiteras pour filer. Cours le plus vite et le plus loin possible. Enfonce-toi dans les bois et ne t'arrête sous aucun prétexte.

— Et toi ? Tu n'es pas en état de courir.

— Ne t'inquiète pas pour moi.

— Bryson, je ne vais pas te laisser…

Des éclats de bois dans l'autre pièce suivis de hurlements les firent sursauter.

— Vous êtes morts, vous m'entendez ? Je vais vous buter tous les deux !

Des coups de feu retentirent et Bryson éleva la voix.

— Il va réussir à entrer. Il faut que tu te sauves, Teagan, et que tu ailles te mettre en sécurité quelque part. De mon côté, je m'enfuirai plus tard, autrement, et je me cacherai dans le coin. Notre seule chance de survie est de nous séparer. Promets-moi de courir le plus vite possible sans un regard en arrière.

Au bruit, ils comprirent que le tueur était sur le point d'aboutir.

— Promets-le-moi.

— OK. Je te le promets.

Il saisit le canapé et le tira, luttant pour le faire bouger.

Un coup de feu retentit.

Teagan recula, puis regarda Bryson, qui s'était figé sur place.

— Ça va ?

Livide, les mâchoires serrées, il hocha la tête.

— Souviens-toi de ce que j'ai dit. Cours aussi vite que possible. Ne t'arrête sous aucun prétexte.

La main sur la poignée de la porte, elle acquiesça.

Il souleva de nouveau le canapé et réussit à l'écarter. Dès qu'elle franchit la porte, elle s'élança en avant. Elle courut comme une dératée, comme si elle avait le diable à ses trousses. Elle ne s'arrêta pas avant d'avoir atteint le fond de la clairière.

Là, et même si elle lui avait promis de ne pas s'arrêter, elle ralentit. Elle voulait s'assurer qu'il allait bien. Se cachant derrière un grand pin, elle observa le petit chalet de loin. Par la porte d'entrée ouverte, elle vit qu'il n'y avait personne à l'intérieur. Bryson avait réussi à sortir.

Soulagée, elle se retourna et se remit à courir.

Dès que Teagan fut partie, Bryson se laissa tomber à terre. En grimaçant, il rampa sur le sol pour se recroqueviller contre le mur entre la porte et la kitchenette. Il ne lui avait pas menti, pas au départ, en tout cas. Il pensait parvenir à s'éloigner du chalet en boitant. Avec une longueur d'avance, il aurait eu une chance. Mais soudain, il avait remarqué du sang sur sa veste. Il avait glissé la main sous sa chemise et avait senti un liquide chaud et poisseux sous ses doigts. L'une des balles du tueur l'avait touché. La gorge sèche, il avait fermé les paupières et compris qu'il ne pourrait pas aller loin.

Un cri de rage retentit dans la chambre. Manifestement,

l'homme avait du mal à maîtriser ses accès de colère. Bryson se demanda ce qu'il faisait dans la vie. S'il travaillait dans un bureau, il lui était sans doute difficile de cacher ses sautes d'humeur à ses collègues. Quel que soit son métier, il devait l'exercer en solo. Son emploi devait également lui donner une grande liberté et une souplesse d'horaires. Pour lui permettre de s'absenter plusieurs jours voire des semaines lorsqu'il traversait une crise de folie. Il aurait fait un profil criminel intéressant.

Aux bruits sourds et à la bordée de jurons qu'il entendit, Bryson devina que le tueur avait réussi à passer par le plancher et à pénétrer dans le petit chalet.

Comme une quinte de toux le secouait, il se rendit compte qu'il crachait du sang. Ce n'était pas bon signe. Peu à peu, les ténèbres se refermaient sur lui. Il secoua la tête, s'efforçant de rester conscient. Il lui restait encore une chose à faire.

Le premier objectif avait été de libérer Teagan des menottes. Il l'avait atteint. Le deuxième, de la faire sortir de la vieille maison pour lui permettre de se réfugier en lieu sûr. Là encore, il avait réussi. Maintenant, il devait s'assurer que les secours ne tarderaient pas à arriver pour l'aider afin qu'elle ne meure pas dans ces bois.

À ce stade, il n'y avait qu'une seule façon de le faire.

Il glissa la main derrière la gazinière et tira avec force sur la conduite de gaz. Comme tout dans cette ruine, elle était vieille et en mauvais état. Il l'arracha sans difficulté.

— Maintenant, je vais vous tuer ! hurla le ravisseur depuis l'autre pièce. Tous les deux, vous êtes morts !

Une silhouette imposante apparut dans le couloir. L'aube se levait sur la petite clairière. Les premiers rayons de soleil brillaient à travers la porte, scintillant sur le pistolet du tueur.

Le visage rouge de colère, il regarda Bryson. Il tourna

la tête à gauche à droite. Il ne lui fallut pas longtemps pour comprendre qu'ils étaient seuls.

— Où est-elle ?

Il leva son arme et la pointa sur Bryson.

— Dis-le-moi tout de suite ou je te bute.

Bryson sourit et brandit la conduite de gaz, qui sifflait et vomissait du propane nauséabond.

— Elle est partie. Vas-y, tire. Dès que tu presseras la détente, cette baraque explosera et nous tuera tous les deux. Teagan n'aura plus jamais à avoir peur de toi, espèce de taré.

La main de l'homme commença à trembler. Son visage devint si rouge que Bryson se demanda s'il était sur le point d'être terrassé par une crise cardiaque.

Alors que le gaz continuait de remplir la pièce, Bryson insulta son interlocuteur, essayant de l'inciter à tirer. Il voulait qu'il tire. Pour que Teagan soit en sécurité. Elle pourrait alors enfin vivre la vie qu'elle méritait, sans crainte.

— Sale flic stupide.

— Flic stupide ? Tu n'as vraiment rien de mieux comme insulte ? Tu es encore plus nul que je l'imaginais.

Avec un cri de rage, le tueur traversa la pièce à grands pas et colla son pistolet contre la tempe de Bryson. Mais, après avoir jeté un coup d'œil à la conduite de gaz, il jura, lança encore quelques horreurs puis ouvrit la porte et sortit.

Bryson se reprocha en son for intérieur de ne pas avoir été plus violent dans ses piques verbales. Il n'avait pas vaincu le diable, après tout. Mais il obtiendrait quand même l'aide dont Teagan avait besoin. Dès que l'homme se serait suffisamment éloigné de la maison pour se sentir en sécurité, il tirerait sur la bonbonne de gaz. Bryson en était certain : l'explosion serait spectaculaire. La moitié des pompiers et des flics du comté seraient là en un clin d'œil.

Une voix le glaça soudain :

— Bryson, que fais-tu encore ici ?

Il battit des paupières. Teagan courait vers lui.

— Que se passe-t-il ? Ça sent le gaz à plein nez et le tueur s'apprête sans doute à tirer sur la bonbonne pour tout faire sauter. C'était ce que tu espérais ? C'était ça, ton plan débile ? demanda-t-elle en le prenant par les épaules. Lève-toi. Dépêche-toi.

Avec un juron, il se mit sur pied.

— Allez, allez, hurla-t-elle.

Ils avancèrent tant bien que mal jusqu'à la chambre et elle sauta dans le trou laissé par le tueur. Avec une grimace, il la suivit. Elle tendit la main pour l'aider mais, conscient de l'imminence du danger, il la poussa en avant.

— Vite !

Ils entendirent le moteur du camion démarrer et s'éloigner lentement.

Non sans mal, ils parvinrent à se glisser dans le vide sanitaire et à se faufiler à l'extérieur. Bryson dut s'appuyer lourdement sur elle pour courir vers les arbres.

— Jette-toi à terre, cria-t-il. Allonge-toi et protège ta tête !

Il la fit tomber et roula sur elle.

Un coup de feu claqua. Le chalet explosa, transformant la clairière en brasier ardent.

18

Teagan faisait les cent pas dans l'une des salles de conférences de l'hôpital. À en juger par les regards exaspérés des hommes assis autour de la table, ils commençaient à en avoir assez de son manège. Mais elle était trop nerveuse, trop inquiète pour Bryson, pour rester assise.

— Mademoiselle Ray, l'appela un des adjoints du bureau du shérif de Jacksonville.

Comment s'appelait-il déjà ? Burns ? Rodriquez ? Bunting ? Elle aurait été incapable de le dire. Elle avait oublié leurs noms dès qu'ils s'étaient présentés.

Combien d'adjoints fallait-il pour interroger une victime d'enlèvement ? Et pour changer une ampoule ?

— Mademoiselle Ray, répéta-t-il. Auriez-vous l'obligeance de venir vous rasseoir et de répondre à nos questions ?

Ils étaient cinq contre une. Elle n'avait aucune chance de leur échapper. Elle ne faisait pas le poids. Certes, ils n'étaient pas des ennemis. Pas exactement. Mais elle ne les considérait pas non plus comme des alliés. Deux ans plus tôt, ils avaient montré si peu d'intérêt pour son histoire, sans parler de leur incapacité à retrouver son tortionnaire, qu'elle ne se sentait pas très motivée pour collaborer avec eux.

Elle n'avait accepté de répondre à leurs questions que pour une seule et unique raison : Bryson était au bloc opératoire après avoir été héliporté de Live Oaks à l'unité de traumatologie de l'hôpital Health Shands, à Jacksonville.

Voir l'hélicoptère disparaître dans le ciel avec lui à bord – et sans elle – l'avait ravagée. Elle avait été furieuse d'être coincée aux urgences de l'hôpital local de Live Oaks, chaperonnée par un patrouilleur de Floride qui faisait office de garde du corps. Lorsque les médecins avaient enfin confirmé ce qu'elle ne cessait de répéter depuis le début – qu'elle allait très bien –, le patrouilleur avait accepté de la conduire à Jacksonville. Ils étaient arrivés deux heures plus tôt et elle ne savait toujours rien sur l'état de Bryson, à part le fait qu'il était entre les mains des chirurgiens.

— Mademoiselle Ray ?

— Et si vous me donniez de véritables informations sur la santé de M. Anton ? Peut-être serais-je plus encline à répondre à vos questions…

L'adjoint au shérif poussa un profond soupir mais quitta la pièce pour obtenir des renseignements.

Un autre se leva aussitôt pour s'adresser à elle :

— Votre ravisseur a assassiné trois personnes : M. et Mme Broderick et le chauffeur de la camionnette qu'il a volée. Nous devons le rattraper avant qu'il s'en prenne à quelqu'un d'autre.

— Pensez-vous que je l'ignore ? rétorqua-t-elle en secouant la tête.

La violence et la folie de son kidnappeur la rendaient malade. Elle voulait plus que tout qu'il soit capturé. Car même si elle n'était pas responsable de ce qui était arrivé à ces innocents, elle se demanderait toute sa vie si elle aurait pu faire quelque chose pour éviter leur mort.

— Mademoiselle Ray, reprit-il. Je sais que la situation est angoissante, d'autant que vous vous inquiétez pour votre fiancé. Mais nous avons vraiment besoin de votre aide.

Une pointe de culpabilité la tortura à propos de son mensonge. Pour s'assurer que l'hôpital la tiendrait au courant de l'état de Bryson, elle avait fait croire aux policiers comme à l'équipe soignante qu'ils étaient fiancés.

Cela dit, ce mensonge n'avait pas servi à grand-chose jusqu'à présent.

Elle avait subi un interrogatoire en règle, répondu à des dizaines, peut-être des centaines de questions. Elle n'avait rien à ajouter à ses déclarations. S'ils enquêtaient réellement, s'ils utilisaient les éléments qu'elle leur avait déjà fournis, ils découvriraient peut-être l'identité du tueur et l'arrêteraient.

Elle se laissa tomber sur sa chaise.

— Honnêtement, je ne vois pas quoi vous dire d'autre. Nous avons revu la chronologie des faits une bonne dizaine de fois. Le visage du ravisseur me disait vaguement quelque chose mais je suis incapable de me rappeler où je l'ai déjà vu. J'ai décrit cet individu en détail à votre dessinateur pour qu'il en fasse un portrait que je trouve assez ressemblant. Pourquoi ne pas publier ce portrait-robot partout et essayer de trouver le tueur ?

— Un avis de recherche a évidemment été lancé, dit une voix familière depuis le seuil de la porte.

Un intense soulagement l'envahit à la vue de Mason Ford, le patron de Bryson et des Justice Seekers.

— Monsieur Ford, merci beaucoup d'être venu.

— Heureusement, je n'étais pas loin lorsque vous avez appelé.

— Qui diable êtes-vous ? demanda l'un des adjoints.

— Un ami de la famille. Si cela ne vous dérange pas, je dois m'entretenir avec Mlle Ray. En privé.

Les adjoints échangèrent des regards furieux mais acceptèrent finalement de se lever et de quitter la pièce. Alors qu'ils se dirigeaient vers la porte, Rodriquez se tourna vers Teagan et posa une carte de visite sur la table.

— Lorsque vous serez prête à coopérer, appelez-moi.

Nous devons avancer rapidement sur cette affaire. Veuillez ne pas prendre trop de temps.

Sur ces mots, il gagna la porte.

— Je n'ai pas cessé de coopérer, protesta-t-elle en soupirant. Ils me posent les mêmes questions en boucle.

Ford referma la porte derrière lui et lui lança un regard d'excuse.

— Et je suis sur le point de vous prier de répéter tout ce que vous venez de leur dire. J'en suis désolé. Mais soyez certaine que tous les Justice Seekers sont à votre disposition et à celle de Bryson. Je leur ai demandé à tous de cesser de travailler sur les autres dossiers, sauf urgence, pour se consacrer à cette affaire. Nous ferons tout notre possible pour attraper cet individu.

À ces mots, une partie des tensions dont elle était la proie depuis vingt-quatre heures commença à se dissiper.

— Merci, monsieur Ford. Vous ne pouvez pas savoir à quel point vous l'entendre le dire me fait du bien. Ces adjoints me traitent comme si j'étais une suspecte, les idiots.

Il esquissa un sourire. C'était d'ailleurs la première fois qu'il n'arborait pas une mine sombre, se dit-elle.

Il s'assit en face d'elle.

— Premièrement, appelez-moi Mason. Après tout, être la fiancée de Bryson fait quasiment de vous un membre de la famille.

Elle sentit ses joues s'enflammer.

— Nous ne sommes pas fiancés. Je l'ai prétendu pour que l'hôpital m'informe sur son état. Ce qu'ils ne font pas.

— Comme vous vous êtes rencontrés il y a quelques jours à peine, je m'en doutais un peu. Certes, nul n'est à l'abri d'un coup de foudre mais… En tout cas, ma proposition de m'appeler Mason tient toujours.

— Il y a quelques jours ? J'ai l'impression de le connaître depuis des années, depuis toujours.

— Cela n'a rien d'étonnant, vu les événements chargés

d'émotions que vous avez traversés ensemble. Quant à ces imbéciles d'adjoints, je suis désolé qu'ils se comportent ainsi. Ils subissent beaucoup de pression de leurs supérieurs pour résoudre cette affaire alors qu'ils n'ont pas l'ombre d'une piste. Cela dit, cela n'excuse pas leurs mauvaises manières. En ce qui concerne l'état de Bryson, j'ai des nouvelles.

Elle se redressa sur sa chaise.

— L'hôpital vous les a données ?

— Disons que j'en ai obtenu et n'en parlons plus. Parfois, la fin justifie les moyens, non ?

Elle sourit.

— J'aime votre façon de travailler, Mason. Dites-moi comment il va. Va-t-il… Va-t-il…

— Il va s'en tirer, oui.

Intensément soulagée, elle plongea le visage dans ses mains, des larmes inattendues coulèrent sur ses joues.

Il attendit en silence qu'elle se ressaisisse. Elle prit enfin une profonde inspiration et se rassit.

— J'en suis ravie. Merci.

— Il est actuellement en salle de réveil et devrait recouvrer ses esprits bientôt.

Il posa son téléphone portable sur la table.

— À l'instant où il ouvrira les yeux, cet appareil vibrera. Je vous conduirai alors jusqu'à lui.

— Merci, murmura-t-elle, luttant pour retenir ses sanglots.

— La balle a touché sa rate mais aucun autre organe, poursuivit-il. Il a perdu beaucoup de sang. Et il souffre d'une commotion cérébrale. Voilà pourquoi il a perdu connaissance après l'explosion. Heureusement, vous étiez tous les deux derrière un arbre lorsque le chalet a explosé, ce qui vous a protégés de l'onde de choc. Sinon, vous seriez en bouillie à l'heure qu'il est.

Elle blêmit.

— Pardon, je manque de délicatesse, dit-il avec un sourire d'excuse. Bref, tout ira bien pour lui. Il a eu de la chance. Vous aussi. Si l'explosion et l'incendie n'avaient pas alerté des randonneurs qui ont appelé aussitôt les pompiers, il se serait vidé de son sang.

Elle se frotta les bras. Elle avait froid soudain.

— Encore une fois, Bryson m'a sauvée, malgré la gravité de sa blessure. Il nous a sauvés tous les deux. C'est un homme incroyable.

— C'est vrai. Et je veux faire tout mon possible pour vous protéger l'un et l'autre. Nous devons attraper votre ravisseur et réunir suffisamment de preuves pour nous assurer qu'il sera arrêté et enfermé, et qu'il ne pourra plus jamais s'attaquer à quiconque. Je sais que vous êtes fatiguée de répondre aux questions. Mais je vous serais infiniment reconnaissant si vous pouviez me relater les événements. Merci de commencer par le début, par le moment où vous avez quitté mon bureau à Gatlinburg.

Il sortit une tablette informatique de sa veste et la posa sur la table, près d'un petit appareil électronique.

— Pour gagner du temps lors du briefing avec mon équipe et pour m'assurer de ne rien oublier, je vais enregistrer notre échange. Cela vous convient-il ?

— Absolument.

Répéter l'histoire ne la dérangeait pas puisque Mason posait les questions. Et qu'il ferait réellement quelque chose de ses réponses. Elle doutait que les adjoints du shérif soient capables d'en faire autant.

— La police vous a-t-elle donné une copie du portrait-robot ?

— Pas encore.

Il s'empara de son téléphone pour envoyer un texto. Il attendit quelques instants puis consulta l'écran.

— Mon équipe le recevra dans l'heure. Vous vous apprêtiez à tout me raconter. N'oubliez rien.

Une demi-heure plus tard, on frappa à la porte. Mason se leva d'un bond, son arme à la main mais cachée derrière lui.

L'adjoint eut l'air surpris en découvrant Mason. Il jeta un rapide coup d'œil dans la pièce.

— Que puis-je faire pour vous ? s'enquit Mason.

— Je voulais apprendre à Mlle Ray que M. Anton était sorti du bloc.

— Merci.

Mason referma la porte avant que son interlocuteur puisse ajouter quoi que ce soit d'autre. Il rengaina son arme, puis s'assit.

— Vous avez dégainé très vite, s'étonna Teagan. Craignez-vous que le ravisseur ne surgisse ici ? À l'hôpital ?

— Tout est possible. Ne vous inquiétez pas. Un vigile monte la garde à l'extérieur du bloc. Il restera avec Bryson jusqu'à sa sortie de l'hôpital.

— La police est d'accord ?

— Ce n'est pas négociable. J'essaie toujours d'être accommodant avec les forces de l'ordre. Mais il n'était pas question pour moi de leur confier la sécurité d'un membre blessé de mon équipe. L'administrateur de l'hôpital a été compréhensif. Pour le rendre plus souple, j'ai fait un don substantiel à l'établissement, au nom de Bryson. Maintenant, si cela ne vous ennuie pas, reprenons. Continuez votre récit.

— Bien sûr. Je, euh, je crois que j'en étais au moment où je me suis enfuie comme une lâche pour courir vers les arbres.

— Vous avez fait exactement ce que Bryson vous avait demandé. Vous lui épargniez ainsi de devoir s'inquiéter pour vous, en plus du reste. Mais je m'interroge. Si vous avez couru dans les bois loin du chalet, comment vous êtes-vous retrouvée derrière lui lorsqu'il a explosé ?

Gênée, Teagan rougit.

— Euh… En fait, je n'ai pas suivi exactement les instructions de Bryson, dit-elle. Je sais qu'il voulait que je fonce droit devant sans me retourner, que je m'enfuie le plus loin possible. Mais je ne l'ai pas vu quitter la vieille bicoque et j'ai eu peur qu'il ait fait semblant de se sentir mieux, uniquement pour me sauver. Tout au long de notre calvaire, il n'arrêtait pas de me répéter d'avoir la foi, que nous étions deux contre un, que nous pouvions avoir le dessus en restant ensemble. M'enfuir toute seule n'était donc pas une option.

— Alors, qu'avez-vous fait ?

Elle passa les bras autour de sa taille.

— En passant par la pinède pour ne pas être repérée, j'ai fait le tour de la maison et j'y suis retournée par l'arrière.

— Où était votre ravisseur ?

— Je ne sais pas. Sa camionnette était toujours garée devant la maison mais lui, je ne l'ai vu nulle part. Je me suis mise sur le ventre et j'ai rampé pour retourner à l'intérieur en passant par le vide sanitaire. J'avais peur que le tireur n'y soit avec Bryson. Et c'était le cas.

Mason resta silencieux. Il écarquilla les yeux.

— J'ai entendu ce fumier crier dans l'autre pièce, poursuivit-elle. Et j'ai senti l'odeur du gaz. Un instant plus tard, la porte d'entrée s'est ouverte et j'ai vu le ravisseur se précipiter vers son camion. Quant à Bryson, il était assis, dos au mur, et tenait le tuyau de gaz dans sa main.

Elle essuya ses larmes.

— Pendant une fraction de seconde, j'ai cru qu'il était mort. Mais ensuite, j'ai vu sa poitrine se soulever et j'ai compris qu'il était toujours en vie. Je lui ai crié de sortir. Je ne sais pas trop comment, j'ai réussi à l'entraîner par le trou dans le plancher. Nous nous sommes jetés dedans et, par miracle, nous avons pu traverser le vide sanitaire et nous éloigner pour nous réfugier dans les bois avant l'explosion. Comme vous l'avez dit, sans Bryson, nous serions tous les deux morts. Il mérite une médaille.

— Je suppose que vous êtes restée avec lui jusqu'à ce que les secours arrivent ?

— Bien sûr. En principe, je connais les gestes qui sauvent. En réalité, mes capacités de secouriste sont très limitées. Il respirait et son cœur battait. Mais il n'ouvrait pas les yeux. Je ne savais pas quoi faire. Tout ce à quoi je pouvais penser était de faire pression sur ses plaies pour tenter de juguler l'hémorragie.

Elle ferma les paupières un instant en tremblant.

— Dieu merci, les pompiers et la police sont arrivés très vite. J'ai entendu les sirènes et j'ai couru vers la clairière. Ils m'ont suivie sans poser de questions. Ils l'ont mis sur une civière et l'ont installé dans l'hélicoptère. Ils ont été très rapides, très efficaces. Ils lui ont sauvé la vie.

— Non, mademoiselle Ray. C'est vous qui lui avez sauvé la vie. Si vous n'aviez pas été assez courageuse pour retourner dans ce chalet en ruine, il serait mort à l'heure qu'il est, dit-il d'une voix rauque.

Il s'éclaircit la gorge avant de continuer.

— Merci. Au nom de tous les Justice Seekers, merci d'avoir sauvé notre ami et collègue.

Elle était sur le point de lui rappeler qu'il n'aurait jamais été exposé au danger sans elle quand le téléphone vibra sur la table.

Mason prit l'appel.

Elle se leva de sa chaise.

— Bryson est-il réveillé ?

Il secoua la tête.

— Pas encore. Mais je vais aller me renseigner tout de suite. En attendant, vous avez de la visite.

— De la visite ?

Elle fronça les sourcils. Les adjoints étaient-ils de retour ?

Il hésita à la porte.

— Lorsque vous m'avez appelé pour aider Bryson, j'ai pris la liberté de contacter des proches pour vous entourer.

Je leur ai demandé de me laisser le temps de vous interroger d'abord. Ils ont été très compréhensifs. Ils sont maintenant dans le couloir, ils aimeraient vous voir.

Il sourit de son premier vrai sourire.

— Vous êtes une jeune femme courageuse et intelligente. Merci encore pour tout ce que vous avez fait.

Sans attendre sa réponse, il quitta la pièce.

Un instant plus tard, deux personnes apparurent dans l'embrasure de la porte.

Teagan poussa un cri et courut vers eux, en larmes.

Ses parents la serrèrent dans leurs bras avec émotion.

19

Avec un profond soupir, Teagan changea de position. La chaise en plastique sur laquelle elle était assise était très inconfortable mais elle tenait à rester au chevet de Bryson. Voilà trois jours qu'elle était là, à le regarder dormir, et elle ne cessait de pleurer.

Quand il était sorti de la salle de réveil après l'opération, elle l'attendait dans le couloir. Il avait été ensuite installé dans une chambre et, depuis lors, elle ne l'avait pas quitté. Mais il lui avait à peine parlé. Il se comportait exactement comme l'ours bourru qu'elle avait rencontré la première fois. Elle ne comprenait pas pourquoi. Ils avaient dépassé ce stade, non ? Alors pourquoi agissait-il comme s'ils étaient des étrangers ?

Elle lui avait posé la question.

Il lui avait donné toutes sortes de réponses. Il avait la migraine. Il avait mal, besoin de dormir. Tout cela était sans doute vrai. Pourtant, il avait enduré bien pire pour sauver leurs deux vies, et il était resté charmant avec elle alors qu'il souffrait énormément. Son attitude n'avait donc aucun sens.

Heureusement, Mason Ford ne semblait pas s'inquiéter du comportement plus que glacial de Bryson, qui visait toute personne à proximité. Mason avait décidé d'ignorer les réponses sèches de Bryson et de s'occuper de ses affaires. Et il tenait Teagan au courant des avancées de l'enquête.

Qui, malheureusement, piétinait.

La moitié des Justice Seekers y travaillaient à Jacksonville, mais ils n'avaient pas l'air de faire plus de progrès que les adjoints du shérif. Personne n'avait encore découvert l'identité de l'homme qui les avait enlevés après avoir tué trois innocents. Mason lui assura qu'ils faisaient le maximum et qu'ils n'abandonnaient pas. Il lui donna aussi une carte de crédit d'entreprise à utiliser pour tous ses besoins et ceux de Bryson. Il lui assura que la carte n'avait pas de limites et qu'elle pouvait s'en servir sans complexe.

Il lui avait également demandé de prendre toutes les dispositions nécessaires pour installer Bryson dans un hôtel du coin après sa sortie de l'hôpital. Il y resterait jusqu'à ce qu'il soit assez rétabli pour retourner à Gatlinburg.

Teagan aimait beaucoup Mason Ford, qui tenait visiblement à ce qu'elle ait le dessus dans cette petite guerre froide entre elle et Bryson.

Une demi-heure plus tard, le médecin entra dans la chambre pour effectuer un dernier bilan de santé avant de lui remettre les papiers de sortie. Tandis que Bryson – qui s'était miraculeusement réveillé – discutait avec son chirurgien, Teagan regarda par la fenêtre, mimant l'indifférence, alors qu'elle fulminait intérieurement.

Elle s'interdisait désormais de pleurer devant lui. Elle avait sa fierté, après tout. Et pas question non plus de sangloter sur l'épaule de sa mère, vu que ses parents étaient persuadés qu'elle et Bryson étaient fiancés. Pour eux, la déception serait énorme quand, une fois revenue à Gatlinburg, elle leur annoncerait que les fiançailles étaient rompues. Ils étaient tombés sous le charme de Bryson lorsqu'il avait dîné chez eux. Et, après avoir entendu tout ce qu'il avait fait pour protéger leur fille, ils étaient à présent fous de lui.

Ils ne seraient pas les seuls à avoir le cœur brisé.

Elle garda le visage contre la vitre, faisant mine de s'intéresser à ce qui se passait dehors, s'efforçant de refouler ses larmes. Comment pouvait-elle éprouver des sentiments pour un homme qui ne les partageait pas ?

Elle prit quelques profondes inspirations et ressassa sa colère pour se blinder.

— Dans l'ensemble, vous avez eu une chance incroyable, disait le médecin derrière elle alors qu'il terminait son examen. Chacune de vos blessures – le coup à la tête, la balle en pleine rate ou les éclats de bois plantés dans votre dos au moment de l'explosion – aurait pu vous tuer. Vous n'avez peut-être pas l'impression d'être né sous une bonne étoile pour le moment, mais, dès que la douleur s'estompera et que vous remarcherez, vous le mesurerez. Quelqu'un veillait sur vous. Votre ange gardien est très efficace.

Elle regarda fixement le sol pendant que Bryson remerciait le chirurgien et discutait des détails de sa sortie. Sous le choc de ce qu'elle venait d'entendre, elle oublia sa colère et se sentit coupable. Personne ne lui avait parlé des éclats de bois dans son dos. En plus de tout ce qu'il avait enduré. Pas un seul de ces morceaux de bois ne l'avait frappée, elle – parce qu'il l'avait protégée. Une fois de plus. Elle n'avait pas le droit d'être furieuse contre lui, se reprocha-t-elle.

Sans elle, il serait assis sur sa terrasse à savourer une bière bien fraîche, en écoutant les clapotis de l'eau. En bonne santé, content, son seul souci étant sa douleur à la hanche lorsque la tequila et le scotch ne suffisaient pas à l'atténuer.

Quelle idiote immature et égoïste elle avait été ! Elle n'avait pensé qu'à elle.

Le grincement du lit la fit se retourner. Le médecin avait dû partir alors qu'elle était perdue dans ses pensées.

Elle se précipita vers Bryson.

— N'essaye pas de te lever tout seul. Je sais que tu ne veux pas de ma présence, alors je vais demander à l'infirmière de t'aider à t'habiller.

— Teagan, je…

— Ça va. Je comprends. Je descends pour avancer la voiture et je te retrouve dans le hall d'accueil.

Il fronça les sourcils.

— Que penses-tu comprendre ?

Sans répondre, elle se précipita hors de la pièce.

Bryson s'appuya contre les oreillers que Teagan venait de remettre en place.

— Merci, grommela-t-il.

La suite qu'elle leur avait réservée était immense. Le palace luxueux, les chambres confortables, mais, plus important encore, il était tout proche de l'hôpital. Il n'avait pas eu à endurer un long trajet en voiture qui l'aurait achevé. Comme elle avait insisté pour qu'il prenne des antalgiques dès leur arrivée à l'hôtel, il se sentait plutôt bien en ce moment. Physiquement, du moins.

— Merci pour tout, Teagan.

Elle parut surprise de ses remerciements, les accepta d'un bref signe de tête. Puis elle se tourna pour finir de ranger ses vêtements qu'elle avait rapportés de l'autre hôtel, celui où il résidait à l'origine, près du lotissement The Woods. L'expression de surprise de Teagan lorsqu'il l'avait remerciée lui donna l'impression d'être le roi des imbéciles.

Les souvenirs de ce qui s'était passé depuis le moment où il avait repris conscience dans la salle de réveil l'accablaient. Il avait commis tant d'erreurs qui auraient pu coûter la vie à Teagan. La première avait été d'accepter qu'elle l'accompagne pour interroger les Broderick. Tous les problèmes étaient partis de là.

Le pire était de savoir ce qui l'avait poussé à céder à sa requête, même s'il était celui qui connaissait les dangers. Ce qui l'avait poussé était sa fixation ridicule sur elle et son désir d'être le plus possible avec elle, près d'elle.

Son obsession avait obscurci sa raison. Dès qu'il serait capable de se débrouiller seul, il la libérerait, romprait ce lien absurde qui s'était développé entre eux. Il veillerait à ce qu'aucune de ses mauvaises décisions ne puisse plus jamais la mettre en danger. De toute évidence, il n'avait pas tiré les leçons de son passé – depuis son analyse bâclée de l'affaire de l'Éventreur du Kentucky jusqu'à son échec à sauver Hayley. Il n'avait rien appris. Il n'avait aucune raison de penser qu'il était capable de protéger Teagan.

Elle serait bien mieux sans lui.

Finalement, elle cessa de s'agiter dans la suite, de ranger ses affaires et se tint près de son lit.

— Une chance que tu aies déjà un fauteuil roulant, dit-elle. Cela m'épargne de devoir en louer un pendant ton séjour ici. Dieu sait que tu en auras besoin avant d'être de nouveau sur pied.

Elle fit un signe vers l'autre côté du lit.

— Il y a une canne aussi. Quand tu te sentiras la force de marcher, tu l'auras à portée de main. Elle ne contient rien, aucune arme, aucune clé. C'est un modèle ordinaire. Je l'ai achetée à la boutique de l'hôpital. L'autre, malheureusement, a été conservée par les adjoints du shérif qui la considèrent comme une pièce à conviction. Il a pratiquement fallu un acte du Congrès pour que mon sac à main me soit rendu après que la police l'a retrouvé chez les Broderick. Ils ne voulaient même pas discuter de la canne, pour une raison qui m'échappe. Quoi qu'il en soit, au cas où tu aurais oublié tes instructions de sortie, elles sont écrites sur une feuille rangée dans le tiroir de ta table de chevet. En gros, le médecin veut que tu essaies de te lever et de faire quelques pas plusieurs fois par jour. Si tu restes au lit tout le temps, tu risques des complications et…

— Teagan.

— Il te faut quelque chose ? Un verre d'eau ? Un soda ?

Il y a un mini-bar là-bas mais tu ne devrais vraiment pas boire d'alcool avec les médicaments que tu…

— Merci. Je n'ai pas soif. Je…

— D'accord, alors je vais dans ma chambre, pour me reposer un peu. Je n'ai pas bien dormi à l'hôpital et…

— Teagan.

— … Si tu as besoin de quelque chose, envoie-moi un texto. Ton téléphone est sur la table de chevet. La police a gardé nos deux smartphones. Il s'agit donc d'un nouvel appareil. J'ai demandé à Mason d'enregistrer les numéros des membres de ton équipe dans tes contacts. Mon nouveau numéro est là aussi, évidemment, donc tu peux m'envoyer un SMS. À plus tard.

— J'ai besoin de te parler.

— Non, maintenant, tu as besoin de dormir. Et moi aussi.

— Attends, s'il te plaît. Donne-moi un instant pour…

Elle se précipita dans l'autre chambre, ferma la porte derrière elle. Mais il eut le temps de voir les larmes dans ses yeux.

Avec un juron, il frappa du poing le matelas à côté de lui.

20

Après cinq jours et cinq nuits épuisants avec Bryson dans une suite d'hôtel remplie de tensions, Teagan était plus que prête à plier bagage. En théorie, le palace avait pourtant tout pour lui plaire. Dans d'autres circonstances, vivre une petite semaine comme une millionnaire l'aurait grisée, pourtant la froideur de Bryson à son égard l'empêchait de profiter de la situation.

Elle aurait pu faire appel aux services d'une infirmière pour prendre soin de lui pendant leur séjour. Mais Mason les avait installés dans cet hôtel de luxe pour qu'ils soient tous deux hors de portée du tueur, au cas où ce dernier les chercherait. Il était donc logique qu'elle s'occupe elle-même de Bryson.

Mais rien n'était facile.

Ils avaient à peine échangé deux mots depuis leur arrivée. Et comme il semblait peu probable que leur ravisseur soit arrêté de sitôt, il était temps pour chacun d'eux de reprendre le cours de sa vie. Ou du moins, d'essayer.

La police ferait surveiller la maison des parents de Teagan pendant qu'elle y serait, même si personne n'imaginait que le tueur soit assez fou pour s'attaquer de nouveau à elle. Il avait fui depuis longtemps et était sans doute déjà loin.

Comme la limousine envoyée par Mason s'apprêtait à la déposer devant le pavillon de ses parents, elle poussa un soupir de soulagement. Le chauffeur conduirait ensuite

Bryson à l'aéroport. Il embarquerait à bord du jet privé des Justice Seekers pour retourner à Gatlinburg.

Teagan avait tellement hâte de s'éloigner de lui qu'elle ouvrit la portière avant même que la voiture soit complètement arrêtée.

— Attends, dit Bryson. Laisse-moi t'accompagner jusqu'à leur porte.

— Merci, mais non. Ce n'est pas nécessaire.

Elle saisit son sac de voyage et sauta sur le trottoir, ne laissant même pas la possibilité au chauffeur de venir lui ouvrir.

— Prends soin de toi, Bryson.

Alors qu'elle claquait la portière, elle l'entendit jurer derrière elle. Sans se retourner, elle se hâta vers la maison. Des larmes ruisselaient déjà sur ses joues.

— Maman, papa, je suis rentrée ! cria-t-elle depuis le seuil. Ne bougez pas, j'arrive, ajouta-t-elle en se précipitant vers son ancienne chambre. Je vais ranger mes affaires et me rafraîchir un peu. Je vous rejoins ensuite.

— Teagan, ça va ? cria sa mère depuis la cuisine d'où s'échappaient de délicieux arômes.

Elle devait préparer le dîner.

— Super bien, mentit Teagan. Mais j'ai besoin d'aller aux toilettes, ça urge, ajouta-t-elle.

Elle courut vers la salle de bains, ferma la porte à clé, puis se retourna et se laissa glisser sur le sol avant d'exploser en sanglots. Par nature, elle détestait pleurnicher sur son sort, se comporter en victime, en faible. Mais dans l'immédiat, pleurer semblait être le seul exutoire pour ses émotions tumultueuses. Il n'était pas question d'avouer à sa mère qu'elle était accablée par la façon dont sa relation avec Bryson s'était terminée. D'autant que cette prétendue relation n'avait jamais vraiment existé.

Alors, pourquoi était-elle tombée à ce point amoureuse de lui ?

Il ne s'agissait pas d'amour, en réalité. Les événements traumatisants des derniers jours l'avaient perturbée, et sa libido débordante avait fait le reste. Elle s'imaginait en proie à des sentiments qui n'avaient aucune existence. Dans quelques semaines, dans quelques mois, elle aurait oublié Bryson Anton. Bientôt, la profonde douleur qui torturait son âme disparaîtrait.

Si seulement elle pouvait en convaincre son cœur…

Après avoir pleuré pendant un temps ridiculement long, elle se sentit mieux. Avec un gros soupir, elle se remit sur ses pieds. Le miroir au-dessus du lavabo lui renvoya le reflet d'une pauvre fille aux yeux rouges et bouffis. Ses cheveux pendaient lamentablement sur ses épaules. Et son mascara avait coulé. Un désastre.

Ses parents se moquaient qu'elle soit ou non maquillée. En revanche, ils s'inquiéteraient s'ils se rendaient compte qu'elle pleurait depuis dix minutes, enfermée dans la salle de bains.

Elle s'aspergea le visage et retira le maquillage qu'elle avait appliqué avec soin sur ses yeux et ses joues, le matin, à l'hôtel. Bryson n'avait même pas remarqué qu'elle s'était faite belle pour lui. Sa gorge se serra. Elle se sentait de nouveau au bord des larmes.

Cesse de pleurnicher, Teagan. Il n'en vaut pas la peine.

Elle secoua la tête. Si elle continuait à se le répéter à longueur de journée, peut-être finirait-elle par le croire.

Redressant les épaules, elle se moucha, prit une profonde inspiration et partit à la recherche de ses parents.

Sa mère était dans la cuisine, à s'activer aux fourneaux. Dès qu'elle la vit, elle posa son torchon et la prit dans ses bras.

— Teagan, chérie. Enfin, tu es là.

— Que je suis heureuse de te retrouver ! Vous m'avez tellement manqué, tous les deux.

Après un long câlin, Teagan lâcha sa mère et ajouta :

— Ça sent bon. J'ai l'impression que tu as confectionné mon repas préféré !

— Et un crumble aux pommes finit de cuire dans le four.

Teagan l'embrassa avec effusion mais se figea soudain en découvrant Bryson, adossé au mur à l'autre bout de la cuisine. Dans son élégant costume gris, il ressemblait à une gravure de mode.

Il se redressa et sourit.

— Bonjour, Teagan.

— Que… Que fais-tu ici ? demanda-t-elle. Tu es censé être en route vers l'aéroport.

— Je voulais saluer tes parents et ils m'ont invité à dîner. Cela ne te dérange pas, j'espère ?

— Si, ça me dérange, répliqua-t-elle, les mains sur ses hanches. Tu dois partir.

— Teagan Ray, la réprimanda sa mère. Ce n'est pas ainsi que nous traitons nos invités, en particulier ton fiancé.

— Il n'est pas…

— Teagan !

Un grand sourire aux lèvres, son père revenait du jardin. Derrière lui, Zeus prenait le soleil, affalé sur l'herbe.

— Viens embrasser ton vieux père.

Elle se blottit contre lui à contrecœur, tout en fusillant Bryson du regard. Il était temps de mettre un terme à cette mascarade. Elle refusait de s'asseoir à côté de lui pendant le dîner comme si tout allait bien.

Elle se libéra des bras paternels et lança :

— Maman, papa, il y a quelque chose que je dois vous dire.

— Détends-toi, dit Bryson. Je le leur ai déjà tout expliqué.

— Comment ? s'exclama-t-elle.

Elle jeta un œil de biais à ses parents. Aucun d'eux n'avait l'air furieux contre elle.

— Que vous a-t-il dit exactement ?

— La vérité, répondit sa mère. Que vous n'avez jamais

été fiancés, que vous n'êtes même jamais sortis ensemble. Que tu as prétendu être sa fiancée à l'hôpital pour que les médecins te tiennent au courant de son état de santé. Ce que je trouve très gentil de ta part.

— Et vous a-t-il dit pourquoi je vous ai fait croire, à vous deux, qu'il était mon amoureux ?

— *Il* est là et *il* est capable de parler, intervint Bryson avec légèreté. Je leur ai raconté que tu ne voulais pas qu'ils s'inquiètent pour toi après ta rupture avec ton ex. Que tu avais eu envie de les protéger, de les empêcher de penser que tu n'avais pas évolué dans la vie.

— Tu leur as dit ça ? murmura-t-elle, la gorge serrée.

— C'est la vérité, non ?

— En tout cas, je ne comprends toujours pas pourquoi tu es ici. Et non dans le jet des Justice Seekers.

Il s'avança vers elle et, à son grand étonnement, il prit ses deux mains dans les siennes.

— Je ne pouvais pas repartir sans avoir arrangé les choses entre nous. Je dois t'expliquer pourquoi je me comporte comme un pauvre type depuis que j'ai repris connaissance à l'hôpital.

Les lèvres de Teagan se mirent à trembler et, catastrophée, elle sentit des larmes brûler de nouveau ses paupières. Elle jeta un coup d'œil à ses parents, qui faisaient semblant de ne pas écouter mais qui ne perdaient pas une miette de la conversation.

Elle prit une profonde inspiration et répondit :

— Tu ne me dois aucune explication.

— Si, je t'en dois une. Nous pouvons en parler ici et maintenant, devant tes parents. Ou ailleurs, si tu préfères. Mais je ne m'en irai pas tant que je ne me serai pas excusé et ne t'aurai pas donné une explication honnête.

— Pourquoi es-tu si gentil, tout d'un coup ? Tu ne me dois rien.

— Je te dois la vie, Teagan.

— Merde, Bryson, marmonna-t-elle en reculant. Tu me fais encore pleurer. Bon, allons dans le jardin. Après, tu pourras partir.

— Il partira après le dîner, lança sa mère. Et ce que vous avez à vous dire en tête à tête attendra. Maintenant, va prendre une douche avant que nous passions à table. Henry, montre à Bryson l'autre salle de bains pour qu'il puisse se rafraîchir, lui aussi, s'il le souhaite.

Teagan rougit, consternée de recevoir des ordres devant Bryson comme si elle avait quatre ans. Mais comme celui-ci suivait son père vers la chambre d'amis, elle se consola en se disant qu'elle n'était pas la seule à être traitée comme une enfant.

— Tu me remercieras plus tard, murmura sa mère. Maintenant, file te faire belle avant que cet homme séduisant revienne.

Elle courut vers la salle de bains.

— Tu n'avais pas besoin de te maquiller, tu sais, déclara Bryson après le dîner, alors que, accoudés à la barrière, ils contemplaient l'étang.

Elle rougit de nouveau.

— Je suis étonnée que tu l'aies même remarqué.

Il poussa un profond soupir.

— Accepte mes excuses, Teagan. Je me suis comporté comme un minable.

Elle hésita, surprise par ses mots.

— Non, pas du tout. Je comprends pourquoi tu avais perdu tes repères. Quand tu as repris conscience pour la première fois après l'explosion, tu te trouvais à l'hôpital. Tu ne savais pas ce qui s'était passé ni dans quel état tu étais. À ta place, j'aurais été terrifiée.

— J'étais surtout terrifié à ton sujet.

— À mon sujet ? Mais pourquoi ? J'étais à ton chevet quand tu as ouvert les yeux. Tu voyais que j'allais bien.

— Dieu merci, oui. Mais à quoi pensais-tu en revenant dans ce petit chalet ? Quelques instants plus tôt, le fou était encore là et t'aurait enlevée de nouveau. Quelques instants plus tard, tu aurais été tuée dans l'explosion. Tu n'aurais jamais dû risquer ta vie ainsi, surtout après m'avoir promis que tu t'enfuirais le plus loin possible.

— Un peu comme tu m'avais promis de sortir de cette baraque tout de suite après moi ? Si tu m'avais dit que tu avais reçu une balle, je t'aurais aidé au lieu de filer. Si tu avais été tué, qu'aurais-je éprouvé, à ton avis ? Comment aurais-je pu vivre avec un tel poids sur la conscience ? Si tu crois que je suis du genre à trouver follement romantique qu'un homme meure pour moi, tu me connais mal. Je veux que tu vives, Bryson.

Il serra les mâchoires et reporta son attention sur l'étang.

Elle fit de même jusqu'à ce qu'elle puisse de nouveau parler sans que sa voix tremble.

— C'est tout ? lança-t-elle enfin. Tu es furieux contre moi parce que j'ai refusé de te regarder mourir sans tout faire pour l'empêcher ? Et tu as l'impression de m'avoir présenté tes excuses ? Si c'est le cas, elles sont vraiment inutiles.

Il se tourna soudain vers elle et l'attira contre lui.

— Tu ne comprends pas, Teagan. Lorsque tu as franchi le seuil de ma maison à Gatlinburg, tu as tout changé, tout. Tu m'as obligé à m'intéresser à toi alors que je ne voulais plus m'intéresser à rien ni à personne. Tu m'as donné envie… de toi. Et au lieu de continuer à vivre en ermite, au lieu de refuser d'exercer mon métier pour ne pas prendre le risque que mes mauvaises décisions causent d'autres dégâts, j'ai décidé d'essayer encore, de m'y remettre, de recommencer à travailler. J'ai pensé que je pourrais t'aider. Et regarde le résultat ! Je porte la poisse, c'est évident.

J'attire les ennuis comme un aimant. Si j'avais été un peu conscient, un peu responsable, tu n'aurais jamais mis les pieds chez les Broderick.

Elle secoua la tête.

— Ce que tu dis n'a aucun sens. Mason m'a raconté ce qui s'est passé avec Hayley, le jour où tu as reçu une balle dans la hanche. Tu étais le seul à des kilomètres à la ronde à l'avoir vue avec la tueuse en série. Celle-ci l'avait enlevée et tu as percuté son camion avec ta voiture pour les arrêter. Avec ce geste, tu lui as sauvé la vie. Tu l'as payé cher puisque la criminelle t'a tiré dessus.

Il voulut l'interrompre mais elle repoussa ses mains pour l'arrêter.

— La seule personne à croire que tu as commis une erreur dans cette histoire, c'est toi. D'après Mason, en retardant la ravisseuse, tu as sauvé la vie de Hayley. Elle est vivante grâce à toi.

Sa mâchoire se serra.

— Tu as terminé ?

— Non. Je ne veux pas revenir sur l'affaire de l'Éventreur. Ma propre enquête m'a prouvé que tu étais le seul à avoir ce droit. Pour ma part, je me suis trompée sur toute la ligne. Je pensais avoir identifié mon ravisseur. J'avais tort. Il ne s'agissait pas de Lowe. Quant à ma présence chez les Broderick, je ne suis pas d'accord avec ton raisonnement. Tu me connais assez maintenant pour savoir que, si tu n'avais pas accepté de travailler avec moi, j'aurais continué mon enquête toute seule. Alors, pense à ce qui se serait passé si j'avais interrogé ce couple sans toi. Je serais tombée sur le tueur mais j'aurais été seule pour l'affronter. Comment tout se serait-il terminé pour moi, à ton avis ? Sans toi pour me sauver, je n'aurais jamais su comment me libérer des menottes, ni pensé à creuser un trou dans le plancher pourri pour m'échapper. Sans toi, je serais morte maintenant.

Le regard de Bryson fouilla le sien.

— Après tout ce qui s'est passé, comment peux-tu avoir encore une telle foi en moi, Teagan ?

— Tu ne m'as jamais laissée tomber, pas une seule fois. Pourquoi est-ce que je ne croirais pas en toi ?

Il leva ses mains et déposa doucement un baiser sur le dos de chacune d'elles.

— Je suis en colère contre toi parce que je tiens à toi. Plus que tout. Je ne veux pas qu'il t'arrive malheur.

Elle lui caressa la joue.

— Alors peut-être que, au lieu de me repousser, tu devrais te rapprocher de moi. Parce qu'il n'y a personne en qui j'ai davantage confiance pour me protéger.

Avec un gémissement, il la prit dans ses bras et l'embrassa. Le baiser fut si doux, si tendre, qu'elle pleurait quand ce fut fini.

Il fronça les sourcils et essuya doucement ses larmes.

— Je suis désolé, ma chérie. Qu'ai-je fait ?

Elle rit à travers ses larmes.

— Ce sont des larmes de bonheur, cette fois.

Il l'attira contre sa poitrine.

— Je ne sais pas si je mérite ta confiance. Ni si je te mérite. Mais tu me touches beaucoup.

Il déposa un baiser sur le sommet de sa tête.

Elle se délecta de la sensation d'être dans ses bras, enfin. La douceur de son étreinte comme le baiser qu'ils venaient de partager dissipèrent les souffrances de la semaine écoulée. Enfin, elle était exactement là où elle voulait être. Et elle s'y sentait mieux qu'elle aurait pu l'imaginer.

— Je suis tellement contente d'avoir emmené Zeus faire une promenade sur le sentier, ce jour-là, dit-elle. Et que tu aies été avec moi quand le tueur m'a retrouvée. Tu es un homme incroyable.

Il s'immobilisa, puis la repoussa doucement.

— Voilà, dit-il en claquant dans ses doigts. Voilà la

pièce de puzzle qui me manquait. Le sentier où tu as été enlevée la première fois, le sentier où nous sommes tombés l'un sur l'autre pendant que tu te baladais avec Zeus.

Elle le regarda, manifestement confuse.

— De quoi parles-tu ? Que racontes-tu ?

Il sortit son téléphone portable.

— Que le ravisseur sache que tu m'accompagnerais chez les Broderick m'a toujours posé problème. Comme le fait qu'il ait eu le temps de détourner une camionnette, de tuer le livreur et de cacher ce véhicule dans ce garage. Il a également eu celui de dévisser un pan de clôture, le tout en prévision de notre venue. Qui savait que tu serais avec moi, ce soir-là ?

Elle secoua la tête.

— Personne. Personne d'autre que toi et moi. Je n'en avais même pas soufflé mot à mes parents. Ils ignoraient où nous allions.

— Exactement. Nous n'avions parlé à personne de nos projets. Et il n'y a aucune raison de supposer que les Broderick l'avaient dit à qui que ce soit.

— D'accord. Le tueur a donc dû nous entendre, toi et moi, en discuter. C'est cela ?

— Bingo.

Il appuya sur un numéro préenregistré sur son téléphone.

— Mason, c'est Bryson. Je vous appelle de mon nouveau numéro. Écoutez : est-ce que l'un des Seekers envoyés pour enquêter au lotissement The Woods est en train d'interroger des témoins là-bas ?

Il secoua la tête au profit de Teagan.

— D'accord, d'accord. C'est très bien. Je…

Il écouta pendant quelques instants, hocha la tête plusieurs fois.

— Un nouvel avis de recherche, bien sûr. J'avais oublié qu'ils effectuaient des rondes supplémentaires. Parfait, je vais les contacter maintenant. Je vous rappellerai plus tard. C'est seulement une intuition, ajouta-t-il en raccrochant.

— Bryson, que se passe-t-il ?

— Un instant, ma chérie. Encore un appel.

Il appuya sur un autre numéro.

— Adjoint Burns ? Bryson Anton à l'appareil. J'ai un service à vous demander.

Il se détourna, marcha lentement le long de la clôture tout en expliquant son intuition à l'adjoint.

Teagan s'adossa au poteau. Un sourire aux lèvres, elle remarqua qu'il marchait beaucoup mieux et qu'il le faisait sans l'aide de sa canne. Sa boiterie était à peine perceptible. Le repos qu'il s'était octroyé au cours des derniers jours avait fait des merveilles. Heureusement, l'opération avait été une réussite et facilitait son rétablissement. Pourtant, il n'y avait pas eu de miracle. S'il sollicitait trop sa hanche, il finirait par avoir besoin de sa canne ou, pire, de son fauteuil roulant pour le reste de la journée. Pour aller mieux, vraiment mieux, il aurait dû rentrer chez lui, prendre ce vol pour Gatlinburg et donner à son corps le temps et le repos suffisants pour récupérer complètement.

Alors qu'il se retournait vers elle, parlant toujours au téléphone, elle s'interrogea sur la suite.

Elle ne s'inquiétait pas de l'enquête. Elle était contente de laisser des professionnels s'en occuper à ce stade.

Non, elle se posait des questions sur eux deux, sur la façon dont leurs relations allaient évoluer.

Après tout, il l'avait embrassée, devant ses parents qui les regardaient sans doute à travers les rideaux à l'instant même. Et il l'avait appelée « chérie ». Deux fois. Cela signifiait certainement quelque chose, non ?

Il s'arrêta et s'accouda à la clôture en regardant l'eau du petit étang, le téléphone collé à l'oreille. Mais il ne parlait pas. Il semblait attendre quelque chose. Il se redressa soudain et se tourna vers elle. Lentement, un sourire éclaira son visage. Il termina son échange avec l'adjoint, puis fourra son téléphone dans sa poche et s'avança vers elle.

— Qu'y a-t-il ? demanda-t-elle. Ils l'ont… attrapé ?

— Pas encore. J'ai demandé à l'adjoint de chercher une caméra cachée dans les arbres qui surplombent le sentier, à l'endroit où nous nous sommes rencontrés l'autre jour, alors que tu promenais Zeus.

— Là où j'ai été enlevée.

— Oui. Je me suis rendu compte que le seul moyen pour le ravisseur de savoir que tu m'accompagnerais chez les Broderick était qu'il nous ait entendus en parler. Et quand nous en avons parlé, nous étions…

— Sur le sentier.

— Exactement. La caméra était en haut d'un chêne, nichée entre deux branches, dissimulée dans un faux nid d'oiseau. Celui-ci était percé d'un petit trou pour l'objectif. Et cet appareil a des capacités audio et visuelles. Grâce à cette caméra, le ravisseur regardait et écoutait. Il n'est d'ailleurs pas impossible qu'il y en ait d'autres le long du chemin. Maintenant que l'adjoint sait ce qu'il faut chercher, ils vont les trouver, s'il y en a. Plus important encore, ils pourront faire appel à un expert, déterminer la portée de la caméra et la zone de réception de la transmission.

— Pour que le processus soit efficace, le tueur devait être posté à proximité ?

— Très certainement. Ce qui signifie qu'il vit ou travaille dans ce lotissement et qu'il s'y trouvait il y a deux ans également. Je doute qu'il t'ait ciblée la première fois. Tu venais d'arriver sur ce segment du sentier et tu répondais à ses critères pour ses victimes.

Elle posa la main sur sa gorge.

— Je bloque toujours sur la première partie de ton raisonnement. Tu penses que ce monstre vit et travaille dans ce lotissement. Mais les policiers ont interrogé tout le voisinage, à l'époque. Ils ont enquêté sur tous les locataires et tous les propriétaires. Pour eux, mon ravisseur ne faisait pas partie des résidents. Il venait de l'extérieur.

Il pencha la tête.

— Ils n'ont pas interrogé tout le monde. Les propriétaires de la maison voisine de celle des Broderick n'y habitaient pas encore.

— La maison où le ravisseur avait caché la camionnette, tu crois qu'il y vit, qu'il la squatte ?

Il haussa les épaules.

— L'adjoint étudie la question. Je pense que, si c'était le cas, le bureau du shérif l'aurait déjà découvert dans le cadre de l'enquête sur les meurtres des Broderick. Mais il est possible que le tueur habite The Woods et qu'il ait appris que la maison voisine de celle des Broderick était vide, le soir où nous allions les interroger. Là encore, peut-être qu'il vit ici, dans ton lotissement, et que la police l'a innocenté à tort quand elle enquêtait sur ton enlèvement. Comme toi, je suis un peu sceptique. Mais ils n'avaient pas vu la caméra qui est restée dans cet arbre tout ce temps. D'après l'adjoint qui l'a découverte, il ne l'aurait jamais repérée si je ne lui avais pas dit d'en chercher une.

— Attends. Tu veux dire que cette caméra était là depuis des années ? Qu'elle n'a pas été installée récemment ?

— Vu son état, elle était probablement déjà là quand tu as été enlevée. Comme la police ne l'a pas trouvée, le tueur n'a pas pris le risque de venir la retirer. Les mois passant sans qu'elle ait été repérée, il la gardait active et regardait la vidéo de temps en temps.

— C'est ainsi qu'il a su que j'étais ici, à Jacksonville, et qu'il a appris où nous allions ce soir-là.

— Je le crois, oui.

Elle le regarda.

— J'étais déterminée à marcher sur ce chemin toute la semaine pendant mon séjour chez mes parents. J'ai naïvement supposé que je serais en sécurité puisque j'avais Zeus et mon arme avec moi. Mais vu la façon dont je me suis figée en le voyant chez les Broderick, je n'aurais pas été capable de sortir mon pistolet à temps pour me protéger, c'est évident. Et je ne pense pas que Zeus aurait pu l'arrêter non plus. Heureusement, tu étais là ce jour-là.

Bryson se pencha et déposa un rapide baiser sur ses lèvres.

— Espérons que cette caméra les mènera au tueur. L'avis de recherche qui a été lancé avec le portrait-robot nous garantit qu'il n'ira pas très loin. Mais je ne prends aucun risque. Va vite préparer ton sac, Teagan. Tu m'accompagnes dans le Tennessee.

21

Si un autre homme avait informé Teagan qu'elle allait se rendre quelque part, sans lui avoir au préalable demandé son avis, elle lui aurait arraché les yeux.

Mais Bryson n'était pas n'importe qui.

Surtout, elle savait que donner des ordres sur un ton autoritaire n'était pas sa façon habituelle de fonctionner. Il n'était pas du genre à imposer sa loi. Dans le cas présent, il ne cherchait qu'à la protéger et elle en fut infiniment touchée.

De plus, prendre place à bord d'un jet privé pour se rendre dans la luxueuse propriété de Bryson au cœur des Smocky Mountains n'était pas vraiment une épreuve. D'autant qu'ils avaient surmonté les tensions et les malentendus de la semaine précédente.

Dans ces conditions, se retrouver seule avec lui pendant plusieurs jours voire plusieurs semaines lui faisait plaisir. En réalité, elle avait hâte d'y être.

Mais alors qu'elle regardait Bryson somnoler sur la banquette arrière de la limousine qui était venue les attendre pour les conduire chez lui, elle ressentit une pointe de déception. Sous l'effet de ses blessures et des antalgiques qu'il prenait à fortes doses, il passait l'essentiel de son temps à dormir. Certes, elle comprenait qu'il ait besoin de repos. Mais elle avait envie d'échanger avec lui, d'apprendre à mieux le connaître. Les événements les avaient contraints à se battre côte à côte pour garder la vie sauve mais, à présent, elle voulait en savoir plus sur lui.

Sa couleur préférée, par exemple.

Ou son plat préféré.

S'il aimait la musique country comme la plupart des gens d'ici.

Serait-il choqué d'apprendre que, pour sa part, elle adorait la musique classique ?

Comme il n'avait jamais fait allusion à ses parents ou à d'éventuels frères et sœurs et que personne ne l'avait appelé ou ne lui avait rendu visite à l'hôpital, elle s'interrogeait.

N'avait-il donc aucune famille ? Ou ne leur avait-il pas parlé des derniers événements pour ne pas les inquiéter ? Son patron savait-il que Bryson ne souhaitait pas que ses proches soient mis au courant de drames éventuels ?

En tout cas, s'il avait une fratrie, elle l'enviait. Être fille unique était sa croix. Depuis sa plus tendre enfance, elle rêvait d'avoir des frères et sœurs. Surtout des sœurs. Dans le secret de son cœur, elle espérait être mère un jour. Elle se voyait très bien vivre dans une maison pleine d'enfants. En voulait-il, lui aussi ? Se sentait-il prêt à les aimer et à les protéger ? Pour en faire des hommes et des femmes heureux et épanouis ?

— Qu'y a-t-il, Teagan ? As-tu envie d'en parler ? demanda-t-il d'un air interrogateur.

— Tu es réveillé. Tu souffres ? Tu as besoin d'antalgiques ?

— J'ai seulement besoin de savoir ce qui te tracasse, dit-il en se redressant sur son siège avec une grimace.

Il secoua la tête lorsqu'elle lui tendit la boîte de calmants.

— Non, merci. Je ne suis pas au mieux de ma forme, je l'avoue, mais j'en ai assez de l'état semi-comateux dans lequel me plongent ces médicaments. Nous sommes presque arrivés, ajouta-t-il en regardant par la vitre. Tu as quand même tout le temps de me dire ce qui te fait froncer les sourcils comme si tu voulais tuer quelqu'un. J'espère que ce n'est pas moi…

Il avait parlé sur le ton de la plaisanterie mais, comme elle ne répondait pas, son sourire s'envola.

— Sérieusement, Teagan. Qu'est-ce qui ne va pas ?

— Rien. Des bêtises.

— Tu sais être impertinente, tu n'hésites pas à te montrer provocante. Mais tu n'es jamais bête. Dis-moi ce qui t'ennuie. Si tu as des questions sur l'enquête…

— Quelle est ta couleur préférée ? lâcha-t-elle, même si c'était la question la moins importante de sa liste.

— Je comprends mieux ton froncement de sourcils. Tu t'interroges sur certains des sujets les plus épineux de la vie.

— Aimerais-tu avoir des enfants ?

Les yeux de Bryson s'écarquillèrent.

— Euh, je ne m'attendais pas à cette question. S'agit-il d'une question générale ? Ou souhaites-tu ajouter quelque chose de plus personnel pour la préciser ?

Teagan rougit.

— Oublie. La question est ridicule et totalement inappropriée.

— Pas du tout. Elle est importante, profonde et, surtout, elle mérite une réponse sérieuse et honnête. Quant à être inappropriée, je ne vois pas comment elle pourrait l'être, à moins que tu parles de toi et moi… Est-ce le cas ?

Maintenant, elle était écarlate. Jamais elle ne s'était sentie aussi gênée.

— Comme je l'ai dit, oublie. La question est absurde parce qu'elle suppose toutes sortes de choses, à commencer par une relation amoureuse entre nous, assez sérieuse pour que le chapitre « enfants » soit abordé. Ce qui fait beaucoup de suppositions.

— Tu fais allusion au mariage…

Elle croisa les bras.

— Pourquoi prendre cet air stupéfait ? C'est une évolution logique pour bon nombre de relations amoureuses. Certes, nous n'avons pas à proprement parler de relation amoureuse. Nous n'avons même jamais fait l'amour…

Sans prévenir, il captura sa bouche et lui donna tranquillement un baiser, un vrai baiser qui la laissa sans voix. Quand il s'écarta, elle ne fut capable que de soupirer et de fondre.

— Waouh, réussit-elle finalement à dire.

Il rit, puis devint sérieux.

— Je ne suis pas médium, je ne prévois pas l'avenir et je ne sais pas où nous allons, toi et moi. Ces derniers temps, nous avons partagé des moments difficiles. Ma seule certitude est que nous sommes en effet dans une relation.

Elle balbutia avec un sourire tremblant :

— Voilà qui est bon à savoir.

— Au cas où tu ne l'aurais pas encore compris, je pense que tu es l'une des femmes les plus intelligentes, les plus drôles et les plus sexy que j'aie jamais rencontrées.

Elle le dévisagea avec sidération.

— Tu penses vraiment ce que tu dis ?

— Oh ! oui. Tu es merveilleuse, Teagan Ray. Quel que soit l'homme que tu épouseras, si tu décides un jour de te marier, il aura une chance incroyable et devra se sentir honoré que tu l'aies choisi. S'il ne le mesure pas, alors il ne te mérite pas.

Elle se blottit contre lui, la tête dans le creux de son épaule.

— Tu es super, Bryson Anton.

Il l'embrassa dans le cou, sous l'oreille, la faisant frissonner.

— En théorie, si un jour nous nous marions, toi et moi, et que nous avons la chance d'avoir des enfants, je ferai tout ce qui est en mon pouvoir pour les protéger. Surtout, je les aimerai et je m'assurerai qu'ils savent qu'ils sont aimés, qu'ils le seront toujours, sans condition. Et qu'ils pourront compter sur moi, quoi qu'il arrive. Cela répond-il à toutes tes questions ?

Elle secoua la tête.

— J'en ai des dizaines d'autres.

— Des dizaines ? dit-il en riant. Alors, vas-y. Pose-les-moi. Je te répondrai avec sincérité. Mais sois prête à répondre aux miennes. J'en ai peut-être quelques-unes à te poser, moi aussi.

22

Grâce à cette conversation dans la limousine, deux jours plus tôt, Teagan en avait beaucoup appris sur Bryson. En particulier sur sa famille. Il venait d'une grande tribu, puisqu'il avait trois frères plus jeunes que lui et deux grandes sœurs. Toutes deux étaient mariées et avaient trois enfants chacune.

Sa fratrie vivait aux quatre coins du pays. Quant à ses parents, ils étaient à présent en retraite et avaient leur point d'attache au Canada. Mais ils passaient une grande partie de l'année à voyager aux États-Unis pour voir leurs enfants et petits-enfants.

Après avoir mesuré l'angoisse de ses proches quand il avait été grièvement blessé, lors d'une précédente opération des Justice Seekers, Bryson avait fait promettre à Mason de ne pas les prévenir s'il était à nouveau pris pour cible. Voilà pourquoi il n'avait reçu aucune visite des siens à l'hôpital.

Pour sa part, Teagan ne pouvait même pas imaginer ne pas informer ses parents si elle était victime d'un accident ou s'il lui arrivait quoi que ce soit d'important. Mais, bien sûr, elle respectait sa décision.

Bryson lui avait donc donné de nombreux détails sur lui, une foule de renseignements dont elle ignorait tout avant cet échange. Cela dit, elle savait depuis longtemps l'essentiel à son sujet.

Il était intelligent, loyal, attentionné, et un million

d'autres choses merveilleuses empaquetées dans un joli paquet cadeau qui lui faisait envie. Très envie.

Mais elle ne pouvait pas l'avoir. Pas encore.

Elle regrettait que leurs relations n'évoluent pas comme elle l'aurait souhaité. Mais, comme il ne supportait plus l'état dans lequel le plongeaient les antalgiques, il avait cessé d'en prendre. Il lui avait expliqué qu'il ne pouvait pas en même temps traiter la douleur et se concentrer sur l'enquête. De ce fait, il souffrait tellement de la hanche qu'il devait se résigner à circuler en fauteuil roulant dès le début de l'après-midi.

Le cœur de Teagan se serrait lorsqu'elle le voyait boiter à travers le salon comme en ce moment, lourdement appuyé sur sa canne. Il lui souriait en répétant qu'il n'avait pas mal. Mais, à voir ses traits crispés, elle savait qu'il mentait.

Il la rejoignit dans l'entrée où elle l'attendait.

— Prête à partir ?

— Prête, répondit-elle en prenant son sac.

Elle lui tint sa canne pendant qu'il enfilait sa veste. En revanche, elle le laissa lui ouvrir la porte. Elle avait compris qu'il était important pour lui de se montrer galant en toutes circonstances. Aussi avait-elle cessé de se précipiter pour le faire elle-même.

Alors qu'ils traversaient le porche, elle demanda :

— Penses-tu vraiment qu'une séance de brainstorming avec les Justice Seekers fera progresser l'enquête ?

— J'en suis certain. Pour espérer avancer, nous avons besoin des idées de tous. Chacun d'eux est doué dans sa partie mais, ensemble, ils sont invincibles. De plus, Bishop a interrogé Leviathan Finney et tient à me parler de ce qu'il a découvert. Il nous retrouvera à Camelot.

— Qui est Bishop, déjà ? Tu me l'as dit mais j'ai oublié. Et surtout, a-t-il vraiment interrogé l'Éventreur du Kentucky, en prison ?

Bryson s'immobilisa au bout du porche avant de descendre la volée de marches.

— Gage Bishop est membre des Justice Seekers depuis sa création. C'est le premier que Mason a embauché lorsqu'il s'est lancé dans cette aventure. Ce que je sais sur lui tient en quelques mots. C'est un solitaire. Il ne voit personne en dehors du travail. Mason est le seul à connaître les détails de l'épisode traumatisant qui a mis fin à sa carrière au sein des forces de l'ordre et l'a obligé à repartir de zéro avec les Justice Seekers.

Elle lui suivit alors qu'il boitillait dans l'allée.

— Il a donc vécu un événement traumatisant ? Je croyais que tu ignorais tout de lui.

Il s'arrêta de nouveau, s'appuyant lourdement sur sa canne.

— Comme Mason a été très impressionné par ta personnalité, au point de te donner carte blanche – assortie d'une carte de crédit – après ma sortie de l'hôpital, je pensais qu'il t'avait tout raconté. Que tu savais.

— Que je savais quoi ? De quoi parles-tu ? Je suis perdue.

— Que tu savais qui sont les Justice Seekers. Mason a créé cette société pour donner une seconde chance à des personnes qui ont vu leur carrière au sein des forces de l'ordre anéantie alors qu'elles n'avaient commis aucune faute.

— Je l'ignorais. Mais cela a du sens. Toi, par exemple, tu as l'impression d'avoir échoué en tant que profileur du FBI…

— J'ai échoué.

— Non. Mais je comprends maintenant pourquoi tu es devenu un Justice Seeker. Après avoir quitté le FBI, tu voulais prouver que tu valais quelque chose. Mason t'a offert cette possibilité.

— Je n'ai pas fait grand-chose, en réalité. Et il regrette certainement de m'avoir engagé.

Elle se mit devant lui, lui bloquant le passage.

— Ne dis plus jamais ce genre de bêtises, Bryson.

Sans toi, j'aurais été tuée une demi-douzaine de fois. Tu es un homme incroyable, doté d'instincts fantastiques. Il est temps que tu le reconnaisses.

Il serra les mâchoires. Il n'était pas d'accord. Mais, à sa décharge, il ne discuta pas.

Il se remit en marche et elle lui emboîta le pas. Elle avait sorti son pick-up du garage. Il était équipé de toutes les options, de tous les gadgets possibles et imaginables. Si Bryson ne conduisait pas le cabriolet rouge au volant duquel elle l'avait imaginé, son camion était impressionnant.

Cela dit, une voiture de luxe, comme celle qu'il avait louée à Jacksonville, aurait sans doute été beaucoup plus confortable pour sa hanche. Bryson lui avait expliqué qu'il possédait autrefois une automobile des années 1930, un modèle de collection, « un bijou » qu'il avait lui-même restauré. Malheureusement, il avait dû emboutir le véhicule d'une tueuse en série. Cette dernière avait enlevé Hayley et, pour tenter de l'arrêter, il avait provoqué sciemment un accident. Après ce triste épisode, la belle automobile de collection avait fini à la casse…

Voilà pourquoi ils devaient à présent soit rouler à bord du pick-up, soit louer une autre limousine. Pour sa part, Teagan aurait préféré l'option « location ». En effet, il aurait été plus facile pour Bryson de monter et de descendre d'une voiture. De plus, il aurait moins senti les bosses et les nids-de-poule sur la route à bord d'un véhicule spacieux et confortable. Mais Bryson était fier et ne voulait pas paraître handicapé devant ses collègues. Pour lui, louer une voiture alors qu'il possédait un camion en parfait état dans son garage serait comme brandir une pancarte indiquant qu'il n'allait pas bien.

Au moins la laissait-il conduire. C'était la seule concession qu'elle ait obtenue. Elle était sûre qu'il en était soulagé, même s'il avait fait semblant d'hésiter, quand elle lui avait proposé de prendre le volant. Elle avait dû insister, lui répéter qu'elle adorait conduire.

Certes, prendre le volant ne l'ennuyait pas mais elle lui avait fait croire qu'il s'agissait de son plus grand plaisir pour lui permettre de sauver la face. Il était évidemment bien plus confortable pour lui d'être assis à la place du passager.

Vingt minutes plus tard, ils arrivèrent au siège des Justice Seekers, un énorme château moderne de deux étages qui méritait bien son surnom de Camelot. Même si elle était déjà venue pour y rencontrer Mason Ford et réclamer les services de Bryson, l'endroit l'émerveillait toujours autant. D'autant que Bryson la fit entrer via un passage secret dans une pièce que peu de clients étaient autorisés à voir, une salle de réunion totalement médiévale meublée d'une énorme table ronde. Les membres de l'équipe avaient surnommé cette pièce l'Atrium. C'était une version beaucoup plus grande du bureau de Bryson. À en juger par les immenses écrans en demi-cercle à distance de la table, cette grande salle était équipée de tous les gadgets technologiques que Bryson avait chez lui. Et peut-être davantage.

— Bienvenue à Camelot, lui murmura-t-il à l'oreille. Que penses-tu du chef-d'œuvre de Mason ?

— Étourdissant. Un peu écrasant, peut-être. Mais superbe.

Elle fit un geste de la main vers la table ronde autour de laquelle trois autres personnes étaient déjà assises.

— Voilà donc les Justice Seekers ? Je pensais qu'ils se trouvaient à Jacksonville.

— Cinq y sont. Les autres travaillaient sur des enquêtes locales qu'ils ne pouvaient pas laisser en plan. Nous attendons l'arrivée d'un autre Seeker pour commencer. Lorsque l'équipe est au complet, nous sommes douze, plus Mason, notre chef.

— L'équipe au complet compte donc treize membres ?

— En fait, l'un de nos Justiciers a été tué l'année dernière. Mason cherche actuellement un remplaçant. Mais ne nous attardons pas là-dessus. Comme je l'ai dit, nous sommes essentiellement douze, plus le patron.

— Les chevaliers de la Table ronde. Et le roi Arthur ?

— Exactement, dit-il en souriant. Mais si tu appelles Mason « le roi Arthur », il ne te le pardonnera pas. C'est la seule partie de son petit jeu à laquelle il n'adhère pas. Il trouve prétentieux de se faire désigner ainsi.

Tout en lui offrant une chaise, Bryson lui montra un homme assis un peu plus loin.

— Voilà Bishop. Quand nous serons tous installés, tu verras que tout le monde a un siège attribué, avec son nom et son surnom gravés sur la table en pierre.

— Un surnom ? Quel est le tien ? Le Beau Gosse ?

Il rit.

— Ne le dis pas trop fort ou tout le monde va me charrier à ce sujet pendant des mois. Les surnoms sont tirés de nos anciennes professions. Bishop était garde du corps.

— Je pensais que tu ignorais ce qu'il faisait avant de devenir un justicier.

— Nous savons qu'il protégeait les gens, mais nous ne savons pas au sein de quelle organisation. Cela dit, je pense qu'il travaillait au sein du FBI, de la CIA ou du NCIS. Seul Mason le sait avec certitude. La brune qui te salue comme si elle te connaissait depuis toujours, c'est la Policière, Brielle Walker. Elle était policière à Gatlinburg.

Teagan salua à son tour Brielle de la main.

— Et le gars à côté d'elle ?

— Han Li, l'Agent spécial.

— Vous avez tous les deux le même surnom alors ?

— Non. Il était agent spécial au sein des services de sécurité intérieure du pays et il a commencé ici avant moi. Voilà pourquoi il a choisi son titre.

— Alors quel est le tien ?

— Le Profileur. Je n'ai pas choisi ce surnom. C'est Mason qui me l'a donné.

— Tu es un profileur incroyable, Bryson. Si je dois te le répéter cent fois pour que tu le croies, je le ferai.

Il arqua un sourcil.

— Cent fois, hein ? Cela signifie que tu as l'intention de rester un moment avec moi.

— Si tu veux que je m'incruste, je suis sûre que tu sauras me convaincre.

Il s'apprêtait à dire quelque chose mais la porte du souterrain s'ouvrit et un homme coiffé d'un stetson entra dans la pièce. Le sourire de Bryson s'envola. Le nouveau venu le salua d'un geste amical mais, bizarrement, Bryson lui répondit de façon plutôt froide et distante.

— Qui est-ce ? demanda Teagan à voix basse.

— Le Cow-boy, Dalton Lynch.

— Pourquoi ne l'aimes-tu pas ?

Il lui lança un regard surpris.

— Qu'est-ce qui te fait penser que je ne l'aime pas ?

— Oh ! je ne sais pas. J'ai eu l'impression qu'un froid polaire envahissait la pièce lorsque tu l'as salué.

Il serra les mâchoires.

— Je n'ai aucun problème avec Dalton, mais j'évite au maximum de lui infliger ma présence. Sa femme, Hayley, est la malheureuse qui a failli mourir à cause de moi.

Teagan battit les paupières, surprise. L'expression de Dalton alors qu'il regardait Bryson semblait teintée de regret, peut-être de frustration. En tout cas, elle ne voyait aucune animosité dans ses yeux. Lorsqu'il la surprit en train de l'observer, il hocha la tête, puis se tourna vers les autres.

— Bryson, je ne pense pas qu'il te reproche quoi que ce soit, dit-elle. De plus, je ne vois pas pourquoi il devrait t'en vouloir pour ce qui est arrivé à sa femme.

Il posa la main sur son dos.

— Tu es gentille de t'inquiéter pour moi. Mais la seule chose qui compte pour le moment est d'identifier l'homme qui a failli te tuer. Et de le mettre en prison pour très longtemps. Allons-y, ils attendent.

Il la présenta aux autres. Ensuite, ils devinrent tous très vite sérieux. Elle s'assit à côté de lui, sur le siège de Zack Foster, le Pisteur. Bryson lui chuchota que Zack était celui qui était mort, ce qui la fit se sentir comme une intruse. Mais il lui assura que personne ne lui en voulait d'être placée là, ce qui semblait vrai. Ils se montraient tous très respectueux et gentils avec elle.

Chacun d'eux avait une tablette informatique devant lui, et ce qu'ils évoquaient s'affichait sur l'un des grands écrans. Ils partageaient des rapports, des photos, des notes d'enquête, le tout en appuyant simplement sur une touche ou en faisant glisser un doigt sur leurs écrans, tous connectés à l'ordinateur central pour des raisons de sécurité.

Elle comprit qu'ils travaillaient sur l'affaire de l'Éventreur. Elle trouvait un peu humiliant qu'ils soient tous si déterminés à l'aider. Mais, là encore, ils le faisaient surtout pour Bryson. Il était leur frère d'armes. Leur ravisseur avait failli le tuer. Voilà pourquoi ils étaient déterminés à retrouver le coupable et le traduire en justice.

Les heures passèrent vite. Ils s'accordaient de temps en temps de courtes pauses pour se rendre aux toilettes ou passer un coup de fil.

Une personne apparut soudain, sortant du passage secret, pour leur apporter leur déjeuner. Elle déposa des plats et des boissons sur une table contre un mur, puis disparut aussi discrètement qu'elle était entrée.

En milieu d'après-midi, ils semblaient avoir épuisé à peu près toutes les pistes et tous les angles possibles. Mais quelqu'un n'avait pas encore présenté ses découvertes.

Bishop.

Les autres se rassirent et la pièce devint silencieuse alors que ses notes de l'entrevue avec Finney, l'Éventreur du Kentucky, remplissaient l'écran.

23

— Il y a quelques jours, commença Bishop, Bryson m'a demandé de m'intéresser à Leviathan Finney en relation avec cette enquête. La raison est évidente. Mlle Ray a été enlevée il y a deux ans par un individu qui a gravé un X sur son ventre, tout comme l'Éventreur le faisait sur ses victimes. Finney étant alors en prison, la question est de savoir si Finney est l'Éventreur ou un imitateur. S'il s'agit d'un imitateur, il est possible que le ravisseur de Mlle Ray soit l'Éventreur. Mais nous ne voulons pas nous lancer, ou mettre la police, sur une mauvaise piste. Il est donc important de déterminer si l'individu qui l'a enlevée est l'Éventreur ou s'il faut exclure cette hypothèse.

Il pianota sur sa tablette et un tableau rempli de dates, de noms et de commentaires apparut sur l'écran.

— Ce sont les victimes de l'Éventreur, dit Teagan.

— En effet, approuva Bishop. Avec les dates des enlèvements et des meurtres. J'ai créé ce tableau Excel pour les comparer avec les faits et gestes de Finney au moment de chaque enlèvement et de chaque meurtre. Pour faire court, je voulais vérifier ses alibis. Lorsque j'ai consulté les transcriptions du tribunal, j'ai constaté que la partie qui leur était consacrée était plutôt mince. Au procès, son avocat n'a pas présenté beaucoup d'alibis pour étayer la défense de son client. Quoi qu'il en soit, j'ai creusé le plus possible pendant le temps dont je disposais. Ensuite, je me suis rendu à l'hôpital psychiatrique où Finney est interné en attendant d'être jugé apte ou non à rejoindre la population carcérale. J'ai discuté avec ses médecins et réussi à les convaincre de m'aider à valider ou infirmer l'attribution à Finney de ces meurtres, à la lumière de ses éventuels alibis.

Stupéfaite, Teagan lança un regard interrogateur à Bryson, mais il ne semblait pas déconcerté par les propos de Bishop. Pourtant, les médecins, en particulier les psychiatres, étaient tenus par le secret professionnel. Il leur était en principe interdit de divulguer ce genre d'informations sur un patient. Elle se demanda comment Bishop avait fait pour les inciter à lui parler.

— Ensuite, poursuivit Bishop, j'ai interrogé Finney pendant des heures. Puis j'ai recoupé les déclarations des témoins, les transcriptions du tribunal, les confidences de ses médecins, ainsi que les témoignages des nombreuses personnes interrogées à l'époque, afin de corroborer ou de démentir les propos de Finney. Au bout du compte, il ne reste que quatre victimes pour lesquelles Finney n'avait pas d'alibi assez solide pour pouvoir être totalement innocenté. Rien ne le désigne non plus avec certitude comme coupable. Je dirais que, dans ces quatre affaires, la probabilité qu'il le soit est de cinquante pour cent.

Il se rassit, ayant apparemment fini de parler.

Teagan observa les autres. Brielle tapait furieusement sur le clavier de son ordinateur portable. Han parcourait l'écran du sien comme s'il y cherchait quelque chose. Quant au dénommé Dalton, il avait quitté la table et se tenait dans un coin d'où il appelait quelqu'un via un téléphone mural. Teagan n'avait pas vu ce genre d'appareils depuis des années.

À son regard interrogateur, Bryson expliqua :

— Les portables ne fonctionnent pas dans cette salle. Camelot est une cage de Faraday géante.

— Une quoi ?

— Une cage de Faraday. Les signaux électroniques ne peuvent ni y entrer ni en sortir. Nous devons utiliser des lignes fixes. Pour des raisons de sécurité. Même les tablettes informatiques sont reliées via des câbles à l'ordinateur principal.

Tant de précautions semblaient exagérées mais, indépendamment de cette question de cage, Teagan se sentait perdue.

— Pourquoi tout le monde semble-t-il comprendre ce que Bishop vient de dire à propos de Finney ? Pour ma part, je ne suis pas sûre d'avoir tout saisi.

Bishop laissa Bryson répondre, apparemment content de laisser quelqu'un d'autre lui expliquer.

Bryson prit la main de Teagan dans la sienne.

— Pour résumer, Bishop a réussi à prouver que Finney n'avait pas pu tuer la plupart des femmes qu'il est accusé d'avoir assassinées. Pour la plupart, il avait de solides alibis qui n'ont pas été présentés au procès – ou qui n'étaient pas connus à ce moment-là. Le doute n'est permis que pour quelques-unes. Ce qui signifie que tu avais raison depuis le début. Leviathan Finney n'est probablement pas l'Éventreur. Manifestement, il ne s'agit pas non plus d'un imitateur. Quelqu'un lui a sans doute fait porter le chapeau. En clair, il a été victime d'un coup monté.

— Qui est ce quelqu'un ? La police ?

— J'en doute. Il est plus probable que le vrai tueur était à la manœuvre. Orienter les enquêteurs vers un autre tueur, les inciter à soupçonner quelqu'un d'autre était la meilleure façon de les détourner de lui.

— Mais alors… un innocent est en prison, dit Teagan. C'est horrible.

— Nous contacterons les responsables d'Innocence Project pour examiner son cas. Cet organisme œuvre à démontrer l'innocence de personnes condamnées par erreur en ayant recours à des contre-expertises fondées sur des tests ADN.

— Je les ai déjà appelés, intervint Bishop.

— Super, dit-elle. Mais en quoi tout ceci va-t-il nous aider à identifier l'homme qui nous a enlevés ? Es-tu en train de dire que notre ravisseur est le véritable Éventreur ?

— C'est une possibilité, hautement probable, en fait. La police n'a jamais lié ton rapt aux autres malgré le X, la signature de l'Éventreur, parce que, pour eux, il était déjà derrière les barreaux. Maintenant que nous savons que Finney n'est pas coupable et que le véritable Éventreur n'a jamais été capturé, tous les meurtres qui lui ont été attribués doivent être réexaminés à la lumière de ton enlèvement. C'est une énorme avancée. Une antenne du FBI se trouve à Jacksonville. Dès que notre équipe les aura mis au courant, ils reviendront dans le jeu, examineront ton cas et rouvriront l'enquête, c'est évident. Bien sûr, il va falloir convaincre la police de coopérer. Mais je fais confiance à Mason pour la remettre dans la course. Ce n'est plus qu'une question de temps. Le nombre de personnes qui travaillent sur cette affaire va bientôt quadrupler. Les plus brillants enquêteurs s'impliqueront. Ils attraperont le coupable en un rien de temps.

Dalton retourna à sa place.

— Et toi ? demanda Dalton à Bryson. Tu as des idées, des pistes pour nous aider à l'identifier ?

Les autres reportèrent leur attention sur Bryson qui s'éclaircit la gorge.

— Quelques-unes, répondit-il. Qu'il ait pu enlever Teagan il y a deux ans sans que personne n'ait été témoin du rapt me dérange depuis le départ. Apparemment, elle a été droguée. Elle se souvient qu'il lui a injecté quelque chose peu après l'avoir abordée sur le chemin. Après, c'est le trou noir, jusqu'au moment où elle a repris connaissance dans le petit chalet. Ce qui est bizarre, c'est que le sentier qui traverse ce lotissement est très fréquenté. Et les entrées aux deux extrémités du chemin le sont davantage encore. Il semble impossible que le ravisseur ait pu entraîner ou emmener une femme à peine consciente sans que personne les voie. Voilà pourquoi j'ai appelé Mason tôt ce matin et lui ai demandé d'envoyer nos Seekers de Jacksonville réinterroger tous les propriétaires et locataires qui habitent à proximité de ce segment du sentier pour leur poser des questions très précises.

— Lesquelles ? s'enquit Dalton.

— J'aimerais savoir par exemple si notre homme a pu démonter un pan de palissade comme il l'a fait chez les Broderick et passer à travers l'ouverture, Teagan dans les bras, pour se cacher dans l'un des jardins qui longent le chemin. À partir de là, s'il a opéré de la même façon qu'il l'a fait avec nous, il a pu rester un moment dans une maison, en profitant de l'absence des propriétaires, puis rejoindre leur garage où l'attendait son camion ou une voiture. Ensuite, il ne lui restait plus qu'à quitter tranquillement le lotissement avec Teagan enfermée dans le coffre. Il y a un pavillon de gardiens à chacune des deux entrées du lotissement. Mais les caméras enregistrent uniquement les entrées. Pas les sorties. Et si l'individu s'est introduit sur le sentier par le lotissement voisin du The Woods, il a échappé aux caméras.

Teagan leva la main.

Bryson sourit.

— Tu n'es pas obligée de demander la permission pour prendre la parole.

Elle rougit et baissa le bras.

— Le ravisseur habite peut-être l'une des maisons de Bentwater Place, la partie du lotissement où vivaient les Broderick et où il avait caché la camionnette. Cette piste a-t-elle été creusée et peut-elle nous permettre d'avancer ?

— La police a exclu cette hypothèse. Cet homme ne

fait certainement pas partie des résidents du lotissement. Mais si l'une des maisons qui longent le sentier était vide parce qu'elle était en vente, par exemple, il a pu voir le panneau « À vendre » et y pénétrer. Il a pu alors l'utiliser pour t'y enfermer après t'avoir enlevée.

Dalton tapota sur la table comme s'il réfléchissait intensément.

— L'autre lotissement, par lequel le ravisseur aurait pu entrer, est mitoyen du quartier de Bentwater Place. Quelle distance sépare ce quartier du sentier ?

Bryson regarda Teagan d'un air interrogateur.

— Qu'en penses-tu ? Un kilomètre ? Davantage ? The Woods est immense et le sentier le traverse d'ouest en est.

Elle hocha la tête.

— Je dirais plutôt un kilomètre et demi, voire deux, si tu considères toutes les rues qu'il faut emprunter.

— L'individu n'a donc pas parcouru à pied la distance qui sépare Bentwater Place du sentier, conclut Bryson. C'est trop loin. Beaucoup de gens l'auraient croisé. Il y aurait eu une flopée de témoignages quand la police a interrogé le voisinage après l'enlèvement. Or il n'y en a pas eu. Aucun. Personne n'a rien remarqué.

— Alors, comment est-il entré ? demanda-t-elle.

Il se rassit, réfléchissant à la question.

— Il n'y a que deux possibilités. Soit il était à pied, soit il conduisait une voiture. Comme aucun inconnu mystérieux n'a été repéré sur les images des caméras de surveillance, il n'était pas au volant d'un véhicule. Mais comme aucun promeneur, aucun joggeur, aucun passant ne l'a croisé, il n'était pas à pied non plus. Cette apparente incohérence ne peut s'expliquer que d'une seule façon : la période couverte par la police pour observer les allées et venues dans le lotissement n'était pas assez étendue.

À quelques chaises de lui, Dalton hocha la tête.

— C'est la seule explication possible, en effet. Il était déjà sur place. Il est entré dans le lotissement avant le début de la plage horaire étudiée par la police.

Il se tourna vers l'ancienne policière.

— Brielle, tu as le compte rendu des vidéos prises par les caméras de surveillance. À partir de quand les flics ont-ils examiné ces images ?

Elle pianotait déjà son clavier. Elle appuya sur une touche et un rapport apparut sur l'un des grands écrans.

— Une semaine avant le rapt. Notre tueur devait être en place plus tôt.

Elle se tourna vers Teagan.

— D'après ce que j'ai lu sur le secteur, le bois n'est pas assez dense pour permettre à quelqu'un de s'y cacher pendant plusieurs jours, n'est-ce pas ? Sa présence aurait été repérée par des promeneurs, non ?

— En effet, répondit Teagan, il y a beaucoup de zones arborées, la végétation est abondante le long du sentier mais il s'agit essentiellement de propriétés privées. Le bois public est tellement fréquenté qu'un campeur éventuel ne serait pas passé inaperçu.

— Je suis d'accord, dit Bryson. S'il avait campé dans le bois, quelqu'un l'aurait forcément vu et signalé. Rien de tel ne s'est produit. Ce qui veut dire qu'il s'est réfugié dans l'une des maisons. Nous savons déjà qu'il ne fait pas partie des résidents, à en croire les nombreux rapports de police établis à l'époque sur chaque propriétaire et chaque locataire. S'il rendait visite à quelqu'un qui habite là-bas, encore une fois, la police l'aurait su. Cela ne laisse qu'une seule possibilité. Il utilisait la maison de quelqu'un d'absent. Nous avons besoin de la liste de tous les résidents qui étaient à l'extérieur de la ville plus d'une semaine avant l'attaque.

— Je m'en occupe, dit Brielle qui recommençait à taper sur le clavier de son ordinateur. J'avais recensé ces personnes au moment de nos enquêtes précédentes. Je vous demande quelques instants pour la retrouver…

Un bref moment plus tard, le découragement sur son visage fut éloquent.

— Désolée. Aussi incroyable que cela puisse paraître dans un lotissement peuplé de tant de maisons, personne n'était en vacances pendant cette période. Du moins, personne n'était parti sans avoir laissé quelqu'un chez lui, un ami ou un gardien, durant son absence.

Bryson se rassit sur sa chaise.

— Le pavillon était sûrement vide. Son propriétaire n'y était plus. Peut-être n'y vivait-il plus. Combien de maisons étaient vacantes pendant cette période ?

La tension était palpable dans la pièce alors qu'ils attendaient de nouveau la réponse de Brielle.

Elle afficha les derniers résultats de recherche.

— Il y en avait trois. Toutes à vendre.

— Dont celle de Bentwater Place que, d'après la police, notre tueur a utilisée comme base de repli au moment des meurtres des Broderick, dit Bryson. Quelqu'un a-t-il des informations supplémentaires sur cette propriété ?

— Comme quoi ? demanda Dalton. Que te faut-il ?

— Le nom de l'agence immobilière chargée de la vendre, par exemple. Ou, mieux, celui de l'agent immobilier missionné pour faire visiter les lieux.

Dalton sourit.

— Bien sûr. Je m'y mets.

— Moi aussi… pour tous ceux de The Woods, renchérit Brielle.

Quelques instants plus tard, Dalton se rassit.

— Pine Acres Realty.

— Exactement, et Happy Meadows Properties en a vendu deux autres, poursuivit Brielle. L'une de ces propriétés donne directement sur le chemin où Mlle Ray a été attaquée. La mise en vente avait été confiée à Pine Acres Realty.

Sous le choc, Teagan battit des paupières.

— Mon ravisseur serait donc agent immobilier ?

— Cela semble probable, dit Bryson. Et il travaille sans doute pour Pine Acres Realty. Nous avons besoin de photos.

Bishop, qui depuis le début travaillait en silence sur son propre ordinateur, frappa sur une touche. Les écrans se couvrirent de portraits d'hommes et de femmes souriants qui travaillaient tous pour cette société immobilière.

En découvrant ses images, Teagan changea de couleur.

— Regardez la rangée du bas, dit-elle d'une voix étranglée. Si l'écran n'était pas aussi grand, je ne l'aurais sans doute pas remarqué. Mais je comprends maintenant pourquoi personne dans le quartier n'a reconnu le portrait-robot de la police.

— Pourquoi ? demanda Dalton.

Bryson attrapa la main de Teagan sous la table. Elle s'y accrocha avec gratitude.

— Parce que mon ravisseur a totalement changé de look sur cette photo. La couleur de ses cheveux, sa coiffure, ses lunettes sont différentes. Il n'y a qu'une chose qu'il n'a pas pu modifier.

— Quoi donc ? insista Dalton.

— Ses yeux.

Teagan serra plus fort la main de Bryson.

— C'est lui. Sans l'ombre d'un doute. J'ai dû voir sa photo sur des tracts publicitaires distribués dans le quartier. Mais je n'avais jamais fait le rapprochement. Comment s'appelle-t-il ?

— Chris Larsen, annonça Brielle.

Teagan secoua la tête.

— Ce nom ne me dit rien.

Brielle recommença à pianoter.

— Je transmets immédiatement ces informations à Mason et à l'équipe de Jacksonville.

— Je vais lui passer un coup de fil, ajouta Dalton. Je répondrai à toutes ses questions. Je lui expliquerai comment Bryson est arrivé à démasquer le tueur. Bon travail, Profileur. Et c'est sympa de te revoir.

Bryson parut surpris par la déclaration de Dalton, mais il hocha la tête.

— Appelle-moi pour me tenir au courant de la suite, d'accord ?

— Tu ne veux pas attendre ? demanda Dalton, étonné. Nous sommes sur le point d'aboutir.

— J'aimerais beaucoup rester mais ma hanche me fait mal, j'ai besoin de me reposer.

Il se leva, s'appuyant lourdement sur sa canne, et fit signe à Teagan.

— Tu peux prendre le volant ?

— Bien sûr.

Elle n'était pas dupe. Elle savait qu'il avait très envie de suivre avec ses collègues la progression des événements. Il prétendait le contraire pour elle. Pour la protéger. Il devinait qu'elle n'allait plus tarder à fondre en larmes.

Une fois dans son camion, le stress et l'inquiétude qui la rongeaient semblèrent pourtant disparaître comme par magie. Bryson avait cet effet sur elle. Près de lui, elle se sentait en sécurité.

— Je sais que ta hanche te fait vraiment souffrir. Mais je sais aussi que tu ne l'aurais jamais reconnu devant les autres Seekers. Tu l'as fait pour moi, parce que tu as vu à quel point je luttais pour ne pas m'effondrer. Merci.

— Tu tiens le coup ? Sinon, je peux conduire.

— Je sais, mais je vais bien. C'était tellement… fou. Découvrir qu'il est agent immobilier lui fait perdre une grande partie de son emprise sur moi. Surtout, la fin est proche, je le sens. Ce n'est plus qu'une question de temps.

Lorsqu'ils arrivèrent devant la belle maison de Bryson, le téléphone de ce dernier se mit à sonner dans sa poche. Teagan se gara pendant qu'il parlait à Dalton. Quand elle sortit, il fronça les sourcils. Visiblement, il aurait préféré qu'elle attende et lui permettre d'ouvrir sa portière.

Elle lui tendit la main.

— Il n'y a personne ici à part nous, Bryson. Tu peux oublier ta fierté pendant un instant et me laisser t'aider. Une femme peut parfois aider un homme, tu sais.

Mais il secoua la tête et sauta au sol tout seul.

Elle leva les yeux au ciel et lui emboîta le pas.

— Que voulait te dire Dalton ? Les adjoints du shérif coopèrent-ils ? Ont-ils lancé un nouvel avis de recherche sur le tueur maintenant que nous connaissons son identité ?

Il déverrouilla la porte d'entrée en souriant.

— Oui, ils coopèrent. Un nouvel avis de recherche a été lancé et ils ont déjà contacté l'agence immobilière pour obtenir des éléments sur les allées et venues du suspect. Dalton appelait pour nous donner des infos.

Il ouvrit la porte, avant d'ajouter :

— Ils l'ont eu, Teagan. Ils l'ont arrêté et, à l'heure où nous parlons, il est menotté à l'arrière d'une voiture de patrouille. C'est fini pour lui.

Intensément soulagée, elle fondit en larmes.

Bryson la prit dans ses bras. Il ne pouvait pas aller très loin, mais il réussit à gagner le canapé sans tomber. Il s'y assit avec son précieux fardeau et la berça pendant qu'elle pleurait, évacuant ainsi toute la douleur, la peur et l'angoisse qu'elle avait accumulées depuis des années.

Longtemps après, il l'installa dans la chambre principale qu'elle avait déjà occupée. Elle lui avait proposé de rester avec elle, de partager son lit pour cette première nuit. Mais il mesurait le danger. Physiquement, il était à ramasser à la petite cuillère. Mais s'il était couché à côté d'elle, plus rien de sa fatigue ou de ses souffrances n'aurait d'importance. Rien ne les empêcherait de profiter pleinement de cette situation. Et il finirait probablement à l'hôpital. Ce n'était pas raisonnable. Il aurait tellement voulu que tout soit différent.

Il referma doucement la porte. Mais il ne se dirigea pas vers la chambre d'amis. Il souffrait mais n'avait pas envie de se coucher tout de suite. Il avait une autre priorité.

Son bureau était trop loin pour qu'il s'y rende avec l'aide de sa canne. Il avait épuisé ses dernières forces en portant Teagan. Il était temps d'admettre sa défaite et de se laisser tomber dans le fauteuil roulant.

Quelques instants plus tard, il commença à ouvrir des fichiers sur son ordinateur et à charger des dossiers sur les différents écrans. Il songeait à ce que Dalton avait dit à Camelot. Il l'avait appelé « Profileur », faisant référence à son ancien surnom. Ce seul mot, prononcé par un autre Seeker, avait déclenché une avalanche de souvenirs dans son esprit et d'émotions dans son cœur.

Si, depuis une semaine, il travaillait sur l'enquête du mieux possible malgré une commotion cérébrale et d'autres blessures, il n'avait pas encore essayé de l'aborder en tant que profileur. Il était trop habitué à mépriser sa profession précédente, à ruminer ses échecs dans ce domaine. Pourtant, grâce à Teagan, il commençait à accepter le fait qu'il n'était peut-être pas le raté complet qu'il avait cru. Grâce à Dalton aussi, bien sûr. Qu'il lui souhaite la bienvenue et le félicite l'avait surpris, touché. Dalton ne semblait pas lui reprocher l'accident de Hayley. Il était peut-être temps de repenser à tout cet épisode.

Teagan avait foi en lui, ce qui lui donnait une nouvelle perspective. Peut-être devait-il se faire confiance, écouter la petite voix dans sa tête qui lui disait que quelque chose n'allait pas.

Ils avaient attrapé l'homme qui avait enlevé Teagan. Ils avaient capturé l'assassin des Broderick.

Alors, pourquoi avait-il l'impression d'être passé à côté de quelque chose ? Pourquoi ce sentiment d'inachevé ?

Un mauvais pressentiment le tourmentait et il devinait qu'il ne trouverait pas de repos tant qu'il ne l'aurait pas examiné. Il allait donc se replonger dans le dossier en étudiant l'affaire depuis le début. Il relirait tout. Ensuite, il ferait ce qu'il n'avait pas fait depuis des années et qu'il n'avait jamais pensé refaire.

Il bâtirait un profil criminel.

24

Les rayons du soleil matinal réveillèrent Teagan. Elle s'étira et se leva. Après un brin de toilette, elle partit à la recherche de Bryson. Il lui avait offert sa suite depuis qu'elle était ici et s'était installé, lui, dans l'une des chambres d'amis. Cette situation la frustrait mais elle devinait que partager son lit empêcherait Bryson de se reposer. Aucun d'eux ne voudrait dormir. Or, pour se rétablir, il avait besoin de vraies nuits de sommeil. Et elle avait envie qu'il aille mieux, très envie.

Tout chez Bryson lui plaisait. Plus elle apprenait à le connaître, plus la passion qu'elle nourrissait pour lui empirait. Qu'il soit en jean et en T-shirt ou dans l'un de ces costumes sexy qui mettaient en valeur ses larges épaules, elle rêvait de lui arracher ses vêtements et d'explorer chaque centimètre de son corps. Comme si sa beauté virile ne suffisait pas, il était également doté d'une vive intelligence, d'une âme de guerrier, loyal et protecteur, et d'un cœur rempli de bonté. Pour tout dire, il lui devenait presque impossible de ne pas saliver de désir chaque fois qu'il entrait dans son champ de vision.

Il ne faudrait pas grand-chose pour qu'elle tombe folle amoureuse de lui. En réalité, elle l'était déjà à moitié. Mais elle ignorait s'il ressentait la même chose. Oh ! Il l'aimait beaucoup, certes. Et il la désirait, elle en était certaine. La lueur affamée qu'elle voyait dans ses yeux chaque fois qu'il les posait sur elle était révélatrice. De toute évidence, il était torturé par le même désir impérieux et, s'ils se collaient l'un à l'autre, ils s'enflammeraient très vite, elle n'en doutait pas.

Mais l'aimait-il ? L'aimait-il *vraiment* ? Elle ne le savait pas.

Elle secoua la tête pour tenter de chasser ces pensées parasites et se dirigea vers la chambre d'amis au bout du couloir. Bryson n'y était pas. Le lit n'avait pas été défait.

En proie à une brusque inquiétude, elle fit le tour des pièces de cette aile de la maison. Elle inspecta même la terrasse, où il aimait se détendre. Mais il n'y était pas non plus. Comme elle passait près de la petite alcôve, à gauche de l'écran de télévision, elle s'aperçut qu'elle était vide. Chaque soir, il y rangeait son fauteuil et prenait sa canne pour gagner sa chambre.

Mais le fauteuil roulant n'était pas là. Pourquoi ?

De plus en plus anxieuse, elle se dirigea vers le couloir et ouvrit toutes les portes devant lesquelles elle passa jusqu'à ce qu'elle atteigne son bureau, au fond. En voyant le rai de lumière sous la porte, elle laissa échapper un soupir de soulagement. Il avait dû venir ici hier soir pour une raison quelconque et finir par dormir dans la chambre attenante. Elle ne voyait pas d'autre explication.

Elle frappa à la porte. Pas de réponse. Elle frappa à nouveau. Comme il ne répondait toujours pas, son imagination fertile passa en revue toutes sortes de scénarios, tous plus horribles les uns que les autres. Elle se représenta Bryson dans une mare de sang. Paniquée, elle ouvrit la porte.

Il n'était pas par terre.

Et il ne dormait pas dans la chambre d'amis.

Assis dans son fauteuil roulant devant la table ronde, il était en grande discussion au téléphone. Manifestement, absorbé par cet échange, il ne l'avait pas entendue entrer. Les neuf écrans géants étaient allumés.

Et remplis de photos terrifiantes.

Il jeta un coup d'œil par-dessus son épaule et, dès qu'il l'aperçut, il appuya sur une touche de sa tablette pour éteindre tous les moniteurs.

— Mason, je vous rappelle plus tard. Envoyez-moi cette liste de dates dès que vous l'aurez, d'accord ? Oui, merci. Au revoir.

Il posa son téléphone portable sur la table.

— Pardonne-moi. Je n'avais pas vu que tu étais là. Sinon, je n'aurais pas laissé ces photos.

Teagan luttait contre la nausée provoquée par la violence de ces images. Toutes ces femmes massacrées. Il s'agissait d'un véritable… carnage.

Elle s'assit à côté de lui.

— Je t'ai entendu parler à Mason. Il t'a déjà confié une nouvelle enquête ? Es-tu resté debout toute la nuit pour étudier des photos de scènes de crime ?

Visiblement mal à l'aise à cause de ses questions, il hésita.

— Je ne travaille pas sur une nouvelle affaire, pas exactement. Je… En fait, je réexamine un vieux dossier.

— Pourquoi ? Quel intérêt ?

Il ne répondit pas comme s'il ne savait pas très bien ce qu'il devait lui dire.

Elle jeta un coup d'œil aux écrans noirs, essayant de reconstituer ce qu'elle avait vu brièvement quelques instants plus tôt. Mais elle avait été trop choquée par la violence inattendue de ces images pour se souvenir des détails.

— À combien de temps remonte l'enquête sur laquelle tu travailles ?

— Euh…

Il regarda son poignet comme pour consulter sa montre. Mais il n'avait pas encore remplacé celle que Larsen lui avait prise.

— Quelle heure est-il ? C'est déjà le matin ? Et si je nous préparais quelque chose pour le petit déjeuner ?

Aimes-tu les omelettes ? Je ne me souviens plus de la dernière fois où je…

Elle se pencha pour appuyer sur la touche qu'il avait frappée plus tôt. Les horribles photos réapparurent sur les écrans.

Avec un juron, il les fit de nouveau disparaître mais elle avait eu le temps d'apercevoir un X sanglant sur un ventre de femme.

Elle se tourna vers lui et lança d'un ton accusateur :

— Tu t'es replongé dans l'enquête sur l'Éventreur. Pourquoi ? Le FBI couvre l'affaire, non ? Tu l'as dit toi-même hier à Camelot. Et n'essaye pas de botter en touche en te comportant comme si tu étais soudain devenu un fan de cuisine. Tu cherches à faire diversion, tu le sais aussi bien que moi. Tu oublies que je t'ai bombardé de questions hier pendant le trajet entre l'aéroport et chez toi. Et que maintenant, je sais beaucoup de choses. Que tu détestes cuisiner, par exemple. Alors dis-moi la vérité. Pourquoi as-tu passé la nuit à travailler sur des meurtres qui se sont produits il y a des années au lieu de te satisfaire du fait que l'homme qui a essayé de nous tuer est en prison ?

Il poussa un profond soupir.

— Je ne voulais pas attendre le rapport du FBI. J'avais besoin de réponses maintenant, pour apaiser mes doutes et m'assurer que nous n'étions pas passés à côté de quelque chose.

— Pour apaiser tes doutes ? Quels doutes ?

— Des détails qui ne collent pas. Maintenant que Finney est en passe d'être innocenté, le FBI est convaincu que Larsen est le véritable Éventreur. Ce qui est logique, compte tenu de la signature et d'autres éléments concordants retrouvés sur les scènes de crime. Sans parler de la personnalité de Larsen que nous découvrons à peine mais qui correspond au profil du tueur.

Elle s'assit sur la chaise à côté de lui.

— Si tout est logique, qu'est-ce qui te dérange ?

Il ne répondit pas.

Elle fronça les sourcils.

— Tant que tu ne me l'auras pas dit, je continuerai à t'interroger. Toute la journée, s'il le faut. Te voilà prévenu. Alors, autant cracher le morceau tout de suite.

Il fit la grimace.

— D'accord. Certaines pièces du puzzle ne s'emboîtent pas. Et ça me pose problème. C'était déjà le cas lors de l'enquête initiale sur l'Éventreur. Il y a toujours eu des détails qui ne collaient pas avec Finney. Mais il y avait assez d'éléments à charge pour qu'on oublie ce qui ne correspondait pas au profil du tueur en série. De plus, une fois Finney en prison, les meurtres ont cessé. Tout le monde était donc persuadé que l'Éventreur était derrière les barreaux. Et on a préféré ignorer les incohérences.

— Pas toi, lui rappela-t-elle. Tu as continué à enquêter sur cette affaire longtemps après qu'elle a abouti. Tu as fait des photocopies du dossier que tu as rapportées chez toi. C'est sur l'enquête initiale que tu as travaillé toute la nuit, non ? J'imagine que tu avais donc embauché l'intérimaire dont tu parlais à mon arrivée, pour scanner tous ces documents.

— J'avais demandé à Brielle de s'en charger avec l'aide d'un stagiaire pendant que j'étais à l'hôpital, reconnut-il. J'ai toujours su qu'il me serait plus facile d'examiner le dossier si son contenu était numérisé. Comme tu avais de nouveau été enlevée, je voulais réexaminer les éléments de la première enquête dès que j'en aurais l'occasion. J'étais alors certain que Larsen était l'Éventreur, avant même que Bishop aille interroger Finney. En me replongeant dans les comptes rendus, je pensais trouver la confirmation de cette certitude.

— Mais cela n'a pas été le cas.

— Non. Loin de là.

Elle frissonna et se frotta les bras.

— L'homme qui nous a enlevés est en prison. Peu importe qu'il soit ou non l'Éventreur. Alors pourquoi as-tu l'air si grave ? Et pourquoi me remets-je à paniquer ?

Il prit ses mains dans les siennes.

— Quoi que j'aie trouvé ou pense avoir trouvé, il n'y a aucune raison de t'inquiéter. Tu es en sécurité ici, avec moi. Quatre de nos amis Seekers sont à moins de vingt minutes de route si nous avons besoin d'aide et je garde un pistolet dans la table de chevet de ma chambre.

— Alors pourquoi as-tu passé la nuit à étudier le dossier ?

Un profond malaise se peignit sur son visage. Il s'éclaircit la voix.

— J'aime aller au fond des choses. Et, comme je l'ai dit, certaines pièces du puzzle ne collent pas avec le reste. Cela ne me plaît pas.

— Montre-moi ces pièces.

— Teagan…

— Nous sommes sur le même bateau, Bryson. Nous le serons toujours quand Larsen sera traduit en justice et que nous serons appelés à témoigner. Montre-moi ça.

Malgré ses réticences visibles, il reporta son attention sur sa tablette informatique.

— Je veux d'abord effacer les photos. Elles t'agressent et n'apportent rien. Je m'en servais pour vérifier certains détails.

Ses doigts volèrent sur le clavier alors qu'il fermait des fichiers. Lorsqu'il refit réapparaître le dossier des meurtres de l'Éventreur sur les grands écrans, les photos avaient disparu.

Il continua à fermer ou à déplacer les divers documents jusqu'à ce qu'il ne reste plus qu'un seul tableau rempli de données.

Elle lut les titres des colonnes à voix haute :

— Race, sexe, âge, état matrimonial, victimologie, psychopathie criminelle, lieu, signature…

Elle lui lança un regard surpris.

— Un profil. Tu travailles sur un profil criminel.

— Plus ou moins. J'ai voulu comparer les informations que nous avions réunies sur les meurtres de l'Éventreur avec des éléments sur les crimes plus récents, donc ceux de Larsen.

Il fit défiler le tableau jusqu'à la ligne intitulée « Organisé/Désorganisé ».

— Je suis sûr que tu as gardé en mémoire tes cours de droit pénal. Un tueur organisé planifie son crime, apporte son arme, etc. Un tueur désorganisé se sert d'un couteau trouvé dans la cuisine de sa victime pour la poignarder. Il improvise, est moins réfléchi et a tendance à multiplier les erreurs. Voilà pourquoi un tueur désorganisé est généralement plus facile à appréhender. Dans quelle case mettrais-tu Larsen ?

— Facile. « Organisé ». Il avait tout planifié jusque dans les moindres détails, depuis la caméra cachée dans l'arbre jusqu'au pan de clôture dévissé derrière la maison des Broderick. Il a dû passer des mois à transformer le vieux chalet pour en faire une prison, en installant les barreaux sur les fenêtres et les portes.

— Je te donne un A plus. C'est en effet un tueur organisé, ce qui nous donne un aperçu de son esprit et de sa façon de penser. Mason a confirmé que Larsen avait acheté ce chalet il y a plus d'un an. Je ne sais pas s'il avait déjà en tête de t'enlever de nouveau ou d'y enfermer quelqu'un d'autre. En tout cas, il avait tout préparé assez tôt pour y accueillir une autre victime. Savoir qu'il est un tueur organisé permet de prédire d'autres choses, comme le fait qu'il exerçait sans doute un emploi stable.

— Il travaillait pour une agence immobilière, dit-elle. Il n'avait donc pas les horaires d'un fonctionnaire. Mais il avait des contraintes. Il devait se présenter de temps en temps à l'agence, assister à des réunions…

Elle croisa les bras, se remémorant ses propres recherches sur les crimes de l'Éventreur du Kentucky.

— Cela ne correspond pas à ce que je sais de l'Éventreur.

— Peut-être. Peut-être pas. Peut-être en partie, peut-être pas totalement. Regarde.

Il appuya sur quelques touches et une liste de noms et de dates apparut à gauche de l'écran principal.

— Ces noms te disent sûrement quelque chose, dit-il.

— Il s'agit des victimes de l'Éventreur. De six d'entre elles.

— Qu'ont-elles en commun ?

— Mis à part l'évidence ? Le X gravé sur leur ventre, le fait qu'elles ont été torturées pendant des jours ou des semaines avant d'être tuées ? À part que toutes ont été poignardées, y compris celles que tu n'as pas mises à cet endroit-là. Certaines ont également été tuées par balle.

— À part tout ça, oui. À ton avis, à quel type de tueur correspondent les scènes de crime que nous avons trouvées pour ces six femmes ?

Elle y réfléchit un instant puis haussa les épaules.

— Tu vas dire que leur tueur était organisé. Très peu d'indices ou de preuves médico-légales ont été retrouvés sur les scènes de crime de ces six victimes. Aucune arme oubliée, par exemple. Bref, les enquêteurs n'ont pas découvert grand-chose parce que l'auteur des meurtres était très méticuleux. Mais il y en a eu huit autres. Et là, c'était tout le contraire. Apparemment, le tueur n'avait rien organisé à l'avance et avait dû tout improviser en catastrophe une fois sur place. Il semblait désordonné, négligent.

— Exactement.

Il fit apparaître une autre liste de noms sur l'écran placé à droite du principal, sur laquelle figuraient les huit victimes auxquelles elle venait de faire allusion.

— Ces huit meurtres semblent être l'œuvre d'un tueur désorganisé. C'est leur point commun.

— Résumons-nous, dit-elle. Le mélange de genres, la présence tantôt de scènes de crime organisées et tantôt de scènes désorganisées tend à prouver que nous avons affaire à un malade mental comme Finney. Il était, il est bipolaire. Il perpétrait certains crimes alors qu'il était en phase hystérique – les meurtres désorganisés – et d'autres pendant sa phase dépressive – les meurtres organisés.

— C'est en effet la théorie à laquelle la police a adhéré à l'époque de son arrestation.

Il reporta son attention sur la première liste.

— Revenons à ces six victimes. Bien qu'elles aient été tuées avec violence, le nombre de coups de couteau est relativement faible. Seulement trois pour la première victime, cinq pour une autre et deux pour les quatre autres.

Il tapota la seconde liste.

— Celles-ci, en revanche, ont reçu entre douze et trente et un coups de couteau, en plus d'avoir été rouées de coups pour deux d'entre elles. Des brûlures de cigarette ont même été retrouvées dans le dos de l'une d'elles.

— Je m'en souviens, dit-elle, s'efforçant de réprimer le profond malaise qui l'envahissait.

— Le tueur s'est acharné sur ces huit femmes, dit-il. Il leur a infligé plus de blessures que nécessaire pour les tuer. Cela pourrait suggérer qu'il les connaissait, qu'il avait des sentiments personnels, qu'il éprouvait de la haine à leur égard. Mais ce type de comportement se voit parfois chez un tueur désorganisé, souffrant ou non d'un problème mental. Il tue dans le feu de l'action, sous l'emprise d'une colère explosive à propos de quelque chose qui semblerait sans importance pour toi ou moi mais qui prend des proportions démesurées dans son esprit.

De nouveau, il montra sur l'écran la liste des six victimes qu'il avait regroupées.

— Autre chose. Pour chacun de ces meurtres, les enquêteurs ont établi la preuve que l'assassin avait passé beaucoup de temps au domicile de la victime au cours de la phase de « harcèlement », alors que sa proie ne s'y trouvait pas. Ce détail indique quoi, à ton avis ?

— Euh… J'hésite. J'ai peut-être besoin de relire mes cours.

Il sourit.

— Je suis sûr que tout te reviendra lorsque tu termineras ta maîtrise. Bref. La réponse est que nous passons du temps dans les endroits où nous nous sentons bien. Ce qui tend à prouver que les domiciles des différentes victimes n'étaient pas des lieux inconnus pour le tueur.

Elle le fixa un long moment.

— J'essaie de suivre ton raisonnement mais, pour moi, cet élément montre surtout que l'Éventreur a probablement vécu dans le Kentucky, non loin des scènes de crime. Cela faisait d'ailleurs partie du profilage géographique d'origine. Voilà pourquoi Finney correspondait au profil.

— Lowe aussi était du Kentucky. Il est né et a grandi dans le même coin que Finney.

— Oui, je m'en souviens. C'est en partie pour cette raison que j'étais persuadée que Lowe était mon ravisseur.

Il fit pivoter son fauteuil roulant pour lui faire face.

— Maintenant, remémore-toi les autres éléments que nous avons sur ces scènes de crime. Dans la première liste de victimes, les corps ont été laissés là où ils seraient facilement découverts, ce qui pourrait indiquer que le tueur avait des convictions religieuses et qu'il voulait leur permettre d'avoir un enterrement religieux.

— Les cadavres des autres victimes n'avaient pas non plus été dissimulés.

— Je ne suis pas d'accord sur ce point, répliqua-t-il. Pour les huit femmes sur lesquelles le tueur s'est acharné, les victimes ont été massacrées, je dirais. Puis jetées dans un coin, comme abandonnées, mises au rebut. Même en cherchant bien, tu ne trouveras rien de bienveillant derrière cette action. Leurs corps ont été facilement retrouvés parce que le tueur ne voulait pas risquer de se faire pincer en train de les cacher. Sans doute n'a-t-il pas eu le temps de les dissimuler quelque part. Les victimes sur la liste du tueur organisé ont été traitées avec un minimum de respect après leur mort. Elles étaient habillées ou en tout cas recouvertes, allongées comme si elles dormaient. C'est une différence notable.

— C'est vrai.

— Bref, si tu compares ces deux listes, tu en arrives à la conclusion qu'il n'y avait pas un seul Éventreur. *Mais deux*.

Stupéfaite, Teagan prit une profonde inspiration. Pourtant, après tout ce que Bryson venait de lui démontrer, elle n'aurait pas dû être aussi surprise.

— Si tu as raison, dit-elle, ton profil d'origine était erroné.

Il la surprit en lui souriant.

— Ne t'inquiète pas. Il en faut davantage pour ébranler ma confiance retrouvée. Il y avait plus dans le profil d'origine que ce qui apparaît dans les rapports de police.

— Comment ça ? Maintenant, tu m'as perdue.

Il refit pivoter son fauteuil roulant. Sa grimace trahissait sa douleur. Sa nuit de recherches l'avait secoué physiquement. Sa hanche lui faisait mal. Il avait besoin d'un bain chaud et d'une longue sieste. Mais elle ne voulait pas l'embarrasser en le lui faisant remarquer, elle resta donc silencieuse.

— Lorsque j'ai dressé le profil de l'auteur des meurtres prétendument attribués à l'Éventreur, poursuivit-il, j'ai en réalité présenté à la police *deux* profils criminels. De deux tueurs différents. Quand Finney a été arrêté, le profil qui correspondait le plus à sa personnalité a été retenu. Les flics ont ignoré l'autre profil que je leur avais donné. Voilà pourquoi tu ne l'as vu nulle part, dans aucun des dossiers officiels que tu as consultés.

— Je dois encore comprendre pourquoi. Tu chamboules l'enquête que j'ai menée.

— Non. Pas du tout. Je prouve la justesse de tes conclusions.

Elle se mit à rire.

— Alors là, je suis perdue corps et biens.

— Excuse-moi. Je ne m'explique pas très bien. Pour faire simple, si j'examine le profil de Larsen et tout ce que nous savons maintenant de lui, y compris le fait qu'il vivait dans le Kentucky, il correspond à la perfection au tueur de cette première série de victimes.

— Larsen est l'Éventreur.

— Il est l'un des deux. C'est là que tes recherches entrent en jeu. Si nous nous intéressons à présent à la seconde série de victimes – et si nous considérons que Bishop a raison et que Finney est un malade mental qui n'a en réalité tué personne –, le coupable est forcément l'homme que tu as toujours considéré comme ton ravisseur et comme l'Éventreur.

Elle posa une main sur sa gorge.

— Avarice Lowe.

— Pour confirmer mon hypothèse de l'existence de deux Éventreurs, j'ai besoin d'une liste de dates et d'alibis pour Larsen. Mason y travaille. Il nous faut vérifier que Larsen était en vacances ou malade aux dates où les six femmes de notre premier groupe de victimes ont été enlevées. J'ai déjà vérifié tout ce que j'avais sur Lowe.

— Lowe n'a pas d'alibis pour la seconde série de meurtres ?

— Non. Il n'en a pas.

Elle se rassit.

— Résumons-nous. Nous avons deux Éventreurs et un innocent en prison.

— C'est encore pire, dit-il. Il y a une autre pièce du puzzle que tu n'as pas encore vue.

— Qu'est-ce qui pourrait être pire ? demanda-t-elle.

Il hésita, le doigt posé sur l'une des touches du clavier.

— Regarde ! Que dis-tu de ça ?

Une photo apparut sur l'écran. Teagan la considéra un moment, s'efforçant de comprendre ce qu'elle avait de significatif. Elle représentait une petite foule de badauds qui se pressaient dans une rue, derrière un ruban jaune et noir de scène de crime. Des voitures de police étaient garées à proximité.

— L'une des scènes de crime de l'Éventreur ?

— Exactement. C'est la procédure standard. Le photographe de la police se cache dans un coin pour prendre discrètement des photos de toutes les personnes présentes, au cas où le tueur se trouverait dans la foule.

— Les tueurs reviennent souvent sur les lieux du crime. Ils adorent regarder la police travailler sur leurs forfaits.

— Maintenant, voici le gros plan que j'ai fait de ce cliché, dit-il en frappant une autre touche pour le faire apparaître sur l'écran. Et dis-moi ce qu'il y a de pire que deux tueurs différents ?

Sous le choc, elle resta un instant bouche bée.

En gros plan, elle découvrit Avarice Lowe et Chris Larsen au milieu de la foule, côte à côte, visiblement fascinés par le travail de la police qui s'activait sur l'une des scènes de crime de l'Éventreur.

— Deux tueurs qui font équipe, qui s'associent, répondit-elle enfin d'une voix blanche quand elle parvint à recouvrer l'usage de la parole.

— Félicitations, Teagan.

— Pourquoi me félicites-tu ? demanda-t-elle en détachant les yeux de l'écran.

— Tu avais raison depuis le début. Lowe était l'Éventreur. Mais Larsen aussi. Aucun de nous ne l'a vu.

— Tu l'as vu, dit-elle. Tu as créé deux profils.

— Peut-être, mais j'ai commis la grave erreur de ne pas poursuivre l'enquête sur les deux suspects lorsque la police a arrêté Finney. J'ai estimé que j'avais eu tout faux, que je m'étais planté. J'aurais dû pousser plus loin mes investigations. Peut-être qu'alors j'aurais sorti Finney de sa cellule et j'aurais jeté à la place Lowe et Larsen. Et tu n'aurais jamais été agressée. Je suis vraiment désolé, ajouta-t-il, les mâchoires serrées.

Elle secoua la tête.

— Ce qui m'est arrivé n'était pas ta faute. Larsen est le seul coupable.

— Merci d'essayer de me rassurer. Mais c'est encore pire. Je ne suis pas sûr que Larsen soit le seul fautif. Lowe l'était peut-être aussi. Rappelle-toi. Tu as dit toi-même, même après avoir su que Larsen t'avait enlevée, qu'il ne cadrait pas avec tes souvenirs… mis à part pour sa voix, non ?

Il fallut un moment pour qu'elle enregistre bien ses mots et en comprenne pleinement le sens. Elle pressa alors une main tremblante sur sa gorge.

— Mon Dieu. Tu penses que j'ai été enlevée par… les deux ?

Il lui fit un bref signe de tête.

— Je n'en ai aucune preuve à ce stade. Il ne s'agit que d'hypothèses. Mais nous devrions suggérer à la police et au FBI d'envisager que deux tueurs aient fait équipe sur certains crimes. Je suis désolé, répéta-t-il en lui prenant la main. Je n'aurais sans doute pas dû t'en parler.

— Non, tu as bien fait. Je ne veux pas de secrets entre nous, dit-elle, se forçant à sourire. Et, honnêtement, le choc n'est pas aussi énorme que prévu. J'avais moi aussi des doutes parce que certaines choses ne semblaient pas coller avec Larsen. Maintenant, eh bien, tout prend un sens.

Elle lui serra la main et ajouta :

— Je suppose que tu en as déjà parlé à Mason ?

Il lui embrassa les doigts avant de la lâcher.

— J'en discutais avec lui lorsque tu es entrée. Dès qu'il a vu Lowe et Larsen en gros plan sur la scène de crime, il a été convaincu. Il met les Seekers là-dessus en ce moment.

— Tout est entre de bonnes mains, alors.

— Les meilleures.

Elle se remit sur ses pieds, se sentant toujours un peu nauséeuse et tremblante après ces révélations.

— Maintenant, je dois faire sortir toute cette laideur de ma tête. Je vais appeler ma mère pour lui dire que je suis toujours en vie. Depuis les derniers événements, elle est devenue un peu paranoïaque et m'a fait promettre de l'appeler tous les jours. Hier soir, je me suis endormie très vite et je ne l'ai pas fait. Je suis surprise qu'elle ne m'ait pas encore appelée cent fois ce matin.

Elle rougit pour ajouter :

— Désolée de m'être endormie sur toi comme si tu étais mon oreiller. Mais merci de m'avoir mise au lit. La prochaine fois, n'hésite pas à m'y rejoindre.

Elle lui fit un clin d'œil coquin pour tenter d'alléger l'atmosphère.

Il prit doucement son visage entre ses mains et déposa un doux baiser sur ses lèvres.

— Un jour, très bientôt, douce Teagan. Je ferai plus que te rejoindre dans ce grand lit…

Elle soupira de désir, se sentant déjà mieux. Avec lui, elle se sentait toujours mieux, même aux pires moments.

Il mit son téléphone dans sa poche et l'entraîna hors de la pièce.

— Sortons d'ici. Tu appelleras ta mère pendant que nous nous mangerons.

— D'accord.

— Qu'aimerais-tu pour ton petit déjeuner ? Des toasts à la confiture ou des œufs ? Je ne sais rien cuisiner d'autre. Comme tu le vois, mon savoir culinaire est très limité.

— Je veux bien une omelette.

— Très bon choix. Je peux te l'avouer à présent. Je ne sais pas comment je me débrouille mais mes toasts sont toujours brûlés. Tu préfères ton omelette avec des herbes aromatiques, des oignons ou des morceaux de jambon ?

— Des herbes, merci. Si tu veux vraiment me faire plaisir, ajoute un peu de crème, si tu en as.

— Ça marche.

— Je vais dans la chambre pour téléphoner à ma mère.

— Embrasse-la pour moi.

Un sourire aux lèvres, elle entra dans la pièce voisine. Après plusieurs vaines tentatives avec son téléphone portable, elle poussa un gros soupir et repartit vers la cuisine.

Bryson avait laissé son fauteuil roulant dans un coin et, appuyé sur sa canne, il sortait les ingrédients du réfrigérateur. Il leva les yeux, visiblement surpris qu'elle soit si vite revenue.

— C'était un coup de fil ultra-rapide.

— Je n'ai pas réussi à la joindre. Il doit y avoir un problème de connexion avec le réseau, ta box ou ton antenne-relais. Ou quelque chose comme ça.

Il fronça les sourcils et posa sa boîte d'œufs sur le comptoir.

— Ta batterie est chargée ?

— Oui. Mais il n'y a pas de connexion. J'ai essayé trois fois. En vain.

Il sortit son propre téléphone, regarda l'écran, pressa une des touches et colla l'appareil à son oreille. Très vite, il le posa sur la table avec un juron.

— Retourne en vitesse dans mon bureau et enferme-toi à l'intérieur.

Il boitilla vers son fauteuil roulant et s'y laissa tomber. Elle fronça les sourcils.

— Pourquoi ? Que se passe-t-il ?

— Quelqu'un bloque la réception du réseau de téléphone. Et une seule personne a une raison de le faire.

Teagan pâlit et, prise de frissons, elle se mit à trembler alors qu'elle se précipitait avec Bryson hors de la cuisine.

— Avarice Lowe. Tu penses qu'il va débarquer ?

— Non.

Il leva le nez vers elle en passant devant les deux canapés.

— Je pense qu'il est déjà là. Il se cache sans doute dans le jardin, en attendant le bon moment pour passer à l'attaque.

Il jeta un coup d'œil à son poignet et jura.

— J'aurais dû remplacer ma montre-ordinateur dès mon retour. J'aurais ainsi été tout de suite prévenu de la présence d'un intrus. Va vite t'enfermer dans mon bureau, Teagan. Dépêche-toi. Il n'y a pas de fenêtre à l'intérieur. Verrouille la porte principale, puis les portes qui mènent à la salle de bains et à la chambre. Cale une chaise sur la porte du couloir. Va !

Ignorant son ordre, elle le suivit dans la chambre principale.

— Je ne t'abandonne pas. Viens avec moi.

Il désigna la table de chevet.

— Je vais prendre mon arme et m'occuper de Lowe. Mais, avant de l'attaquer, j'ai besoin de te savoir en sécurité. Va vite, répéta-t-il.

— D'accord, dit-elle en se dirigeant vers la porte. Je préférerais quand même que tu me laisses t'aider au lieu de…

Il ouvrit le tiroir et changea de couleur.

Il fit pivoter son fauteuil et rattrapa Teagan. Puis il lui saisit le bras pour la tirer en arrière et la faire revenir dans la chambre.

Elle trébucha mais se rattrapa à temps pour le voir fermer la porte et la verrouiller à double tour.

— Que se passe-t-il ? balbutia-t-elle.

Son visage était fermé lorsqu'il répondit :

— Mon pistolet n'est plus dans la table de chevet. Lowe est à l'intérieur de la maison.

25

« Lowe est à l'intérieur de la maison. »

Ces mots glacèrent Teagan. Livide, elle regarda Bryson qui l'avait entraînée dans la salle de bains. Il s'était levé de son fauteuil roulant, l'avait poussé dans un coin de la chambre. Maintenant, appuyé contre le lavabo, il fixait à l'aide de ruban adhésif des serviettes-éponges qu'il avait enroulées aux bras de Teagan. Elle ne lui demanda pas pourquoi. Elle le savait. Le « tueur désorganisé », celui qui avait assassiné huit des victimes attribuées à l'Éventreur, adorait les couteaux. Avec ces épaisses serviettes, Bryson cherchait à la protéger au cas où Lowe réussirait à le neutraliser et s'attaquerait à elle. Quant à savoir pourquoi il avait du ruban adhésif dans sa salle de bains, ils en discuteraient un autre jour.

S'ils survivaient à cette agression.

Le psychopathe avait essayé d'entrer dans la chambre. Il avait glissé de longs couteaux sous la porte close, sans doute dans l'espoir de la soulever et de faire sauter les charnières. Comme la manœuvre n'avait pas abouti, Lowe s'était ensuite efforcé de défoncer le battant de bois à grands coups d'épaule en hurlant. Il avait cessé de s'acharner quand il avait compris, là encore, qu'il n'y parviendrait pas. En effet, Bryson avait contrecarré le mouvement en s'appuyant de toutes ses forces de l'autre côté de la porte.

Mais le tueur n'avait pas abandonné la partie, loin de là.

Il était toujours dans la maison, à réfléchir à sa prochaine attaque. Teagan entendait le grincement de ses semelles sur le sol tandis qu'il faisait les cent pas dans le couloir en criant des obscénités.

Bryson posa le rouleau de ruban adhésif sur le bord du lavabo et fouilla dans l'armoire à pharmacie.

Il lui tendit une bombe aérosol contenant du déodorant.

— En dernier recours, tu lui pulvériseras du produit dans les yeux. J'espère que tu ne seras jamais assez proche de lui pour en arriver à cette extrémité. En principe, lorsque tu sortiras par la fenêtre de la chambre, il sera trop occupé à se battre avec moi pour avoir la possibilité de te poursuivre.

Elle prit une profonde inspiration. Elle avait si peur pour eux deux qu'elle tremblait de tous ses membres.

— Mais s'il parvient à me neutraliser, continua-t-il, s'il a le dessus et essaie de te rattraper, vaporise en direction de ses yeux. Il ne s'y attendra pas. La brûlure sera terrible. Le produit lui fera un mal de chien et l'aveuglera pendant un moment. Tu en profiteras pour t'enfuir et courir jusqu'au camion.

Il sortit les clés de sa poche et les mit dans celle du jean de Teagan.

— Descends la montagne aussi vite que possible jusqu'au poste de police. Ne t'arrête pas avant de l'avoir atteint. Sous aucun prétexte. Tu m'entends ? N'essaie pas d'obtenir de l'aide chez un voisin ou dans une petite épicerie de campagne. Si Lowe te poursuit, il en profiterait pour t'attaquer. Va directement chez les flics. Une fois que tu auras quitté la montagne, la route est droite et tu pourras foncer. D'accord ?

Comme elle ne répondait pas, il la prit par les épaules et la secoua légèrement.

— Oui, oui, d'accord, dit-elle. Mais ton plan n'a aucun

sens. Pourquoi ne protèges-tu pas tes bras, toi aussi ? Et pourquoi ne files-tu pas avec moi par la fenêtre ?

Il lui lança un regard exaspéré.

— Je suis resté debout toute la nuit. Ma hanche n'a pas pu se détendre et me fait terriblement souffrir. Je suis incapable d'aller où que ce soit et encore moins de faire de l'escalade. De plus, les serviettes me gêneraient si je dois me battre. Fais ce que je te dis. Regarde, il a déjà réussi à casser le chambranle de la porte. Bientôt, il parviendra à entrer. Pendant que je le retiens, tu vas sauter par la fenêtre et courir vers le camion.

— Je refuse de m'enfuir comme une lâche et de t'abandonner. Ne me demande pas de refaire quelque chose d'aussi moche.

— Tu dois me laisser et partir. Il n'y a pas d'autre option.

— C'est faux, protesta-t-elle en secouant la tête avec énergie. Il y a d'autres solutions. Nous sommes deux contre un, tu t'en souviens ? Toi et moi contre le monde entier. Si nous l'attaquons ensemble, nous le vaincrons.

— Non, Teagan. Tu entends comme moi ses hurlements. Il est hors de lui. Et tu as vu les couteaux qu'il glissait sous la porte. Il est armé jusqu'aux dents. S'il n'est pas déjà entré, c'est uniquement parce qu'il ne veut pas mettre fin trop vite à son plaisir. C'est un psychopathe. Il a envie de s'amuser. Mais s'il te voit courir vers le camion, il n'hésitera pas à se servir du pistolet pour t'arrêter. Quoi que tu fasses, tu seras toujours moins rapide qu'une balle, Teagan. Je dois le retenir à tout prix, pour te donner une chance de t'en tirer.

Il lui fourra la bombe de déodorant dans la main et l'entraîna hors de la salle de bains.

Il boitilla jusqu'à la fenêtre, l'ouvrit et fit signe à Teagan de s'approcher.

— Presse le bouton du porte-clés pour débloquer la

portière, chuchota-t-il. Le moteur démarre de la même façon mais tu le sais déjà, non ? Tu l'as déjà conduit.

Il prit son visage entre ses mains.

— Tu n'as plus qu'à courir le plus vite possible, chérie. J'ai confiance en toi. Tout va bien se passer.

Des larmes coulèrent sur les joues de Teagan alors qu'elle plongeait le regard dans le sien.

— Bryson, je…

Un craquement sinistre retentit à l'extérieur de la pièce. Lowe frappait la porte comme un fou furieux. Manifestement, il se préparait au prochain assaut. Ils l'entendirent ensuite traîner quelque chose sur le sol. Quelque chose de lourd. Que fabriquait-il ?

Bryson posa un petit baiser sur ses lèvres.

— Tu peux le faire, murmura-t-il. Fonce. Ne me laisse pas tomber.

Le sang rugissait si fort à ses oreilles qu'elle ne l'entendait plus qu'à peine. Elle saisit le rebord de la fenêtre. Les serviettes ridicules enroulées autour de ses bras la gênaient, mais elle y parvint.

Elle détestait l'idée de s'enfuir en l'abandonnant. Et pourtant, si elle restait, il devrait la protéger. Il n'aurait plus la possibilité de se battre. Et il risquait de se faire tuer. Elle comprit qu'elle devait suivre ses instructions et prier pour qu'il soit plus fort que Lowe et qu'il ait le dessus.

Mais quelles étaient ses chances ?

Il souffrait d'une commotion cérébrale.

Sa hanche était en mauvais état.

Il était couvert de points de suture.

Et d'ecchymoses.

Et il comptait se battre à mains nues alors qu'il avait affaire à un malade bardé de couteaux et d'un pistolet.

Bryson ne pouvait pas l'emporter.

Il se ferait tuer.

Un bruit sourd retentit contre la porte.

— Prépare-toi, dit-il.

Elle saisit l'aérosol et pria pour qu'un meilleur plan lui vienne à l'esprit. Elle refusait de le laisser à son triste sort, de le laisser mourir.

Mais que pouvait-elle faire ? Comment l'aider ?

Quelque chose de lourd s'écrasa contre la porte qui explosa en une pluie d'éclats de bois. Le tueur apparut. Il brandissait la table basse du salon qui lui avait servi de bélier.

— Maintenant, Teagan ! cria Bryson. Vas-y !

Il se précipita en avant, les bras tendus, prêt à se battre. Pour éloigner Lowe de Teagan, il courut jusqu'au salon. Comme il l'avait espéré, le tueur s'élança derrière lui.

Quand Lowe tira de sa ceinture un immense couteau de boucher, Teagan blêmit. Ce malade allait couper Bryson en morceaux.

Mais rester sur place ne l'aiderait en rien.

Elle poussa un cri et sauta.

Maintenant que Teagan était sauvée, Bryson concentra toute son attention sur le psychopathe qui cherchait à le saigner à mort, un couteau dans chaque main. Il leva le bras gauche, s'efforçant de parer les coups. De sa main droite, il frappa celle de Lowe. Le poignard que tenait le tueur vola dans la pièce avant de glisser sur le sol avec un bruit métallique.

Lowe s'écarta brusquement. Sans le poids de son adversaire pour le contrebalancer, Bryson perdit l'équilibre. Sa hanche céda et il s'écrasa par terre. Aussitôt, Lowe se jeta sur lui. Un sourire sadique sur les lèvres, il lui enfonça la lame d'un autre couteau sous les côtes, la remua dans tous les sens avant de l'arracher et de recommencer.

Une insupportable douleur brûlait le flanc de Bryson. Il souffrait tellement qu'il ne parvenait plus à respirer. Il roula sur le sol avec Lowe. Avec l'énergie du désespoir, il essaya de saisir le poignard. Il attrapa le poignet de Lowe, banda ses muscles, décidé à gagner ce bras de fer. Peu à peu, il réussit à lui tordre la main et à pousser la lame jusqu'au cou de son adversaire. La pointe forma aussitôt une fine ligne rouge sur sa peau. Mais la blessure était superficielle. Lowe ne cilla même pas. Il continuait de tourner le couteau dans la chair de Bryson.

Le sol devenait glissant de sueur et de sang. Ils roulaient dans une lutte à mort, chacun s'efforçant de prendre le dessus. Lowe était grand et fort mais, en temps normal, un homme de la taille de Bryson n'aurait pas eu trop de mal à le vaincre.

Malheureusement, Bryson avait commencé le match dans un état très affaibli. Et le poignard de Lowe avait provoqué des dégâts considérables. Son énergie vitale s'échappait de son flanc. Un grand froid l'envahissait, il frissonnait. S'il ne mettait pas fin à ce combat très vite, bientôt, tout serait fini. Pour lui.

Il tenta de rassembler le peu de vigueur qui lui restait mais ses forces l'abandonnaient.

Un sourire sur les lèvres, Lowe poussa un hurlement triomphal. Il allait l'emporter. Et il le savait.

Profitant de ce moment d'inattention de Lowe, Bryson parvint à entailler profondément le biceps de son adversaire. Mais avant qu'il ait la possibilité de lui porter un coup fatal, Lowe se retourna d'un coup de reins. Bryson n'avait plus l'ardeur de réagir. Le manche du couteau était si poisseux de sang qu'il devenait difficile à manier. Bryson perdait son emprise.

Quand Lowe lui enfonça de nouveau le poignard dans le flanc, il hurla de douleur et se cambra. Un brasier lui brûlait les entrailles. Le souffle court, il ferma les paupières. Soudain, il ne ressentait plus qu'une insupportable souffrance et une profonde lassitude.

Son ennemi se mit sur ses pieds en titubant. Il sortit de la ligne de mire de Bryson qui tourna la tête, essayant de suivre les mouvements du tueur. Il claquait des dents. Il avait froid, si froid… Rassemblant ses dernières forces, il rampa sur le sol pour tenter de s'échapper. Mais il n'avait plus d'énergie.

Lowe se pencha près de l'un des canapés pour ramasser quelque chose. Lorsqu'il se redressa, il tenait un pistolet à la main, celui de Bryson sans doute.

Il brandit son arme, savourant sa victoire.

— Chris m'avait dit que vous étiez un battant et c'est vrai.

C'était la première fois qu'il parlait depuis que leur combat avait commencé. Ses mots saccadés prouvaient que lui aussi avait du mal à recouvrer son souffle.

— Quand il a été incarcéré, il n'avait droit qu'à un coup de fil. Au lieu de contacter un avocat comme n'importe qui l'aurait fait, il m'a appelé, moi. Vous imaginez ?

Il secoua la tête.

— Il m'a fait un cadeau. Et je suis ici pour lui renvoyer l'ascenseur. Je vais vous tuer, vous faire payer ce que vous avez fait à Chris.

Il pointa son pistolet vers Bryson.

— Ensuite, une fois que vous ne serez plus dans le paysage, je profiterai de votre copine. Je m'amuserai avec elle avant de la vider comme un poisson.

Avec un juron, Bryson essaya de se relever. Mais il n'y parvint pas. Son corps semblait collé au sol.

Un énorme rugissement de moteur les fit tous deux tourner la tête. Le pick-up de Bryson fonçait vers la maison. À pleine vitesse, il traversa les baies vitrées, les fit exploser et poursuivit sa course dans le salon, projetant au loin l'un des canapés. Le camion percuta Lowe si fort qu'il vola dans la pièce.

Quelqu'un bondit du véhicule mais Bryson était trop faible pour distinguer de qui il s'agissait. Sa vision devenait floue.

— Bryson ! Bryson, tiens bon. Accroche-toi. J'arrive !

Teagan.

Elle enjamba les débris de verre, résultat des dégâts qu'elle avait causés à la maison. Il voulut lui reprocher d'avoir une nouvelle fois risqué sa vie pour lui. Mais il était si heureux de la voir, saine et sauve, qu'il ne souffla mot. Elle avait tué Lowe. Il était fier de son petit soldat. Et dire qu'il lui avait fallu frôler la mort pour comprendre ce qu'elle représentait pour lui.

Qu'il l'aimait.

Elle se précipita vers lui en glissant sur le sol humide. Il tenta de lui dire qu'elle était une femme merveilleuse, hors du commun. Mais il n'y parvint pas. Il était tellement fatigué. Et il avait froid, terriblement froid. Au moins, les horribles souffrances que Lowe lui avait infligées avec son couteau s'estompaient-elles. Il ne sentait presque plus rien. Il ferma les yeux, en paix, sachant que Teagan était en sécurité. Que tout irait bien pour elle.

Le reste importait peu.

Teagan ramassa le pistolet abandonné. Mais Lowe n'était plus une menace. Il gisait dans une mare de sang à l'autre bout du salon.

L'arme à la main, elle s'agenouilla à côté de Bryson.

— Tu m'entends, mon amour ? Parle-moi, ordonna-t-elle à travers ses larmes.

Il battit lentement des paupières.

— Teagan ? balbutia-t-il.

Il déployait manifestement de grands efforts pour garder les yeux ouverts et se concentrer sur son visage.

— Je suis là, chéri. Tout près de toi.

Posant le pistolet, elle se pencha sur lui. Quelque chose heurta son bras et elle recula. Horrifiée, elle s'aperçut qu'il avait un couteau planté dans le flanc gauche, enfoncé jusqu'au manche. Le sang en jaillissait.

Catastrophée, elle se demanda quoi faire.

— Mon Dieu. Oh ! non, non, non.

— Toi… Tu vas bien ? murmura-t-il. Où est… Lowe ? Le pistolet ?

D'un geste, elle lui montra le cadavre.

— J'ai écrasé ce fumier avec ton pick-up. Et ton arme est ici. Ne t'inquiète pas. Lowe ne pourra plus jamais te faire de mal.

Il battit des paupières.

— Le pick-up ?

Il tourna la tête sur le côté, essayant visiblement de comprendre ce qu'elle disait.

Elle retira une serviette de son bras et la pressa autour de sa plaie, veillant à ne pas toucher au couteau pour ne pas aggraver la situation.

— Couche-toi ! ordonna soudain Bryson.

Elle obéit par automatisme alors qu'un hurlement guttural retentissait derrière elle.

Bryson saisit l'arme et tira, tira. Il vida le chargeur avant de laisser retomber sa main, épuisé.

Elle regarda par-dessus son épaule. Le corps de Lowe, à quelques pas, la surprit. Quand elle l'avait heurté avec le camion, elle pensait l'avoir tué. Mais visiblement, elle ne l'avait qu'assommé. Ou peut-être avait-il fait semblant d'être inconscient.

Cela n'avait plus d'importance maintenant. Bryson lui avait tiré une balle en pleine tête.

Elle explosa en sanglots.

— Je n'arrive pas à y croire. Après l'avoir vu par les baies vitrées, armé de ce pistolet, j'ai voulu intervenir, l'empêcher de te tuer. Mais, encore une fois, c'est toi qui m'as sauvée, mon amour.

Elle se retourna vers lui, souriant à travers ses larmes.

Les yeux de Bryson étaient clos.

Sa bouche entrouverte.

Il était blanc comme un linge.

Elle se pencha et s'efforça frénétiquement de le secouer.

— Bryson ? Bryson ? cria-t-elle. Réponds-moi. Bryson !

— Écartez-vous. Laissez-moi faire.

Elle se retourna. Gage Bishop était agenouillé à côté d'elle. Derrière lui, Brielle, Dalton et Han venaient de franchir les baies vitrées explosées et balayaient la pièce de leur arme, à la recherche de menaces éventuelles.

— Poussez-vous, ordonna Bishop.

Sans perdre un instant, il pressa les doigts contre le cou de Bryson.

Brielle le rejoignit.

— Laissez-nous, ordonna-t-elle. Une ambulance est en route. La police aussi. Mason nous a dit qu'il avait essayé de rappeler Bryson. En vain. Ses appels ne passaient pas. Il a deviné une embrouille et nous a contactés avant de composer le 911.

Teagan enfonça son poing dans sa bouche pour s'interdire de hurler.

Penché sur Bryson, Bishop lui faisait un massage cardiaque.

26

Trois mois plus tard

Bien avant que la petite silhouette gravisse les marches du porche pour gagner la terrasse et s'approcher de son fauteuil roulant, Bryson Anton fut averti de sa présence. Les détecteurs de mouvement et les caméras de surveillance avaient fait vibrer sa montre dès qu'elle avait remonté l'allée au volant de sa voiture. D'autres signaux électroniques lui avaient permis de suivre sa progression jusqu'à la maison. Mais il ne se retourna pas.

Pas encore.

— Voilà près de trois mois que, une fois de plus, tu m'as virée de ta vie, Bryson. J'étais à tes côtés lorsque Bishop pratiquait un massage cardiaque en attendant l'arrivée des secours. J'étais toujours là quand tu as été admis aux urgences de l'hôpital. Pendant tout le temps que tu as passé au bloc à subir une opération délicate, je n'ai cessé de prier pour que tu t'en sortes. Quand ton chirurgien m'a annoncé que tu allais t'en tirer, j'étais euphorique. Mais dès que tu as enfin repris connaissance, tu as recommencé à te fermer comme une huître. Tu es manifestement le pire patient de l'humanité. Mais le pire était à venir. Lorsque les infirmières t'ont installé dans une chambre avant de nous laisser seuls tous les deux, et au moment où je m'apprêtais à t'ouvrir mon cœur, tu m'as… priée de m'en aller ! Tu m'as ordonné de retourner à Jacksonville, à la fac, et de reprendre mes études pour passer ma maîtrise. Comment as-tu pu me traiter ainsi, Bryson ?

— Le semestre d'été commençait. Je savais que si tu ne le validais pas, tu perdrais ton année et serais obligée de tout recommencer à l'automne.

Elle grommela quelques jurons qu'il préféra ne pas entendre.

Les bras croisés, elle poursuivit :

— Depuis trois mois, je n'ai pas eu un coup de téléphone. Tu ne m'as pas appelée une fois. Et chaque fois que j'ai tenté de te joindre, tu n'as pas répondu. Je ne parle pas des rares et pathétiques textos que tu m'as envoyés. Ils ne contenaient qu'une poignée de mots creux. Dernièrement, j'ai appris que tu t'entretenais avec mon père tous les jours ou presque pour lui demander de mes nouvelles. C'est le pompon. Si tu t'inquiétais pour moi, pourquoi ne m'as-tu pas appelée, moi ? Cela aurait été plus simple, non ?

— J'étais occupé.

— Vraiment ? Comment s'appelle-t-elle ?

Il fit pivoter le fauteuil roulant pour lui faire face. Pour survivre à la canicule, elle était vêtue d'un short kaki et d'un débardeur blanc. Sa tenue mettait en valeur son corps de reine, ses longues jambes fuselées, ses seins ronds. Pourtant, si elle était ravissante, ce qu'il préférait – et de loin – chez cette femme hors du commun était son cerveau, son esprit brillant, son sens de la repartie comme sa liberté de ton. Il ne savait jamais quelle bombe verbale elle allait lui lancer.

— Helga, répondit-il.

— Pardon ?

— Elle s'appelle Helga Castever, c'est ma kinésithérapeute. Tu l'as rencontrée le jour où tu es venue ici pour la première fois. Je la vois beaucoup ces temps-ci. Rarement avec plaisir mais je m'accroche.

Elle posa les mains sur ses hanches.

— Cela signifie-t-il que tu as repris les séances de rééducation prescrites par ton chirurgien ?

— Avec assiduité.

Elle croisa les bras, l'air à peine moins agacée.

— C'est très bien. Mais je ne vois pas en quoi cela t'empêchait de me téléphoner. Et j'ai cru halluciner en recevant ton texto hier soir. Tu ne manques pas de culot, Bryson. Que croyais-tu ? Que j'allais rappliquer, ventre à terre, dès que tu me sifflerais ?

Il sourit.

— Tu es ici, non ?

Elle serra les mâchoires puis pivota sur ses talons, prête à s'en aller.

Il la rattrapa à temps par le bras et la tira en arrière.

Elle atterrit là où il la voulait. Sur ses genoux.

— Laisse-moi partir, Bryson. Je ne plaisante pas.

Il prit doucement son visage entre ses mains pour l'obliger à le regarder en face.

— Est-ce vraiment ce que tu veux, Teagan ? Que je te laisse partir ?

Ses yeux brouillés de larmes le surprirent.

— Chérie ?

— Tu n'as jamais cessé de me virer. Tu ne voulais pas de moi à l'hôpital, ni chez toi pendant ta convalescence. Tu m'as renvoyée comme une enfant punie…

— Tu n'as rien d'une enfant. Jamais je ne me comporterais avec toi comme si tu en étais une, dit-il en lui caressant le bras, incapable de résister au désir de la toucher. Malgré tout, il y a une grande différence d'âge entre nous. Il faut y réfléchir. Tu es jeune, tu n'as pas fini tes études, ni commencé officiellement ta carrière, même si j'ai entendu dire que ta candidature intéresse beaucoup le FBI.

Elle sourit. La proposition du FBI était importante pour elle.

— J'adorerais travailler pour eux, reconnut-elle. Ils ont été impressionnés par l'enquête que j'ai menée et par le fait que j'avais raison. Avarice Lowe était bien un tueur en série. Apparemment, grâce aux investigations que j'ai effectuées sur lui, ils ont réussi à détruire bon nombre de ses alibis pour certains des meurtres. Il est mort, il n'y aura pas de procès pour ses crimes mais les familles de ses victimes connaissent à présent la vérité et pourront, j'espère, entamer un travail de deuil.

Il pressa les lèvres sur sa joue et l'installa plus confortablement contre lui. Le fait qu'elle ne résiste pas et se blottisse au creux de son épaule lui parut encourageant.

— Tu as l'esprit le plus brillant que je connaisse. Il est grand temps que le reste du monde l'apprenne.

Elle lui lança un œil de biais avant de détourner la tête.

— Merci du compliment, mais j'aimerais surtout comprendre pourquoi tu voulais que je m'en aille quand je ne demandais qu'à rester.

— Je ne voulais pas que tu t'en ailles. Je voulais que tu retournes à la fac pour finir tes études. Nuance !

Sans répondre, elle haussa les épaules et il poursuivit :

— Teag, tu es jeune, pleine d'énergie, tu es au printemps de ta vie. Je suis plutôt à l'automne de la mienne.

— N'exagérons rien. Tu es à l'été. Pas à l'automne.

Il fit un signe vers le fauteuil roulant.

— En tout cas, je n'ai pas envie que tu regrettes un jour d'avoir passé du temps avec un infirme alors que tu pouvais être avec des gars de ton âge à danser ou à faire la fête.

Elle leva les yeux au ciel.

— Je n'ai rien à voir avec l'idiote à l'ego surdimensionné qu'était ton ex-petite amie. J'ai beaucoup d'idées pour m'éclater avec toi ailleurs que sur une piste de danse.

— Mais pourrais-tu être heureuse si je ne remarchais plus jamais ?

Catastrophée, elle prit son visage entre ses mains et planta les yeux dans les siens. Son ton était grave lorsqu'elle demanda :

— Le médecin t'a dit que tu ne remarcherais pas, c'est ça ? Es-tu… Es-tu paralysé ?

Il prit ses mains et les embrassa l'une après l'autre.

— Non, pas du tout. Je ne suis pas paralysé. En réalité, j'ai eu beaucoup de chance. Mais j'exerce un métier dangereux. Tout peut arriver. Et je voulais savoir si, en cas de malheur, si je me retrouvais dans un fauteuil roulant pour la vie, tu serais toujours d'accord pour rester.

— Mais, Bryson, comment peux-tu me poser la question ? L'amour n'a rien à voir avec ta capacité à bouger. Encore une fois, je ne suis pas ton ex. Aimer, c'est souhaiter d'abord et avant tout le bonheur de l'autre. Parce que son bonheur nous rend heureux.

Il sourit.

— Tu viens de dire que tu m'aimes, Teagan, non ?

Elle croisa les bras.

— Ça dépend.

— De quoi ?

— Pourquoi m'as-tu envoyé un texto hier soir m'annonçant qu'un billet m'attendait à l'aéroport pour venir ici ? Merci pour la classe affaires, au fait. C'était cool.

— Je t'en prie. Merci d'être venue.

Elle le dévisagea d'un air perplexe.

— Tu te comportes d'une façon très étrange. Et ma patience infinie s'épuise. Alors, crache le morceau, Bryson. Que veux-tu exactement ? Tu es en train de me demander d'être ta petite amie mais tu as peur que je te largue un jour à cause du fauteuil roulant ?

— Tu me larguerais à cause de lui ?

— Tu me demandes d'être ta petite amie ?

— Non.

— Alors, adieu, Bryson.

Elle sauta sur ses pieds et traversa la terrasse en sens inverse.

— Attends ! cria-t-il. Je ne te demande pas d'être ma petite amie. Je te demande d'être ma femme et, en attendant, d'être ma fiancée. Pour de vrai, cette fois.

Elle s'arrêta si brusquement qu'elle faillit tomber. Dès qu'elle retrouva son équilibre, elle se retourna lentement.

— Que… Que viens-tu de dire ?

Il sortit de sa veste un écrin en velours rouge qu'il tendit devant lui.

— Je t'aime, Teagan Eleanor Ray.

Elle rougit d'indignation.

— Ma mère t'a confié mon deuxième prénom ! Je le déteste. Eleanor est un nom de grand-mère. Il me donne l'impression d'avoir quatre-vingt-dix ans.

— Eh bien, voilà qui aidera peut-être à combler l'écart d'âge entre nous, dit-il avec un clin d'œil.

Elle revint vers lui.

— Tu commences à m'inquiéter, Bryson. Notre différence d'âge est-elle énorme à ce point ? De combien d'années exactement es-tu plus âgé que moi ?

— Disons que je suis assez vieux pour en savoir un peu sur le plaisir féminin et pour te montrer plusieurs petites choses que tu apprécieras vraiment, vraiment beaucoup. Et assez jeune pour te les faire partager avec un brio qui te fera grimper aux rideaux.

Les yeux dans les siens, elle déglutit avec difficulté, puis s'éclaircit la gorge.

— Qui me fera grimper aux rideaux ? répéta-t-elle.

— J'en suis certain.

— Grimper aux rideaux de toutes les pièces ? insista-t-elle.

— Oh ! oui.

Elle essuya les mains sur son short et sourit.

— Euh… Il y a un instant, alors que j'avais le dos tourné, tu m'as posé une question. Me la reposer maintenant, en face à face, serait peut-être une bonne idée, non ?

— Non.

Il se leva.

Stupéfaite, elle le vit s'avancer vers elle et se laisser tomber sur un genou.

— Je tiens à te faire ma demande dans les règles, avec un genou à terre.

Il ouvrit l'écrin et l'inclina pour que l'anneau capte la lumière.

Une main sur sa gorge, elle balbutia :

— Tu arrives à marcher tout seul. Sans canne. Et à mettre un genou à terre sans tomber. Je ne comprends pas.

— C'est un véritable miracle et le mot est faible. Quand Lowe m'a poignardé, il a sans le vouloir fait bouger la balle que j'avais reçue quelques mois plus tôt. Elle aurait pu s'enfoncer plus profondément dans ma colonne vertébrale, toucher la moelle épinière et provoquer des dégâts irréversibles. Au lieu de quoi, elle s'est déplacée et le chirurgien a réussi à l'extraire sans trop de difficultés. Et, depuis que j'ai quitté l'hôpital, je m'astreins à des séances de rééducation quotidiennes. Je ne suis pas encore complètement tiré d'affaire. Mais il y a de bonnes chances pour que je sois bientôt capable de courir comme un lapin. Enfin.

— C'est merveilleux. Et qu'en est-il de la douleur ? As-tu mal en ce moment, Bryson ?

Il secoua la tête.

— Non. Et ce n'est pas grâce à la tequila.

— Grâce au scotch alors ?

— Non plus. Je prends des antalgiques… prescrits par le médecin. J'en ai fini avec l'automédication comme avec l'alcool. Je ne zappe plus aucun rendez-vous avec ma kinésithérapeute. Et même si je déteste l'état vaseux dans lequel me plongent ces médicaments, je sais que je progresse, que je récupère. Je me sens bien. Voilà pourquoi je ne t'appelais pas. Je ne voulais pas te revoir avant d'être capable de marcher et de mettre un pied à terre. Maintenant, à propos de cette question que je t'ai posée…

Teagan avait les yeux rivés sur l'écrin.

— La bague est magnifique, murmura-t-elle en se rapprochant. Presque aussi craquante que toi.

Il la retira de son lit de velours.

— J'ai demandé au joaillier un bijou spécial. Je tenais à quelque chose d'unique, comme toi.

Elle se rapprocha encore.

— La bague est ornée d'une fleur créée avec des opales, des diamants. Et des rubis. J'adore les opales et les rubis. Comment le savais-tu ?

— Si j'ai si souvent appelé tes parents, ce n'était pas pour rien.

— Tu as tout manigancé en douce…

— Je voulais te faire une surprise. Tu viens de confirmer que tu aimes les opales et les rubis. Les diamants aussi, j'espère ?

Elle leva les yeux au ciel.

— Toutes les femmes aiment les diamants. Ou le devraient. Il n'y a rien de plus beau. Merci, ajouta-t-elle en lui tendant sa main gauche.

Il la prit entre les siennes.

— Te demander en mariage est très égoïste de ma part. Je sais que tu n'aurais aucun mal à trouver beaucoup mieux que moi. Mais je ne peux pas imaginer ma vie sans toi. Je t'aime, Teagan Ray. Je suis tombé amoureux au premier regard, à l'instant où tu as frappé à ma porte en prononçant le seul petit mot de « Bonjour ».

Il sourit et continua :

— Acceptes-tu de m'épouser, Teagan ?

— Tu plaisantes ? Bien sûr, je vais t'épouser. Mets-moi déjà la bague.

En riant, il lui passa la bague au doigt. Puis il se leva.

Des larmes brillaient dans ses yeux alors qu'elle le dévisageait d'un air admiratif.

— Tu tiens debout tout seul, tu marches tout seul, tu t'agenouilles tout seul. Je n'arrive pas à y croire, j'ai presque envie de me pincer. Je suis si heureuse pour toi !

— Pas autant que moi que tu m'aies dit oui. Je n'étais pas sûr de ta réponse.

— Nous sommes deux à avoir douté, alors. Je me demandais pourquoi tu voulais me voir. J'ai tout imaginé mais jamais une demande en mariage… Je crois qu'il est d'usage d'embrasser sa fiancée, Bryson.

Il secoua la tête, un sourire aux lèvres.

— Avant le baiser, j'ai autre chose pour toi. Je sais que lorsque je commencerai à t'embrasser, je n'arriverai plus à m'arrêter. Alors, attends-moi, je reviens, ajouta-t-il en se retournant pour entrer dans la maison.

Elle gémit.

— Tu me tues, Bryson. Je ne veux rien d'autre que toi.

— Oh ! ne dis pas ça, dit-il en revenant. Je suis sûr que mon cadeau te plaira. De toute façon, chose promise, chose due.

Il lui tendit un sac rose avec de petits rubans partout.

En reconnaissant le logo et le nom de la boutique où il avait fait ses achats, elle écarquilla les yeux.

— Tu n'as pas fait ça.

— Bien sûr que si. Je n'ai qu'une parole.

Elle ouvrit le sac et jeta un coup d'œil à l'intérieur. Avec un cri de joie, elle y plongea les mains et sortit des ensembles de soutiens-gorge et de culottes assorties.

— Ils sont magnifiques, parfaits. Et à ma taille, c'est incroyable. Oh mon Dieu, ne me dis pas que tu as demandé mes mensurations à ma mère ! Ou pire, à mon père !

— Pour qui me prends-tu ? J'ai demandé à ta mère le nom de ta meilleure amie. Et c'est à elle que j'ai posé la question, évidemment.

Elle rit de soulagement et inspecta le contenu.

— Douze ensembles. Tu m'as acheté douze soutiens-gorge et douze culottes assorties. Bryson ! Cela a dû te coûter une fortune !

— Je paierais mille fois plus pour voir tes yeux briller et ce sourire illuminer ton visage.

Elle fondit en larmes.

— Je suis tellement heureuse.

— Parce que nous allons nous marier ?

Elle secoua la tête.

— Parce que tu m'avais promis que lorsque tu remplacerais mon soutien-gorge à cent dollars, tu me l'ôterais ensuite.

La tête en arrière, il éclata de rire. Il n'avait pas ri d'aussi bon cœur depuis une éternité.

— Dépêche-toi, Bryson. Je n'attendrai pas un instant de plus pour que tu honores ta promesse. Je suis prête à faire l'amour ici sur la terrasse ou là, sur la pelouse, s'il le faut.

Toujours en riant, il la prit dans ses bras et courut avec elle jusqu'à la maison. Mais avant d'entrer, il fit ce qu'il rêvait de faire depuis la première fois qu'il l'avait vue. Il l'embrassa. Il l'embrassa vraiment. Il l'embrassa avec toutes les émotions, tout l'amour, tout le désir dont il brûlait pour elle. Et quand il eut fini, il se recula pour contempler la passion dans ses yeux.

Il prit son visage entre ses mains.

— Je ne sais pas ce que j'ai fait pour que tu m'aimes, Teagan. Mais je bénirai jusqu'à mon dernier souffle ce jour où tu es venue frapper à ma porte. Tu es un trésor, mon amour. Un cadeau pour mon âme meurtrie. Je t'aime tellement.

Elle prit sa main dans la sienne.

— Je t'aime aussi, Bryson Anton. Mais tu as encore une promesse à tenir. Tu dois me faire grimper aux rideaux.

— Défi accepté.

Il la prit dans ses bras et l'embrassa à nouveau alors qu'il traversait la maison à grands pas.

Elle s'envola avant même d'atteindre la chambre.

Vous avez aimé *Invincibles ensemble* ?
Découvrez la suite de votre série « Les justiciers »
dès le mois prochain, dans votre collection Black Rose.

NICOLE HELM

Pour l'amour de Rachel

Traduction française de
ISABEL WOLFF-PERRY

BLACK ROSE

HARLEQUIN

Titre original :
BADLANDS BEWARE

1

Nuit après nuit, Rachel Knight revivait l'accident au cours duquel elle avait presque totalement perdu la vue, l'année de ses trois ans. Le cauchemar était toujours le même : d'abord le puma, puis l'attaque surprise, l'incompréhension, et enfin la douleur.

Tout cela s'était réellement produit, Rachel le savait, sinon d'où serait venue l'attaque ? De l'avis général, elle avait réussi à sortir de la maison et s'était aventurée sur les terres du ranch où ses pas avaient croisé ceux d'un des félins vivant dans cette partie du Dakota du Sud.

Chose étrange, toutefois, dans ses cauchemars, Rachel distinguait une voix qui, au lieu d'appartenir à son père ou à sa défunte mère, était celle d'un inconnu.

Elle ouvrit les yeux et tenta de reprendre son souffle. Son cœur battait à tout rompre et les draps du lit, trempés de sueur, étaient enroulés autour de son corps.

Elle avait fait un mauvais rêve et, comme d'habitude, elle s'étonna que ce malencontreux épisode continue à la hanter après tant d'années.

Elle en vint à la conclusion que son trouble était une des conséquences des épreuves que les siens avaient traversées pendant l'été. Malgré l'affection qu'elle portait aux Wyatt – six solides gaillards, tous policiers, et qui cohabitaient plus ou moins avec leur grand-mère, Pauline Reaves, dans le ranch voisin –, elle devait bien reconnaître que leur parenté avec une bande de motards qui semait la pagaille partout où elle allait était des plus malvenue.

Cette année, la horde avait réussi à impliquer deux des sœurs adoptives de Rachel dans ses méfaits, ce qui les avait mises en danger, ainsi que les frères Wyatt, et avait eu pour résultat inattendu de voir de nouveaux couples se former.

Enfin... Les malfaiteurs étaient presque tous incarcérés, à présent, et Rachel espérait que les choses s'en tiendraient là.

En même temps, quelque chose, dans ses cauchemars, lui donnait le sentiment que le danger ne s'était pas totalement éloigné.

Il y a ça, plus la nette impression que ton tour est venu de succomber au charme d'un des frères Wyatt...

Rachel mit fin à ses divagations. Le fait que quatre de ses cinq sœurs se soient éprises d'un des Wyatt ne la condamnait pas à en faire autant, et si tel était son destin, il en irait de même pour sa sœur Sarah qui, tout comme mamie Pauline, tenait trop à son indépendance pour accepter de se mettre sous le joug d'un des Wyatt. Rachel, pour sa part, n'avait aucune intention de finir auprès d'un homme au passé trouble et potentiellement détenteur de secrets dangereux.

La question ne se posait donc pas.

Elle se doucha, s'habilla et descendit jusqu'à la cuisine. Pour une fois, elle n'eut pas besoin de tapoter sur sa montre pour savoir qu'elle s'était levée plus tôt que d'habitude.

Elle grimaça à la pensée qu'elle devenait matinale, puis se dit que ça lui passerait peut-être avec la venue de l'hiver.

On était au début de l'automne et la date anniversaire de ses vingt-trois ans approchait dangereusement. Certes, elle était encore jeune, mais elle n'avait jamais bougé de son ranch natal et elle craignait d'être coincée pour le restant de ses jours sur ces terres sans que rien ne change jamais.

Les cours qu'elle dispensait à la réserve indienne lui permettaient de souffler un peu, toutefois elle était très dépendante du bon vouloir de son entourage. En s'installant dans une région dotée de transports publics, elle aurait gagné en autonomie.

Pourtant, elle ne pouvait se résoudre ni à quitter les siens, ni à partir de son État natal.

Elle fut étrangement réconfortée par cette pensée : le retour de ces rêves avait une cause tangible. Une petite crise existentielle, à l'approche du quart de siècle, rien de grave ou de mauvais augure.

Elle descendit l'escalier en se raccrochant à cette idée. Elle ne se servait jamais de sa canne lorsqu'elle était à l'intérieur – même depuis l'incendie de l'été précédent. La pièce ravagée par les flammes avait été refaite à l'identique, de sorte que Rachel la connaissait aussi bien que le ranch voisin de Pauline Reaves, sa salle de classe et la maison de Cecilia où elle séjournait lorsqu'elle enseignait.

Non, Rachel n'était pas coincée. Il y avait même un nombre incalculable d'endroits où elle pouvait flâner – du moins s'il lui était égal d'être suivie par un membre surprotecteur de sa famille.

Elle s'arrêta au bas de l'escalier, intriguée par le mouvement qu'elle entendait dans la cuisine, puis reconnut les ronchonnements de Duke avant même de distinguer sa silhouette.

Grand et très mat de peau, son père était la seule présence constante dans la vie de Rachel – avec Sarah qui était très différente de lui, avec sa petite stature et son teint clair.

Si Rachel ne pouvait voir les gens en détail, elle parvenait à reconnaître ses proches, aux formes floues qu'elle distinguait grâce à l'œil partiellement épargné par le puma.

— Qu'est-ce que tu fais, papa ? s'enquit-elle.

— Et toi ? Déjà levée ? grommela-t-il.

Elle hésita à répondre. Bien qu'elle se confiât volontiers à son père, elle passait généralement sous silence ce qui était susceptible de l'inquiéter.

— J'ai l'impression que mon organisme commence à s'habituer aux réveils matinaux, expliqua-t-elle avec un détachement feint.

— À ce propos…, commença-t-il en s'approchant d'elle pour lui poser une main sur l'épaule. Je sais que tu as prévu de donner des cours, dans les semaines à venir, et je préférerais que tu y renonces. Il se passe trop de choses en ce moment.

Rachel ouvrit la bouche sans qu'aucun son en sorte. Ne pas aller enseigner à la réserve ? Les cours de dessin qu'elle dispensait à divers groupes d'âge étaient de courte durée et destinés à la communauté plus qu'à l'école elle-même. Rachel ne travaillait qu'une vingtaine de semaines par an, et son père aurait voulu qu'elle refuse une session d'un mois entier ?

Non ! L'enseignement était la seule chose qui lui permettait d'avoir une vie en dehors des tâches domestiques dont elle s'acquittait pour son père et sa sœur Sarah.

— Pour cette fois seulement, ajouta Duke. Jusqu'à ce que nous soyons sûrs que les fils Wyatt ont fini de nous apporter des ennuis.

Le coup était rude, et faute de pouvoir manifester sa contrariété, Rachel fut prise d'une rage aussi folle qu'injustifiée envers les Wyatt.

Une longue inspiration suffit à la calmer. Sa mère lui avait appris que la colère était mauvaise conseillère et elle ne se laissait jamais emporter.

— Je n'ai rien à voir avec leurs problèmes, protesta-t-elle néanmoins.

— C'est sans doute ce que j'aurais dit moi-même à propos de Felicity et de Cecilia, et tu as vu où ça les a menées, l'été dernier. Je n'ai aucune envie que ça recommence.

— Papa, ces cours…

— Je sais à quel point tu y tiens, et je suis navré de te

demander un tel sacrifice. Pourquoi n'essayerais-tu pas de donner des leçons particulières dans les parages ?

— J'ai passé l'âge.

— Tu n'as que vingt-deux ans, lui rappela-t-il, avant de laisser retomber sa main et d'ajouter : je comprends ta déception mais je maintiens ma demande et je n'ai pas envie de discuter.

Rachel entendit le cliquetis d'un jeu de clés et fronça les sourcils. La situation lui paraissait tellement étrange qu'elle se demanda brièvement si elle était vraiment sortie de son rêve.

— Tu sors ? s'enquit-elle sans chercher à dissimuler sa surprise.

— J'ai des courses à faire en ville.

Rachel se renfrogna encore davantage. Sarah se chargeait de la plupart des courses à présent qu'ils n'étaient plus que trois à table. Duke ne s'aventurait que très rarement en ville.

— Qu'est-ce qui ne va pas, papa ? demanda-t-elle.

— Je veux être sûr que mes filles ne courent aucun danger.

Un instant plus tard, Rachel l'entendit s'éloigner, comme si de rien n'était.

Les poings sur les hanches, elle décida de ne pas le laisser s'en tirer à si bon compte. Leur conversation n'était pas terminée, et elle avait la ferme intention d'obtenir des réponses aux mille questions qui se bousculaient dans sa tête. Et si son père ne les lui fournissait pas, elle se tournerait vers la cause de tous leurs maux.

Tucker Wyatt avait toujours adoré passer la nuit chez sa grand-mère. Bien qu'il ait son propre appartement en ville, il préférait – de loin – être parmi ceux qu'il considérait comme les siens, au ranch Reaves.

Enfin… Jusqu'à présent.

Il laissa échapper un soupir. Comment s'était-il mis dans une situation pareille, lui qui savait si mal garder des secrets ?

Pour commencer, Tucker était à peu près certain que son frère Brady avait deviné que son arrivée au moment où il aurait pu le sauver des exactions d'un des protégés de leur père n'était pas si fortuite, finalement. Cela faisait partie des missions qu'il effectuait, en dehors de son travail d'enquêteur pour le shérif du comté de Valiant.

Et comme leur frère cadet avait été renvoyé du groupe North Star quelques mois plus tôt, il ne fallait pas être un grand prophète pour deviner quelle organisation tenterait d'approcher Tucker dans les prochains jours.

Il allait devoir refuser. Le groupe North Star l'avait initialement contacté en raison de son lien de parenté avec Ace Wyatt, le chef des dangereux Fils des Badlands. Les missions consécutives avaient amené Tucker à se frotter à d'autres sommités du gang, et s'il avait eu toujours su que les affaires que lui confiait le groupe étaient confidentielles, il commençait à douter sérieusement de l'éthique de ses employeurs.

Des employeurs qui l'avaient contraint à participer à l'enquête sur Elijah Jones, jusqu'au moment où Brady et Cecilia Mills, une des filles Knight, s'en étaient mêlés.

Si Tucker n'avait pas été évincé de North Star, c'était uniquement parce que les hauts responsables du groupe ignoraient que son frère et Cecilia le soupçonnaient d'être impliqué dans l'affaire.

Un fait surprenant, dans la mesure où ils ne pouvaient se fourvoyer au point de s'imaginer que son frère, un policier, avait pris pour argent comptant la mystérieuse explosion qui s'était soldée pour Elijah Jones par une surveillance étroite, une hospitalisation et, depuis peu, une incarcération.

Autre lueur d'espoir à l'horizon, au terme d'un été pour le moins mouvementé, les choses allaient enfin se calmer.

Ace moisissait dans un quartier de haute sécurité, tandis qu'Elijah et consorts étaient hors d'état de nuire…

Mais Tucker n'aurait aucun répit tant qu'il serait membre du groupe North Star, dont l'objectif était de démanteler le gang des Fils des Badlands.

La porte arrière de la cuisine s'ouvrit à toute volée, ce qui n'avait rien d'étonnant, car on entrait et sortait généralement de chez Pauline Reaves par cet accès. En revanche, Tucker fut surpris de voir surgir une Rachel Knight très, très en colère.

Elle tendit un index accusateur dans sa direction et lui lança :

— Tu peux m'expliquer ce qui arrive à mon père ?

Tucker la dévisagea avec perplexité. Elle semblait… hors d'elle, alors que Rachel était la plus posée des filles Knight.

Ses sœurs avaient été adoptées ou élevées par Duke et Eva Knight dont elle était la seule enfant biologique. Elle ressemblait plus à Eva qu'à son père, ce qui serrait toujours le cœur de Tucker.

Il avait peu de souvenirs de sa propre mère. Mamie Pauline, qu'il aimait tendrement, l'avait recueilli, ainsi que ses frères, et il lui en serait éternellement reconnaissant.

En sa qualité de voisine, Eva avait été une figure maternelle bienveillante, dans le monde des Reaves et des Knight. Elle avait traité Tucker et sa fratrie comme des fils. Sa fille Rachel tenait d'elle son nez pointu, ses pommettes hautes et ses longs cheveux noirs. Ce qui les différenciait, bien sûr, c'était les cicatrices entourant les yeux de Rachel, de petites stries plus pâles que le reste de son visage.

Pourtant, si Rachel voyait mal, Tucker avait toujours l'impression que ses yeux sombres dissimulaient une grande perspicacité.

Aujourd'hui, cependant, il n'avait aucun secret à trahir : il ignorait totalement ce à quoi elle faisait allusion.

— Alors ? insista-t-elle, tandis qu'il la fixait tel un cerf pris dans les phares d'une voiture.

— En voilà, une question, Rachel ! Comment veux-tu que je te dise ce qui se passe dans la tête de Duke ?

— Aucune idée, pourtant une chose me paraît certaine, ça a un rapport avec *vous*.

Vous… Donc pas Tucker personnellement, plutôt les Wyatt en général.

— Et si on s'asseyait ? proposa-t-il avant de prendre Rachel par le bras pour la guider jusqu'à la table et d'ajouter :

— Recommence depuis le début et explique-moi calmement ce qui te tracasse.

Elle se dégagea d'un geste sec. Manifestement, elle n'avait aucune intention de s'asseoir.

— Papa veut m'interdire de travailler à la réserve, cet automne. Apparemment, il craint pour notre sécurité, et comme ça n'a rien à voir avec ma famille, c'est *la tienne* qui pose problème.

Tucker prit une longue inspiration – un vieux truc qui l'aidait à conserver son calme et qu'il avait été amené à pratiquer plus souvent qu'à son tour, pour échapper au courroux paternel.

Ace lui avait expliqué – à sa façon – qu'il devait apprendre à contrôler ses émotions, faute de savoir les gérer, et même si Tucker refusait de lui ressembler, de près ou de loin, il craignait d'être trahi par sa voix.

Lorsqu'il se tourna vers Rachel, ce fut pour lui répondre :

— C'est possible, mais je vois mal ce qui pourrait inquiéter Duke dans le fait que tu retournes à la réserve. Il y a eu un problème ? Tu as vu ça avec Cecilia ?

— Vu quoi avec moi ? demanda l'intéressée en entrant dans la cuisine à son tour.

Tucker remarqua qu'elle portait son uniforme de police tribale et en déduisit qu'elle partait travailler, bien qu'elle ne soit pas remise de l'agression du protégé d'Ace.

Cecilia Mills – placée chez Duke et Eva Knight dans sa petite enfance – était la nièce d'Eva, ce qui faisait d'elle à la fois la sœur de lait et la cousine de Rachel.

— On se demandait, enchaîna Tucker, s'il y avait eu à la réserve un incident qui expliquerait que Duke veuille empêcher Rachel d'y donner les cours programmés cet automne.

— Je ne voulais pas mêler Cecilia à cette histoire, espèce d'idiot, bougonna Rachel.

— À ma connaissance, il ne s'est rien produit de spécial, répondit Cecilia d'un ton léger. Alors comme ça, papa voudrait que tu renonces à tes cours ? Ses angoisses le prennent un peu tard, vous ne trouvez pas ? Et d'ailleurs, Rachel, pourquoi ne m'en as-tu rien dit ?

Rachel soupira avant de répondre :

— Tu as raison, Cecilia. Papa s'inquiète un peu tardivement, et si je ne voulais pas te mêler à cette histoire, c'est parce que, à mon sens, la réserve indienne n'a rien à voir là-dedans. Toi non plus, d'ailleurs. C'est autour des Wyatt que tout gravite.

— Arrête avec ça, Rachel. C'est trop facile de les accuser de tous les maux de la terre. J'ajoute que s'il y avait eu un problème à la réserve, Brady m'en aurait informée.

Ah oui, bien sûr ! Cecilia et Brady partageaient depuis peu une chambre chez Pauline, un détail que Tucker avait tendance à oublier. Quatre de ses frères étaient désormais en couple… avec des filles Knight. Tout était arrivé si vite qu'il ne s'y était pas encore habitué.

— Bien, dit-il. Je vais vous laisser régler ça entre femmes. Je dois filer.

Sur ces mots, Tucker se glissa derrière Rachel qui commençait à protester.

En plus de ne pas se sentir concerné par les soucis de Rachel et Duke, Tucker allait rencontrer le dirigeant du groupe North Star et n'attendait rien de bon de cette entrevue. Ce qu'on allait lui demander n'était pas pour lui : il était inspecteur de police, plutôt doué dans son domaine, et se méfiait des nouvelles missions.

Il prit son pick-up pour se rendre au point de rendez-vous, un restaurant sans prétention de Rapid City. Tucker ne connaissait pas Granger McMillan, le dirigeant de North Star. Il avait été approché par des subalternes et n'avait encore jamais traité qu'avec eux.

Il passa la salle à manger en revue. McMillan devait être le colosse coiffé d'un chapeau de cow-boy. Installé à une table, il faisait face à un homme qui pivota sur son siège et fit signe à Tucker de s'approcher.

Il s'exécuta comme dans un rêve. Que faisait Duke dans ce boui-boui ?

— Vous vous connaissez, dit celui qui ne pouvait être que McMillan. Prenez place, Wyatt, nous avons à discuter de choses sérieuses.

2

Rachel n'apprit rien de Cecilia qui, depuis qu'elle était amoureuse, avait une vision édulcorée des Wyatt. Malgré sa déception, elle devait bien s'avouer que Brady et Cecilia semblaient faits l'un pour l'autre.

Une réalité qui n'atténuait en rien sa rancœur envers la fratrie Wyatt. Il ne lui restait donc plus qu'à se tourner vers la seule personne dont le soutien lui était assuré.

Sarah s'essuya le front du revers du bras. Elle venait de charger l'arrière du pick-up de seaux d'eau destinés à divers pâturages, tout en écoutant Rachel lui exposer son problème.

— Je t'accorde que l'attitude de papa est bizarre, mais que veux-tu que j'y fasse ? demanda-t-elle avec un soupir. Je gère le ranch quasiment toute seule, en ce moment.

Elle baissa la tête vers les chiens de Dev Wyatt qui tournaient autour d'elle, puis bougonna :

— Et comment se fait-il que je me retrouve avec ces deux pots de colle, moi ? Je ne me souviens pas d'avoir donné mon consentement !

Rachel tapota la tête de Cash en réprimant un sourire. Elle avait entendu Sarah cajoler les deux animaux, pas plus tard que la veille.

— Tu veux que je t'aide ? proposa-t-elle à Sarah.

Si le ranch Knight n'était pas la plus grosse entreprise

de l'État, Sarah et Duke trimaient du matin au soir pour le rentabiliser.

— Merci, ça va aller, répondit Sarah avant de sauter hors du pick-up et d'en refermer les portes. Dev vient me donner un coup de main cet après-midi. Avec un peu de chance, il remmènera ses fichus clébards chez lui.

Cette fois, Rachel sourit franchement. Même si Sarah parvenait à convaincre les chiens de rentrer avec leur maître, elle se débrouillerait pour les appâter à l'heure du dîner.

— J'allais nous préparer des sandwichs pour déjeuner. Tu veux une salade de pâtes en accompagnement ?

— Oui, s'il te plaît.

Rachel regagna la maison par le chemin qui longeait la clôture menant aux écuries et entreprit de préparer le repas de Sarah et de leur père, même si ce dernier n'était toujours pas rentré.

Bizarre... Duke n'avait pas pour habitude d'aller faire des courses un jour de semaine, et encore moins de s'absenter aussi longtemps. Cecilia s'en était inquiétée, elle aussi, pas assez cependant pour se dispenser de ses occupations du matin. Pire, elle allait raconter les problèmes de Rachel à Brady, qui en parlerait à son frère. Or Rachel ne supportait plus de voir les Wyatt se mêler de ses affaires.

La peste soit des Wyatt, songea-t-elle, même s'il se pouvait que Cecilia n'ait pas complètement tort de prétendre que Rachel s'en prenait à eux parce que c'était plus facile que d'en vouloir à leur père.

Facile ou pas, Rachel avait le droit de penser ce qu'elle voulait. Une fois ses plats prêts, elle les mit au réfrigérateur, puis poursuivit sa routine en bougonnant.

Duke et Sarah étaient si peu doués pour les tâches domestiques que le ménage et la cuisine incombaient à Rachel. Il ne lui en coûtait guère, dans la mesure où cela l'occupait, en plus de lui donner le sentiment d'être utile.

Alors elle rangea la maison, passa l'aspirateur et épousseta les meubles.

Après avoir fait les lits, à l'étage, elle tapa sur sa montre pour avoir l'heure. Presque midi, et toujours pas de Sarah. Plus inquiétant encore, son père n'avait pas réapparu. Elle commença à redescendre en se demandant ce qui pouvait le retenir.

Elle s'arrêta au milieu de l'escalier. Et s'il était malade, comme sa mère ? S'il essayait de retarder au maximum le moment de lui annoncer le verdict du médecin ?

À cette pensée, elle sentit les larmes lui monter aux yeux. Non ! Elle ne pouvait pas être totalement orpheline avant d'avoir atteint l'âge de vingt-cinq ans, avant d'avoir trouvé l'âme sœur, avant d'avoir eu des enfants… Son père devait être là pour les voir. À n'importe quel prix.

Dans un mélange de fureur et d'angoisse, elle se dirigea d'un pas ferme vers la chambre paternelle. Si Duke avait un problème de santé, c'est là qu'elle en trouverait la preuve.

Elle pénétra à l'intérieur de la pièce dans laquelle Duke s'était installé au début de la maladie d'Eva, pour ne jamais réintégrer la chambre conjugale.

Rachel remit les choses en place, ce qui lui donna l'occasion de fouiller çà et là. Elle ne trouva rien de suspect et, bien qu'elle soit incapable de lire les notices des médicaments, il lui sembla que les divers flacons ne contenaient que des remèdes classiques.

Il lui faudrait s'en assurer avec Sarah, ce qui l'obligerait à lui faire part de ses craintes, alors que celle-ci avait bien d'autres soucis.

Elle pesa le pour et le contre tout en faisant le lit de son père. Elle retapait les oreillers lorsqu'elle sentit sous sa main un objet compact. Elle s'en saisit et se figea sur place en comprenant qu'il s'agissait d'un revolver.

Elle resta ainsi pendant une bonne minute : le bras sous un oreiller, la main refermée sur la crosse de l'arme. Son père possédait des armes, bien sûr – quelques carabines de chasse soigneusement remisées en divers endroits de la maison.

Cependant, c'était un pistolet que Rachel tenait en main. Et Duke l'avait caché sous son oreiller. Elle le tâtonna précautionneusement pour avoir une idée de son modèle, puis en vérifia le magasin.

Il était chargé, ce qui l'amena à penser que son père, très pointilleux sur les questions de sécurité, se sentait menacé, d'une manière ou d'une autre.

— Rachel ? appela Sarah depuis la cuisine.

Après avoir remis le pistolet où elle l'avait trouvé, elle se dirigea vers le corridor à pas de loup.

— J'arrive, lança-t-elle, bien décidée à épargner sa sœur.

Tucker ne savait plus s'il devait s'adresser à Duke ou à McMillan.

— En résumé, le ranch des Knight était une cachette de WITSEC, consacrée à la protection de témoins vulnérables, résuma-t-il d'une voix mal assurée.

L'hostilité qu'il lisait dans le regard du père de Rachel lui paraissait d'autant plus étrange qu'il l'avait toujours tenu en haute estime. Tucker avait été élevé par un gang de motards dégénérés et, depuis qu'il s'en était libéré, Duke le soutenait. Quand mamie Pauline et Eva l'avaient materné, Duke avait joué le rôle du père.

Pourtant, de toute évidence, Duke se refusait à lui confier son passé – à lui donner sa *véritable* identité. Comme si les Duke Knight de ce monde étaient susceptibles de vivre sous un pseudonyme !

— Et vos filles n'en savent rien ? s'enquit Tucker.

— Pourquoi seraient-elles au courant ? lui renvoya Duke, d'un ton rauque. J'ai tourné le dos à mon ancienne existence il y a plus de trente-cinq ans. Quand j'ai rencontré

Eva, deux années plus tard, nous avons bâti notre couple et fondé notre famille. Le passé était loin, je ne voulais plus en entendre parler.

Flic.

Duke Knight était un ancien flic. En moins d'un an, il avait démantelé un gang complet de policiers véreux, qui avait mis sa tête à prix, de sorte qu'on avait dû le placer sous la protection de WITSEC.

Dans un ranch isolé du Dakota du Sud, où il s'était senti suffisamment à l'abri pour trouver une femme et fonder une famille. Bien que ces faits soient d'une logique incontestable, Tucker avait du mal à les accepter.

— Mamie Pauline devait savoir un certain nombre de choses ! balbutia-t-il.

Duke balaya sa remarque d'un haussement d'épaules et répondit :

— Quoi qu'il en soit, elle ne m'a jamais posé de questions.

— Attendez, Duke. Pourquoi ce gang s'en prendrait-il à vous, au bout de trente-cinq ans ? Il y a prescription, non ?

— C'est toi, le fils d'Ace Wyatt, qui me demande ça ? rugit Duke.

Sa pique fit taire Tucker. Lorsqu'il eut retrouvé l'usage de la parole, il se tourna vers Granger McMillan pour lui demander :

— Je peux savoir ce que North Star vient faire là-dedans ?

— Nous nous sommes aperçus que Vince MacLean surveillait le ranch de Pauline Reaves, en raison de vos liens familiaux avec les Wyatt.

McMillan était grand, et vêtu comme le passant lambda. À le voir, on aurait pu le prendre pour un homme inoffensif, prenant tranquillement un café avec ses amis. Tucker savait qu'il n'en était rien. Le responsable de North Star ne baissait pas sa garde : il parcourait du regard le petit restaurant et examinait tous les nouveaux venus.

— Bien que nous n'ayons pas réussi à déterminer son

rôle exact dans cette affaire, poursuivit Granger, nous soupçonnons Vince d'avoir une autre cible.

Il hocha le menton en direction de Duke, avant de préciser :

— En plus d'enquêter sur les personnes auxquelles il rendait directement compte, nous nous sommes intéressés aux gens à qui ces dernières relayaient l'information, et ainsi de suite. C'est ainsi que nous sommes remontés jusqu'à la famille Vianni.

Tucker en vint tout seul à la conclusion qui s'imposait et se tourna vers Duke pour dire :

— La famille de policiers corrompus que vous avez démantelée ?

Duke hocha la tête. McMillan, lui, poursuivit ses explications :

— Nous avons donc fouillé l'historique des Vianni, dans l'espoir de trouver à qui ils avaient le plus de raison d'en vouloir, et cela nous a menés jusqu'à Duke. Comme il était de toute évidence la cible, nous l'avons convoqué. À présent, c'est de *vous* que nous avons besoin, Wyatt. Une alliance entre la famille Vianni et les Fils serait une véritable calamité.

— Le gang des Fils est affaibli, lui fit remarquer Tucker.

— Pff ! Vous et vos collègues pouvez mettre ses membres en prison tant que vous voudrez, ça n'affecte ni leur infrastructure ni leur vitesse de récupération, et je ne vous parle pas de leur pouvoir de nuisance.

— Que faudrait-il faire, alors ? lui renvoya Tucker.

Le regard de McMillan, plutôt débonnaire jusque-là, prit la couleur d'un ciel d'orage. Pourtant, lorsqu'il répondit, ce fut calmement.

— Duke doit nous aider, ce qui signifie qu'il doit disparaître pendant quelque temps, or l'idée de laisser ses filles et son ranch semble le contrarier au plus haut point.

— Ça me paraît normal, riposta Tucker, sans chercher

à dissimuler son exaspération. Vous avez bien vu ce qui s'est passé ces derniers mois, non ? Je ne vois pas à quoi servirait le départ de Duke.

Il se tourna vers l'intéressé et ajouta :

— Vous voulez que je vous dise ? Vous allez servir d'appât, ni plus ni moins. Quant à vous, McMillan, tout ce qui vous intéresse, ce sont les affaires de votre organisation. Vous vous fichez éperdument de faire souffrir des innocents !

Il ne flancha pas lorsque McMillan haussa les sourcils et lui lança :

— Attention à ce que vous dites, mon garçon. Je me préoccupe bien plus des éventuels dommages collatéraux que vous le pensez. Il se trouve simplement que Duke est le maillon qui lie les Vianni aux Fils, et que sans sa coopération il y aura encore davantage de victimes.

Comme il était trop irrité pour prendre les paroles de McMillan en considération, Tucker s'adressa à Duke :

— Et vous avez gardé ça pour vous ? Vous vous saviez en danger et vous n'avez pas jugé bon de nous en avertir ? Nous aurions pu vous aider !

— Je ne voulais pas te mêler à cette affaire. J'espérais tenir mes filles à l'écart, malheureusement, avec tes frères, ça me paraît impossible.

Il désigna McMillan d'un hochement de tête et ajouta :

— Je dois mon ranch à son père, c'est aussi grâce à lui que mon existence est ce qu'elle est. Alors tu comprendras que je ne puisse pas lui refuser mon aide… Je ne prétends pas le faire de bon cœur, mais je suis redevable à la famille McMillan, tout comme j'ai une dette envers les gens à qui les Vianni ont fait du tort après mon transfert ici.

Tucker laissa échapper un grognement désabusé.

— Et vous vous imaginez que vos filles vont croire à votre départ ?

— Ce sera à vous de les convaincre, lui annonça McMillan, comme s'il s'agissait d'une évidence.

Il fit glisser une enveloppe kraft vers Tucker et lui expliqua :

— Vous trouverez à l'intérieur une lettre de Duke à ses filles, ainsi qu'un faux itinéraire de voyage. Vous allez apporter le tout à Sarah et Rachel en leur disant que vous avez trouvé cette missive… où vous voulez.

Après lui avoir tendu un téléphone portable, McMillan ajouta :

— Prenez également ceci. On y a enregistré votre numéro personnel, ainsi qu'un autre, secret, qui vous permettra d'entrer directement en contact avec un membre de mon personnel. C'est aussi par ce biais que nous vous ferons savoir si nous avons besoin de vous. Enfin, ce téléphone donne accès aux dispositifs de sécurité installés par votre frère autour des deux ranchs. Dernier détail : votre frère ignore que vous êtes en possession de ces données. Personne d'autre que Duke ne doit le savoir. Compris ?

Tucker baissa les yeux vers ce que McMillan venait de lui remettre. C'était absurde ! Comment allait-il convaincre Rachel, Sarah et les autres que Duke, connu pour son tempérament casanier, était parti en vacances, sur un coup de tête et sans prévenir ?

— Vous plaisantez, balbutia-t-il.

— Je suis tout ce qu'il y a de plus sérieux, au contraire, Wyatt.

3

— Il lui est arrivé quelque chose, marmonna Rachel, debout dans la cuisine, à côté de Sarah.

— S'il était rentré pour dîner, je ne m'en serais pas fait plus que ça, mais il n'est toujours pas là et je n'arrive pas à le joindre, renchérit Sarah.

— J'ai appelé Gage, annonça Brady. Il va essayer de convaincre les autorités du comté de Valiant de mettre quelques hommes sur l'affaire avant le délai officiel pour la recherche de personnes disparues. Ensuite, Gage enquêtera lui-même ; Cecilia a aussi promis de fouiner en ville, après son service. Si Duke est dans les parages, l'un d'eux arrivera bien à le trouver !

— Comment ça, *si* ? s'insurgea Sarah. Où veux-tu qu'il soit ?

Rachel accusa le coup. Elle craignait de plus en plus pour la sécurité de son père.

— Tu penses qu'il lui est arrivé malheur ? s'enquit-elle avec une angoisse d'autant plus grande que Brady Wyatt était réputé pour son flair infaillible.

Il lui répondit d'une voix lugubre :

— Duke a quitté le ranch de son plein gré, au moment où tu le soupçonnais de s'inquiéter d'un éventuel danger. Il nous a peut-être caché quelque chose.

La porte s'ouvrit sur Tucker, qui pénétra dans la pièce. Rachel reconnaissait les frères Wyatt à leur silhouette. Bien qu'ils soient tous grands et larges d'épaules, elle percevait leur présence différemment.

Quand elle prenait son temps, elle parvenait à distinguer Brady de Gage, son jumeau, si elle se fiait au timbre de leur voix.

Tucker sortait du lot, avec ses cheveux moins sombres et sa gestuelle souple. Aujourd'hui néanmoins, il était agité, ce que Rachel sentit à la manière dont il fit irruption chez mamie Pauline.

— Bonjour, tout le monde ! Que se passe-t-il ?

Rachel se raidit. Tucker ne les avait pas salués avec sa bonne humeur habituelle. Manifestement, quelque chose lui pesait.

— Duke a disparu, lui répondit succinctement Sarah.

— Disparu ?

— On ne sait pas où il est passé, et personne ne l'a vu depuis ce matin.

— Vous êtes sûrs qu'il n'est pas dans les champs ?

— Quelle question, Tucker ! Tu crois que j'alerterais tout le monde si je n'avais pas exploré les environs ? gronda Sarah.

— Du calme, du calme. Il doit y avoir une explication. Si ça peut vous rassurer, je vais…

Brady lui coupa la parole :

— On a déjà envoyé Cecilia et Gage à sa recherche.

Devant le silence de Tucker, Rachel fronça les sourcils. Décidément, il lui semblait bizarre, aujourd'hui. D'ordinaire, on ne l'interrompait pas sans qu'il s'en offusque.

— Au fait, dit-il, j'ai relevé le courrier. La boîte aux lettres commençait à déborder.

Rachel supposa qu'il avait remis le tout à Sarah. Puis il déclara, sans conviction :

— Je meurs de faim. Tu n'aurais pas quelques restes, mamie ?

Il n'attendit pas la réponse et s'avança dans la pièce, ce

que personne ne parut remarquer, mis à part Rachel, qui en déduisit que son anxiété était contagieuse.

Elle entendit Sarah trier les enveloppes puis s'exclamer, d'un ton aigu :

— Il y a une lettre de papa !

Rachel avait beau savoir qu'elle ne pourrait pas la déchiffrer, elle s'approcha de sa sœur adoptive, qui entreprit d'en lire le contenu à voix haute :

Mes chères filles, cela va sans doute vous paraître incroyable, mais j'ai décidé qu'il était temps pour moi de prendre un peu de repos. Si j'attends plus longtemps, je ne le ferai jamais. Je joins à ce courrier ma feuille de route, afin de vous rassurer, toutes les deux. Ne vous en faites pas pour moi, prenez soin l'une de l'autre,

Votre père qui vous aime, Duke.

— Non, s'exclama Rachel, tellement affolée qu'elle ne reconnut pas sa propre voix. Papa n'a pas pu écrire ça. Du moins pas sans y être contraint.

Sûre de son fait, elle ajouta :

— Je ne le vois pas s'éloigner volontairement de son ranch et de ses filles. Même temporairement.

— Sans compter qu'il ne lui viendrait pas à l'idée de me faire porter seule la charge du ranch, renchérit Sarah d'une voix suraiguë.

— On trouvera une solution, grommela Dev. Ne t'en fais pas pour le ranch. Brady…

Ce dernier n'attendit pas que Dev lui donne des instructions pour intervenir.

— On mettra Gage au courant. Il pourra…

— Laisse-moi faire, glissa Tucker. Je ne vois pas l'utilité d'avoir recours aux services de police du comté, ou de demander à Cecilia et Gage d'enquêter.

— Pourquoi on ne s'y mettrait pas tous ensemble ? suggéra Brady.

— Parce que si j'enquête seul, et qu'il s'est effectivement passé quelque chose, on parviendra peut-être à retrouver Duke sans affoler personne.

— Papa n'est pas parti en vacances sans nous prévenir, se récria Rachel. Qu'a-t-il pu lui arriver ?

— Je n'en sais rien. Laisse-moi me pencher sur la question. S'il y a un problème, nous découvrirons de quoi il retourne.

— Je n'en doute pas une seconde. C'est la spécialité des Wyatt, les problèmes, non ? lui renvoya Rachel avec acrimonie.

— On se calme, les jeunes, ordonna mamie Pauline.

Comme elle savait qu'il s'agissait d'une véritable semonce dans la bouche de la vieille dame, Rachel soupira bruyamment et s'inclina.

Tucker fut le premier à reprendre la parole, avec un tel flegme que Rachel se dit qu'il devait être doué pour rassurer son monde, dans l'exercice de ses fonctions.

Elle déglutit pour faire passer la boule d'angoisse qui lui obstruait la gorge. Tucker pouvait venir en aide à la terre entière ; c'était à lui et à ses frères qu'elle en voulait, même si, au fond, elle savait qu'ils n'étaient pas responsables de tous ses tourments.

Non. Les Wyatt étaient – pour la plupart – des hommes droits, aux valeurs respectables, et Rachel devait cesser de s'en prendre à eux. Les agressions verbales ne lui ramèneraient pas son père.

— Et nous, qu'est-ce qu'on fait pendant ce temps-là ? demanda-t-elle néanmoins à Tucker. On ne va pas attendre sans rien faire !

— Malheureusement, Rachel, c'est ce que je vais vous demander à toutes les deux. Encore une fois, s'il y a danger, je préférerais savoir à quoi nous nous exposons avant de donner l'alerte. D'autant que Duke est en vie et que c'est lui qui a pris la décision de s'absenter. Personne d'autre.

— On aurait pu l'y forcer, fit remarquer Sarah. En le faisant chanter, par exemple.

— Dans ce cas, on tenait vraiment à ce qu'il parte discrètement, lui renvoya Tucker. Parce qu'il ne serait pas bien difficile de le piéger. Songez au nombre de fois où il est seul dans les champs, les étables ou autre. Non ! Pour moi, cette affaire va bien au-delà d'une simple menace. C'est plus profond et plus complexe. À moins qu'il s'agisse d'une simple crise existentielle, bien sûr.

Cette dernière remarque fit ricaner Rachel et Sarah à l'unisson.

— Cessez de glousser, les filles, leur ordonna mamie Pauline, Tucker n'a pas forcément tort. Je trouvais Duke bizarre, ces derniers temps, et il n'est pas rare que l'approche de la soixantaine pousse les gens à se remettre en question.

Rachel serra les dents. Pourquoi Sarah et elle étaient-elles les seules à s'inquiéter ? Et comment Pauline pouvait-elle émettre si tranquillement l'hypothèse d'une simple « remise en question » ?

— Bien ! Je retourne au poste, histoire de mettre la machine en route, lança Tucker. Je vous tiendrai au courant, bien sûr.

Rachel se rembrunit. Tucker ne se comportait pas comme d'habitude. Elle n'aurait su dire ce qu'elle trouvait étrange dans son attitude, cependant elle le sentait contrarié. Elle l'entendit sortir et la conversation reprit son cours normal, Brady appela Jamison, l'aîné de la fratrie, pour l'informer de l'absence de Duke, tandis que Pauline remettait la cuisine en ordre.

Personne ne se rendait donc compte de la gravité de la situation ? Désabusée, Rachel sortit de la cuisine. Il faisait trop sombre pour qu'elle puisse distinguer la silhouette de

Tucker, qui ne devait pas être bien loin puisqu'elle n'avait pas entendu sa voiture démarrer.

Elle s'avança de quelques pas pour aller vers lui.

— Tu nous caches quelque chose, dit-elle dès qu'elle aperçut sa silhouette.

Bien qu'elle sache qu'il s'était tourné pour lui faire face, il lui fut impossible de déchiffrer son expression. En revanche, la pause qui suivit son accusation lui parut lourde de sens.

— Si j'avais la moindre information susceptible de tous vous rassurer, je vous la donnerais, répondit-il simplement.

Sa réaction donna à Rachel l'envie de pleurer, plutôt que de se mettre à hurler. Aussi préféra-t-elle garder le silence.

Tucker se rapprocha et referma doucement une main sur les siennes avant d'ajouter :

— Je te promets de faire tout ce qui est en mon pouvoir pour vous ramener Duke sain et sauf. Tu me crois, j'espère !

Rachel savait que Tucker était honnête, qu'il adorait son père et qu'il ne faisait pas de promesses en l'air.

— Je te crois, murmura-t-elle.

Il exerça sur ses mains une nouvelle pression, puis les relâcha.

— Parfait. J'en saurai davantage demain matin, et je te tiendrai au courant.

Et il la laissa là, désemparée, aux prises avec ses émotions et ses craintes.

Tucker soupira : il n'allait pas avoir la partie facile puisqu'il devait désormais faire mine de rechercher Duke tout en tentant de détricoter ce que ses frères avaient déjà mis en place. Il devait éviter que l'ensemble de la police du comté se concentre sur l'affaire, et cela à tout prix.

McMillan ne lui avait pas expliqué grand-chose, au fond. Il l'avait simplement chargé de faire en sorte que les

Knight croient Duke en vacances tandis que North Star se chargeait du gros de l'affaire.

Le groupe l'avait d'abord approché par le biais d'une de ses recrues. Un homme selon lequel North Star avait des raisons de penser que Vince McLean collectait des informations sur les Wyatt et souhaitait que Tucker fasse son possible pour découvrir à qui McLean rendait ses comptes.

Une mission relativement simple que Tucker avait acceptée pour venir en aide à ses proches. Il y avait d'ailleurs gagné gros, puisque la piste de Vince McLean l'avait mené à Cecilia et Brady, à un moment où ils étaient tous deux en danger.

Il verrouilla la porte de son bureau et se dirigea vers son pick-up. Il serait retourné au ranch s'il n'avait pas eu de sommeil à rattraper.

Par ailleurs, il redoutait sa prochaine rencontre avec Rachel. Bien qu'il ait effectivement la ferme intention de tout faire pour ramener Duke chez lui, il se demandait si c'était en son pouvoir. Une chose lui paraissait certaine, en revanche : jamais il ne parviendrait à convaincre Rachel que son père avait pris des vacances sur un coup de tête.

Le parking du poste de police était presque désert, à cette heure avancée, pourtant, il eut l'impression d'être épié et posa une main sur la crosse de l'arme accrochée à sa ceinture.

— C'est inutile, Wyatt.

La voix féminine ne lui dit rien sur le moment. Toutefois, lorsque son interlocutrice se détacha de l'ombre, il reconnut Shay, la première à l'avoir contacté, en sous-main, pour le compte de Granger McMillan et de son organisation.

— Qu'est-ce qu'il y a encore ? grommela-t-il sans cesser d'avancer vers son véhicule. Il n'avait aucune intention d'être accommodant avec des gens qui lui compliquaient autant la vie.

— Ça commence à jaser, en ville, lui répondit la femme.

Apparemment, certains sont au courant de la disparition de Duke.

— Sa famille au complet, vous voulez dire ? Il me paraît normal qu'elle s'inquiète, car l'histoire que je leur ai servie est tout bonnement incroyable.

— Je parlais des Fils, rectifia Shay. D'après ce que j'ai compris, ils soupçonnent le gang Vianni d'avoir enlevé Duke. Le problème est que, pendant ce temps-là, d'autres parties pourraient s'intéresser à son entourage, resté sans protection.

Tucker glissa son sac par la vitre, côté passager, puis fit volte-face pour lancer :

— Ah oui ! Et ce serait la faute à qui ?

— Écoutez, j'essaie de vous aider. J'en sais suffisamment pour vous dire qu'il faut veiller sur le ranch Knight. Le fait que les Vianni soient occupés ailleurs ne signifie pas que les Fils des Badlands ne sauteront pas sur la première occasion de s'en prendre aux Wyatt, s'ils trouvent une faiblesse dans leur carapace. Or, aux dernières nouvelles, les Knight en constituent une, et de taille.

— Je me rappelle pourtant avoir signalé à votre patron qu'il devait se préoccuper autant des filles de Duke que de Duke lui-même. Et ça n'a pas eu l'air de l'intéresser outre mesure.

— Son unique souci est cette mission, répondit Shay.

— Et le vôtre ? s'enquit Tucker.

— Veillez sur elles sans vous occuper du reste, compris ?

— Pourquoi ne vous adressez-vous pas plutôt à mon frère ?

— Parce que North Star s'est débarrassé de lui, alors que *vous* êtes au cœur de l'action. Alors, secouez-vous.

Sur ces mots, et avant que Tucker ait pu répondre, elle se détourna et disparut dans la pénombre.

C'était aussi bien comme ça, en fait : cela épargnerait à Tucker de passer son humeur sur une alliée potentielle.

D'autant qu'elle avait raison. Rachel et Sarah n'étaient pas en sécurité, seules dans la maison, même avec les chiens de Dev. D'ailleurs, Tucker n'aurait pas été surpris d'apprendre que Cecilia avait décidé de passer la nuit là-bas, elle aussi, sous prétexte qu'elle était policière.

Le problème était qu'elle se remettait d'une blessure, et que Brady était toujours convalescent, de sorte que l'envoyer en renfort n'aurait pas suffi à rassurer Tucker. Quant à Dev, il n'avait pris ses fonctions de policier que depuis six mois lorsqu'une balle dans la cuisse l'avait immobilisé, lui aussi.

Encore un coup de leur cher vieux père…

Jamison et Cody vivaient à Bonesteel et, bien qu'il sache pertinemment qu'ils ne lui auraient pas refusé leur assistance, il refusait de mêler à cette nouvelle histoire la fille de Cody et la belle-sœur de Jamison. Elles avaient droit à un peu de répit, après ce qu'Ace leur avait fait subir.

Restaient Gage et Felicity qui habitaient trop loin ; Felicity était enceinte…

En résumé, Tucker était la seule personne disponible. Cela ne le dérangeait guère car il ne demandait pas mieux que de protéger ses amies d'enfance. Restait à les convaincre qu'elles avaient *besoin* de sa protection.

Il grimaça à la pensée de cette nouvelle complication et se glissa derrière le volant de son pick-up en pensant qu'il n'avait plus vraiment le temps de regagner son appartement, même si on était au beau milieu de la nuit. Il fallait qu'il aille au ranch et trouve un moyen de persuader Rachel et Sarah de l'héberger pendant quelque temps.

En chemin, il envisagea d'avouer la vérité aux deux familles, tout simplement. Après tout, que pouvait lui faire le groupe North Star ? Il n'avait pas promis le silence et, si le clan Wyatt se jetait dans la mêlée, peut-être parviendrait-il à faire tomber les Vianni *et* les Fils, sait-on jamais ?

Tucker repensa à tout ce qui l'empêchait d'envoyer

ses frères passer la nuit chez les Knight et décida de les épargner. Ils s'étaient construit de nouvelles vies, avaient survécu à des agressions qui auraient pu leur être fatales et, pendant tous ces mois d'angoisse où chacun vivait sous la menace d'Ace et des Fils des Badlands, qu'avait fait Tucker ? *Son travail d'enquêteur...* À un moment où ses frères et leur entourage immédiat subissaient la dictature d'Ace et de son gang.

Et même si Tucker avait été confronté à quelques sbires des Fils, il s'en était tiré indemne.

Aussi était-ce son tour de s'exposer au danger, d'affronter les Fils. Son tour aussi de protéger, en plus des siens, Rachel et Sarah Knight.

Qu'elles le veuillent ou non.

4

Des sueurs froides tirèrent Rachel d'un nouveau cauchemar. Malgré son inconfort, elle comprit que la récurrence du rêve, si tôt après le dernier, était liée à son anxiété, car ces abominables frayeurs nocturnes, malgré leur scénario immuable, la renvoyaient généralement à sa situation du moment.

Cette fois-ci, néanmoins, aucun puma ne lui était apparu. Elle s'assit, se frotta les yeux, puis se frictionna les avant-bras pour se réchauffer dans la fraîcheur ambiante.

Le puma s'était mué en un homme dont le faciès continuait à hanter Rachel : des yeux bleus particulièrement vifs, et des traces de brûlures sur un des côtés du visage. Sa voix, elle aussi, l'avait marquée par son timbre grave et son accent qu'elle n'avait pas su identifier, bien qu'il ait indéniablement été américain.

Elle fut parcourue d'un frisson et tenta de se raisonner. Ce n'était qu'un rêve et, même si elle ne parvenait pas à le chasser de son esprit, il restait du domaine de la fiction.

Elle se leva sans se préoccuper de l'heure et descendit chercher un verre d'eau.

Elle n'avait rien à craindre. Même en l'absence de son père, elle se sentait en sécurité dans cette maison avec Sarah, et Cecilia qui avait insisté pour passer la nuit là, parce que Brady gardait la chambre chez mamie Pauline en attendant d'être complètement remis.

Rachel trouvait la décision de Cecilia un peu exagérée.

Encore que… En théorie, bien sûr que, avec l'aide précieuse de Sarah, elle aurait pu gérer le ranch. En pratique, malheureusement, ni elle ni Sarah n'avaient été formées par la police, ce qui les aurait mises en position de faiblesse en cas d'agression.

D'ailleurs, elle-même était la seule à être vulnérable face à la violence du monde.

Elle descendit au rez-de-chaussée à pas feutrés et s'arrêta sur le palier du bas en entendant le bruit d'une chaise qu'on tirait sur le parquet.

Elle sentit sa tension monter d'un cran et fut prise de panique. Il y avait quelqu'un dans la cuisine et…

— Que fais-tu debout à cette heure-ci ? lui demanda Tucker de sa belle voix grave.

— Et toi ? lui renvoya-t-elle du tac au tac.

— Si tu tiens à la vérité, Rachel, on m'a conseillé de ne pas vous laisser seules, Sarah et toi. Ça venait d'une personne bienveillante, et j'ai jugé plus sage de venir directement ici.

— Tu n'aurais pas dû te donner cette peine : Cecilia a décidé de passer la nuit auprès de nous : nous sommes donc à l'abri du danger.

— Parfait, dit-il, sans faire mine de prendre congé pour autant.

— Donc, tu peux rentrer chez toi, enchaîna Rachel, sans trop savoir pourquoi elle se montrait si désagréable.

Tucker avait voulu bien faire, ce dont elle aurait dû lui être reconnaissante, mais elle ne portait rien sous son pyjama à fines bretelles, et elle en était douloureusement consciente.

— Ce n'est pas du tout ce que j'envisage de faire, lui répondit-il.

Elle jeta un regard mauvais dans sa direction, sans

savoir si elle avait atteint sa cible, et s'enferra encore un peu en répliquant :

— Ton statut de mâle ne t'oblige pas à veiller sur les femmes de ton entourage, Tucker.

Son soupir exaspéré en dit long sur son état d'esprit, toutefois il prit la peine d'expliquer :

— Je n'ai jamais prétendu le contraire ; je te rappelle simplement que Cecilia n'est pas au mieux de sa forme. C'est une bonne chose qu'elle soit ici dans la mesure où elle saurait comment réagir en cas de danger, mais parviendrait-elle à neutraliser un agresseur ? Personne ne m'a entendu crocheter la serrure, que je sache !

— Tu as crocheté la serrure ? se récria Rachel, indignée.

Il la fit taire immédiatement, ce qui n'arrangea guère son humeur.

— Simple mesure de précaution, Rachel. Les Fils savent que Duke n'est pas chez lui, et ils pourraient vous considérer comme des proies faciles.

— Parce que je suis partiellement aveugle, commenta-t-elle avec amertume.

— Plutôt parce que nous ignorons d'où vient le danger, si danger il y a. Je n'aime pas vous savoir seules, Sarah et toi, l'une dans les champs, l'autre ici. Avant que tu m'accuses de sexisme, j'ajoute que c'est une question de nombre, pas de genre. Dans les situations périlleuses, mieux vaut être deux.

— C'est bien ce que je disais, s'acharna Rachel. Je peux très bien accompagner Sarah dans les champs, et ta présence ici n'est pas nécessaire.

— Qu'est-ce que tu as contre moi, Rachel ? s'enquit Tucker avec une douceur qui ressemblait… oui, à une forme de tristesse. Je nous croyais amis, or j'ai la nette impression que tu m'en veux en ce moment.

— Ce n'est pas le cas.

— C'est pourtant ce que je ressens, répliqua-t-il sèchement.

Rachel se sentait stupide et injuste. Elle n'avait rien contre Tucker, c'était lui qui…

Elle l'entendit se pencher vers elle, puis sentit ses mains sur ses épaules nues.

— Je sais que les temps sont durs, et je ne veux pas compliquer les choses. J'essaie simplement de me rendre utile. Tu peux me laisser faire ça ou c'est trop te demander ?

Rachel grimaça intérieurement. Tucker l'avait coincée : comment le détromper sans passer pour déraisonnable, ce qu'elle n'était pas ? En outre, la pression qu'il exerçait sur ses épaules lui apportait un réconfort certain. Il sentait le café, ce qui l'amena à se demander s'il avait passé les premières heures de la nuit debout, à s'inquiéter pour Duke, Sarah et elle-même.

Cette pensée acheva de la convaincre. Alors que Tucker s'efforçait de régler la situation, elle lui faisait payer sa propre angoisse. Un peu honteuse, elle murmura :

— Non, ce n'est pas trop demander. Je ne voulais pas être désagréable, Tucker. C'est la peur qui me fait réagir ainsi.

Il lui déposa un baiser sur la tempe, comme il l'avait toujours fait. Tucker était le plus affectueux de sa fratrie, si tant est qu'un Wyatt puisse être affectueux. D'un naturel démonstratif, il n'hésitait pas à réconforter ceux qu'il aimait par une étreinte ou une bise amicale.

Ce soir-là, cependant, ses mains s'attardèrent, et Rachel s'étonna de l'étrange sensation que lui procura son contact.

En toussotant, Tucker laissa retomber ses bras, se redressa sur son siège, et Rachel n'eut plus à se soucier du trouble qui s'était emparé d'elle.

— Je crois qu'il est préférable que je reste ici, répéta-t-il. Cela m'aidera dans mon enquête. Après l'incendie volontaire de l'été dernier, nous ne pouvons pas nous permettre de compter uniquement sur le dispositif de surveillance de Cody. Et puis, encore une fois, tout indique que Duke est parti de son plein gré.

Il enchaîna, sans doute pour empêcher Rachel de protester :

— Je ne prétends pas qu'il voulait partir. Je dis simplement qu'on ne l'a pas emmené de force. En admettant qu'il ne soit pas en vacances comme il voudrait nous le faire croire, il avait peut-être de bonnes raisons de s'absenter, sans que cela signifie pour autant qu'il est en danger. Si ça se trouve, son unique but est de vous protéger, Sarah et toi.

— Tu n'es pas sérieux ! s'exclama Rachel.

— Eh bien, si, figure-toi. Je ne te demande pas d'être d'accord avec moi, simplement de m'héberger et de me laisser veiller sur vous. Ah et, si c'est possible, j'aimerais inspecter la chambre de ton père.

— Et si je refuse ?

— Je demanderai à chacune de tes sœurs, jusqu'à avoir obtenu gain de cause.

Rachel souffla bruyamment. Elle ne pouvait pas gagner. Bien sûr que Tucker finirait par se faire entendre ! D'un autre côté, il aurait pu se passer de sa permission pour voir la chambre de Duke, or il la lui avait demandée ; elle devait lui accorder ça.

— Au point où on en est, tu peux même t'installer là-bas, dit-elle, vaincue. Toutefois, je te préviens : s'il s'aperçoit que tu as fouillé dans ses affaires, je ne te couvrirai pas.

— Parfait, commenta Tucker, manifestement soulagé. Dis donc, tu devrais retourner te coucher, il est 3 heures du matin !

— Oui. J'étais descendue me chercher un verre d'eau.

— Attends, je m'en occupe, s'empressa de dire Tucker.

— Je suis capable de me servir toute seule !

— Je le sais, seulement je suis plus près de l'évier et des verres. Je peux faire quelque chose pour toi, de temps en temps, non ?

Faute de savoir que répondre, Rachel se saisit du verre

qu'il lui tendait, puis regagna sa chambre en se répétant les dernières paroles de son ami d'enfance.

Tucker était d'une humeur massacrante. En temps normal, lorsqu'il en avait conscience, il se tenait à l'écart de sa famille afin de ne passer ses nerfs sur personne.

Il laissa échapper un soupir. Il craignait d'être de piètre compagnie, et il allait passer la journée entière avec des Knight et des Wyatt. Ça ne pouvait pas tomber plus mal.

S'il détestait mentir à ses frères, la perspective de duper les Knight ne lui plaisait guère non plus, et sa conversation de la nuit avec Rachel l'avait mis très mal à l'aise. La pauvre se faisait un sang d'encre pour Duke, et Tucker était contraint au silence.

Et puis, il avait eu une sensation étrange au contact de ses épaules nues, un trouble qui s'était accentué quand il s'était rendu compte que le pyjama de Rachel dissimulait à peine ses formes harmonieuses.

Il se gronda intérieurement. Non, il ne s'aventurerait pas sur ce terrain. Rachel n'était pas pour lui, et elle ne l'avait jamais été. Tout comme Brady, il considérait depuis toujours que sortir avec une des filles Knight constituerait un manque de respect envers Duke. C'était un homme droit, un éleveur hors pair et un père modèle. À l'instar de Jamison, il avait été un modèle pour les frères Wyatt.

D'accord, Brady avait passé outre la limite qu'ils s'étaient fixée en s'éprenant de Cecilia avec qui il envisageait de faire sa vie quand tous deux seraient complètement guéris.

Tucker secoua la tête. Le fait que son frère ait manqué à sa parole pour la première fois de sa vie ne le dispensait pas de tenir la sienne.

Il vit arriver Brady et se prépara à un sermon en bonne et due forme.

— Tu as une sale mine, lui lança son aîné en boitillant

jusqu'au porche où Tucker tentait de se débarrasser de sa morosité.

— Toi aussi, rétorqua-t-il, pour le regretter aussitôt.

Cet été périlleux avait été un véritable calvaire pour son frère, agressé et blessé par balle, et qu'avait fait Tucker pendant ce temps-là ? Rien. Absolument rien.

— J'ai appelé Cody pour le tenir au courant, ajouta-t-il d'un ton plus amène.

— Je ne suis pas là pour ça, répondit Brady en s'aidant de sa canne pour grimper les trois marches qui le séparaient de son cadet. Je suis venu embrasser Cecilia avant son départ pour la réserve.

— Tu crois que c'est raisonnable de faire tout ce trajet à pied dans ton état ? s'enquit Tucker.

— La marche est un des meilleurs exercices de rééducation, répliqua Brady, avant de se redresser pour prendre appui sur sa jambe valide. Qu'est-ce qui te met d'aussi mauvais poil, frangin ?

— Le manque de sommeil. Dev est avec Sarah, et je dois rester auprès de Rachel. Ça me rend un peu nerveux, désolé.

— Tu n'es pas censé retourner au poste ?

— Je me suis entretenu avec le shérif, ce matin. Je vais enquêter d'ici, et laisser le travail de terrain à un de mes collègues.

— Je pourrais te donner un coup de main, ma jambe folle ne me rend pas complètement impotent, bougonna Brady d'un ton de reproche.

Tucker comprenait sans peine sa contrariété. L'inactivité devait d'autant plus lui peser qu'il se relevait tout juste d'une longue période d'immobilisation.

— Il s'agit principalement d'effectuer un certain nombre de recherches sur ordinateur et de suivre d'éventuelles pistes. Si je trouve quelque chose de probant, je t'en ferai part, promis.

Tucker avait conscience d'avoir éludé la question, mais il ne tenait pas à être secondé dans sa surveillance du ranch.

Brady hocha la tête, avant de fixer Tucker avec une attention un peu trop soutenue à son goût.

— Je te fais confiance, tu sais, déclara-t-il. Ça a toujours été le cas, et les derniers événements n'y ont rien changé.

Tucker enfonça ses mains dans ses poches. Brady faisait allusion au jour où Tucker avait été appelé en renfort pour les tirer, Cecilia et lui, d'une situation épineuse. Il avait été obligé de mentir sur certains aspects de ce sauvetage, pour ne pas dévoiler son association avec le groupe North Star, et s'il savait que Cecilia n'avait pas cru à sa version des faits, Brady, lui, avait continué à lui accorder sa confiance, qui lui était très précieuse.

— Je t'en remercie, dit-il humblement. Tu n'auras pas à le regretter.

— Je n'ai rien dit et je n'ai pas l'intention de parler, poursuivit Brady. En revanche, je pense que tu devrais en toucher un mot à Cody, sans quoi…

Tucker comprit qu'il allait encore être question de North Star et interrompit Brady.

— C'est mon problème, vieux. Pas le tien.

Brady ouvrait la bouche, sans doute pour protester, lorsque la porte s'ouvrit derrière eux.

— Il me semblait bien avoir reconnu ta voix, dit Cecilia en se tournant vers son homme avec un sourire radieux.

Lorsqu'elle lui tendit ses lèvres, Tucker se détourna. Simple question de pudeur, car ces marques d'affection ne le dérangeaient pas. Ses frères avaient droit à l'amour et, tant qu'ils étaient heureux, leur choix de partenaire ne regardait qu'eux.

Ce genre d'échanges le mettait néanmoins vaguement mal à l'aise. S'il n'avait eu aucune réticence, quand Jamison et Cody s'étaient remis avec leurs ex, toutes deux élevées par les Knight, il n'était toujours pas habitué aux couples que formaient Gage et Felicity ou Brady et Cecilia.

Rachel apparut à son tour, et Tucker sentit sa tension augmenter d'un cran.

— Petit déjeuner ? proposa-t-elle. Je fais des omelettes, ça intéresse quelqu'un ?

— Oui, moi. Il me reste un quart d'heure avant de me mettre en route, répondit Cecilia, avant d'ajouter à l'intention de Brady : Toi aussi, j'imagine. Ne me dis pas que mamie Pauline t'a laissé partir le ventre vide, je ne te croirai pas.

— Détrompe-toi, ma belle. Mamie a été distraite par l'arrivée des chiens, et j'en ai profité pour m'échapper.

— Parfait. Tucker ? En ta qualité de nouvel invité, tu as le droit de mettre la table.

Sur ces mots, et avec un sourire finaud, Rachel retourna à ses fourneaux.

Tucker sentit sur lui les regards désapprobateurs de Cecilia et Brady.

— Bien que j'ignore ce qui se passe, je pense qu'il faut tenir Rachel à l'écart, déclara solennellement Cecilia. Je vais te laisser faire, Tucker, parce que je n'ai pas vraiment le choix. Mais je te préviens : s'il lui arrive quoi que ce soit, je te tiendrai pour personnellement responsable.

— Rachel n'est pas si démunie que ça, protesta-t-il, avec une assurance feinte.

— Tu m'as comprise, Tucker, que tu l'admettes ou non. Bien, à présent, tu ferais mieux d'aller l'aider.

Tucker aurait riposté s'il n'avait su qu'il n'avait aucune chance de gagner, seul contre ce couple d'entêtés. Il jugea donc préférable de garder son énergie, afin de se préparer à la confrontation qui l'attendait.

Il entra dans la cuisine au moment où Rachel versait un mélange dans une poêle à frire.

— Laisse-moi deviner, susurra-t-elle. Cecilia vient de te dire que si tu ne veilles pas sur moi, elle se chargera personnellement de t'attacher à un rocher en plein milieu des Badlands, sans eau et sans nourriture.

Tucker ne put réprimer un sourire.

— C'est à peu près ça, même si elle a formulé la chose différemment.

— Je n'ai pas besoin qu'on me materne, riposta Rachel.

— C'est ce que je lui ai répondu.

Comme Rachel n'ajoutait rien, Tucker entreprit de mettre le couvert, puis demanda :

— Pourquoi te donnes-tu tant de mal, Rachel ?

— Je ne me donne pas de mal, je prépare des omelettes, ce n'est pas bien compliqué !

— Tu es pire que mamie Pauline. Les céréales ne suffisent pas, et une pizza surgelée constitue un affront... Pour info, je peux tenir plusieurs jours à ce régime quand je suis seul chez moi.

— Sans doute parce que la maison de Pauline est un peu ton deuxième foyer, non ?

Ton deuxième foyer. Pour une raison qui lui échappa, Tucker fut ému. Il savait pourtant qu'il était le bienvenu chez mamie Pauline : c'est là qu'il s'était réfugié après avoir échappé aux Fils des Badlands, et là qu'il avait eu le sentiment d'être aimé et en sécurité, pour la première fois de sa vie.

— Sûrement, oui, convint-il.

— Mamie m'a appris que, à défaut de pouvoir régler les problèmes d'autrui, on peut les épauler dans leurs efforts pour s'en sortir.

— Et comment réagis-tu, toi, face aux problèmes ?

Rachel fit glisser une omelette dans une des assiettes, avant de répondre :

— Je ne suis pas chargée de combattre contre la pègre, il me semble.

— Ça ne veut pas dire que tu n'as aucun problème, lui

fit remarquer Tucker qui avait perçu une certaine réserve dans son intonation.

Rachel eut un petit sursaut, puis passa à l'omelette suivante sans faire de commentaire.

Il la regarda faire avec admiration. Elle avait perdu la vue à l'âge de trois ans, puis sa mère était morte quatre années plus tard. À l'inverse de Tucker, elle n'avait pas dû lutter pour échapper à une bande de motards impitoyables, mais elle avait eu sa part de malheur.

Il réprima une grimace. Il était obligé de vivre sous le même toit qu'elle, et de lui mentir.

Il se consola en se disant que, en plus de Rachel, il protégeait Duke et que, à partir du moment où North Star le leur rendait indemne, ses mensonges n'avaient pas grande importance.

Cela ne l'empêcha pas de rester figé sur place. Il n'avait toujours pas bougé lorsque Cecilia et Brady revinrent, se tenant toujours par la main. Ils furent suivis de près par Dev et Sarah, qui, de retour des champs, pestaient après les chiens.

Le groupe North Star travaillait en sous-main, sans se préoccuper des états d'âme de ses agents. Tucker avait plus ou moins prêté serment en se joignant à eux, et il ne reviendrait pas là-dessus.

D'un autre côté, il ne pouvait pas non plus briser le pacte tacite qui le liait à ses deux familles.

Il lui fallait donc trouver un compromis.

5

Ils s'installèrent tous autour de la table pour déjeuner, et la conversation prit le tour qu'elle prenait généralement lorsque des membres des deux clans étaient réunis : changements de sujet rapides, plusieurs convives parlant en même temps et, bien entendu, Sarah et Dev en désaccord total.

La mystérieuse disparition de Duke, bien qu'elle ait pesé sur toutes les épaules, ne fut pas évoquée.

Rachel apprécia les efforts de ses proches pour détendre l'atmosphère. Il y avait un semblant de normalité dans ce repas, bien qu'il y ait rarement autant de convives à cette heure matinale.

— Tu n'as pas faim, Tuc ? demanda Sarah entre deux bouchées.

Rachel fronça les sourcils. Pourquoi Tucker ne mangeait-il pas ?

— Je peux te préparer une omelette avec des ingrédients différents, si tu préfères, proposa-t-elle.

— Ne te donne pas cette peine, tout va bien.

Rachel entendit une fourchette grincer sur une assiette et en déduisit que Tucker avait tout de même un peu d'appétit.

Elle s'en réjouit. Un apport d'énergie lui serait d'autant plus bénéfique qu'il n'avait pas dormi de la nuit ; Rachel le savait pour avoir été attirée par l'arôme d'un café tout frais avant que Sarah descende dans la cuisine.

— J'étais en train de réfléchir, reprit Tucker. Il y a quelque chose qui cloche dans le départ de Duke.

À l'évocation du patriarche, le silence se fit dans la pièce. Rachel elle-même reposa sa fourchette. Les aliments ne passaient plus, subitement.

— Il est parti de son plein gré, poursuivit Tucker. Et s'il se peut qu'on le fasse chanter, cela ne change rien au fait qu'il a quitté cette maison volontairement. Les événements de l'été dernier pourraient donner à penser que les Fils sont la cause de son absence, toutefois je n'en ai pas la preuve.

— Quelle autre raison aurait-il pu avoir de disparaître comme ça ? s'enquit Cecilia.

— C'est ce qui me chiffonne. Je me demande si nous ne devrions pas nous pencher sur son passé.

Le passé de Duke.

— Qu'est-ce que tu insinues, Tucker ? demanda Rachel, sur la défensive.

— Rien de grave, Rachel. Je dis simplement que nous ne savons peut-être pas tout.

— Je ne vois toujours pas en quoi cela disculperait les Fils, enchaîna Cecilia. Je te rappelle que quatre des filles adoptives de Duke sont en couple avec les fils d'Ace.

— Je ne prétends pas non plus que les Fils n'ont rien à voir avec cette histoire, protesta Tucker. On n'est jamais sûr de rien avec eux. En revanche, il me semble que nous commettrions une erreur en ne nous concentrant que sur eux au lieu de nous interroger sur Duke lui-même. Il serait plus intéressant de déterminer les raisons de sa fugue que de chercher à savoir où il est. Il n'a pas été enlevé ; on n'a pas mis le feu à sa maison… Bref, nous ne sommes plus à l'époque où les Knight essuyaient les tirs croisés des Fils.

Rachel se rappela la voix qu'elle avait entendue en rêve, ce qui lui parut d'autant plus idiot que ça n'avait rien à voir avec les propos de Tucker.

— Et que veux-tu que papa nous ait caché ? demanda

Sarah. S'il avait un secret, nous le saurions, depuis le temps que nous vivons sous son toit, tu ne crois pas ?

Les secrets font toujours des victimes innocentes.

Rachel plissa les yeux, dans l'espoir de chasser les séquelles de son cauchemar. En plus de n'avoir aucun rapport avec ce qui se disait autour d'elle, la voix qu'elle avait entendue n'était que le fruit de son stress du moment, allié à une imagination débordante.

Elle sortit brusquement de table et alla déposer son assiette dans l'évier.

— Rach…

La sonnerie d'un téléphone retentit, puis Cecilia grommela :

— Il faut que j'y aille.

L'assemblée se leva, Dev et Sarah débattirent de la tâche dont ils allaient s'acquitter en premier ; Brady remercia Rachel pour le petit déjeuner et suivit Cecilia. Bientôt, leurs voix s'éloignèrent, et il n'y eut plus que le grincement de la porte grillagée.

Bien qu'il ne fasse aucun bruit, Rachel sentit que Tucker était toujours là, et qu'il l'observait.

— Tu as quelque chose à dire ? lui lança-t-elle avec une agressivité qui ne lui ressemblait guère.

Décidément, elle ne se reconnaissait pas, ces temps-ci. Elle avait envie de mordre, de hurler et de retrouver sa vie d'avant.

Allons, allons. Hier encore, tu te plaignais de la monotonie de ton existence, songea-t-elle.

Elle reposa la poêle qu'elle était en train de récurer et soupira bruyamment. Il y avait une différence entre le changement et le chaos complet, tout de même, non ?

— Tu es contrariée à cause de ce que j'ai dit tout à l'heure ? s'enquit Tucker avec circonspection.

Elle se hérissa. Tucker semblait la considérer comme une petite chose fragile, qu'il convenait de ménager.

— Tu t'imagines que tout tourne autour de toi ? Tu ne trouves pas ça un peu mégalo ?

Au terme d'un long silence, elle entendit Tucker empiler les assiettes et les déposer près d'elle pour qu'elle puisse charger le lave-vaisselle.

— Ce n'était qu'une théorie, tu sais. Je suggérais simplement que cette affaire pourrait être liée à Duke plutôt qu'aux Fils. Pourquoi ? Parce que je n'arrive pas à trouver la preuve qui les incriminerait.

— Avoue plutôt que tu n'as pas envie que le gang de ton père soit mêlé à l'étrange absence du mien, riposta Rachel avec acrimonie.

— Ne dis pas de bêtises, Rachel, lui renvoya-t-il avec une telle force qu'elle sursauta et sentit son visage s'empourprer.

— Je ne…

— Je suis bien plus conscient du mal que mon père a pu faire que tu ne le penses. Par ailleurs, je te rappelle que s'il est en quartier de haute sécurité, c'est parce que mes frères, comme certaines de tes sœurs, ont fait en sorte de l'y envoyer, et cela au péril de leur vie. Je sais très bien que je ne pourrai jamais effacer les torts d'Ace envers ta famille.

Rachel rougit encore davantage et balbutia :

— Pardon, Tucker. Je ne voulais pas…

De nouveau, il lui coupa la parole :

— Tu voulais me blesser et tu y es arrivée. Tu me fais payer ton angoisse et ton sentiment d'impuissance. En temps normal, je suis plutôt réceptif, seulement ce n'est pas mon jour, alors arrête-toi là, si tu veux bien.

Rachel ravala sa honte et tendit la main en direction de Tucker.

— Je suis désolée, murmura-t-elle en lui serrant doucement le bras.

Il lui tapota la main en soupirant.

— Moi aussi, Rachel. Je manque de sommeil, et ça ne me réussit pas.

S'ensuivit un silence au cours duquel ils restèrent immobiles, les doigts de Rachel toujours enroulés autour du bras de Tucker qui ne retira pas sa large main. Sa peau était chaude et rugueuse. Quand ses fonctions de policier lui en laissaient le temps, il participait volontiers aux travaux du ranch, ce qui expliquait les cals qui couvraient sa paume. La taille de ses mains était un trait de famille : les Wyatt étaient des costauds et, bien que Rachel soit elle-même d'une solide constitution, ses propres mains semblaient minuscules en comparaison de celles de Tucker. Si elle avait fait en sorte que leurs paumes se joignent…

D'où lui était venue cette idée grotesque ?

Elle se dégagea promptement, et si elle n'avait pas été devant l'évier elle aurait reculé tout aussi vivement. Faute de pouvoir bouger, elle se remit à dégraisser les poêles en s'efforçant d'ignorer le trouble qui s'était emparé d'elle.

— J'ai eu l'impression que ma théorie sur la disparition de ton père te déplaisait au plus haut point, commença-t-il avec le détachement qu'il devait feindre lorsqu'il interrogeait un suspect dans le but d'en apprendre davantage.

— Tu as des éléments sur le passé de Duke ? poursuivit-il.

Rachel partit d'un rire amer.

— Non, dit-elle. Aucun.

— À en juger par ta réaction, j'aurais juré le contraire.

Rachel souffla bruyamment. En bon policier qu'il était, Tucker l'interrogerait jusqu'à avoir obtenu ses réponses. Elle devait donc se confier à lui, au risque de se ridiculiser.

— J'ai fait un cauchemar, la nuit dernière, si violent que j'en suis encore perturbée.

— Raconte-moi un peu ça, dit-il d'une voix douce.

Rachel secoua la tête. Ses rêves étaient vraiment puérils, et elle n'imaginait que trop bien la réaction de Tucker. Il lui dirait que c'était normal, qu'elle avait été traumatisée étant enfant, que son subconscient lui jouait des tours, etc.

— Quand j'étais petit, mamie Pauline me faisait parler de mes cauchemars. Selon elle, ça suffisait à leur retirer leur pouvoir maléfique.

Rachel ne put réprimer un sourire. Pauline avait un avis sur tout, ce qui était plutôt réconfortant en somme.

— Et ça marchait ? s'enquit Rachel.

— Avec ce qui n'était pas réel, oui, répondit-il au terme d'une courte hésitation.

Réel. Le mot atteignit Rachel de plein fouet. D'une part parce que les cauchemars de Tucker avaient dû être fréquents et le renvoyer à la cruelle réalité de sa petite enfance – ces huit années passées au sein d'un gang de motards sans foi ni loi –, et de l'autre parce que les siens n'avaient rien de réel, malgré l'effet qu'ils lui faisaient.

— Le mien ne l'était pas, dit-elle avec insistance.

— Dans ce cas, je t'écoute.

Tucker n'avait jamais vu Rachel dans un tel état de nerfs. Certes, elle était sous pression, mais elle avait traversé un été particulièrement stressant sans jamais perdre son calme.

Savait-elle quelque chose ? Son rêve était-il une sorte d'échappatoire ?

Il avait évoqué le passé de Duke pour se dédouaner, d'une certaine manière. À présent, il suffisait que Cecilia ou Brady découvrent la vérité par eux-mêmes pour que Tucker n'ait pas à trahir North Star.

Le groupe ne verrait sans doute pas les choses sous cet angle, cependant, plus il éprouvait le besoin d'épauler Rachel, moins il se souciait de ce qu'en penseraient les dirigeants du groupe qui, après tout, l'avaient mis dans une situation impossible.

Rachel hésita un moment, les mains dans l'eau de vaisselle, puis finit par se lancer avec un haussement d'épaules :

— C'est idiot… J'ai toujours revécu en rêve le jour où j'ai été attaquée par ce puma.

— Ça me paraît normal.

— À moi aussi. En général, ces cauchemars sont espacés et peu fréquents. Du moins depuis que je suis adulte. Malheureusement, je ne sais trop pourquoi, ces dernières semaines, ça m'arrive presque chaque nuit, et j'ai la nette impression d'être entre le souvenir et la fiction. Le problème, c'est que la fiction me semble plus réelle que le souvenir.

Elle fronça les sourcils, et une ride soucieuse se forma sur son front.

Tucker se dit qu'elle était très belle. Bien qu'elle lui rappelle Eva, plus elle prenait de l'âge, plus sa personnalité s'affirmait. Et si ses sœurs la considéraient comme le bébé de la famille, une gentille fille vaguement passive, Tucker, lui, connaissait sa force. Rachel était une version tempérée de mamie Pauline : elle assurait l'harmonie familiale avec son calme et ses attentions.

Pourquoi Tucker pensait-il à cela, alors qu'il aurait dû réfléchir à ce que Rachel lui disait ? Il se ressaisit et demanda :

— Quelle est la différence entre le rêve axé sur le souvenir et celui qui te semble relever de la fiction ?

Elle prit une profonde inspiration, puis expira lentement. Elle semblait si perturbée que Tucker fut tenté de lui prendre la main. Il n'en fit rien, néanmoins. Depuis la veille, le moindre contact physique avec elle lui paraissait aventureux.

— Eh bien, au lieu d'un puma, c'est un homme que je vois. Il a les yeux bleus et des cicatrices sur une partie du visage. Elles ne ressemblent pas aux miennes, on dirait plutôt que ce sont les séquelles d'une brûlure. Il est très agité, il me porte. Nous…

Rachel s'interrompit, un peu comme si elle devait faire un effort pour se remémorer la suite.

— Nous sommes dans les collines, dans l'un des pâturages, je ne pourrais pas te dire lequel. Une chose est certaine, cependant : c'est l'endroit où le puma m'a sauté dessus.

— Tu t'en souviens, ou c'est ce qu'on t'a dit ?

— Qu'est-ce que ça peut faire ? demanda-t-elle.

— Ce n'est pas pareil, Rachel. Si cette partie du rêve est ce que tu as vécu, tu dois t'en souvenir quand tu es réveillée. Si on t'a raconté que l'attaque a eu lieu dans ce pâturage, il se peut que ton subconscient te ramène à cet endroit.

— Je… je n'en sais rien, balbutia-t-elle avant d'ouvrir le lave-vaisselle et de se tourner vers Tucker.

Il avait espéré l'apaiser un tant soit peu en lui faisant raconter son cauchemar, mais elle semblait tout aussi bouleversée qu'avant. À croire que plus elle se confiait, plus elle s'interrogeait.

— Bien que papa et maman n'aient jamais aimé parler de mon accident, reprit-elle, il leur arrivait d'y faire allusion, et je me souviens que ce qu'ils disaient ne correspondait pas à ce que je pensais avoir vécu. En même temps, je n'avais que trois ans, et on peut supposer qu'ils savaient mieux que moi ce qui s'était passé.

— Tu dis que, dans ton rêve, le puma t'emmène quelque part ?

— Non, j'y suis déjà. Il surgit brusquement, je vois briller un objet aiguisé et je me réveille avant qu'il m'atteigne. En revanche, dans mon dernier cauchemar, l'homme m'emmène. Il parle, et l'objet brillant ressemble à un couteau.

Rachel pivota sur elle-même et ajouta :

— Ce n'est qu'un cauchemar, Tucker… Ce qui me gêne, c'est l'état dans lequel il me met.

Elle se mit à arpenter nerveusement la cuisine. Tucker décida de se taire et de laisser Rachel s'épancher, dans l'espoir que cela lui permette de retrouver sa sérénité légendaire.

— Je n'arrive pas à me sortir cette voix d'homme, pourtant fictive, de la tête. Il a un fort accent de la côte Est. Je dirais qu'il vient de New York ou de Boston, c'est très clair dans mon esprit, et j'aimerais savoir pourquoi. Ça m'aiderait peut-être à oublier ce rêve idiot.

Elle se passa une main dans les cheveux pour les ramener en arrière et, de nouveau, Tucker dut résister à l'envie de la serrer dans ses bras pour la rassurer. Il s'abstint néanmoins : ses derniers efforts dans ce sens l'avaient trop déstabilisé pour qu'il se risque au moindre contact physique.

— « Les secrets font toujours des victimes innocentes », récita-t-elle en laissant retomber ses mains. Je ne cesse d'entendre la voix me dire ça, et aussi : « Une leçon que Curtis Washington n'est pas près d'oublier. »

Tucker se raidit. S'il ne connaissait aucun Curtis Washington, le fait que Rachel entende un nom et puisse le relier à une voix spécifique était étrange…

— Qui est Curtis Washington ? s'enquit-il avec inquiétude.

— Je n'en sais rien. Je n'en avais jamais entendu parler. Encore un effet de mon imagination, sans doute.

Tucker se fit violence pour rester impassible, au moins en apparence. S'il s'emballait, ses angoisses et celles de Rachel seraient décuplées.

— Dis quelque chose, lui lança-t-elle, sans doute agacée par son silence.

Tucker choisit ses mots avec soin. Il le fallait s'il voulait formuler l'abominable hypothèse qui lui était venue à l'esprit.

— Les pumas ne sont pas particulièrement agressifs, fit-il remarquer.

— Tout à fait d'accord avec toi, mais n'oublie pas que j'étais toute petite, et qui sait si je ne l'ai pas provoqué ?

— Tu avais trois ans, Rachel. Comment as-tu pu t'aventurer aussi loin de chez toi ? Duke et Eva n'étaient pas des parents négligents, pourtant !

— Comme je viens de te le dire, ils n'aimaient pas en parler. Je suppose que j'ai échappé à leur vigilance. Tu sais comment sont les enfants. C'est tout à fait possible. Enfin…

Rachel semblait douter, à présent.

— Et cette voix ? Cet homme ?

— Du délire pur et simple. Avant cela, j'avais toujours rêvé d'un puma. L'homme doit être la nouvelle version de mon ancien cauchemar. Sinon, pourquoi ne m'apparaîtrait-il que maintenant ?

Parce que Duke était en danger. Parce que sa vie au ranch n'était qu'une couverture, destinée à le protéger. Ce qui signifiait qu'il avait un autre nom.

S'agissait-il de celui que Rachel entendait pendant son sommeil ?

6

Tucker se fit rare après cette conversation, et Rachel se reprocha ses épanchements. Pourquoi se mettait-elle dans un tel état à cause d'un simple cauchemar ? C'était idiot, cela l'irritait tellement elle-même qu'elle imaginait sans peine l'impact que son anxiété pouvait avoir sur les autres.

Elle n'en parlerait plus. Ni à Tucker ni à personne d'autre.

Elle ne le vit pas de la journée, bien qu'elle le sache dans les parages. Il réapparut à l'heure du dîner et discuta comme si de rien n'était tout le long du repas. Rachel ne fut pas dupe, cependant : il était préoccupé, elle le sentait à ses réactions. Après l'avoir aidée à remettre la cuisine en ordre, il alla s'enfermer dans la chambre de Duke.

Rachel devait reconnaître que la présence de Tucker sous son toit ne lui pesait pas. Il lui laissait son espace vital, et sa disponibilité d'esprit lui permit de percevoir l'exaspération de Sarah dès qu'elle vint la rejoindre.

— Une petite coupe de glace à la chantilly ? lui proposa-t-elle.

— Je n'ai plus quatre ans, Rachel, grommela Sarah en s'installant néanmoins devant la table.

Rachel réprima un sourire, puis sortit les ustensiles et les ingrédients dont elle aurait besoin. Sa conversation avec Tucker lui trottait dans la tête.

— Que penses-tu de la théorie de Tucker ? lui demanda Sarah.

Rachel revint à la réalité du moment et décida de préparer deux glaces, en fait : une pour sa sœur, et une pour elle-même.

— Quand il prétend que cette affaire est liée à papa plutôt qu'aux Fils, tu veux dire ?

En leur qualité de cadettes, elles avaient été les plus protégées. Rachel était arrivée en bonne santé, comme une surprise, un dernier cadeau pour Duke et Eva. Quant à Sarah, adoptée à la naissance, elle ignorait tout de ses parents biologiques.

Elles n'avaient jamais quitté le ranch, ni l'une ni l'autre, et avaient grandi ensemble, à l'abri de la cruauté du monde.

De sorte que s'il y avait une personne avec laquelle Rachel pouvait être franche, c'était Sarah. Aussi lui répondit-elle :

— Pour tout t'avouer, je ne sais trop qu'en penser.

— Il est inspecteur de police, lui rappela Sarah.

— Ça ne le rend pas infaillible pour autant.

— Ça lui confère tout de même un certain savoir-faire. Il a l'habitude de cumuler les indices et d'en tirer des conclusions. En l'occurrence, il a souligné un point important : les Fils laissent Duke tranquille depuis trop longtemps pour s'en prendre à lui maintenant. N'oublie pas qu'Ace moisit en prison, et que c'est lui qui lance des vendettas contre les Knight, d'ordinaire, pas les Fils…

— N'exagérons rien. Ils ne doivent pas porter dans leur cœur les membres de la fratrie qui se sont échappés avant de faire mettre leur chef derrière les barreaux.

— Je ne dis pas qu'ils sont blancs comme neige, surtout après l'été qu'ils nous ont fait passer. Mais j'ai réfléchi, et je me suis aperçue que papa n'évoquait jamais ses parents. Ça ne te semble pas bizarre ?

Rachel se renfrogna. Sarah devait se tromper. À bien

y réfléchir, cependant… Non, Rachel ne se souvenait pas d'avoir entendu parler de ses grands-parents paternels.

— Je ne m'en étais pas rendu compte, sans doute parce que nous avions papi et mamie Mills. Dans mon esprit, si papa était si fier de son ranch, c'était parce qu'il avait été transmis de génération en génération. À ton avis, pourquoi n'avons-nous jamais entendu la moindre histoire concernant notre domaine ?

— Qu'est-ce que tu essaies de me dire, Sarah ? demanda Rachel, prise de panique.

— Tout simplement que nous ne savons rien de papa, et que nous ne lui avons jamais posé la moindre question. À en croire le peu qu'il nous a raconté, sa vie a commencé le jour où il a rencontré maman, ce qui est peu probable, il faut bien l'admettre.

Rachel reposa sa cuillère. Elle n'avait plus envie de glace, subitement. C'était vrai : elle ne se rappelait pas avoir entendu Duke évoquer son existence avant Eva.

— Tu crois qu'il est parti pour ne pas être rattrapé par un épisode de son passé ?

Elle repensa au revolver caché sous l'oreiller de son père, à leur dernière conversation, et ajouta :

— Il ne voulait pas que j'aille travailler à la réserve, cet automne. Prétendument à cause des Wyatt, alors que j'ai enseigné tout l'été quand ça allait vraiment mal.

— On peut supposer qu'il avait peur. Il n'a pas pu nous abandonner, surtout s'il nous croyait en danger. À moins que…

— À moins que ?

— À moins qu'il n'ait enfreint la loi, poursuivit Sarah. Si ça se trouve, nous ne courons aucun danger, et il s'est enfui pour échapper aux autorités.

— Non, balbutia Rachel. Je ne pourrai jamais croire une chose pareille.

— Je répète : papa ne serait pas parti s'il avait craint pour notre sécurité, tu le sais aussi bien que moi.

Imaginer Duke en malfaiteur, quelle abomination ! Même si c'était naïf de sa part, Rachel s'y refusait totalement. Dans son esprit, son père était la probité faite homme.

— Et s'il pensait être le seul à courir un danger, comme Brady et Cecilia quand ils ont cru nous épargner des ennuis en partant d'ici ?

Sarah ne trouva rien à répondre à cela, et un silence pesant tomba sur la cuisine.

— Il faut qu'on avoue à Tucker qu'on ne sait rien de la vie de papa avant sa rencontre avec maman. La réponse à nos questions doit être là, au moins en partie, et je suis persuadée que Tucker saura la trouver, déclara Sarah pour finir.

Rachel n'en aurait pas juré. Si Duke avait réussi à garder un secret pendant plus de trente ans, il se pouvait que personne ne le perce jamais à jour.

— Rachel, murmura Sarah en tendant une main vers elle. Nous devons participer à cette enquête autant que nous le pouvons. On a tendance à vouloir nous tenir à l'écart, mais qui a éteint l'incendie du mois dernier ? Nous. Qui assure la permanence dans ce ranch ? Encore nous, et nous sommes plutôt fiables. Papa n'est pas là pour nous protéger comme il l'a toujours fait et, qu'il soit en cavale ou pas, il n'y a plus que toi et moi. Nous devons mettre la main à la pâte.

Rachel sentait que sa sœur avait raison et comprenait vaguement sa propre réticence. En fouillant le passé de Duke, elles risquaient de *tout* chambouler, ce que Rachel ne voulait pas. Un peu de changement ne lui aurait pas déplu, cependant il y avait des limites.

— Si ça t'embête de faire part de nos réflexions à Tucker, je peux m'en charger, lui proposa Sarah.

— Non, non. Tu as raison, nous devons prendre les

choses en main, toi et moi. C'est le moins que nous puissions faire pour papa.

— Il est coriace, affirma Sarah avec une conviction sans doute destinée à les rassurer toutes les deux.

— Je ne te le fais pas dire. Et nous le retrouverons.

Tucker passa la journée à tenter de joindre un des membres de North Star, sans succès. Ce mutisme l'exaspéra plus qu'il ne l'inquiéta : il fallait qu'il sache si Curtis Washington était le véritable nom de Duke.

Cela changerait aussi la donne pour le groupe. Après avoir laissé un énième message exaspéré à McMillan, il jeta son téléphone sur le lit d'un geste rageur.

Il avait également fouillé la chambre de Duke, sans y trouver le moindre indice d'un passé obscur. À en juger par le nombre d'armes à feu remisées çà et là, néanmoins, on pouvait supposer que Duke avait toujours redouté le moment où son passé le rattraperait.

Non. Il avait élevé cinq filles adoptives, en plus de Rachel. Il avait donc la certitude d'avoir laissé son ancienne existence derrière lui, et un événement récent avait dû l'amener à se croire en danger.

Cela ramenait le problème aux Fils. Tucker n'aurait pas dû s'en ressentir : le fait qu'il soit né au sein du gang ne faisait pas de lui un de ses membres, pourtant il se sentait coupable.

Il fut tiré de sa morosité par l'arrivée de Sarah qui frappa à sa porte et passa la tête à l'intérieur de la chambre pour lui annoncer que sa sœur et elle voulaient lui parler.

Il la suivit jusqu'à la cuisine où Rachel se tenait déjà, debout devant l'évier, comme à son habitude. D'où lui venait ce besoin constant de cuisiner et d'entretenir la maison ? Lui proposait-on parfois de l'aide ? Tucker en doutait mais il se rassura en se disant que c'était sans doute sa manière de participer à la vie du ranch, de se sentir utile.

Elle se tourna vers eux avec un large sourire en les entendant entrer.

— Tu veux un dessert ? proposa-t-elle à Tucker.

— Non, merci. J'ai cru comprendre que vous aviez quelque chose à me dire, toutes les deux. Alors je vous écoute…

Rachel prit place à la table, tandis que Sarah arpentait la pièce en se tordant les mains.

— Nous avons réfléchi à ce que tu nous as dit sur papa, commença-t-elle, et il se trouve que…

Comme elle se tournait vers Rachel, Tucker fit de même. Elle semblait sur ses gardes, ce qui l'amena à penser qu'elle était très perturbée.

— Nous nous sommes aperçues que nous ignorions tout de son existence avant son mariage avec maman. Il ne nous a jamais parlé de ses parents ou d'éventuels frères et sœurs, par exemple. Nous ne savons ni où il est né ni si le ranch appartient à sa famille depuis toujours. En fait, nous avons vécu sur des présomptions. Il faut dire que nous étions nombreux et que, entre le décès de maman et tout ce qui s'est ensuivi… Bref, tu sais comment c'est. On ne s'est pas posé de questions, jusqu'à maintenant.

Tucker sentit le poids de la culpabilité lui retomber sur les épaules. Il *savait* que Duke avait eu une existence préalable. Pire, c'était lui qui avait semé le doute dans l'esprit de ses filles. À présent, il allait devoir feindre l'ignorance. Encore un mensonge…

Qui compte le plus à tes yeux ? North Star ou tes amis ?

Il mourait envie de leur dire la vérité, et il l'aurait fait si Duke ne s'était pas rangé à l'avis de McMillan, preuve qu'il avait une excellente raison de ne rien dire à ses filles.

Tucker préférait ne pas penser à leur réaction si elles apprenaient la vérité.

Fort de cette pensée, il enchaîna :

— Je suis en train de m'intéresser à la question. Celle du passé de Duke, j'entends, afin de voir s'il peut être la cause des derniers événements.

Puis, bien qu'il lui en coûte de duper ainsi les deux femmes, il précisa :

— Malheureusement, je n'ai pas beaucoup d'éléments sur lesquels m'appuyer. Vous en avez, vous ?

Sarah secoua tristement la tête.

— Tout le problème est là, Tucker. Tu connais beaucoup de gens qui ne parlent *jamais* ni de leurs parents ni de l'endroit d'où ils viennent ? Papa doit être originaire de la région, sinon comment aurait-il échoué dans le Dakota du Sud ?

— Je vais continuer à creuser, promit Tucker. Je vais même…

Il fut interrompu par la sonnerie de son téléphone. Ce n'était pas la mélodie habituelle, et il ne reconnut pas le numéro qui s'affichait sur l'écran. Sans doute était-ce l'une des lignes de la North Star.

— Excusez-moi, marmonna-t-il, une urgence.

Malgré la désapprobation manifeste de ses amies, il sortit de la cuisine, le portable collé à l'oreille.

Il n'eut pas le temps d'ouvrir la bouche que McMillan hurlait déjà :

— D'où tenez-vous ce nom, Wyatt ?

Tucker tourna la tête en direction de la cuisine et, bien qu'il soit toujours seul, jugea préférable de regagner la chambre de Duke pour s'y enfermer.

— Alors, c'est vrai ? Duke et Curtis Washington ne font qu'un ?

Il réfléchissait à toute vitesse. Le cauchemar de Rachel… Le nom… La phrase énigmatique, l'homme à la place du puma. Comment était-ce possible ?

— Je vous ai posé une question, Wyatt, aboya McMillan.

Il hésita. D'un côté, il ne voulait pas mêler Rachel à cette affaire, de l'autre, il se pouvait que North Star assure sa sécurité ou même qu'il soit essentiel d'informer ses dirigeants de ce qu'elle savait. Cela dit…

Pour finir, il choisit de se taire. Duke préférerait sans doute que Rachel soit tenue à l'écart, quelles que soient les circonstances.

En outre, ses amis étaient prioritaires sur North Star, même si le groupe faisait des efforts louables pour anéantir le gang des Fils. Une tâche qui, si elle était importante, passait après la sécurité de Rachel.

Aussi opta-t-il pour un mensonge simple :

— J'ai effectué quelques recherches sur les flics corrompus de Chicago. Vous m'avez donné suffisamment d'éléments pour que je puisse en tirer certaines conclusions.

— Ce n'est pas votre boulot, Wyatt. Ce qu'on vous demande, c'est de faire en sorte que personne ne soupçonne rien pendant que nous nous occupons de la véritable menace. Nous voulons éviter que des gens mal intentionnés mettent leur nez dans cette histoire. Alors cessez vos recherches, compris ?

Sinon ? pensa Tucker, avant de se raviser et de dire :

— Comme vous voulez. Cela dit, je persiste à croire que je vous serais d'une plus grande aide si j'en savais davantage.

— Je n'ai que faire de votre aide, Wyatt. Débrouillez-vous pour que les Knight restent en dehors de tout ça. Si vous n'en êtes pas capable, je vous enverrai un tiers qui le sera, et qui se fera un plaisir de s'occuper de votre cas.

Tucker ouvrait la bouche pour l'envoyer au diable quand la ligne fut coupée, ce qui n'était peut-être pas plus mal.

Il poussa un soupir de lassitude.

Rachel connaissait la véritable identité de son père, sans le savoir. En d'autres termes, elle avait, à un moment ou à un autre, croisé les pas d'une ancienne connaissance de Duke.

Si cette personne était toujours dans les parages ou si elle avait un lien avec les Fils, Rachel courait le même danger que Duke.

7

Au terme d'une nuit sans cauchemar, Rachel se réveilla, fraîche et dispose pour la première fois depuis plusieurs jours. Cela l'aurait mise dans de bonnes dispositions si elle n'avait pas été aussi préoccupée.

En se penchant sur le passé de Duke, Tucker risquait de déchaîner les éléments, car tout en se refusant toujours à croire que son père ait pu commettre un délit quelconque, Rachel ne pouvait passer outre certains faits :

Il était parti de lui-même. S'il y avait été contraint, comme elle continuait à le penser, on ne l'avait ni enlevé ni forcé à quitter le ranch sous la menace d'une arme. On l'avait donc intimidé ou fait chanter, ce qui signifiait qu'on avait matière à faire pression sur lui.

Elle s'habilla en se répétant, sans conviction, qu'elle ne pouvait rien changer à la situation ; qu'elle devait s'en remettre à Tucker et aux autres Wyatt. À Cecilia, aussi, qui ne resterait pas inactive. Aucune des filles Knight n'attendrait l'épilogue les bras croisés, d'ailleurs : Sarah s'occuperait du ranch, Nina et Liza, bien que très occupées par leurs enfants, assisteraient sans doute Cody et Jamison autant qu'elles le pourraient. Quant à Felicity, au lieu de se ménager comme l'exigeait sa grossesse, elle se tiendrait au courant par l'intermédiaire de Gage.

Rachel grimaça. Il ne lui restait plus que la cuisine et l'entretien de la maison. Elle essaya de se dire que c'était une occupation comme une autre. Après tout, si mamie Pauline s'en satisfaisait, Rachel pouvait s'en contenter, elle aussi.

Pourtant, même à quatre-vingts ans, mamie Pauline n'hésiterait pas un instant à sortir sa carabine pour s'occuper personnellement d'intrus venus perturber sa routine.

Et Rachel ? Que pourrait-elle faire, en cas d'assaut ? Crier ?

Non. Cela ne suffirait pas. Elle devait apprendre à fuir ou à se battre.

Elle demanderait à Tucker de lui enseigner les bases de l'autodéfense ; de l'aider à acquérir les bons réflexes. Puisqu'il était condamné à séjourner chez elle, le moins qu'il pouvait faire était de lui apprendre à se rendre utile.

Elle descendit au rez-de-chaussée et s'arrêta net sur le seuil de la cuisine.

Tucker y était déjà… et il cuisinait, à en juger par les bruits familiers qui régnaient dans la pièce.

— Qu'est-ce que tu fais ? s'enquit-elle d'un ton peut-être un peu trop accusateur.

— J'ai eu l'idée de me charger du petit déjeuner, puisque je suis là, lui répondit-il sans cesser de s'affairer dans *sa* cuisine.

— Enfin, protesta Rachel. C'est moi qui m'en occupe, d'habitude !

— Tu n'en es pas au point de refuser le moindre coup de main, comme mamie Pauline, j'espère.

— Là n'est pas la ques…

Rachel s'aperçut que sa réaction était excessive et s'interrompit. Elle s'était assez souvent plainte du manque de participation de Duke et Sarah pour s'offusquer ouvertement de l'initiative de Tucker.

En même temps, au lieu d'être ravie d'avoir un peu d'aide, même celle de Tucker, elle se sentait étrangement désœuvrée.

— Je crois que je…, commença-t-elle d'une voix faible.

— Assieds-toi, c'est presque prêt. Je ne veux pas te causer de surcharge de travail. Je peux faire mes lessives, entretenir la chambre de Duke, etc. Je ne suis pas votre invité, et je n'entends pas être traité comme tel.

— Ton séjour parmi nous fait de toi notre invité, bougonna Rachel, que tu le veuilles ou non.

— Eh bien, considère-moi comme un invité autonome.

Sur cette déclaration, et comme pour lui prouver qu'il disait vrai, il déposa une assiette devant elle et ajouta :

— Je n'ai fait que réchauffer les petits pains à la cannelle qui attendaient leur tour dans le congélateur, et couper un melon. On ne peut pas dire que je me sois donné un mal fou.

— Et si ton café n'est à mon goût ? demanda-t-elle d'un ton malicieux, destiné à dissimuler son embarras.

Il lui tendit une grande tasse et répondit :

— Il le sera. Je l'ai préparé comme tu l'aimes.

Le breuvage était excellent. Tucker y avait effectivement ajouté la bonne quantité de crème et de sucre. Rachel faillit le taquiner en lui disant qu'elle ne le laisserait jamais repartir, mais elle en fut incapable.

C'était un peu trop facile à imaginer. Elle savait qu'il lui serait difficile de trouver l'âme sœur. Pas tant à cause de son handicap et de ses cicatrices que parce qu'elle sortait rarement et vivait à la campagne. Deux obstacles qui ne l'empêchaient pas de rêver d'un mari et d'une nichée complète sous le toit où elle avait grandi.

Elle secoua la tête avec agacement. Le simple fait de s'imaginer Tucker au cœur de ce tableau la mettait mal à l'aise. Aussi dissimula-t-elle son embarras en mordant à pleines dents dans un des petits pains. Même décongelées, les viennoiseries de Pauline étaient succulentes.

— Sarah et papa ne savent pas se servir du four à micro-ondes, déclara-t-elle pour se changer les idées. Ils auraient été fichus de gâcher ces merveilles.

Tucker fit le tour de la table pour venir s'asseoir à côté d'elle et murmura :

— C'est ce que tu as envie de croire, Rachel. À mon avis, tu ne leur laisses pas assez de lest pour qu'ils s'y mettent.

La remarque la blessa, et Tucker dut s'en apercevoir car il s'empressa de faire amende honorable :

— Désolé. Je ne voulais pas te vexer. Tu as peut-être raison, au fond, je n'en sais rien. Si ça se trouve, les compétences de ton père et de ta sœur ne s'étendent effectivement pas aux tâches domestiques.

À son intonation, cependant, Rachel comprit que Tucker n'était pas convaincu. Pire encore, elle savait qu'il avait raison. Elle se plaignait de l'inertie de son père et de sa sœur dans ce domaine, alors qu'elle ne leur donnait jamais la moindre directive.

Furieuse contre elle-même, Rachel reprit un petit pain, avant d'attaquer sa part de melon.

Elle avait le choix, dorénavant : soit elle s'accommodait de son petit confort, soit elle agissait.

Elle pouvait agir. Elle devait changer.

— Tucker, tu m'apprendrais à me battre ? demanda-t-elle timidement.

— Pardon ?

— À défaut d'être en mesure d'utiliser une arme à feu, je voudrais être capable de me défendre pour pouvoir parer à toute éventualité.

— Ne t'inquiète pas. Nous sommes tous…

Elle lui coupa la parole en tendant la main vers lui afin de bien lui faire comprendre que sa requête n'était pas une simple lubie. Elle voulait être sûre de pouvoir prendre part à la mêlée si les choses tournaient mal.

— Je parle sérieusement, Tucker, insista-t-elle en lui serrant doucement le bras. Je veux apprendre à me battre.

Tucker hésita, sans pour autant la rembarrer.

— Tu ne crois pas que Cecilia…

— Contrairement à toi, elle n'est pas là, l'interrompit-elle. Tu as donné des cours d'autodéfense, à une époque, si ma mémoire est bonne…

Elle l'entendit s'agiter sur son siège, comme pour dissiper une certaine gêne.

— Euh… Oui, mais…

De nouveau, elle lui coupa la parole :

— Mais quoi ? Qu'est-ce que ça changerait pour toi ?

— Pas grand-chose, lui accorda-t-il sans conviction.

— Rien même. Alors, marché conclu ! rétorqua-t-elle d'un ton si ferme que Tucker finit par céder :

— Je suppose que je pourrais vous montrer un ou deux procédés, à Sarah et à toi.

La tache colorée qui apparut dans son champ de vision périphérique indiqua à Rachel que sa sœur venait de pénétrer dans la cuisine. Elle la vit plonger la main dans le panier à pain, puis l'entendit demander :

— Qu'est-ce que tu veux nous montrer ?

— Des rudiments d'autodéfense. Rachel voudrait être à même de riposter à un éventuel agresseur, lui répondit Tucker d'un ton neutre.

— Excellente idée, déclara Sarah, la bouche pleine. Cela dit, je sais tirer, et je suis capable de te botter les fesses.

— Toi ? s'exclama Tucker, manifestement interloqué. Du haut de ton mètre cinquante ?

— Sans problème. Je me suis confrontée à plus coriace que toi, mon gars. Je pourrais même te mettre au tapis, là, tout de suite.

— Chiche !

S'ensuivit un raclement de chaises, puis :

— Tu vas voir ce que tu vas voir, Wyatt.

Rachel les vit vaguement se tourner l'un autour de l'autre en sautillant et crut bon d'intervenir :

— Vous n'allez tout de même pas…

Il y eut un grognement, un bruit sourd, puis un grand

éclat de rire. C'était agréable, familier, et ça l'aurait été encore davantage si les Knight avaient été au complet.

— D'accord. Sarah est reçue avec mention, souffla Tucker. Cela dit, je maintiens qu'elle n'a pas réussi à me botter les fesses.

— Si ça peut te conforter dans ton orgueil de mâle, Tucker, lui rétorqua joyeusement Sarah.

Elle se tut quelques instants avant d'ajouter, sur un tout autre ton :

— Tiens, Dev est arrivé. Son pick-up est dans l'allée. Je vais l'étrangler, celui-là. Il était censé m'attendre. Laissez-moi un ou deux petits pains à réchauffer, recommanda-t-elle au moment de sortir.

— Tu l'as laissée te battre ? demanda Rachel à Tucker.

— Le but n'était pas de remporter la partie, répondit-il. Je voulais voir de quel bois ta sœur était faite, et je suis renseigné. Elle a les bonnes réactions et sait asséner un direct. Son cran et sa combativité naturelle font d'elle une adversaire digne de ce nom. De plus, comme elle n'a pas manqué de nous le rappeler, elle sait se servir d'une arme.

— Tu veux dire que je n'ai pas de cran et que je ne suis pas combative ?

— Non, mais tu es moins virulente que ta sœur et tu le sais aussi bien que moi. Alors je t'apprendrai quelques mouvements d'autodéfense, si tu y tiens tant.

— J'y tiens. On commence quand ?

La météo était capricieuse, à l'approche de l'automne, dans cette partie du pays. Une journée ensoleillée pouvait être suivie d'un blizzard terrible. Mais par bonheur il faisait beau, ce matin-là. Le jardin des Knight serait l'endroit idéal pour enseigner quelques bases à Rachel.

Elle avait troqué son jean et son T-shirt contre… une

tenue sur laquelle Tucker préféra ne pas s'attarder tant elle lui parut sexy.

— On devrait peut-être porter des protections, non ? suggéra-t-elle. Je ne voudrais pas te faire mal.

— On n'en est pas là, Rachel. Dans l'immédiat, il s'agit pour toi d'apprendre quelques règles et certains mouvements de base. Tu n'es pas près de me mettre au tapis, pour reprendre l'expression de Sarah.

— C'est pourtant le but, non ?

— Après un certain nombre d'heures d'entraînement, oui. On n'acquiert pas la technique en une séance.

— Je ne pensais pas que c'était si complexe, dit Rachel en plissant le nez.

— Ce n'est pas sorcier non plus. Il faut que tu t'exerces jusqu'à ce que ça devienne une seconde nature chez toi. Et bien que tu aies pris ta décision, ce dont je te félicite, je tiens à préciser que tu n'auras jamais à te battre, parce que je suis là et…

Il s'interrompit en la voyant secouer la tête avec véhémence.

— J'en ai assez d'être la personne qu'on doit protéger. Je n'attends pas la lune de ces leçons ; je veux simplement savoir donner un coup de poing et me libérer en cas de besoin. Rien d'autre.

Tucker pesa rapidement le pour et le contre. D'un côté, il devait bien cela à Rachel, d'un autre, jouer les moniteurs d'autodéfense l'obligerait à la toucher, ne serait-ce que pour la guider dans ses mouvements, or elle était…

Pourquoi avait-elle enfilé ce caleçon et ce petit haut en lycra, bon sang ? Il n'était pas de bois !

En revanche, il était capable de maîtriser ses pulsions inavouables et totalement déplacées. Ses valeurs lui interdisaient de profiter d'une personne si chère à son entourage.

Elle t'est chère à toi aussi, lui souffla une voix intérieure.

Lorsqu'il ne passait pas trop de temps en tête à tête avec

Rachel, Tucker parvenait à oublier leurs points communs. Tout comme lui, elle aimait se sentir utile. D'ailleurs, ne lui avait-elle pas reproché le semblant d'aide qu'il lui avait apporté ce matin ? Sa contrariété manifeste ne lui avait donné qu'une envie : celle d'en faire davantage.

De prendre soin d'elle et…

Il toussota et s'obligea à revenir à la réalité du moment. Ce cours n'aurait rien de différent de tous ceux qu'il avait donnés.

— Bien, commença-t-il. Règle numéro un : toujours viser l'entrejambe.

Rachel partit d'un rire étranglé.

— Je ne vais pas te frapper là, Tucker !

— Et je t'en suis reconnaissant, enchaîna-t-il malgré son trouble, avant de préciser : Dans une situation dangereuse, je veux dire. C'est ça, ta cible. L'entrejambe, les yeux… Les endroits les plus vulnérables.

Il réprima une grimace et repoussa l'idée de Rachel contrainte de réagir ainsi à une agression.

— Je comprends, murmura-t-elle.

— Et il faut que tu sois hargneuse.

— Ça, je ne sais pas faire, objecta-t-elle, les poings sur les hanches.

— Vraiment hargneuse, Rachel. Essaie de trouver la Sarah qui sommeille en toi.

— Je préfère trouver mamie Pauline et te chasser à coups de rouleau à pâtisserie.

— Encore faudrait-il que tu en aies un à portée de main, répliqua-t-il en riant. Allez, montre-moi plutôt comment tu t'y prendrais pour atteindre ton adversaire au menton.

Il lui fit faire le geste, sans jamais cesser de lui désigner sa cible, même si elle la distinguait à peine. Après lui avoir conseillé d'attraper tout ce qui pouvait constituer une arme, il lui montra la manière la plus efficace de s'en servir.

Rachel était souple, en forme, et elle progressa rapidement. Tucker lui proposa à plusieurs reprises de faire une pause, ce qu'elle refusa, même lorsqu'ils furent tous deux à bout de souffle.

— Le seul problème, dit-elle en haletant, c'est que je ne serai pas sur un ring de boxe. Si je dois me battre, ce sera contre une personne qui veut vraiment s'en prendre à moi ou à un de mes proches.

— N'empêche que tu dois acquérir les réflexes, Rachel.

— Je peux le faire toute seule avec un punching-ball. Ce que je voudrais, c'est que tu me montres comment réagir si on s'empare de moi. Je sais que tu as peur de me faire du mal et je ne veux pas t'en faire non plus, mais il faut que ce cours ressemble davantage à un vrai combat.

— Ne t'inquiète pas pour moi, Rachel. Tu ne me feras pas de mal.

— Je suis si faible que ça ?

— Disons plutôt que je suis un pro de l'esquive. En plus d'être dans la police depuis près de neuf ans, j'ai appris à éviter les coups dès mon plus jeune âge.

Tucker se reprocha aussitôt la seconde partie de sa réponse. Il se serait abstenu s'il avait pensé un seul instant que cela lui vaudrait… oui, la compassion de Rachel dont le beau visage s'assombrit.

Il n'était pourtant pas le plus à plaindre : il n'avait passé que huit ans avec Ace et les Fils, alors que ses frères, à l'exception de Cody, avaient dû tenir beaucoup plus longtemps. Bref, Tucker s'en était bien tiré, comme d'habitude.

— Allez, dit-il. Imagine que je suis ton agresseur et cogne.

Rachel adopta la position qu'il lui avait montrée et tenta de lui asséner un coup de poing. Il ne parvint à l'éviter qu'en avançant d'un grand pas.

— Parfait.

— Tu plaisantes ? Je ne t'ai pas touché.

— On dirait que ça te chagrine, commenta-t-il en riant.

Tucker lui prit le poignet droit et le souleva avant d'expliquer :

— C'est ta main dominante, celle qui fera la majorité du travail.

Il la relâcha pour s'emparer de la gauche et ajouter :

— Cela ne signifie pas pour autant que cette main-ci ne sert à rien. Referme ton poing.

Tucker lui montra comment cogner indifféremment du poing gauche ou du poing droit, puis comment se servir de ses bras pour éviter un coup. Il fit office de punching-ball à deux ou trois reprises avant d'arriver à la conclusion que Rachel aurait plus de chances de venir à bout d'un agresseur en visant un endroit sensible ou en attrapant une arme de fortune.

Tant pis. L'essentiel était qu'elle soit rassurée sur son aptitude à se défendre.

Ce n'était pas si mal, finalement. Tucker était ravi de lui enseigner quelque chose d'utile, et tout alla bien jusqu'au moment où il eut la brillante idée de lui apprendre à se dégager d'un agresseur qui l'attaquerait par-derrière. Or cela exigeait… qu'il joue lui-même le rôle de l'agresseur.

Ils commencèrent par s'exercer, répétant lentement l'exercice ; un véritable supplice pour Tucker qui dut montrer à Rachel où placer ses mains et comment se positionner… en faisant comme si son propre corps était de glace ou de plastique, bref, d'une matière peu susceptible d'être troublée par les formes d'une femme.

Rachel était souple. Gracieuse.

Désirable…

Non. Là, il dépassait vraiment les limites. Il n'avait pas le droit de penser en ces termes à la fille de Duke Knight, dont il était censé assurer la protection.

— Encore, dit-elle.

— Je ne…

— Recommence, insista-t-elle. Saute-moi dessus par-derrière.

Tucker jura intérieurement. Rachel pivota sur elle-même pour lui tourner le dos.

Il n'avait qu'à l'attraper par la taille et…

Malheureusement, Tucker n'aimait pas se mettre dans la peau d'un agresseur. Pas plus qu'il n'appréciait son état d'esprit du moment. Il était bien trop perturbé par la tenue de Rachel, par ses formes voluptueuses.

Il serra les dents et s'efforça de penser à autre chose tandis qu'il refermait son bras sur la taille de Rachel. Elle leva une main pour éviter qu'il l'emprisonne, mais il se servit de son bras libre pour l'en empêcher.

Elle fit mine de le frapper au niveau du talon ; il desserra légèrement son emprise, comme pour se mettre hors de sa portée, sans pour autant lui relâcher la taille.

Rachel s'immobilisa, et le contact devint rapidement intenable. Ils étaient là, tous deux, dans une posture bizarre, une des mains de Tucker sur le ventre dénudé de Rachel, l'autre refermée autour de son poignet. Comme elle avait le dos contre lui, il sentait son corps se soulever et retomber à chaque respiration ; et il préférait ne pas penser au bas de ses reins, nichés contre une autre partie, bien plus intime, de sa personne.

Rachel pencha la tête en arrière et, bien qu'il sache qu'elle ne distinguait pas ses traits, il eut l'impression qu'elle l'examinait.

Et puis cette bouche, ces lèvres pleines, si tentantes… Cet abandon aussi, puisqu'elle n'essayait ni de se dégager ni de s'éloigner de lui…

Une douce odeur de fleurs sauvages se dégageait d'elle, et Tucker commençait à perdre la réalité de vue. Il était partagé entre deux souffrances internes. Et s'il comprenait pleinement la première, l'autre n'avait aucun sens. Toutes deux finirent par se confondre, et bientôt il n'y eut plus que les battements fous de son cœur, provoqués par le souffle léger de Rachel contre sa joue.

Le bruit d'une altercation rompit le charme. Tucker relâcha brusquement Rachel et décolla son corps du sien.

— Tucker…

Elle avait prononcé son nom avec une langueur suspecte, son souffle paraissait un peu trop court, et son œil valide brillait d'une lueur sur laquelle il refusa de s'interroger.

— Dev et Sarah sont de retour, dit-il. Ça fait un moment qu'on s'entraîne, on pourrait faire une pause. Je… je meurs de faim, pas toi ?

Intérieurement, il se fustigea. Il bafouillait comme un collégien en mal d'inspiration, lui, un adulte. Un homme indûment troublé, et *indûment* était le mot clé. Il savait ce qui lui restait à faire : prendre deux millimètres de distance et débiter des platitudes ne suffisait pas. Tucker devait se ressaisir et gérer la situation. Voilà.

Les chiens arrivèrent les premiers, ce qui lui permit de se changer les idées en leur grattant le crâne et en les flattant. Il aurait fait n'importe quoi pour venir à bout du tumulte qui l'animait.

— Alors, comment se passe ce cours ? s'enquit Sarah.

— Très bien, répondit Tucker d'une voix beaucoup trop forte. On était sur le point de faire une pause.

— Nous aussi.

Quand Tucker releva la tête, il vit que Dev l'observait, les sourcils froncés, ce qui ne l'inquiéta pas outre mesure. Son frère avait *toujours* l'air réprobateur.

En outre, il s'en voulait suffisamment pour pouvoir se passer du regard des autres.

8

Rachel eut une sensation de fourmillement dans le corps tout le reste de la journée. Sa peau la picotait comme à la veille d'une poussée d'urticaire. Et si c'était plus inconfortable que douloureux, cela restait désagréable.

La faute à Tucker, une fois de plus. Il avait dû deviner ses pensées, être horrifié par le plaisir qu'elle avait éprouvé à être ainsi manipulée par ses larges mains ou, à l'inverse, y trouver un certain plaisir lui-même et se le reprocher.

Une chose lui paraissait certaine néanmoins : il avait réussi à dissimuler sa contrariété ou sa répulsion derrière son flegme habituel.

Jusqu'à maintenant en tout cas, car depuis il l'évitait soigneusement.

C'était sans doute aussi bien ainsi, encore que…

Elle était très perturbée quand elle se prépara pour la nuit. Il se passait trop de choses. L'absence de son père, ses cauchemars récurrents… et son attirance soudaine pour un homme qu'elle considérait comme un membre de sa famille. Pire encore, elle se demandait si l'homme en question avait des vues sur elle en retour, ou s'il n'avait rien remarqué de son émoi.

Elle se laissa retomber sur son lit en geignant. Il fallait qu'elle parle à quelqu'un. En général, elle se confiait à Sarah ou à Cecilia. Sarah ne lui serait d'aucune aide en l'occurrence, et Rachel ne supporterait pas le franc-parler de Cecilia. Il lui fallait une interlocutrice plus délicate, comme Felicity, qui perçut immédiatement son agitation et lui demanda franchement si c'était la présence de Tucker sous son toit qui la mettait dans cet état d'agitation.

Rachel commença par protester avant d'avouer qu'elle avait été profondément troublée par le contact de Tucker, le matin, pendant leur cours d'autodéfense.

Felicity lui parla d'une simple attirance sexuelle, ce dont Rachel se défendit avec une véhémence renforcée par sa hantise de céder aux charmes d'un Wyatt.

— Je ne m'attendais pas à ce que tu me mettes au pied du mur comme ça, marmonna-t-elle d'un ton boudeur.

— Désolée, lui répondit Felicity, hilare. Je ne l'aurais pas fait si je ne t'avais pas sentie aussi tendue. Et je n'ai pas cru une seconde que c'était à cause de la fugue de papa. D'habitude, c'est toi la plus calme en période de crise.

— Je *suis* calme, protesta Rachel, pressée de changer de sujet

Malheureusement, sa sœur ne l'entendait pas de cette oreille.

— Donc, il s'est passé quelque chose de spécial entre Tucker et toi… Tu saurais dire quoi, exactement ?

— Pas vraiment. Il y a eu un drôle de courant qui passait entre nous, un peu comme si on venait de s'apercevoir qu'il est un homme et moi, une femme. Rien à voir avec ce qu'on peut éprouver envers un membre de sa famille… Plutôt une… sorte d'attirance, difficile à définir.

— Comme deux personnes qui ont envie de coucher ensemble, résuma Felicity.

Rachel poussa un petit cri étranglé.

— Felicity ! s'exclama-t-elle d'un ton de reproche.

— Désolée, ma belle. Je vois exactement de quoi tu parles et je suis bien placée pour savoir où ce genre de courant, comme tu l'appelles, peut mener avec un des fils Wyatt.

— Enfin ! Je ne comprends pas. On dirait que c'est

une fatalité. Nous craquons l'une après l'autre pour cette bande de…

— De types droits, attentionnés, et beaux comme des dieux ? Des hommes qui entendent nous protéger, plus parce que c'est dans leur nature que parce qu'ils nous croient faibles ?

— Je ne… J'ai vingt-deux ans, Felicity, murmura Rachel avec un soupir.

— C'est la différence d'âge entre Tucker et toi qui te dérange ou tu t'estimes trop jeune pour avoir une relation sérieuse ?

— Ni l'un ni l'autre. Les deux… Je ne sais pas. On n'en est pas là. C'était juste un moment d'émoi. Un courant éphémère. Très passager, Felicity, je t'assure.

— Et moi, je peux t'assurer que ce genre d'incident n'est jamais anodin avec un Wyatt. Par exemple, je n'avais pas prévu ma grossesse, mais Gage est arrivé et crac ! Désir, puis amour avec un grand A ; tu connais la suite.

Terrifiant.

— Ça ne veut pas dire que ça m'arrivera aussi, balbutia Rachel, le cœur battant.

— Bien sûr que non. Tu as ta propre personnalité, Tucker aussi. J'essayais de te faire comprendre que ton attirance pour lui est parfaitement normale, et qu'elle te déroute parce qu'elle est toute récente. Le danger et l'inquiétude ont pour effet de faire tomber les murs dont nous nous entourons, de modifier notre perception des gens.

— Je ne m'entoure pas de murs, contra Rachel.

— Admettons, lui renvoya Felicity d'un ton peu convaincu. N'oublie pas néanmoins que Tucker est forcé d'en ériger autour de lui pour se protéger. J'avais beau me douter de ce qu'avait pu être son enfance avant mamie Pauline, je n'ai vraiment mesuré l'ampleur des dégâts que lors de la confrontation entre Gage et son père. Ace l'aurait tué en croyant sincèrement être dans son bon droit. Les frères

Wyatt n'ont pas souffert que de la perversité paternelle. Ils ont aussi dû supporter sa démence.

Felicity s'interrompit, et Rachel fut parcourue d'un frisson à la pensée de ce que Gage avait subi enfant, puis adulte. Tucker lui avait toujours paru moins traumatisé que les autres membres de sa fratrie. Les huit années qu'il avait passées sous le joug d'Ace Wyatt n'étaient pourtant pas à négliger.

— La peur amplifie tout, Rachel. Ta réaction n'a rien d'anormal. Tu n'es qu'un être humain, et il faut bien avouer que Tucker est plutôt bel homme. Pour le reste, je comprends parfaitement que tu t'inquiètes pour papa.

— Dis donc, toi ! Je te rappelle que tu es censée n'avoir d'yeux que pour Gage !

— Je suis à lui corps et âme. Mais mes yeux se posent où ils le veulent. Allez, sœurette. Ça ira mieux quand tout cela sera fini, et tu sais comme moi que Tucker et les autres font le maximum pour ramener papa au ranch.

Rachel voulait la croire. Au-delà de ça, néanmoins, elle avait perçu quelque chose d'inédit dans l'intonation de voix de sa sœur. Felicity, autrefois timide et farouche, prenait de l'assurance, ces derniers temps. Un des bienfaits de sa grossesse et de sa relation avec Gage, sans doute.

— Tu as la voix d'une femme épanouie, Felicity, lui dit Rachel.

— Je le suis, et j'en veux terriblement à papa de perturber ma plénitude. Enfin, c'est la vie ! Le bonheur, le malheur et même l'amour peuvent survenir au même moment. Il faut l'accepter ; faire confiance à son instinct. Je m'y exerce chaque jour et ça me fait un bien fou.

Rachel remercia Felicity qui lui recommanda le repos, puis se rallongea. Si elle ne savait toujours pas très bien où elle en était avec Tucker, elle se sentait un peu moins tendue.

Se fier à son instinct.

Oui, elle y songerait ou, mieux encore, elle s'y essaierait.

Elle finit par s'endormir, pour être réveillée au beau milieu de la nuit par le bruissement et la lueur surnaturelle des yeux d'un animal.

D'un animal ? Ce n'était pas un regard humain, pourtant…

Les secrets font toujours des victimes innocentes ; une leçon que Curtis Washington n'est pas près d'oublier.

Il la tenait trop fermement pour qu'elle puisse lui échapper ou même se débattre. Et les yeux suivaient leur progression.

L'homme qui l'emmenait était une entité à part. Rachel entendait les bruits de la vie nocturne autour d'elle ; elle voyait les rayons de la lune. En revanche, elle ne parvenait pas à distinguer clairement l'ombre qui l'emmenait, trop vite et trop facilement, loin de tout ce qui lui était cher.

Elle se débattit et tenta de crier, en vain : elle était prisonnière, de l'homme comme de sa propre peur.

Les choses empirèrent encore quand son ravisseur s'immobilisa. Bien que son emprise se soit relâchée, Rachel frémit en voyant l'objet qu'il brandissait résolument – un couteau à dents – avant de lui lacérer le visage.

Cours. Réveille-toi.

Rachel sentit le couteau contre sa chair, puis l'homme fut interrompu dans son geste par un grondement suivi d'un bruit mat. La douleur fut terrible, Rachel saignait, elle avait l'impression d'avoir les yeux en feu, cependant elle avait échappé à l'ombre.

Tucker grimpa les marches deux à deux, la main sur la crosse de son arme. Tiré d'un sommeil agité par les hurlements de Rachel, il s'était levé d'un bond, avant de se précipiter à l'étage.

Sarah se tenait sur le palier, une batte de base-ball à la main.

— Retourne dans ta chambre, souffla-t-il.

Comme Rachel avait cessé de crier, il s'avança précautionneusement jusqu'à la porte.

Il l'aurait enfoncée s'il avait eu une idée de ce qui se trouvait derrière, et si l'expérience ne lui avait pas appris qu'une approche furtive était préférable à une entrée en force. Aussi posa-t-il une main mal assurée sur la paroi de bois.

Il se ressaisit rapidement : il ne pouvait s'autoriser la moindre faiblesse, et une erreur même minime risquait d'être fatale à Rachel. Ce fut donc avec circonspection qu'il tourna la poignée avant de pousser le panneau, centimètre par centimètre.

— Où est-il ? demanda-t-il en traversant la pièce baignée de lumière.

Rachel se redressa vivement, s'emmitoufla dans sa couverture, puis demanda :

— Qu'est-ce que tu fais là, Tucker ?

— Je… Tu as hurlé, répondit-il avant de s'apercevoir que Rachel ne courait aucun danger immédiat et de rengainer son arme.

— Bon sang, Rachel. Tu as poussé un cri à réveiller les morts.

— Pardon. Je…

Elle reprit son souffle et parut s'apercevoir qu'elle avait pleuré. De grosses larmes continuaient à couler sur ses joues lorsqu'elle reprit la parole, avec un calme surprenant.

— Ce n'est rien. Rien qu'un cauchemar. Je ne voulais pas te faire peur et… J'ai aussi réveillé Sarah ? s'enquit-elle en grimaçant.

— Je le crains, oui.

Rachel s'empara du portable posé sur sa table de nuit et le tendit à Tucker.

— Envoie-lui un message, ordonna-t-elle. Dis-lui que tout va bien, que ce n'était qu'un mauvais rêve.

Quelques secondes plus tard, Sarah, échevelée, fit irruption dans la pièce à son tour.

— Ma pauvre chérie, balbutia-t-elle. C'est terrible. Que puis-je faire pour toi ?

— M'apporter quelque chose à boire.

— Je descends tout de suite.

Tucker profita de l'absence de Sarah pour examiner Rachel. Elle tremblait de tous ses membres et s'était remise à sangloter.

— Désolée de vous avoir réveillés tous les deux. Je…

— Cesse de t'excuser, dit Tucker avec une sévérité qu'il se reprocha aussitôt.

Il avait pourtant des excuses, lui aussi : ce cri perçant lui avait fait imaginer le pire.

Il relâcha le souffle qu'il retenait depuis si longtemps. Rachel était indemne. Enfin, à peu près, car son bouleversement restait manifeste.

Confronté à ses larmes, il ne put que s'avancer vers elle.

— C'est comme ça chaque fois ? s'enquit-il.

— Non, murmura-t-elle en remontant la couverture sous son menton. D'habitude, je me réveille avant… avant…

Elle inspira profondément, sans doute pour se donner le courage de continuer.

C'en fut trop pour Tucker, qui alla s'asseoir auprès d'elle et lui posa une main sur l'épaule.

— Normalement, je me réveille *avant* que l'homme me fasse du mal, reprit-elle d'une voix saccadée. Là, son couteau a eu le temps de m'atteindre.

Tucker lui caressa le bras. Elle semblait prête à se confier à lui, et il commençait à nourrir certains doutes quant à ces cauchemars.

— Un couteau ? répéta-t-il.

— Oui. Et un homme. Il me tenait, il brandissait un couteau à dents et il… il…

Elle ne parvint pas à terminer. Comme elle frissonnait toujours, Tucker l'attira à lui et attendit qu'elle se laisse aller.

Elle soupira bruyamment avant de poursuivre son récit :

— Cette fois, j'ai senti la douleur et le goût du sang sur ma langue. Que j'aie imaginé tout cela ou non, la scène m'a paru bien réelle, Tucker. Pour le reste… J'étais toute petite et, même si je réagissais avec mon esprit d'adulte, je ne faisais pas le poids. Ah, et en plus de l'homme il y avait un animal, qui ne ressemblait en rien à un puma. Il a sauté sur l'homme au moment crucial.

Rachel secoua énergiquement la tête avant d'ajouter, comme si elle se riait d'elle-même :

— Bref, n'importe quoi… Je…

Elle enfouit son visage dans le creux de l'épaule de Tucker, puis avoua, comme une petite fille égarée :

— Je voudrais que ces rêves s'en aillent et que papa revienne.

— C'est tout naturel, ma belle, lui dit Tucker en lui caressant le dos. Moi aussi.

Plus elle lui racontait son cauchemar, plus il se demandait ce qu'elle savait, consciemment ou non.

Il s'interrogeait également sur Duke. Rachel lui avait-elle parlé de ses terreurs nocturnes ? Était-ce une des raisons pour lesquelles il avait accepté de disparaître sans préavis ? Faire en sorte que Rachel ne soit pas mêlée à sa fugue ?

— Il a encore été question de ce Curtis Washington, ajouta-t-elle, le tirant de ses pensées.

Rachel se détacha légèrement de Tucker pour lui faire face.

Elle était blême ; ses cicatrices semblaient plus prononcées que d'habitude.

Elle le dévisagea un moment et, bien qu'il sache qu'elle ne le distinguait qu'à peine, Tucker se sentit pénétré par son regard.

— Pourquoi est-ce que j'entends ce nom ? Jusqu'à présent, je ne prenais pas mes rêves au sérieux, mais…

Tucker termina sa phrase à sa place :

— Mais ils se répètent, et ça va de mal en pis.

Rachel acquiesça. Son joli visage était si proche que leurs nez se touchaient presque. Tucker l'étreignait toujours, et elle continuait à prendre appui sur lui.

Là. Dans sa chambre. En pleine nuit.

Tucker laissa retomber son bras, mais resta assis sur le bord du lit, en avançant néanmoins de quelques centimètres afin que leurs corps, bien que proches, ne soient plus en contact.

Rachel s'était remise à pleurer et à trembler. Elle était terrorisée… et à deux doigts d'une vérité qu'il devait lui cacher.

— Nous devrions nous intéresser à ce nom, tu ne crois pas ? Si ça se trouve, il a un rapport avec papa ou…

Sarah remonta de la cuisine, un plateau chargé de verres en main.

— Je ne savais pas ce que tu voulais, alors j'ai apporté…

— Tout, acheva Rachel, un sourire indulgent aux lèvres. Merci. Je vais me contenter d'un peu d'eau.

Tucker se laissa glisser hors du lit pour laisser à Sarah le soin de réconforter sa sœur. C'était son rôle, après tout, et il préférait s'échapper avant que Rachel lui fasse perdre la tête.

Il jeta un coup d'œil au plateau de Sarah, se servit un doigt de whisky et avala le liquide ambré d'un trait.

Il tentait une sortie, lorsque Rachel revint à la charge :

— Tucker ? Il faut qu'on trouve d'où sort ce nom.

— Je vais voir ce que je peux faire, promit-il.

9

Rachel savait que Tucker tiendrait parole, et que sa fonction lui faciliterait la tâche. Pour autant, elle n'entendait pas renoncer à l'assister dans ses recherches.

En admettant que cet énigmatique Curtis Washington ait un rapport avec ce qui se passait au ranch, elle acceptait l'idée qu'il soit également lié à Duke. Or, si son rêve la renvoyait aux derniers événements… Elle ne savait pas. Quelle angoisse de penser à ce qui pouvait être enfoui au plus profond de son subconscient !

— C'est un véritable capharnaüm, Rachel, grommela Sarah. On ne s'en sortira jamais.

De toute évidence, Sarah brûlait d'envie de vaquer à ses occupations habituelles malgré la pluie. Pourtant, lorsque Rachel avait annoncé qu'elle montait faire un peu de tri au grenier, sa sœur avait insisté pour lui donner un coup de main.

— Je sais, mais je ne peux pas attendre les bras croisés que Tucker trouve la clé de l'énigme. D'accord, ce n'était qu'un rêve, et tu dois te demander si je n'ai pas perdu la raison, pourtant…

Sarah l'interrompit avec impatience.

— Pas n'importe quel rêve tout de même ! En temps normal, je ne m'attarderais sans doute pas dessus, cependant rien n'est normal en ce moment. Tiens, à propos, tu as remarqué la manière dont Tucker te regardait, la nuit dernière ?

Rachel faillit trébucher sur un des cartons qui jonchaient le plancher.

— La manière dont… *quoi* ? demanda-t-elle d'une voix étranglée.

— Tu m'as comprise. Il n'avait d'yeux que pour toi et te détaillait de la tête aux pieds, ou plutôt de la tête à la taille.

Rachel sentit le rouge lui monter au visage.

— Bon sang, Sarah, balbutia-t-elle.

— Je peux lui demander d'arrêter, si tu veux.

— Surtout pas, malheureuse !

— Tiens donc ! Et pourquoi ça ?

Rachel biaisa pour se sortir de cette conversation épineuse.

— Parce que… c'est gênant, voilà tout.

— Ne me dis pas que tu aimerais bien que Tucker te détaille. On parle de Tucker Wyatt, tout de même !

— Je ne connais qu'un Tucker, répliqua Rachel d'un ton glacial.

— Ça ne répond pas à ma question.

— Tu m'as posé une question ?

— Cesse de tourner autour du pot. Ça te fait peur que Tucker soit fasciné par tes seins ou ça t'émoustille ?

Rachel hésita à répondre : si ça ne lui faisait pas peur, elle n'était pas certaine non plus que ça lui plaise.

— Rassure-toi, ce n'était pas le regard d'un voyeur. Tucker avait les yeux rivés sur ta poitrine et…

— Passons, tu veux bien ? l'interrompit Rachel. On a mieux à faire. Une chose me paraît certaine : ces cartons ne contiennent rien de significatif. Si ce que nous cherchons est suffisamment important et confidentiel pour que papa ait jugé préférable de disparaître, nous le trouverons dans une cachette quelconque. Dans le mur, dans les étables…

Sarah soupira bruyamment, et toutes deux se remirent

au travail, Sarah passant en revue les étiquettes collées aux cartons, tandis que Rachel arpentait le grenier et palpait les murs, à la recherche d'une planque quelconque.

Elle allait renoncer lorsque ses mains se posèrent sur un objet métallique, dans un coin proche de la porte. Un genre de boîte, très compacte.

— Qu'est-ce que c'est que ça ? s'enquit-elle.

— Un tiroir à monnaie, lui expliqua Sarah en se rapprochant.

Étiqueté avec un petit morceau de scotch sur lequel était écrit : boutons.

Drôle d'idée, d'enfermer des boutons ! songea Rachel.

— Maman en faisait la collection, dit Sarah, cependant je ne pense pas qu'elle soit allée jusqu'à les mettre sous clé. Passe-moi cette boîte que je voie ce qu'il y a dedans.

— Si elle est verrouillée..., commença Rachel.

Elle fut interrompue par un grincement suivi d'un cliquetis en cascade.

— Oups ! fit Sarah. La serrure était plus facile à forcer que je ne le pensais. Et ce sont bien des boutons. Il y en a partout, maintenant. Tiens-moi la boîte, le temps que je les ramasse.

Rachel reprit le tiroir et enfouit la main dans son contenu. Elle pensa à sa mère qui nourrissait effectivement une passion pour les boutons et sentit le chagrin la submerger. Depuis le temps, elle aurait dû savoir refouler ces vagues de tristesse, néanmoins le fait de toucher les précieuses possessions maternelles lui fit monter les larmes aux yeux. Elle enfonçait ses doigts dans les boutons lorsqu'elle tomba sur un objet pointu qu'elle tira de la boîte. Des deux mains, elle en explora les contours. C'était bien plus gros qu'un bouton. Une boucle de ceinture, peut-être ?

— Sarah ?

— Que... Mon Dieu ! s'exclama cette dernière.

— Quoi ? Qu'est-ce que c'est ? s'enquit Rachel, affolée.

— C'est l'insigne d'un policier de Chicago, lui répondit Sarah après le lui avoir arraché des mains.

— Chicago ? Que fait l'insigne d'un flic de Chicago dans une boîte à boutons ?

— Verrouillée, de surcroît, lui rappela Sarah. Si c'est un secret que nous cherchions, je crois que nous l'avons trouvé.

La voix de Tucker leur parvint du rez-de-chaussée.

— Vous êtes là-haut, les filles ?

Sarah déposa l'insigne dans la main de Rachel.

— À toi de jouer, sœurette. Si tu préfères ne rien dire, je te suivrai, et si tu choisis d'en parler à Tucker, pareil.

— Pourquoi moi ? Duke est aussi ton père, non ?

— C'est toi qui fais des cauchemars, et tu es la plus proche de Tucker. En outre, de nous deux, c'est toi, la plus rationnelle. Je m'en remets à ta décision.

La silhouette de Tucker se dessina sur le seuil.

— Salut. Dev te cherche, Sarah. Qu'est-ce que vous faites ici, toutes les deux ? s'enquit-il.

Sarah resta muette. Comme promis, elle laissait la parole à Rachel, qui répondit :

— On est montées jeter un coup d'œil, histoire d'essayer d'en savoir plus sur l'histoire de papa, de nous faire une idée de ce qu'il pourrait avoir voulu nous cacher, si tu préfères.

Elle serrait l'insigne dans une main et avait coincé le tiroir à monnaie dans le creux de son bras. Que pouvait-il contenir d'autre ?

Plus important encore, voulait-elle vraiment informer Tucker de sa découverte ?

— Bon, je vais voir ce que me veut Dev, annonça Sarah.

Rachel l'entendit sortir et laissa courir ses doigts sur l'insigne. Était-il possible que son père ait été policier à Chicago ?

Peut-être avait-il eu maille à partir avec un de ses anciens collègues. Et s'il y avait une sombre histoire derrière tout cela ? Rachel était-elle en droit de garder l'information pour elle, de façon à ce que personne n'en sache jamais rien ?

D'un autre côté, elle ne pourrait pas ramener son père à la maison sans aide. Dès lors, pourquoi ne pas se confier à Tucker ? Il était droit, à la recherche de la vérité, et payait cher les délits de son propre père, ce qui constituait une injustice.

Bref, Tucker méritait tout le crédit qu'elle pouvait lui accorder.

« Il n'avait d'yeux que pour toi, la nuit dernière. »

— Ça va, Rachel ?

Elle hocha la tête, s'éclaircit la voix, puis se lança :

— Nous avons trouvé un tiroir-caisse. Il contenait les boutons de maman.

Tucker lui posa une main sur l'épaule et la serra doucement.

— C'est un joli souvenir, commenta-t-il. Même si ça te rend un peu triste.

Rachel acquiesça. Tucker ne possédait rien qui ait appartenu à sa mère, avec qui il avait entretenu des rapports compliqués. Et, bien évidemment, il ne voudrait rien hériter de son père. Rachel, de son côté, avait eu de bons parents qui, en plus de l'aimer, avaient adopté ou élevé cinq autres filles, afin de fonder une véritable famille.

— C'est à cette période de l'année qu'Eva me manque le plus, ajouta Tucker d'une voix douce. Elle aidait mamie Pauline à nous préparer pour l'école, pour qu'on n'ait pas l'air de chiens galeux le jour de la rentrée.

— Maman disait que vous aviez besoin d'amour et de cadres. Elle comptait sur la fermeté de Pauline pour vous empêcher de partir à la dérive.

— Mamie Pauline faisait les trois : elle nous aimait, nous guidait et n'hésitait pas à nous gronder. Tout comme ta mère, d'ailleurs, poursuivit Tucker.

Rachel eut un sourire nostalgique. Cela lui faisait un drôle d'effet de discuter de sa mère avec Tucker. Eva

Knight avait considéré les fils Wyatt comme ses propres enfants. À ce titre, elle avait assisté Pauline dans sa tâche autant qu'elle le pouvait. Elle avait sincèrement aimé ceux qu'elle appelait ses garçons. De manière générale, elle s'était toujours préoccupée des gens qui avaient besoin d'être épaulés. Et avait bien souvent redonné espoir aux plus malheureux.

Rachel ne connaissait pas vraiment le désarroi. Les rêves qui empoisonnaient ses nuits n'étaient que des chimères, même s'ils semblaient indiquer un profond tourment intérieur.

Non. Elle avait eu une existence paisible et relativement facile, de sorte que sa mère l'avait encouragée à aider son entourage, à rester optimiste en toutes circonstances.

La seule chose qu'elle espérait, dans la situation présente, était le retour de son père. Cela ne se produirait pas si elle gardait le secret.

Rachel inspira longuement, palpa de nouveau l'insigne, puis le tendit à Tucker

— J'ai trouvé ça parmi les boutons, expliqua-t-elle.

Tucker écarquilla les yeux. Rachel tenait en main un badge de la police de Chicago. Il se sentit complètement dérouté car s'il savait, lui, que l'objet avait appartenu à Duke, Rachel l'ignorait. Forcément.

Une fois encore, il fut tenté de lui avouer la vérité. Dans le même temps, il était partagé : il se serait volontiers contenté d'une remarque désinvolte, destinée à empêcher Rachel de creuser davantage.

Le souvenir du hurlement qu'elle avait poussé dans la nuit l'en empêcha néanmoins. Son subconscient la travaillait. Une partie du mystère s'y était nichée et, contre cela, il ne pouvait rien.

— C'est un insigne de police, dit-il d'un ton embarrassé.

— De la police de Chicago, même, d'après Sarah.

Rachel le déposa dans le creux de la main de Tucker et lui demanda :

— Ça constitue un indice, non ?

— C'est le moins qu'on puisse dire.

— Tu as fouillé tout le tiroir ?

— Je n'en ai pas eu le temps. Nous venions de le trouver quand tu es arrivé.

Tucker se renfrogna.

— Pourquoi Sarah ne m'a-t-elle rien dit ?

— Pour que je décide moi-même de t'en parler ou de me taire.

— Te taire ? répéta-t-il, interloqué. Pour quelle raison ?

Rachel haussa les épaules.

— Le principal, c'est que je n'aie pas gardé le secret.

Bien que peu convaincu, Tucker n'allait pas se froisser pour si peu. Il prit la boîte des mains de Rachel, s'empara d'un bocal en verre et y versa les boutons en les laissant filer entre ses doigts. Il avait presque terminé lorsqu'un petit objet en ferraille s'échappa du lot.

— Tiens, une clé ! s'exclama-t-il.

— La clé de quoi ? s'enquit Rachel.

— Aucune idée. C'est une clé banale.

— Elle ouvre forcément quelque chose ! lui fit remarquer Rachel.

— Tu as raison. Si elle était dans le coffre à boutons avec l'insigne, c'est qu'elle sert ou qu'elle a servi. Maintenant, savoir à quoi… c'est une autre affaire.

Il examina le coffre, un ancien tiroir à monnaie sans compartiments intérieurs, et sans cache ou double fond. À part la rouille qui en maculait l'extérieur, il n'avait rien de remarquable.

— Un badge et une clé. Un père en fugue, des rêves hyper réalistes… Le sort va encore s'acharner longtemps sur moi ? geignit Rachel.

— Ne le provoque pas, Rachel.

— Tu es superstitieux ? s'enquit-elle, un sourire espiègle aux lèvres.

— Superstitieux est un bien grand mot. Disons que je suis ouvert à toutes les possibilités.

Rachel secoua la tête d'un air désabusé. Elle souriait toujours ; le rai de lumière qui descendait sur elle comme un faisceau faisait danser des particules de poussière autour de son visage. Encore une fois, Tucker fut frappé par sa beauté.

Peut-être y avait-il un fond de superstition en lui, finalement, car sa soudaine attirance pour Rachel lui apparut comme un coup du sort.

Elle tressaillit, puis demanda :

— Qu'est-ce que c'est que ce bruit ?

Tucker n'avait rien perçu d'autre que les inepties qui lui traversaient l'esprit.

— Quel bruit ?

— Je ne sais pas trop. On aurait dit celui d'un moteur, du moins…

Elle ne termina pas sa phrase, et Tucker tendit l'oreille.

Un craquement brisa soudain le silence.

Cette fois, Rachel se crispa visiblement. Tucker vit qu'elle s'apprêtait à parler et lui posa doucement une main sur la bouche.

Elle avait entendu un moteur et lui, le craquement du plancher sous le poids d'un intrus. S'il s'était agi d'une des filles Knight ou d'un autre de leurs proches, ils se seraient annoncés.

Tucker scruta le grenier. Le moindre déplacement risquait de les trahir, car un silence total était retombé.

Il avait décidé de ne jamais porter son arme à l'intérieur de la maison, par égard pour Sarah et Rachel. À présent, il se le reprochait.

S'il voulait affronter la personne qui se tenait derrière la porte, il devait la surprendre et mettre Rachel à l'abri.

Il n'y avait qu'un moyen d'y parvenir : s'il se plaquait contre le mur, il avait une chance de bondir sur leur visiteur et de le prendre par surprise.

Il se rapprocha de Rachel et chuchota :

— Reste là et ne bouge que si je te le dis. Serre-moi la main pour m'indiquer que tu as compris.

Rachel s'exécuta, Tucker lui pressa les doigts en retour et se fit violence pour les relâcher sans rien ajouter.

Il aurait voulu la rassurer, lui promettre que tout irait bien ; constituer un bouclier humain entre elle et le danger.

Comme il devait privilégier la sécurité, cependant, il s'avança à pas de loup jusqu'au mur contre lequel il se colla.

Il attendit en respirant aussi silencieusement qu'il le pouvait.

La porte s'ouvrit en grinçant, d'abord de quelques centimètres, puis plus largement.

Tucker vit d'abord le canon d'un revolver, pointé vers le sol, mais comme il ne pouvait courir aucun risque il attendit de voir un bras pour pousser le panneau de bois, de toutes ses forces. Contrairement à ce qu'il avait espéré, au lieu de lâcher son arme, l'intrus recula vivement et se retrouva sur le palier.

— Couche-toi, Rachel, ordonna Tucker avant de franchir le seuil et de refermer la porte derrière lui.

Une silhouette toute de noir vêtue se tenait dans l'escalier, et le fait qu'elle n'ait pas encore relevé son arme ne la rendait pas inoffensive pour autant.

Le premier coup tomba ; Tucker parvint à amortir le choc, puis ils s'empoignèrent franchement et entamèrent un véritable corps-à-corps. Pour finir, tous deux basculèrent et échouèrent sur le palier de l'étage inférieur.

Tucker se cogna rudement le coude et atterrit sur le téléphone, rangé dans une de ses poches.

Il se mit à jurer ; la silhouette fit de même, et Tucker fronça les sourcils. *Une femme.* Son agresseur était une femme. Lorsqu'il remarqua la mèche blonde qui s'était échappée de sa cagoule, il se remit sur pied. Il avait affaire à Shay, la femme qui lui avait conseillé de veiller sur les filles de Duke.

— Vous ? s'écria-t-il, sidéré et se demandant ce que l'émissaire de North Star faisait chez les Knight, revolver au poing.

Elle le foudroya du regard, lui décocha un nouveau coup de pied dans l'estomac et, cette fois, Tucker accusa le coup. Elle tentait de profiter de son instant de faiblesse pour remonter au grenier quand il lui agrippa la cheville.

Elle s'écroula dans l'escalier et se remit à jurer.

— Foutus Wyatt ! Ils ne peuvent pas rester tranquilles ? demanda-t-elle sans cesser de se débattre.

— Qu'est-ce que vous fabriquez, bon sang ? rugit Tucker en retour. Je croyais que North Star était du bon côté !

La femme marqua une pause, eut un petit ricanement méprisant, puis roula sur le dos.

— Du bon côté ou non, c'est du groupe que viennent mes ordres, rétorqua-t-elle.

Elle fit un signe du menton en direction de Rachel et précisa :

— Votre amie détient une information importante, et je suis venue la chercher. Notre mission sera compromise si elle ne me suit pas, et Granger doutait que vous la laisseriez partir sans discuter.

Tucker fronça les sourcils. Comment McMillan et consorts pouvaient-ils être au courant des cauchemars de Rachel ?

— Qu'est-ce qui vous fait penser cela ? demanda-t-il. D'où tenez-vous cette information ?

— Vous n'avez pas encore compris que nous savons tout, Wyatt ? Notre mission…

— Je me fiche de votre mission, gronda-t-il. Rachel

n'est pas concernée, vous le savez aussi bien que moi. Vous voulez vraiment mêler une innocente à cette affaire en la kidnappant ?

Bien que l'expression de son interlocutrice se soit faite franchement sinistre, Tucker crut y lire une nuance de regret.

— J'ai des ordres, répéta-t-elle néanmoins.

De toute évidence, elle n'avait pas une folle envie d'y obéir.

— Excusez-moi…

Tucker et l'envoyée de North Star levèrent la tête ensemble. Rachel se tenait en haut des marches, les poings sur les hanches, l'air furieux.

— L'un de vous deux peut-il m'expliquer ce qui se passe ? J'ai peut-être mon mot à dire, puisque c'est de moi qu'il est question !

10

Rachel s'aperçut qu'elle tremblait et elle serra fermement les poings pour dissimuler son agitation. Elle se tenait sur le seuil du grenier et, du peu qu'elle voyait, Tucker et… une femme qu'il semblait connaître se chamaillaient à son propos au milieu de l'escalier.

— Rachel…, commença Tucker.

— Tais-toi. Je ne veux rien entendre dans l'immédiat.

Elle avait réussi à l'interrompre sans perdre contenance, mais maintenant elle était à deux doigts de craquer. Tucker lui avait menti, et ça lui était insupportable.

L'inconnue prit le relais.

— Permettez-moi de me présenter, dit-elle. Je m'appelle Shay, et je travaille pour le groupe North Star, tout comme Tucker et Cody Wyatt jusque très récemment. Nous avons des liens étroits avec votre père et nous essayons de l'aider. Suivez-moi sans faire de difficultés et…

Tucker interrompit la femme avec véhémence :

— Foutaises ! Vous n'aidez pas Duke, vous vous servez de lui. Si vous décidez d'emmener Rachel contre son gré, c'est que vous ne voulez dc bien à personne.

— Elle n'a pas parlé de m'enlever, il me semble, lui fit remarquer Rachel.

Elle l'entendit remonter quelques marches, puis affirmer :

— C'est pourtant ce qu'elle allait faire ! Elle s'est introduite ici, m'a agressé et…

— C'est vous qui avez commencé, lui renvoya Shay.

— Bref. Elle allait t'enlever, parce que tu connais un certain nombre d'éléments du passé de ton père. Pas pour te protéger ou pour le bien de Duke, non. Parce que le groupe North Star n'hésitera pas à sacrifier des innocents si ça lui permet d'atteindre son objectif : anéantir le gang des Fils des Badlands.

Cette déclaration fut suivie d'un silence oppressant.

— Alors ? Aucun commentaire ? ironisa finalement Tucker.

Shay ne répondit pas. Rachel, qui n'avait retenu qu'une chose de cet étrange dialogue, reprit la parole :

— Vous détenez mon père.

— Nous l'aidons, nuance. C'est notre raison d'être.

— Je ne vois pas le rapport avec les Fils des Badlands, dit étourdiment Rachel.

C'était pourtant évident : Tucker lui avait menti, et son père était en danger à cause des Fils.

Tucker retenta sa chance :

— Écoute-moi, Rachel. Je…

— Tu savais pourquoi papa avait besoin de protection, et tu n'as pas jugé bon de… de m'en informer ?

Sa gorge s'était serrée à chaque mot qu'elle prononçait.

— Rachel, reprit Tucker d'un ton attristé.

Manifestement, elle l'avait blessé. Pourtant, elle n'éprouvait aucune compassion. En plus de lui mentir, il l'avait laissée s'inquiéter… Il s'était servi d'elle et de sa peur et, à présent, il accusait le groupe North Star d'utiliser Duke ?

— Que se passerait-il, si je vous suivais ? demanda-t-elle à Shay.

— Je vous conduirais jusqu'à votre père.

— Ça, c'est un coup bas, commenta amèrement Tucker. De plus, je n'y crois pas une seule minute, Rachel. Ces gens vont t'obliger à leur raconter tes rêves, et ils n'auront de cesse d'être parvenus à leurs fins. Après cela, *il se peut* qu'ils t'autorisent à voir ton père, mais vu qu'ils ont besoin de lui et qu'ils te soupçonnent de détenir une information importante, je doute qu'ils s'y résignent. Sans compter que tu pourrais leur servir d'appât, toi aussi. On ne sait jamais avec eux. Alors, non, Rachel. Tu restes ici.

— Elle vient avec moi, contra Shay. Qu'elle le veuille ou non, on m'a ordonné de l'emmener au siège du groupe, et c'est ce que j'ai l'intention de faire.

Rachel remarqua toutefois que la conversation s'était poursuivie dans l'escalier, et que leur visiteuse avait renoncé à se battre. Par ailleurs, elle n'avait pas encore fait mine de l'emmener de force.

— Vous me promettez que papa sera épargné si j'accepte de vous accompagner ? demanda-t-elle.

Shay hésita une seconde avant de répondre.

— Je… je ne peux rien vous garantir. Votre père risque gros.

— Réfléchis, Rachel, supplia Tucker. Pense à Duke et demande-toi ce qu'il attendrait de toi.

— Ce qui m'intéresse, moi, c'est ce que je peux faire pour lui, répondit-elle d'une voix ferme.

— Enfin, tu m'écoutes un peu ? Ces gens vont se servir des informations que tu leur donneras pour mener leur mission à bien. Ensuite, ton père et toi entrerez dans la catégorie des dommages collatéraux.

Tucker semblait… désespéré. En même temps, il l'avait dupée, et elle aurait peut-être dû s'en douter. Toutes ces précautions oratoires, ces tergiversations lui auraient mis la puce à l'oreille en temps normal. Avait-elle inconsciemment choisi de passer outre ?

Shay s'était tue pendant le discours de Tucker. Rachel, qui trouvait cela suspect, se tourna vers elle pour lui demander :

— Ces accusations sont-elles fondées ?

— Disons qu'elles sont vraies en partie, lui répondit son interlocutrice, au terme d'un long silence.

— En clair, vous êtes tous les deux de fieffés menteurs, et vous vous fichez complètement de ce qui peut arriver aux autres.

— Ton père voulait vous mettre à l'abri, Sarah et toi, déclara Tucker, une note de sévérité dans la voix. À ton avis, pourquoi est-ce que je me suis installé sous votre toit ? Duke…

— Tu l'as vu, lui renvoya Rachel avec hargne. Tu l'as vu avant sa disparition, et tu as choisi de nous mentir. À nous, ta seconde famille…

Bien qu'elle ne puisse distinguer son expression, elle savait que ses reproches le mettaient au supplice. Sinon, il n'était pas l'homme qu'elle croyait connaître.

— Il voulait vous mettre à l'abri du danger, ta sœur et toi, répéta-t-il, d'une voix dans laquelle Rachel voulut percevoir un mélange d'émotion et de remords.

En vérité, elle ne savait plus que penser. D'un côté, Tucker l'avait trahie en gardant le silence sur le sort de son père, de l'autre, il était venu la réconforter après son dernier cauchemar.

— Tu étais sincère quand tu m'as promis de te renseigner sur le nom que j'entends en rêve ? lui demanda-t-elle pour se rassurer.

Tucker mit si longtemps à répondre qu'elle eut envie de se rouler en boule pour pleurer toutes les larmes de son corps. Ça aurait été tellement confortable de disparaître d'un monde où celui qu'elle avait pris pour un allié n'en était pas un !

— Tout à fait. Pour info, j'avais commencé mes recherches quand on m'a « vivement conseillé » de laisser tomber.

— Et bien sûr, il n'en a fait qu'à sa tête, commenta Shay. D'où ma visite d'aujourd'hui.

— Parce que vous me surveillez, en plus ? rugit Tucker. Enfin, de quel droit ?

— Ça fait partie de notre mission, Wyatt. Et elle consiste à faire tomber les Fils.

— J'en ai soupé, moi, de tous ces gens qui veulent s'en prendre au gang, déclara Rachel, d'une voix de plus en plus aiguë. Mon père et moi n'avons plus rien à voir avec ces gens, alors pourquoi ne pas nous oublier ?

— Le problème, c'est que vous pouvez m'envoyer promener, mais que ça ne changera rien. Si je repars sans vous, Rachel, ils vous enverront quelqu'un d'autre. Ils n'abandonneront jamais la partie, je peux vous l'assurer. En d'autres termes, le plus simple serait que vous me suiviez.

Ces dernières paroles vinrent à bout de la patience de Rachel qui déclara avec force :

— J'ai fini de simplifier la tâche de tout le monde.

Tucker ne pouvait s'attarder ni sur la douleur qui le tenaillait, ni sur son sentiment de culpabilité. Avant toute chose, il devait tirer Rachel d'embarras. Une fois qu'il la saurait hors de danger… Eh bien, il serait temps pour lui de se flageller et, pour elle, de le haïr.

— Si vous n'acceptez pas de m'accompagner, déclara Shay d'une voix neutre, je vous emmène de force.

Tucker s'était déjà placé entre les deux femmes, prêt à se battre. Shay ne se servirait pas de son revolver contre lui, du moins il l'espérait.

— Rachel ne vous sera d'aucune utilité, contra-t-il. Ce qu'elle sait est enfermé dans des cauchemars dont elle ne comprend pas le sens.

Il se rappela l'insigne et la clé, rangés dans sa poche, et envisagea de les remettre à Shay pour l'amadouer. Après tout, il ne prenait pas le groupe North Star pour une organisation corrompue, il reprochait simplement à ses dirigeants de faire si peu de cas des individus.

À l'inverse, Tucker était trop attaché aux nombreuses personnes impliquées dans cette affaire pour les exposer davantage. Quant à la clé, elle constituait un semblant d'assurance, aussi décida-t-il de la garder.

Il se tourna vers Rachel qui semblait figée sur place et dont le beau visage était dénué d'expression. Seuls ses yeux montraient sa déception : elle se sentait trahie.

Et il était l'auteur de cette trahison.

— Ton père voulait que je te protège, il tenait à ce que tu restes en dehors de tout cela, dit-il.

— Eh bien, c'est raté, riposta-t-elle. Si North Star veut m'interroger sur mes rêves, c'est qu'ils reflètent une certaine réalité.

— Ça ne t'oblige pas à suivre Shay pour autant. Encore une fois, les responsables de North Star se fichent éperdument de ce qu'il adviendra de toi.

— N'empêche qu'ils détiennent mon père.

— En laissant Shay t'emmener, ce n'est pas lui que tu aiderais, c'est *eux*.

Tucker était déterminé à retenir Rachel, toutefois, il tenait à lui faire entendre son point de vue, la confronter à la dure réalité.

— Ouille ! s'exclama soudain Shay. On vient de me frapper.

— Quoi ? s'exclama Tucker, avant de se détourner de Rachel pour faire face à l'envoyée de North Star.

Elle désigna son propre nez et précisa :

— Au visage. Et faites ça comme il faut, s'il vous plaît.

— Qu'est-ce que vous racontez ?

— Je ne peux pas me présenter à Granger indemne *et* bredouille, Wyatt. Alors on va faire comme si vous m'aviez battue, dans les deux sens du terme.

Tucker comprit enfin que Shay avait décidé de les laisser partir.

— Non, protesta-t-il. Je ne pourrai jamais frapper une femme !

— Je peux ouvrir les hostilités, si ça vous motive, répliqua Shay en levant les yeux au plafond.

— Ce n'est pas…

— Attends, je m'en occupe, annonça Rachel avant de descendre l'escalier et de s'arrêter une marche au-dessus de Shay.

— N'y voyez rien de personnel, néanmoins, dit-elle à Shay.

Elle se positionna comme Tucker le lui avait appris, referma un poing et frappa Shay en pleine figure.

Cette dernière jura, se palpa précautionneusement la mâchoire, puis commenta :

— Ça devrait faire l'affaire.

Rachel, qui frottait ses phalanges endolories, s'enquit innocemment :

— Vous croyez vraiment qu'un seul coup suffira à convaincre vos supérieurs ?

— Je m'en occupe. Ils se douteront bien que je ne me suis pas fait ça toute seule.

Elle jaugea Rachel de la tête aux pieds, avant d'ajouter :

— Pas mal. Pas mal du tout, même. Continuez à vous entraîner et vous ferez une adversaire redoutable.

Tucker vit qu'elle s'apprêtait à sortir et lui barra le passage.

— Il vaut mieux que je garde votre revolver, si vous voulez que votre histoire soit crédible.

Shay le lui remit à contrecœur.

— Vous allez vous faire renvoyer, non ? lui demanda-t-il au dernier moment.

— À moins que je démissionne, répliqua-t-elle en haussant les épaules.

— Et pourquoi feriez-vous une chose pareille ?

— Parce que vous avez raison, Wyatt. L'idée de faire des victimes collatérales me dérange. Or, ces derniers temps, North Star semble se désintéresser de tout ce qui ne concerne pas directement l'opération en cours. Bref. Celle-ci est peut-être mon baroud d'honneur. Une petite précision, cependant. Il va vous falloir fuir, tous les deux. Les agents de North Star reviendront à la charge tant qu'ils n'auront pas interrogé Rachel. Ah, et pendant que j'y pense : donnez-moi aussi le téléphone que Granger vous a remis.

Tucker lui tendit ce qu'il en restait après sa chute dans l'escalier.

— Parfait. Laissez-le ici, dit Shay.

Tucker comprit soudain que McMillan l'avait pisté et sans doute écouté. Il savait donc ce qui s'était passé jusqu'au moment où il avait lutté avec Shay. Il acquiesça sombrement, laissa tomber l'appareil sur le plancher et l'écrasa du talon pour faire bonne mesure.

Après avoir jeté un dernier coup d'œil à Rachel, Shay se hissa sur la pointe des pieds pour chuchoter à l'oreille de Tucker :

— Emmenez-la dès que possible. Ils se serviront de ce qu'elle sait. Pour anéantir les Fils, pas pour protéger Duke Knight. Ne vous méprenez pas, Wyatt. Comme la majorité de nos concitoyens, je voudrais que le gang soit démantelé, mais les méthodes de North Star ne me semblent plus acceptables. On ne se sert pas des braves gens comme d'appâts, du moins de mon point de vue.

— Si vous ne démissionnez pas, et si vous n'êtes pas renvoyée, vous pourriez nous aider à assurer la sécurité de Duke.

— Ça fait beaucoup de « si », fit remarquer Shay.

— Comme vous venez de le dire, nous avons tous deux à cœur de débarrasser l'État du gang des Fils. Ce que nous refusons, c'est de voir des innocents pâtir de notre combat. Pourquoi ne pas collaborer ?

— Vous êtes comme votre frère, déclara Shay en secouant la tête d'un air désabusé. Aussi naïfs et têtus l'un que l'autre.

— Puis-je considérer cela comme un assentiment ?

— Pas vraiment, non, dit-elle en soupirant. Je vais voir ce que je peux faire. Ça ne veut pas dire que nous travaillons ensemble, que ce soit bien clair dans votre esprit.

Malgré tout, Tucker voulut lui serrer la main, ce qui lui valut une rebuffade :

— Je répète, Wyatt. Nous ne sommes *pas* associés. Par ailleurs, je crois préférable pour vous deux que vous sortiez d'ici avant moi.

Tucker acquiesça et releva la tête vers une Rachel à l'expression toujours maussade. Shay avait raison, cependant : ils devaient quitter le ranch, et vite. Pour aller où, il ne le savait pas encore, mais il trouverait.

Cela lui serait sans doute plus facile que de vivre avec le ressentiment de Rachel.

11

Tucker avait dérobé un cheval.

Enfin, pas vraiment, car il s'agissait de Bouton d'Or, la jument de Rachel, qu'elle montait elle aussi. Mais peu importait : cette échappée avait un goût amer. En effet, en disparaissant avec lui, Rachel risquait d'inquiéter les siens.

Elle ne s'attarda pas sur la question, car Shay avait dit vrai, cela ne faisait plus aucun doute dans son esprit. North Star enverrait quelqu'un d'autre la chercher, et les événements qu'elle voyait en rêve reflétaient la réalité.

La réalité...

Tucker guida Bouton d'Or à l'écart du ranch, dans la direction opposée aux pâturages où Sarah et Dev se trouvaient cet après-midi-là.

Rachel l'écouta en silence lui raconter toute l'histoire depuis le début : sa collaboration avec le groupe North Star, et sa décision de s'en dégager jusqu'au moment où il était entré dans une gargote locale pour un rendez-vous avec un des dirigeants du groupe – une entrevue à laquelle Duke avait assisté.

Apparemment, ce dernier avait démantelé une association de policiers corrompus dans sa jeunesse et en payait les conséquences, plus de trente années après.

Elle s'était trompée sur le compte de son père, et Tucker n'était pas non plus celui qu'elle croyait.

Encore que… À bien y réfléchir, c'était en digne Wyatt qu'il avait tenté de régler le problème sans inquiéter les siens.

Rachel n'en était pas moins blessée pour autant. Elle se faisait même l'effet d'une idiote, d'une pauvre petite chose faible, à chevaucher ainsi les collines de la région, presque collée au corps ferme de Tucker.

Elle garda le silence tout le temps que dura leur course et, une fois son récit terminé, Tucker se mura dans son monde. Le trajet leur prit plusieurs heures – Rachel n'aurait su dire combien. Elle ne savait pas où ils allaient et ne posa aucune question, de peur que Tucker lui réponde par un autre mensonge qu'elle prendrait pour parole d'évangile.

— Le soleil ne va pas tarder à se coucher, annonça-t-il pour finir. Il faut qu'on installe le campement.

— Le campement, répéta-t-elle d'une voix blanche. Tu veux camper ?

Jusque-là, elle n'avait pas vraiment eu peur. L'inquiétude éprouvée pendant l'affrontement de Tucker et Shay avait vite fait place à la tristesse et à la fureur. À présent cependant, elle était terrorisée.

Passer la nuit dehors, elle ?

— Désolé, lui répondit Tucker d'un ton rassurant. On n'a pas le choix.

Il stoppa Bouton d'Or et mit pied à terre. Comme Rachel ne voyait pas le sol, elle dut prendre sa main pour descendre à son tour.

Elle s'en dégagea tout aussitôt, se stabilisa pour éviter de tomber, puis demanda :

— Et maintenant ?

Tucker lui tendit quelque chose. Elle mit quelques secondes à comprendre qu'il s'agissait de sa canne.

Malgré leur départ précipité, il avait pensé à emporter sa canne. C'était touchant – pas suffisamment cependant pour qu'elle s'attendrisse.

— Maintenant ? On fait en sorte qu'aucun agent de North Star ne te retrouve…

— Pour combien de temps ? demanda-t-elle en prenant sa canne.

— Aussi longtemps qu'il le faudra.

— Tu veux dire qu'on va rester là jusqu'à ce qu'on vienne nous annoncer que North Star n'a plus besoin de moi ?

— Tu as toujours ton téléphone, lui rappela Tucker.

— Il n'y a pas de réseau par ici, précisa-t-elle, atterrée.

Elle était au milieu de nulle part, seule avec un homme en qui elle n'avait plus confiance ; autant dire qu'elle était complètement démunie.

— Sarah va se faire un sang d'encre, déclara-t-elle en désespoir de cause.

— Moins que si tu étais restée au ranch. Elle va se douter que tu es avec moi, et ça la rassurera.

Ce beau raisonnement ne la réconforta pas, peut-être parce qu'elle savait que Tucker l'aurait défendue au péril de sa vie, qu'il se serait battu pour empêcher les agents de North Star de parvenir à leurs fins, tout menteur qu'il était.

— Je ne peux pas camper, déclara-t-elle finalement.

— Je sais, répondit Tucker.

De toute évidence, il se doutait que cela réveillerait en elle de douloureux souvenirs et risquait de la renvoyer à ses cauchemars.

— Je suis désolé que tu sois mêlée à tout ça, Rachel, dit-il. J'aurais préféré que tu sois épargnée.

Elle fut tentée de mettre sa sincérité en doute, là encore, puis se souvint que Tucker ne lui avait menti que sur les faits. Il avait échoué dans sa tentative de la tenir à l'écart, ce qu'il devait se reprocher amèrement. Et, au lieu de s'en réjouir comme elle l'aurait voulu, elle s'aperçut que sa colère commençait à la déserter.

— Il s'agit de mon père, Tucker, lui rappela-t-elle. En aucun cas je n'aurais pu être épargnée.

Il ne répondit rien, et bientôt elle l'entendit préparer le campement. Encore une fois, elle s'étonna qu'il ait eu le temps de rassembler le matériel nécessaire avant leur fuite.

— Je sais que tu redoutes de dormir dehors, et je regrette que nous ne puissions pas faire autrement, dit-il lorsqu'il eut terminé.

Son intonation était si penaude que Rachel se sentit obligée de le réconforter.

— Nous en serions là même si tu nous avais avoué la vérité dès le départ, reprit-elle. N'oublie pas que, selon Shay, le téléphone de North Star tient ses dirigeants au courant de tes moindres faits et gestes.

— Si j'étais plus doué pour le mensonge, tu serais peut-être tranquillement chez toi, répondit-il dans un soupir.

— C'est ton but, dans la vie ? se récria-t-elle. Savoir mieux mentir ?

Il laissa échapper un nouveau soupir et secoua la tête de gauche à droite.

— C'est pour cela que tu voulais quitter le groupe, si j'ai bien compris. Parce que tu ne voulais pas berner ton monde. Mais papa et mes cauchemars t'en ont empêché.

— Ça ressemble à une absolution, doublée d'un reproche mal orienté. Tu n'y es pour rien, Rachel.

— Ce n'est pas une absolution, et je ne me reproche rien. Tu as fait ce que ta conscience te dictait, quant à moi… je n'ai aucun contrôle sur mes rêves.

— Tu devrais être furieuse.

— Oh ! je le suis ! lui renvoya-t-elle. Je t'en veux, je m'en veux et j'en veux encore davantage à papa. Je n'ai aucune envie de dormir sous une tente, fuir me fait horreur. Tout cela m'exaspère.

— Je suis dés…

— Tu peux garder tes excuses, Tucker. Mais plus de mensonges. En outre, comme je tiens à mon père, il est temps pour nous d'agir. Ensemble. Je refuse d'être mise à l'abri dans un coin. Nous devons nous battre, faire notre possible pour sauver papa.

Rachel avait parlé avec détermination. Elle paraissait presque féroce, dans la semi-pénombre, sa canne dans une main et l'autre poing fermé, comme si elle peinait à contenir sa rage.

— Si je savais comment m'y prendre pour retrouver ton père, ce serait fait depuis longtemps, lui confia Tucker à regret.

Car s'il lui en coûtait de le reconnaître, il n'avait pas vu d'autre moyen de venir en aide à Duke qu'en protégeant sa fille, ce en quoi il avait échoué.

Lamentablement, dans la mesure où il l'avait encore enfoncée en ne se doutant pas un instant qu'il pouvait être sur écoute, et donc surveillé par McMillan.

Tout en lui se révoltait à l'idée que le responsable de North Star ait entendu Rachel raconter son cauchemar, évoquer sa mère et la boîte à boutons. À ses yeux, cela constituait une véritable intrusion dans leur vie privée.

Il joua machinalement avec la clé restée dans sa poche. Duke savait à quoi elle servait. Il avait enfermé quelque chose de précieux grâce à cette clé qui, hélas, ne leur était d'aucune utilité dans l'immédiat.

— À en croire North Star, papa est sous la menace du clan Vianni par l'intermédiaire des Fils, reprit Rachel.

— Ce n'est pas uniquement la version de North Star, précisa Tucker. Ton père était là quand McMillan m'a expliqué tout cela. C'est la vérité, Rachel.

Elle acquiesça sans conviction et dit :

— Admettons. Le groupe North Star est censé le protéger et, dans le même temps, Shay et toi m'avez donné à penser que ses dirigeants se servent de lui pour rassembler les preuves nécessaires à anéantir les Fils. Dans quel but, précisément ? Ils veulent les faire arrêter ? Les tuer ?

— Je n'en sais rien. Je ne connais pas leurs desseins.

— Il n'en reste pas moins vrai que, selon Shay, le groupe est trop centré sur sa mission pour se préoccuper du sort des individus impliqués, or je n'ai aucune envie de nous voir entrer dans la catégorie des dommages collatéraux, mon père et moi.

— Moi non plus, Rachel.

— Tu ne m'apprends rien, répliqua-t-elle avant de faire quelques pas en se servant de sa canne pour éviter les irrégularités du terrain.

Tucker avait cherché – et trouvé – l'endroit le moins accidenté des environs, sans pour autant les éloigner trop des collines et des arbres.

— En revanche, j'ai du mal à comprendre ce que les pontes de North Star veulent à mon père, à présent. Ils en savent suffisamment sur les Vianni et les Fils pour se passer de lui, non ?

— Ils le protègent, répéta Tucker avec lassitude.

— J'ai pourtant cru comprendre que la seule chose qui les intéressait, c'était de se servir de lui. Ce n'est pas ce que tu as dit à Shay ?

— Si.

Et bien qu'il ne soit pas d'accord avec tous les agissements du groupe, Tucker continuait de croire en son objectif, aussi répondit-il :

— Ton père s'est tourné vers North Star en pleine connaissance de cause. Il avait des liens forts avec Granger McMillan, le chef de l'organisation, ou avec le père de ce dernier. Je crois que c'est grâce à lui que Duke a pu bénéficier du programme WITSEC, la protection gouvernementale accordée aux témoins. Tu connais ton père, s'il n'avait pas pensé que groupe North Star pouvait l'aider, voire le sauver, il n'aurait pas honoré ce rendez-vous.

— Je ne suis pas d'accord, contra Rachel. J'irais même jusqu'à trouver tout cela suspect. Enfin, North Star ordonne à une femme de m'enlever, au lieu de quoi elle nous laisse partir, et ça ne te met pas la puce à l'oreille ? La seule chose qui m'importe, c'est de retrouver papa. North Star peut aller au diable, tu l'as dit toi-même.

— C'est juste, mais je faisais référence à la mission spécifique de Shay. Je n'ai aucune intention de saboter celle de North Star. Bien que je n'approuve pas les méthodes actuelles du groupe, je soutiens son action en général. Le démantèlement du gang des Fils est une entreprise importante.

— Plus importante que la vie de mon père ? Et si on le tue ?

— Je ne pense pas que le groupe North Star laisserait faire une chose pareille, répondit Tucker, bien qu'il soit vaguement déstabilisé par la tentative d'enlèvement de Rachel.

— Tu ne *penses* pas ?

Il se passa une main dans les cheveux et tenta de s'expliquer :

— Duke est la cible de dangereuses organisations. Il l'a toujours été, indépendamment de North Star et des Fils.

— Tout cela parce qu'il a rendu service à la société. Tu ne vois pas ce que ça implique ?

La question mit Tucker suffisamment à cran pour libérer toutes les émotions qu'il refoulait depuis le matin.

— Si, Rachel. Je le vois très bien. Je sais que ça t'oblige à vivre dans la peur, à te demander quand viendra ton tour. De manière plus personnelle, ça te force à regarder tes frères se faire molester l'un après l'autre par le monstre auquel tu as échappé en sachant que tu n'es même plus dans son collimateur parce qu'il ne te considère pas comme une menace. Je sais exactement ce que ça implique, Rachel, et je peux t'assurer que nous ne pouvons rien y changer.

— Tucker…, commença-t-elle.

Effaré par sa propre tirade qui, somme toute, n'avait aucun rapport ni avec leur problème du moment ni avec Rachel, il lui tourna le dos.

— Ne dis rien. Ce n'est pas de moi qu'il est question, c'est de Duke.

— Tucker…

— J'ai dit non. Je n'arracherai pas ton père au groupe North Star, du moins pas tant que tu seras à mes côtés. Je ne peux pas vous protéger tous les deux de vos différents adversaires. Je t'ai emmenée loin du ranch pour que North Star ne puisse pas se servir de toi et de tes rêves, parce que c'est ce que Duke aurait voulu que je fasse, et parce que je ne voyais pas d'autre solution.

Tucker n'ajouta pas que l'idée d'exposer encore davantage Rachel au danger lui était insupportable.

Il devait se ressaisir. Cesser de s'épancher ainsi. C'était une preuve de faiblesse. Une…

Ace te l'a toujours dit, non ? Montrer ses émotions et se soucier d'autrui est une preuve de faiblesse…

— Et sans moi, tu essaierais ? lui demanda Rachel, ce qui le ramena à la réalité du moment.

Tucker venait de se promettre de ne plus perdre le contrôle de lui-même. Son discours sur les Fils et ses frères lui avait fait honte, et il était résolu à contenir sa rage. D'un autre côté, comment Rachel pouvait-elle lui poser une question pareille ? Parce qu'elle le croyait capable de l'abandonner là ?

Jamais il ne ferait une chose pareille, c'était l'évidence même.

Il s'avança vers elle en s'interdisant le moindre éclat de voix, la moindre émotion. Non parce que Ace y aurait trouvé à redire, mais parce qu'il lui appartenait – à lui, Tucker – de reprendre les choses en main.

S'il s'était écouté, il aurait attrapé Rachel par le bras et l'aurait secouée jusqu'à ce qu'elle se rende à sa raison, au lieu de quoi il se planta devant elle et se força à déclarer, aussi calmement que possible :

— Que les choses soient très claires, entre nous, Rachel. Je ne ferai rien sans toi dans l'immédiat.

Elle se tint coite devant lui. Le soleil avait disparu derrière les collines, et il restait juste assez de lumière pour que Tucker puisse distinguer sa silhouette alors que, à l'inverse, Rachel ne devait même pas voir les ombres qui l'entouraient.

Cela ne l'empêcha pas d'avancer de quelques pas et de refermer ses bras frêles autour de la taille de Tucker.

Il réprima une grimace. Il ne pouvait ni lui rendre la pareille ni la repousser. Il resta donc figé sur place et, un peu malgré lui, se délecta de la douceur de sa joue contre son torse.

— Bon sang, Rachel. Insulte-moi, déteste-moi… Fais et dis ce que tu veux. J'ai du mal à accepter ta compassion, là, tout de suite.

— Dommage pour toi, parce que de mon côté je ne supporte pas que tu sois en colère contre moi.

Elle le libéra, puis pencha la tête vers lui, avant d'ajouter :

— Si tu me promets de ne plus jamais me mentir, je te croirai.

Conscient qu'il se desservait, Tucker posa une main sur la joue soyeuse de Rachel et murmura :

— Désolé. Je ne peux pas.

12

Bien que ce ne soit pas la réponse qu'elle avait espérée, Rachel ne se déroba pas. Elle aimait trop la sensation de la main rugueuse de Tucker sur sa joue pour mettre fin à cet instant magique.

Elle se ressaisit rapidement : peu lui importait la chaleur de la peau de Tucker après ce qu'il venait de lui refuser.

— Pourquoi ? s'enquit-elle d'une voix si faible qu'elle en fut la première surprise.

Autre surprise, au lieu de retirer sa main, Tucker s'était mis à lui caresser la pommette du bout du pouce.

Soudain, elle fut prise de picotements et sentit une étrange chaleur monter en elle. Étrange, parce qu'elle ne la comprenait pas : comment Tucker Wyatt, son ami de toujours, pouvait-il provoquer en elle un tel émoi ?

Lorsqu'il reprit la parole, ce fut d'une voix rauque :

— Je ne peux pas te faire cette promesse, parce que j'ai dû mentir à Brady et Cecilia. Il m'en a d'autant plus coûté qu'ils se sont doutés que je leur cachais quelque chose. Cela dit, si c'était à recommencer, j'agirais de même, parce que ma cause était juste. Donc, si je devais te mentir pour te protéger, Rachel, je le ferais. Comme je le ferais pour tes sœurs, pour mes frères et pour ton père.

Rachel ne l'aurait sans doute pas cru si elle n'avait pas été renseignée par Cecilia elle-même sur ce point. Tucker avait bel et bien dupé Brady, et même quand Cecilia l'avait soupçonné d'avoir rallié les Fils – volontairement ou non –, Brady avait continué à croire en lui.

Si son propre frère lui faisait toujours confiance, comment Rachel pouvait-elle lui refuser le bénéfice du doute ?

— Je comprends, murmura-t-elle, sans hocher la tête de peur de rompre le contact.

— Alors, voici ce que je te propose, enchaîna Tucker : On va camper ce soir et, avec un peu de chance, nous aurons les idées plus claires demain matin. J'ai des provisions pour nous et pour Bouton d'Or. Nous avons de quoi tenir un jour ou deux, le temps de trouver une meilleure solution.

Rachel en doutait fort, pourtant, avec la paume chaude de Tucker sur sa joue, tout lui paraissait possible, et elle croyait toujours en lui : il n'avait pas failli à sa tâche, jusqu'à présent, puisqu'il avait convaincu Shay de les laisser partir.

— Je veux que nous mettions papa à l'abri du danger, loin de ces horribles gens, une bonne fois pour toutes. Il a fait son devoir, ce qui l'a obligé à tourner le dos à son ancienne vie. Je trouve vraiment injuste qu'on veuille lui retirer celle qu'il a réussi à reconstruire.

— Tu as raison, et si je savais quoi faire, je le ferais. *Ça*, je peux te le promettre.

Rachel acquiesça, sentit la paume de Tucker sur sa peau et fut momentanément distraite de sa peur et de sa confusion.

Bien que Tucker n'ait pas à lui promettre quoi que ce soit, c'était tout à fait dans sa nature, elle devait bien le reconnaître. À la vérité, Rachel était entourée d'un si grand nombre d'hommes intègres qu'elle en avait parfois oublié l'existence de malfrats tels qu'Ace Wyatt ou le gang Vianni. De ce fait, elle ne voyait plus le miracle que représentaient Tucker et ses frères, qui avaient échappé aux Fils pour devenir… ceux qu'ils étaient.

Des hommes droits, déterminés à faire le bien autour d'eux, malgré leurs traumatismes. Tucker ne s'en était pas tiré indemne. N'avait-il pas dit, tout à l'heure, qu'il ne constituait pas une menace suffisante pour que les Fils s'intéressent à lui ?

C'était peut-être cela que Rachel déplorait le plus : le fait qu'il se déprécie.

Comment lui faire prendre conscience de sa valeur ? Pour l'instant, elle ne pouvait que se délecter de la chaleur de sa main ; s'appuyer sur lui et goûter ce moment de félicité.

Elle ne savait toujours trop que penser de son attirance pour Tucker ou de l'éventualité que ses sentiments soient réciproques. Elle continuait à refuser de suivre les traces de ses sœurs en s'éprenant à son tour d'un des fils Wyatt.

Cela ne la dispensait pas d'aider Tucker à prendre conscience de ses nombreuses qualités.

— Si les Fils ne te considèrent pas comme une menace, c'est qu'ils ne te comprennent pas, dit-elle. Ce n'est pas un défaut d'être attaché à ses proches, Tucker.

Elle posa une main sur son torse et poursuivit :

— Tu n'as pas besoin de travailler avec North Star ou de risquer ta vie pour être aussi fort ou aussi valeureux que tes frères. Tu résous des problèmes, tu t'occupes de ceux qui te sont chers. C'est aussi important que de braver les éléments.

Il inspira brièvement, sans baisser son bras. Ils étaient si proches l'un de l'autre désormais que leurs corps se mêlaient presque.

— Je ne sais que répondre à cela, avoua-t-il d'une voix rauque.

Pour Rachel, cependant, sa force était si palpable qu'elle ne résista pas à l'envie de relever la tête et de lui tendre les lèvres… dans l'attente de tout qu'elle s'était interdit jusqu'alors.

Et puis elle sentit sa bouche effleurer la sienne, avec une infinie légèreté. Personne ne l'avait encore embrassée, et elle avait toujours pensé que cela tiendrait du miracle ;

que pour intéresser un homme elle devrait quitter le ranch, sortir de sa zone de confort et s'aventurer loin de son entourage surprotecteur.

En l'occurrence, cependant, elle n'avait rien à prouver. Tucker la protégeait sans l'étouffer, parce que c'était une seconde nature chez lui.

L'épisode fut beaucoup trop court au goût de Rachel. Ce baiser, la main de Tucker sur sa joue… Elle l'entendit reculer puis s'éloigner, comme s'il venait de s'apercevoir que c'était *elle* qu'il avait embrassée.

— On ferait bien d'aller se coucher, déclara-t-il sèchement. Un peu de repos nous fera le plus grand bien.

Rachel laissa échapper un gloussement nerveux. Tucker et elle venaient d'échanger un baiser, et voilà qu'il lui parlait de repos comme si de rien n'était. S'il croyait s'en tirer par une telle pirouette…

— Tu viens de m'embrasser, lui rappela-t-elle.

— Oublie ça, Rachel. Je ne sais pas ce qui m'a pris.

— Oublier ? se récria-t-elle. Tu plaisantes ?

— Ce n'est ni le moment ni l'endroit. J'ai fait une bêtise, voilà tout.

Elle se renfrogna. Dans un sens, Tucker avait raison. Le moment n'était pas choisi, l'endroit non plus. En revanche…

— Je n'appellerais pas cela une bêtise, dit-elle.

— Moi, si, répliqua-t-il d'un ton si ferme qu'elle demanda :

— Pourquoi ?

— Eh bien, parce que…

Elle attendit avec impatience qu'il lui explique ce qu'elle avait mal compris.

— Parce que tu es pratiquement une sœur pour moi.

— Dans ce cas, tu es un pervers, Tucker. On ne reluque pas les seins de sa sœur, par exemple.

— Moi ? Jamais de la vie !

— Sarah t'a vu faire, l'autre soir, dans ma chambre.

— Je ne…

À bout de patience, elle lui coupa la parole :

— J'ai bien compris que tu me mentirais en cas de besoin, seulement je ne te pardonnerai jamais de manquer de sincérité à propos d'une simple anecdote. C'est sans appel.

Tucker mit un temps fou à réagir.

— Que veux-tu que je te dise ? marmonna-t-il.

— D'abord, je voudrais savoir pourquoi tu m'as embrassée.

— Tu veux la vérité ? Ici, au milieu de nulle part ? Parfait. Alors voilà : oui, j'ai des sentiments pour toi. Je serais bien en peine de t'expliquer pourquoi, néanmoins les faits sont là. J'avais cela sur le cœur depuis plusieurs jours, et il a fallu que tu me fasses tous ces compliments en me regardant comme si tu croyais vraiment en moi…

— Je n'y vois pas bien clair, lui rappela-t-elle dans l'espoir de détendre l'atmosphère.

— Tu me comprends, gronda-t-il.

— Je le crois, oui, dit-elle, bien qu'elle ne veuille pas verser encore davantage dans le sentimentalisme, à un moment où Tucker et elle avaient beaucoup mieux à faire. D'un autre côté, il avait été franc avec elle et elle se devait de lui rendre la pareille.

— Pour moi, ce baiser a concrétisé quelque chose, Tucker. Je crois que je suis séduite, moi aussi.

— Tu *crois*, railla-t-il.

Son intonation fit presque sourire Rachel qui crut bon d'expliquer :

— Je ne me suis pas encore faite à cette idée. À ma décharge, je n'ai aucune expérience dans ce domaine.

Tucker laissa échapper un geignement.

— Non, ne me dis pas que c'était ton premier baiser !

— Ce serait si grave que ça ?

Il se mit à jurer entre ses dents, ce qui provoqua l'hilarité de Rachel.

— Écoute, dit-il finalement. Il est grand temps qu'on

aille se coucher. On élaborera un plan demain. Et on arrête avec ça.

— Avec *ça* ? répéta Rachel.

— Avec ce baiser, quoi qu'il implique. Nous en reparlerons quand nous ne serons plus en pleine cambrousse, sans aucune idée de la manière de résoudre notre problème. Pour l'instant, reposons-nous, et concentrons-nous sur l'essentiel.

Rachel hocha la tête pour lui faire croire qu'elle se rendait à sa raison et se laissa guider jusqu'à la tente.

Tucker se réveilla en plein cauchemar ; le sien, cette fois. Celui que son existence était devenue. Il devait trouver un moyen de sauver Duke Knight, d'assurer la sécurité de Rachel, de semer les agents de North Star, les Fils et autres groupes ennemis.

Le tout en sachant qu'il s'était laissé aller à embrasser Rachel, présentement roulée en boule contre lui. Tout cela parce qu'il ne disposait que d'une tente minuscule et d'un seul sac de couchage.

Comme les nuits commençaient à être fraîches, en ce début d'automne, il avait laissé Rachel se pelotonner à côté de lui et l'avait contemplée jusqu'à ce qu'elle s'endorme.

Avant de céder au sommeil à son tour, il avait – vainement – tenté d'oublier ce satané baiser. C'était le seul moyen pour lui de ne pas couler à pic : enfermer son faux pas dans une muraille, la cimenter et ne plus y penser.

Malheureusement, il savait déjà que son entreprise était vouée à l'échec : jamais il ne parviendrait à oublier la sensation des lèvres de Rachel sur les siennes. Comment un baiser aussi innocent avait-il pu lui faire perdre de vue le plus important ?

Pourtant, en l'espace de quelques secondes, il n'avait plus eu en tête que leur étreinte et les paroles de Rachel.

Par son discours stimulant, elle lui avait montré qu'elle le comprenait, lui qui se sentait incompris de tous.

À présent, dans le confort relatif de cette guitoune, les cheveux soyeux de Rachel contre sa joue, sa poitrine se soulevant et retombant au même rythme que son torse, eh bien… il supposait que ressasser ses propos valait mieux que s'attarder sur le bonheur qu'il éprouvait à la sentir ainsi près de lui.

Elle s'agita, bâilla et ouvrit lentement les yeux. Si elle ne le voyait pas dans la lumière faible de la tente, Tucker, lui, pouvait la contempler. Il la vit battre des paupières, puis se souvenir des événements de la veille.

Il nota au passage que, au lieu de s'éloigner, elle s'était encore davantage rapprochée de lui.

Il fut tenté de faire de même, afin de voir l'effet que lui ferait son contact, de caresser son visage comme la veille, de se familiariser avec son corps, de l'embrasser de nouveau…

Non. Ça nous mènerait trop loin.

Lentement, avec moult précautions, il se dégagea et s'éloigna de Rachel, autant qu'il le pouvait dans cet espace réduit.

— On devrait rentrer, dit-il. Je n'en sais pas davantage qu'hier soir, mais mes frères auront peut-être une idée. Ils sont plus doués que moi, dans ce domaine comme dans beaucoup d'autres.

Rachel se redressa en silence, avant de demander :

— Ils sont plus doués que toi, ou ils ont bénéficié d'une situation plus favorable que la tienne ?

— Cesse de prendre mon parti, Rachel. Je ne me sous-estime pas, je…

Elle ne le laissa pas terminer sa phrase :

— Tu as un certain nombre de problèmes à régler, et la bonne nouvelle est que tu n'es pas le seul. Mieux encore, tu es épaulé par une femme déterminée à te prouver que tu fais erreur, Tucker. Tu as beaucoup plus de qualités que tu ne le penses.

Elle étouffa un nouveau bâillement et leva la tête vers lui.

— Tu n'aurais pas apporté un peu de café, par hasard ?

Tucker se raccrocha à sa question comme à une bouée de sauvetage. Il se sentait à l'étroit dans cet espace minuscule, avec une Rachel encore à demi ensommeillée. Aussi répondit-il :

— De l'instantané. Je vais faire chauffer de l'eau.

Il plongea littéralement vers l'ouverture de la tente et en sortit en un temps record.

Le soleil commençait à poindre, et de petites traces de givre recouvraient le terrain. Comme il faisait froid, Tucker s'empressa de remonter la fermeture de la tente.

Un morceau de papier tourbillonna au-dessus de sa tête et tomba à ses pieds. Tucker pivota sur lui-même pour examiner les environs, sans rien noter d'insolite.

Il ramassa la feuille et la déplia. Bien que les premiers mots du message aient pris l'humidité, il réussit à en déchiffrer l'essentiel :

Rachel a la clé et sait à quelle serrure elle correspond.

Il examina le verso du document, vierge de toute inscription. Il était confronté à une simple phrase, pour le moins énigmatique.

Une clé ? Tucker en avait une dans sa poche, bien sûr, mais à quoi servait-elle ? Mystère…

Il retourna vers la tente, l'ouvrit en partie et passa la tête à l'intérieur.

— Rachel ? J'ai trouvé quelque chose…

— Pas du café, j'imagine, répondit-elle en soupirant. Alors, dis-moi.

— Un mot, et je crois reconnaître l'écriture de Duke.

Il relut la note en fronçant les sourcils. Bien qu'il ne se

soit jamais intéressé à l'écriture de Duke, il lui semblait qu'il s'agissait bien de la sienne.

Tucker jeta un nouveau coup d'œil aux alentours du campement. Comme il n'avait entendu personne s'approcher de la tente, il était impossible que le message ait été déposé par Duke, dont la carrure imposante empêchait tout déplacement furtif.

— Je l'ai trouvé sur le rabat de la tente, il a dû tomber quand je suis sorti, expliqua-t-il à Rachel.

Il restait une explication plausible, cependant : la seule personne à en savoir assez et à être suffisamment proche de Duke pour pouvoir leur transmettre son message était Shay. Tucker fit part de sa réflexion à Rachel qui émit l'hypothèse d'un piège.

— Ce mot ne nous était pas adressé personnellement, dit-il. En plus de ne pas être signé, il est plus ou moins codé.

Il s'éclaircit la voix avant de continuer :

— North Star détenait encore Duke hier, et ses agents ont pu le forcer à écrire ça. Cependant, il me semble que s'ils s'étaient donné la peine de nous poursuivre jusqu'ici, ils nous auraient enlevés ou nous auraient laissé un message plus explicite.

— Montre-moi ça, un peu.

Tucker lui tendit la feuille et la regarda en palper le coin supérieur. Au bout de quelques secondes, elle déclara solennellement :

— Ça vient de papa, et il ne l'a pas écrit sous la menace.

— Qu'est-ce qui te fait penser ça ?

— On a inventé un code quand j'étais à l'école : s'il avait un bulletin de notes à signer et que c'était fait, il perçait le haut du document avec une aiguille. S'il n'y avait pas de trou, cela voulait dire que je devais lui redemander sa signature.

Rachel souleva la feuille qui était effectivement percée.

— Qu'est-ce qui est écrit ? s'enquit-elle ensuite.

« Rachel a la clé et sait à quelle serrure elle correspond. »

— *Moi* ? demanda Rachel. Sûrement pas. J'ignore totalement d'où vient la clé que j'ai trouvée, et je n'ai aucune idée de ce à quoi elle sert.

Elle se redressa, s'assit en tailleur et parut réfléchir intensément à la signification du message, tandis que Tucker le relisait, à la recherche d'un indice qui lui aurait échappé.

Lorsqu'il releva les yeux, Rachel était retournée à l'intérieur de la tente pour y faire un peu de rangement. Le résultat fut moins probant qu'au ranch, puisqu'elle ne connaissait pas les lieux par cœur, pourtant le matelas et le sac de couchage furent vite remballés.

De son côté, Tucker avait continué de réfléchir : Duke pensait que sa fille savait de quoi il parlait, alors qu'elle semblait convaincue de son ignorance totale en la matière.

— J'ai une idée ! s'exclama-t-il. Il se pourrait que ce soit en rapport avec ton rêve, Rachel. Je veux dire que la réponse doit être nichée quelque part dans ton subconscient.

13

Son rêve. Rachel en eut la chair de poule. Elle avait beau se faire lentement à l'idée que le cauchemar tenait plus de la réalité que de la fiction, la pensée que son subconscient recelait un secret auquel elle n'avait pas accès la mettait mal à l'aise.

— Papa ignore que le scénario a changé. Il croit que j'en suis restée au puma.

— Tu lui as raconté tes cauchemars ? s'enquit Tucker.

— Oui, quand j'étais petite et qu'ils ont commencé à hanter mes nuits. Papa…

Un souvenir dérangeant l'empêcha de continuer, et elle se mit à suffoquer.

Tucker se précipita à ses côtés pour lui frotter le dos.

— Allons, allons. Tout va bien, ma belle. Inspire, expire lentement, et prends une grande goulée d'air.

Elle y parvint, péniblement. Sa crise de panique avait été brutale, et il lui fut difficile de la surmonter. Elle s'accorda quelques minutes de répit avant d'expliquer :

— Je ne sais pas si c'était la première fois que je faisais un cauchemar ; la seule chose dont je suis sûre, c'est que j'étais toute petite. J'avais encore des pansements sur le visage, du moins, il me semble. Papa dormait sur le plancher, au pied de mon lit. Maman essayait de le faire remonter dans leur chambre, mais il s'y refusait. Apparemment, il craignait que je m'égare de nouveau dans la nature.

Tucker continuait à lui frotter le dos, ce dont elle se réjouit car elle sentait un froid intérieur monter en elle.

— Un jour où je lui racontais mon cauchemar, il m'a demandé de ne jamais en parler à maman, et de me tourner vers lui si j'avais peur. Vers lui seulement, de façon à ce que maman ne s'inquiète pas. En même temps…

— Si ta mère n'était pas au courant…

Rachel l'interrompit :

— Comment a-t-il pu la laisser dans l'ignorance, lui mentir et faire en sorte qu'elle me mente à moi aussi ?

— Il était sous la protection de l'État, lui rappela Tucker. Je ne prends pas sa défense, mais les témoins d'affaires sensibles sont tenus de faire une croix sur leur ancienne existence.

— C'est *sa* version de l'incident, Tucker. Ce puma… il l'a fabriqué de toutes pièces.

Rachel fut reprise de tremblements incontrôlables. Son père adoré l'avait encouragée à croire à l'attaque d'un puma ; l'avait convaincue que c'était de cela qu'elle rêvait. Et ce n'était pas la vérité.

— Tu es sûre de ton fait ? lui demanda Tucker.

— Non ! se récria-t-elle. Comment veux-tu que je le sois ?

La gorge nouée par l'angoisse, elle ajouta, presque dans un sanglot :

— Tout est enfermé dans un songe qui s'est transformé sans prévenir.

— Attends, Rachel. Rien ne prouve que tout tourne autour de ton rêve. Si ça se trouve, je fais fausse route depuis le départ.

Rachel s'insurgea :

— Tu sais très bien que ce n'est pas le cas. Tu es inspecteur de police ; c'est ton boulot de rassembler des informations et d'en tirer les conclusions qui s'imposent.

Elle croisa les bras pour se rassurer et se mit à réfléchir à voix haute :

— Qu'est-ce que je peux bien savoir sans en avoir conscience ?

— D'accord. Dans ce cas, reprenons les choses depuis le départ. Raconte-moi la toute première partie de ton rêve, telle que tu te la rappelles.

— Tu crois vraiment que ça va nous aider ?

— Ça vaut la peine d'essayer.

Rachel restait sceptique. Depuis toujours ou presque, elle vivait en sachant que ce rêve pouvait survenir à tout moment, et voilà que le rêve avait mué. Était-il passé de ce que son père lui avait fait croire à ce qui s'était réellement produit ?

D'un autre côté, s'il se pouvait qu'elle soit condamnée à subir ces terreurs nocturnes toute sa vie, il était également possible qu'elle trouve la vérité dans la version révisée du cauchemar.

— Je ne sais pas très bien par où commencer, dit-elle d'une voix rendue rauque par l'émotion.

Tucker lui posa un bras sur les épaules et les serra doucement.

— Assieds-toi, lui conseilla-t-il.

— J'ai besoin de bouger, de m'occuper.

— Dans ce cas, aide-moi à démonter la tente. Je t'écoute, Rachel, dit-il avant de la guider jusqu'au premier piquet.

— Je peux m'en occuper toute seule, si ça ne t'ennuie pas.

— Comme tu veux.

Elle tira sur le piquet, puis chercha les suivants à tâtons. Bien qu'elle déteste camper, il lui était souvent arrivé de monter et de démonter des tentes, près du ranch, pour y jouer ou y héberger des amis, et sa semi-cécité ne constituait pas un obstacle.

Au lieu de la bombarder de questions ou d'essayer de

l'aider, Tucker attendit patiemment que Rachel soit prête à parler. Lorsque ce fut le cas, elle commença son récit :

— Je ne peux pas te raconter avec précision comment ça commence. Quand je me réveille, la seule chose dont je me souviens, c'est qu'un homme est en train de m'emmener loin de chez moi.

Bien qu'elle se sente en sécurité avec Tucker, elle restait tenaillée par la panique et dut se concentrer avant de poursuivre :

— Il m'entraîne… À l'écart de la lumière. Il me semble qu'il y a une lueur derrière nous, et qu'il s'en éloigne.

— Peut-être que l'intérieur de la maison est éclairé.

— Sans doute, oui.

En un réflexe idiot, puisqu'elle n'y voyait rien, Rachel ferma les yeux et tenta de visualiser la scène. Elle avait joui d'une vue normale pendant les trois premières années de sa vie et gardait quelques souvenirs de cette période.

— Ça pourrait aussi être les écuries.

Elle rouvrit les paupières et fronça les sourcils. Bien que le jour commence à se lever, elle ne distinguait qu'à peine la silhouette de Tucker.

— Il n'y a pas de fenêtres, reprit-elle. Je ne reconnais pas la maison, de nuit. Ça ressemble plutôt à un rai de lumière semblable à celui qui sort des écuries.

— Donc, on t'emmène à l'écart des écuries, récapitula Tucker avec calme et sérieux.

Il semblait croire Rachel sur parole et rassembler les éléments comme les pièces d'un puzzle.

— Le faisceau de lumière dont tu parles pointe vers le ranch, reprit-il. Si tu t'en éloignes en ligne droite, tu te diriges vers le pâturage.

— Ou vers la grand-route, fit remarquer Rachel, qui supputait plus qu'elle ne raisonnait, à présent.

C'était la logique même pour un ravisseur : s'éloigner de la lumière, afin de gagner l'ombre de la route nationale.

— Dans la nouvelle version de mon cauchemar, reprit-elle, je ne suis pas loin d'étouffer, tant mon ravisseur me serre. J'ai trop peur pour crier. Il me parle, et je ne comprends pas ce qu'il dit. Intérieurement, je ne veux qu'une chose : retrouver ma maman.

Elle sentit les larmes lui monter aux yeux à l'évocation de sa mère, partie depuis si longtemps, et qui ne viendrait plus jamais la réconforter.

Elle replia les piquets de tente en refoulant sa nostalgie et attendit que son émotion soit moindre avant de reprendre son récit :

— À un moment, je vois deux yeux nous observer. Ils brillent presque.

— Ceux du puma ? s'enquit Tucker.

— C'est ce que j'ai pensé, une fois devenue adulte, je veux dire.

Les sourcils froncés, elle ajouta :

— À présent, je pense que c'est mon père qui m'en a convaincue quand je lui ai raconté mon rêve. D'un autre côté, si je repense à la façon dont l'animal a surgi, je me demande s'il ne s'agissait pas plutôt d'un chien. On en avait beaucoup, à l'époque.

— Quatre ou cinq, si ma mémoire est bonne.

— C'est ça, dit Rachel. Et, si tout cela est vrai, si ce n'est pas mon esprit de fillette de trois ans qui mélange tout ou une série de rêves qui se confondent avec la réalité, il pourrait s'agir d'un de nos chiens.

— Et il vous suit pendant que l'homme t'emmène ?

— Oui. Je n'ai pas peur de ses yeux, j'ai peur de l'homme. Il m'étouffe et il a…

Elle laissa sa phrase en suspens. Il lui en coûtait de raconter la suite, pourtant elle le devait.

— La dernière fois, tu m'as dit qu'il avait un couteau, poursuivit Tucker, sans doute pour l'encourager.

Rachel hocha la tête, continua à plier la toile de tente d'une main tremblante et précisa :

— Soit un couteau à cran d'arrêt, soit un couteau suisse. En tout cas, il est pointu, et la lune se reflète sur la lame.

Elle porta un index à ses cicatrices et les lissa doucement, avant de murmurer :

— Ça pourrait être à cela que je dois ma cécité. Plutôt à cette arme qu'à deux paires de griffes.

Elle laissa échapper un soupir et demanda dans un souffle :

— Quel rapport avec une clé ?

— Je ne le sais pas encore, Rachel. Concentrons-nous sur ce dont tu te souviens.

— C'est à peu près tout. Dans mon dernier cauchemar, l'homme me blesse, et c'est la première fois que les choses vont aussi loin. Même quand j'étais petite, je me réveillais avant le moment fatidique. En revanche, là, le chien bondit, l'homme brandit le couteau, le laisse retomber et me blesse. J'ai mal, je saigne et j'entends le chien gronder puis aboyer, sans qu'il m'attaque pour autant.

Tucker entreprit de rassembler les piquets et la toile. Rachel l'entendit remballer le tout et sourit.

— Merci de m'avoir laissée démonter la tente, Tucker.

— Pourquoi me remercies-tu ? lui demanda-t-il.

— Parce que la plupart des gens ne supportent pas de me regarder faire. Je suis trop lente à leur goût, et ils ne peuvent s'empêcher de s'en mêler.

— Nous avons le temps, Rachel !

Tucker ne s'était pas précipité pour accélérer le mouvement ou lui simplifier la tâche, ce dont elle lui semblait reconnaissante.

De même, plutôt que de continuer à la questionner, il lui donna le temps de réfléchir tranquillement.

— Tu sais où est mon père ? lui demanda-t-elle.

— Non.

— Tu crois que Cody le saurait, lui ?

— C'est possible, répondit Tucker au terme d'une courte hésitation.

— Je ne comprends pas ce qu'a voulu dire papa, et de toute évidence il pensait que je n'aurais aucun mal à interpréter ses propos ou il s'en est convaincu. Il nous a fait parvenir un message et, si nous l'avons reçu par l'intermédiaire de Shay, il n'a pas pu être cautionné par North Star.

— C'est peu probable, en effet.

— Il faut que je voie papa, sans quoi nous ne saurons jamais ce qu'il a voulu dire.

Tucker ne pouvait pas se laisser dominer par ses sentiments ou par son complexe d'infériorité. Il allait devoir impliquer son frère dans l'affaire, sinon il n'arriverait à rien.

Son frère. Qui avait lutté contre les Fils à plusieurs niveaux et avait gagné. Il avait battu Ace, ainsi que tous ceux qui s'en seraient pris à Cody et à sa fille.

Cody. Le petit dernier de la fratrie, son protégé…

— Tucker ?

— Désolé. Je réfléchissais. Il faudrait qu'on aille là où il y a du réseau, et rien ne nous assure que North Star n'a pas les moyens de te pister, toi aussi, grâce à ton téléphone.

— Et si on retournait au ranch ? North Star nous croit en fuite, et personne ne se doutera que nous avons fait demi-tour. Alors, voici ce que je propose : on rentre, on contacte quelqu'un de vive voix et on demande à Cody de nous retrouver quelque part. C'est futé, tu ne trouves pas ?

Tucker dut faire un effort pour dissimuler son amertume et répondre d'un ton aussi neutre que possible.

— Très futé.

— À moins que tu aies une meilleure idée, bien sûr.

— Je n'en ai pas, Rachel.

Il continua de nettoyer les lieux de leur campement et guida Rachel jusqu'à Bouton d'Or dont elle se mit à caresser la crinière couleur crème.

C'était un ravissement que de voir sa main enfouie dans les crins du cheval. Ses cheveux en bataille formaient un halo autour de son beau visage. Le soleil levant faisait briller les collines et évoqua à Tucker un pays féerique dont Rachel serait la reine.

Elle dit en grimaçant :

— Je sais que tu me regardes, Tuck.

— Qui te dit que je ne contemple pas le paysage ?

— Ça m'étonnerait. Alors, pourquoi me regardes-tu ?

— Peut-être parce que je te trouve jolie, rétorqua-t-il.

Presque aussitôt, il regretta ses paroles. Il n'aurait pas dû les prononcer, même s'il avait été sincère, même si la beauté de Rachel était saisissante. Il n'y avait aucune place pour ce genre de propos, pas à cause de leur situation actuelle, mais à cause de leurs liens habituels.

— Tu pourrais m'embrasser comme hier soir, déclara-t-elle le plus sérieusement du monde.

— Dans l'absolu, oui, cependant je ne pense pas que ce serait judicieux.

— Et pourquoi donc ?

— Parce que je préfère ne pas penser à ce que ton père dirait si je lui expliquais que nous avons tardé à le retrouver parce que j'étais occupé à flirter avec toi après une nuit passée ensemble sous une tente exiguë.

— Après que tu as empêché les gens de North Star de m'enlever, eux qui sont censés être du bon côté. Je… je ne comprends ni ce qui t'a incité à collaborer avec eux, ni pourquoi tu as accepté de travailler avec des gens qui t'obligeaient à mentir.

— Il arrive que les mensonges soient nécessaires, répondit Tucker.

— N'empêche qu'ils te mettent mal à l'aise et que tu

ploies littéralement sous le fardeau de la culpabilité, ce qui n'est pas le cas de tout le monde.

Elle avait raison, comme d'habitude, et Tucker fut dérouté par sa perspicacité. Il ne lui restait donc plus qu'une option : la franchise.

— Si j'ai accepté de travailler pour eux, c'était pour agir enfin. Mon père ne m'a jamais tenu en grande estime, il ne me considérait ni comme une menace ni comme un successeur potentiel, et ça m'a longtemps arrangé. Quand North Star m'a contacté, j'ai cru pouvoir suivre les traces de Cody, de Jamison, de Gage et de Brady. Même Dev a tenu tête à Ace. Bien que ça n'ait pas mis fin à son enfer, au moins, il a essayé, contrairement à moi qui n'ai rien fait du tout. En acceptant la proposition du groupe de McMillan, je pensais pouvoir participer à la chute d'Ace, de sorte que j'ai exécuté les ordres de mes supérieurs, même si je n'étais pas d'accord avec eux.

Rachel cessa de caresser Bouton d'Or, s'empara de la canne que Tucker avait pris soin de laisser près d'elle et s'avança vers lui. Elle s'arrêta à quelques centimètres de l'endroit où il se tenait ; un peu trop près à son goût.

— Jusqu'à ce qu'ils tentent de m'enlever, dit-elle en offrant son visage au soleil levant.

À la pensée que c'était un homme, et non un puma, qui l'avait mutilée, tout se révoltait en Tucker. Certes, le résultat était le même, cependant l'idée qu'on ait infligé cela à une enfant de trois ans, pour se venger de ce que son père avait accompli en son âme et conscience, lui était insupportable.

— Tu aurais dû être épargnée, Rachel, déclara-t-il d'une voix étranglée.

— Toi aussi, il me semble, répondit-elle en tendant une main pour la poser sur son bras.

Tucker brûlait de l'envie de lui caresser les cheveux et,

contre toute logique, de faire disparaître ses cicatrices de son joli visage. L'heure était grave, il y allait de leurs vies, et il n'avait pas droit à l'erreur.

En d'autres termes, il ne devait pas céder à la tentation.

— On en revient toujours aux Fils, auxquels je suis génétiquement lié, et qui sont mêlés à cette affaire.

Rachel se hissa sur la pointe des pieds pour s'appuyer contre Tucker, puis lui effleura la joue du bout des lèvres. Et, bien qu'il ne soit pas certain qu'elle avait visé sa joue et non sa bouche, il fut bouleversé par cet élan de tendresse et ne parvint pas à refouler son émotion.

— C'est plutôt à Dev que tu devrais t'intéresser, dit-il, le cœur en berne.

Il le pensait sincèrement : Rachel ferait le plus grand bien à Dev, avec sa fraîcheur et son enthousiasme naturels.

Rachel se laissa redescendre sur ses talons en plissant le nez et rétorqua :

— Dev ? Tu plaisantes ? Il est encore plus vieux que toi ! Et grincheux, en prime ! Il me semble plus adapté au célibat qu'à la vie de couple. Mamie Pauline m'a dit un jour que tous ses oncles étaient célibataires et qu'elle ne serait pas surprise que vous terminiez comme eux.

— Tiens donc ! Quatre d'entre nous lui ont démontré le contraire, il me semble. Sur six garçons, ce n'est pas si mal !

— Tu ne resteras pas seul, Tucker. Tu es trop bien pour ça.

— Waouh ! Merci !

— Tu as l'air de prendre ça comme un affront, pourtant c'est un compliment. J'irais même jusqu'à affirmer que ta droiture tient du miracle, vu la façon dont tu as été élevé. Franchement, tu m'épates.

Pour un peu, Tucker y aurait cru.

— Il faut qu'on y aille. Le temps joue contre nous, North

Star est un groupe puissant, et ses agents ne tarderont pas à nous rattraper, même si Shay est dans notre camp.

— D'accord, mais ne te crois pas tiré d'affaire pour autant.

Effectivement, Tucker n'en croyait rien.

14

Le retour au ranch s'effectua en silence. L'atmosphère était un peu plus détendue, aussi Rachel éprouva-t-elle un réel plaisir à monter Bouton d'Or et à sentir le corps ferme de Tucker derrière elle.

Elle voulait croire que Cody en saurait suffisamment sur les méthodes de North Star pour deviner où ses agents détenaient Duke et comment il était traité. Si tout se déroulait comme elle le souhaitait, Cody leur dirait où était son père, Tucker et elle iraient le chercher, le feraient sortir de là…

Et ensuite ?

Ensuite, il y aurait la clé. Son père lui dirait à quoi elle correspondait et, avec un peu de chance, cela mettrait fin à tout.

À condition, bien sûr, que Duke accepte de remettre la fameuse clé aux dirigeants de North Star et de leur raconter toute l'histoire. Malheureusement, il se pouvait qu'il ne leur fasse plus confiance, et que Rachel soit la seule personne à qui il puisse tout expliquer.

Elle aurait voulu avoir une idée sur la question. La solution n'était pas dans son rêve, qui n'était que source d'effroi et de douleur suivis d'un soulagement certain, le tout confondu en une expérience obscure des plus traumatisante.

Tucker les fit zigzaguer à travers les collines après lui avoir expliqué son parcours.

— Je vais nous diriger vers les pâturages. Ensuite, on redescendra vers les écuries. Peut-être le trajet te rappellera-t-il quelque chose.

— N'oublie pas que je suis à moitié aveugle, Tucker.

— Je sais, répondit-il avec une patience qui lui alla droit au cœur. Je te dirai où nous sommes à chaque étape. Je te décrirai les environs à tout instant. Revivre ce qui s'est produit ne peut pas te nuire, et si ça ne te rend pas la mémoire, nous aurons gagné un peu de temps, et je serai assuré que nous n'avons pas été suivis.

Rachel ne répondit rien. Raconter son rêve l'avait moralement épuisée. De plus, Tucker avait rejeté le baiser qu'elle lui offrait, une rebuffade dont elle n'était pas encore remise, même si elle n'était pas sûre qu'il ne s'était pas bridé. Quelque chose en Tucker – son sens de l'honneur, son respect envers Duke – l'empêchait d'aller de l'avant. Bien qu'elle ne le voie pas, elle savait qu'il la regardait différemment, désormais.

Elle l'avait senti se crisper lorsqu'elle l'avait approché, le matin, pour l'embrasser et que ses lèvres maladroites s'étaient posées sur sa joue.

D'accord, elle avait manqué sa cible, mais le contact de sa peau râpeuse lui avait procuré un doux frisson.

Titillée par le menton râpeux de Tucker Wyatt… Cette pensée, qui l'aurait sans doute fait rire naguère, lui paraissait soudain normale. Parfaitement adaptée.

— Nous sommes sur la colline qui surplombe le pâturage, l'informa Tucker. Je vois le toit de l'écurie et l'applique d'éclairage. S'il faisait sombre et qu'il y avait de la lumière, toute cette bande de terrain devait être visible.

À contrecœur, Rachel rappela le rêve à sa mémoire. La lumière…

— Où sommes-nous, par rapport à la nationale ? s'enquit-elle.

— Nous faisons face au sud. La route se trouve un peu plus bas, vers l'est, lui répondit-il patiemment.

— Jusqu'où pourrait-on voir la lumière, dans cette direction ?

Tucker éperonna le cheval qui se remit en route.

— Voyons, dit-il au bout de quelques pas. Si tu te dirigeais vers la route tout en regardant derrière toi, en direction de la maison ou des écuries…

Il sortit du sentier, et Bouton d'Or se mit à osciller doucement sous eux.

— Le portail principal commence à apparaître, et j'en aperçois le haut. Donc, si la lampe était allumée, je pourrais le voir plus distinctement.

Le portail principal menait à une route en gravier qui conduisait à la nationale, et Rachel crut deviner la vérité. Si le faisceau de lumière avait diminué jusqu'à être englouti par les ténèbres au fil de la progression de l'homme, c'était probablement dû aux collines environnantes et aux divers changements de direction.

— Je crois qu'il m'emmenait vers la nationale, déclara-t-elle.

— Comme il était à pied, on peut supposer qu'il avait garé un véhicule là-bas. Là-dessus, le chien est intervenu et t'a sauvée…

Rachel porta une main à ses cicatrices. Sa mère l'avait empêchée de s'apitoyer sur elle-même, et c'est sans doute grâce à son jeune âge qu'elle ne s'était jamais trop préoccupée de sa semi-cécité ou des traces de l'incident autour de ses yeux. Comme elle n'avait pratiquement aucun souvenir antérieur à l'agression, elle n'avait pas d'élément de comparaison et ne pouvait se lamenter sur ce qu'elle avait perdu.

Elle n'irait tout de même pas jusqu'à dire que le chien l'avait *sauvée* : si elle n'était pas morte, il lui restait bien des séquelles.

— Tucker, commença-t-elle, la gorge nouée. Pourquoi papa a-t-il choisi de nous mentir, à ma mère et à moi, et de nous faire croire à un incident qui n'a jamais eu lieu ? Je sais bien qu'il devait se taire sur tout ce qui concernait sa vie d'avant, mais il y a des limites, non ? Je l'aime toujours autant, mais je lui en veux terriblement d'avoir joué avec mes cauchemars, même pour garder son secret.

— Et lui, rétorqua Tucker, tu imagines ce qu'il peut ressentir ? Il a fait son devoir, ce qui l'a obligé à tourner le dos à toute son ancienne vie. Il était à peine parvenu à se construire une nouvelle existence que son acte de bravoure est revenu le hanter, sous la forme d'une attaque qui a rendu sa fille à moitié aveugle…

Il reprit son souffle avant d'ajouter :

— Moi aussi, je t'ai menti, Rachel, dans l'espoir de vous protéger, toi et tes proches. J'ai du mal à penser que les mensonges de Duke étaient d'une autre nature que les miens.

— Je ne suis pas d'accord avec toi. Papa a complètement transformé une réalité. On n'est plus dans le domaine de la simple omission ! Mon père a délibérément brouillé les cartes en me faisant croire à une version fantaisiste de ce qui m'est arrivé.

— Tu crois qu'il n'aurait pas été pire pour toi de savoir depuis toujours que le passé Duke attendait là, tout près, le moment de le rattraper ? Je connais ça, je sais ce que c'est que de vivre dans la crainte permanente d'être ramené à une période sombre, susceptible de gâcher ton semblant d'équilibre. Bien que mamie Pauline ait tout fait pour nous aider, après que nous avons échappé aux Fils, elle ne nous a jamais caché qu'Ace pouvait revenir à n'importe quel moment et nous faire du mal ou la molester, elle. Par ailleurs, nous avons toujours eu conscience du sacrifice de Jamison qui a passé dix-huit années de son existence à nous tirer des griffes du gang. C'est lourd à porter, ça aussi, tu sais !

Rachel ne sut que répondre. Il lui aurait été difficile de contester les arguments de Tucker et, malgré sa rancœur envers son père, elle pouvait comprendre que Tucker considère le mensonge de Duke comme un don. Peut-être en était-ce un, d'ailleurs, car à quoi auraient ressemblé son enfance, puis son adolescence, si elle les avait vécues dans la terreur ?

Et même si Tucker semblait s'être remis de ses débuts chaotiques, Rachel commençait à comprendre qu'il était profondément blessé et traumatisé, lui aussi.

Elle le sentit se raidir, puis refermer les bras autour de sa taille avec force.

— On va descendre de cheval, Rachel, lui dit-il.

— Pourquoi ? Que se passe-t-il ?

— Un homme nous observe.

Il fit ralentir Bouton d'Or sans l'arrêter totalement et expliqua :

— Écoute-moi bien. Il faut qu'on agisse vite. Je vais te faire descendre en même temps que moi, t'orienter dans la bonne direction, et tu courras vers l'écurie. J'enverrai Bouton d'Or dans les champs pour faire diversion, et je me lancerai à la poursuite de ce type. Normalement, il devrait se concentrer soit sur moi, soit sur le cheval.

— C'est un envoyé de North Star ? s'enquit-elle.

Tucker mit une éternité à lui répondre :

— Je veux que tu coures te réfugier dans l'écurie, point.

— Tu es sûr que…

— Fais ce que je te dis, Rachel. Si j'ai besoin de renforts, je crierai, d'accord ?

Bien qu'elle en doute fort et le soupçonne de vouloir prouver sa bravoure, Rachel comprit qu'il ne pourrait rien faire, ni pour elle ni pour lui, si elle ne lui obéissait pas.

Aussi allait-elle courir vers l'écurie, d'où elle trouverait le chemin jusqu'à la maison, même sans sa canne. Le tout était qu'elle ne chute pas en chemin.

— Prête ? À trois, on y va, annonça Tucker d'un ton sans réplique.

Rachel se laissa emporter par ses bras puissants et atterrit sur la terre ferme avec légèreté. Tucker la prit par les épaules pour la faire pivoter vers l'écurie…

… et elle se mit à courir.

Après avoir placé Rachel dans la bonne direction, Tucker lança Bouton d'Or au galop. Comme tout était à découvert autour de lui, il ne pouvait pas faire mine de se rendre ailleurs que jusqu'à la haie derrière laquelle l'homme était tapi.

Il vit que l'individu était armé et se dit que, s'il s'agissait d'un agent de North Star, il ne tirerait pas.

Dans le cas contraire… il aviserait.

Une détonation déchira l'air. Tucker se jeta à terre, se rendit compte qu'il n'avait pas été touché et risqua un œil derrière lui pour évaluer la progression de Rachel. Elle courait toujours, le cheval aussi – pas de dommages, donc, pour l'instant.

Il se releva et se remit à courir vers son agresseur, en zigzaguant, dans l'idée d'atteindre la futaie proche de la crique et de s'en servir comme couverture pour atteindre le tireur.

Nouvelle déflagration. Cette fois, Tucker resta debout : apparemment, c'était lui que l'homme visait, plutôt que Rachel ou le cheval. Il n'avait pas le temps de s'attarder pour vérifier sa théorie. Il devait avancer.

Il attendit d'avoir atteint le bouquet d'arbres pour sortir son revolver de son holster. Après en avoir désamorcé la sécurité, il se donna quelques secondes pour reprendre son souffle, derrière un arbre.

La crique était presque à sec. En revanche, les arbres vieux de plusieurs décennies avaient conservé toutes leurs feuilles et, lorsqu'une troisième balle atteignit l'un d'entre eux, Tucker se raidit.

La haie derrière laquelle son agresseur était accroupi devait se trouver à l'est de l'arbre qui le dissimulait. Toutefois, Tucker ne pouvait prendre aucun risque.

Son instinct lui disait que son agresseur n'était pas envoyé par North Star, dont les agents n'étaient pas du genre à tirer avant de poser des questions.

Non, il s'agissait plutôt d'un coup des Fils. En même temps, si c'était le cas, pourquoi avaient-ils attendu que Rachel et lui arrivent ? Et comment avaient-ils su qu'ils étaient en cavale ? Simple coïncidence ?

Tucker n'avait plus le temps de réfléchir à la question. Il devait faire en sorte que le tireur embusqué ne s'en prenne pas à Rachel.

À pas furtifs, il passa d'un tronc d'arbre au suivant en s'efforçant de s'éloigner de la ligne de mire de son adversaire.

Il y eut un nouveau tir, bien moins ciblé que les précédents. Tucker crut voir une ombre bouger, non loin de lui, et changea prestement de direction pour se cacher.

Le tireur s'avança vers lui au moment précis où il allait lui-même à sa rencontre.

Tucker aurait hésité à tirer si celui-ci n'avait pas appuyé une quatrième fois sur la détente de son arme. Il était temps de réagir.

Toujours dissimulé, Tucker tendit l'oreille pour avoir une idée des déplacements de l'homme. Dès qu'il sut avec précision où il se tenait, il s'apprêta à tirer. Plus dans l'intention de prendre son adversaire par surprise que de l'abattre.

Aussitôt après le premier tir, il jeta un coup d'œil devant lui. Le tireur s'était jeté à terre, mais il se relevait lentement, l'arme pointée vers Tucker, qui tira immédiatement.

Quand il vit son adversaire reculer en titubant, il chargea et décida de s'approcher.

Son agresseur avait laissé échapper son arme, un modèle aussi lourd que puissant, mais il la ramassa et replia son index sur la détente en voyant arriver Tucker. Les deux hommes s'empoignèrent ; une lutte sans merci s'ensuivit.

Sous les coups de Tucker, l'inconnu tomba en arrière et lâcha à nouveau son arme. Tucker en profita pour lui sauter dessus.

Même blessé, l'homme continua pourtant de lutter comme un possédé. La balle n'avait dû faire que lui égratigner le flanc, mais il saignait abondamment. Tucker lui asséna un coup qui le projeta à terre.

L'homme hurla, pressa ses mains sur ses côtes meurtries et roula sur quelques mètres. Tucker bondit pour le clouer sur place, face contre terre et les mains derrière le dos. Une fois son adversaire immobilisé, il chercha autour de lui de quoi le ligoter.

C'est alors qu'il se rendit compte que l'homme portait une ceinture à outils. Il en ouvrit les poches, y trouva un téléphone qu'il s'empressa de jeter au loin, puis une flasque en plastique remplie d'un liquide transparent et enveloppée dans un chiffon qui alla rejoindre le téléphone sur le lit de la crique. Tucker découvrit aussi une paire de menottes en plastique qu'il referma sur les poignets de l'inconnu. Celui-ci se mit à jurer, à cracher et à se débattre, en vain.

Au bout de quelques minutes, Tucker se décida à le remettre sur le dos.

Il ne l'avait jamais vu. Et, bien qu'il ne connaisse pas tous les membres du gang des Fils, il lui parut différent des autres. À son habillement, à sa manière de se tenir, on voyait qu'il n'avait pas l'habitude des situations périlleuses.

En outre, les Fils ne sévissaient que dans la région, dont ils connaissaient la météo capricieuse et où ils étaient précédés par leur réputation. L'homme que tenait Tucker, en revanche, ne semblait pas rompu aux affrontements à mains nues. Restaient son arme et cette fiole qui contenait sans doute une drogue puissante.

Tout cela ajouté aux menottes formait l'équipement du parfait ravisseur. Tucker sentit son estomac se soulever, jeta au malfrat un regard méprisant et lui dit :

— Je suppose que vous êtes envoyé par les Vianni.

Pour toute réponse, l'homme lui cracha au visage.

Tucker ne fit rien pour éviter le jet de salive qui, de toute façon, passa à côté de lui, et ajouta :

— Qui êtes-vous venu chercher ?

— Pas toi, en tout cas.

— Vous savez que je pourrais vous abandonner là, les poings liés, et ne rien dire à personne ?

Il désigna le ciel d'un geste du menton, avant de continuer :

— On a beau approcher de l'automne, la journée s'annonce chaude, pour ne pas dire torride.

— Si tu ne me laisses pas partir, mon vieux, je peux t'assurer que ce qui t'attend est bien pire que la déshydratation. Fais ce que tu veux, je m'en moque

Tucker se pencha vers lui et, un mauvais sourire aux lèvres, lui répondit :

— Vous n'allez pas vous en moquer longtemps, faites-moi confiance !

15

Rachel s'était emparée de son téléphone portable dès le premier coup de feu, cependant elle eut du mal à se faire entendre.

— Passe-moi Cody, ordonna-t-elle finalement d'un ton ferme.

— Rachel ? Où es-tu ?

L'assurance qu'elle perçut dans l'intonation de Cody suffit à la calmer.

— Dans l'écurie du ranch. Tucker est parti à la poursuite d'un homme qui nous épiait. J'ai entendu plusieurs détonations et… Je sais que tu es à Bonnesteel, mais…

Il ne la laissa pas terminer.

— Je vais libérer la ligne pour appeler Brady. Il est dans le coin.

— Non ! se récria-t-elle. Enfin, si, tu peux l'appeler, mais il faut que tu saches que les agents de North Star sont dans le coup. Ils détiennent papa. Tucker collaborait avec eux, et puis une femme est venue nous aider, ou plutôt m'aider, moi, dans la mesure où ses patrons voulaient me faire enlever. Je n'y comprends rien.

Au terme d'une courte pause, Cody réitéra :

— Je préviens Brady et je l'envoie au secours de Tucker. En ce qui concerne North Star… La femme qui vous a aidés ne s'appelle pas Shay, par hasard ?

— Si, c'est ça.

— Parfait, Rachel. Reste où tu es, je t'expliquerai tout plus tard.

La communication fut interrompue, et Rachel remit son téléphone dans sa poche en réfléchissant. Brady pouvait prendre le relais, bien sûr, malheureusement, il était convalescent, lui aussi. Restait Dev, qui devait se trouver quelque part dans les pâturages avec Sarah.

Avaient-ils entendu les déflagrations ? C'était probable, et ils allaient arriver en courant ou appeler des renforts de leur côté.

Quoi qu'il en soit, Rachel ne pouvait pas attendre sans rien faire de voir si Tucker n'était pas tombé sous une balle.

La porte grinça, et elle se tapit dans un coin.

— Rachel ?

— Tucker !

Elle courut vers lui avec une telle précipitation qu'elle trébucha. Fort heureusement, il la rattrapa au vol. Elle se cramponna à lui tandis qu'il l'aidait à se redresser.

— Tu n'as rien ? s'enquit-elle malgré son soulagement.

— Non, en revanche, il faut qu'on sorte d'ici au plus vite.

— C'est inutile, j'ai appelé Cody. Il va prévenir Brady, essayer de voir ce qui se passe avec North Star et…

— Pourquoi as-tu fait ça ? Qu'est-ce qui t'est passé par la tête ? demanda Tucker, d'un ton contrarié.

Il lui lâcha la main, et elle se tint au milieu de l'écurie, penaude, sans trop savoir pourquoi.

— Pourquoi j'ai fait ça ? demanda-t-elle finalement. Eh bien ! On était suivis, j'ai entendu des déflagrations… Comment voulais-tu que je réagisse ?

— Tu aurais dû rester ici, comme je te l'avais ordonné.

— Hé, doucement, Tucker ! Je n'aime pas beaucoup qu'on me donne des ordres. Surtout dans ce genre de situation. Nous étions d'accord pour parler à Cody de…

Tucker lui coupa la parole :

— De l'endroit où pouvait se trouver Duke, oui. Il n'a

jamais été question de mêler mes frères à tout ça, au risque de mettre leur vie en péril !

— Tiens donc ! Tu as été mêlé malgré toi au problème de Brady qui, à son tour, s'est retrouvé plongé dans les ennuis de Felicity. C'est comme ça, Tucker ! Nous sommes solidaires, que ce soit dangereux ou non. J'ajoute qu'un petit coup de main est toujours bon à prendre.

Comme Tucker ne répondait rien, elle insista :

— De toute manière, il est trop tard. Cody appelle Brady et va se renseigner sur les agissements du groupe North Star. Il connaît Shay, je te signale.

— C'est normal, il a travaillé pour North Star.

— Attends, je n'ai pas terminé ! Ton frère savait de qui je parlais avant que je lui donne le nom de Shay.

— Assieds-toi et ne bouge plus, lui dit Tucker comme s'il s'apprêtait à repartir et à la laisser seule.

Sûrement pas !

Sans réfléchir, Rachel agrippa la chemise de Tucker.

— Arrête ça tout de suite ! rugit-il en essayant vainement de lui faire rouvrir le poing pour se libérer.

— J'ignore à quoi sert cette fichue clé, Tucker, dit-elle entre ses dents. Le message de papa est une énigme, pour moi. À présent, nous sommes poursuivis par un inconnu, alors ne me repousse pas. Ne me demande pas de me tenir tranquille, et cesse de te comporter comme un gamin de cinq ans, parce que nous avons besoin d'aide. Tu te rends compte que je n'arrive même pas à faire la seule chose que me demande mon père ?

L'émotion avait fait monter sa voix d'une octave pendant son discours, et ce fut presque dans un sanglot qu'elle conclut :

— C'est ma faute si nous sommes dans ce pétrin, pas la tienne.

— Rachel, murmura-t-il en l'attirant à lui pour lui caresser les cheveux. Rien de tout ceci n'est ta faute, crois-moi.

Rachel se blottit contre lui et se consola en se disant qu'il venait de l'assurer qu'elle n'était pas responsable de leur situation, en plus de prendre le temps de la serrer dans ses bras.

Un toussotement leur parvint. Dev se tenait derrière une des portes, les coudes appuyés sur le rebord.

— Pardon de vous déranger, dit-il, j'ai trouvé un individu ligoté près de la crique et j'aimerais savoir ce qu'il fiche là.

— Et toi ? lui renvoya Tucker en relâchant Rachel. Qu'est-ce que tu fais ici ?

— Quelle question ! J'ai entendu des coups de feu pendant que je m'occupais du bétail, et ça m'a inquiété. Suffisamment pour que j'envoie Sarah battre le rappel des troupes chez Pauline.

— De l'aide ? ricana Rachel. J'essayais de convaincre Tucker que nous en avions besoin, et il ne veut rien entendre.

Dev laissa échapper ce qui aurait pu passer pour un gloussement s'il avait été d'une nature plus enjouée. Il ne riait quasiment jamais, sauf par dérision.

— Ouais, on est comme ça, nous, les Wyatt, commenta-t-il. Euh, dites-moi. Qu'est-ce que j'en fais, de ce type ? Je le laisse où il est ?

— Oui, lui répondit Tucker.

— Il n'y en a pas d'autres dans son genre ?

— Pas encore.

— Qui est-ce ? s'enquit Rachel.

Sa question fut accueillie par un silence et Rachel devina qu'un message silencieux était passé entre les deux frères.

— Bon, conclut Dev. Je vais aller chez mamie Pauline pour arrêter Sarah, Brady et Dieu sait qui d'autre, dans leur élan.

— Pendant que tu y seras, demande à Brady de contacter la police locale pour qu'elle envoie un homme chercher notre énergumène.

Dev ne répondit rien, cependant Rachel l'entendit s'éloigner et en déduisit qu'il allait s'exécuter.

— Qu'est-ce qu'on va faire, au juste ? demanda-t-elle à Tucker.

— Ce qu'on avait prévu au départ, à peu de chose près. L'étape suivante consistera à obtenir de Cody qu'il nous dise ce qu'il sait des agissements de North Star et de l'endroit où se trouve Duke. Pour le reste, je tiens à ce que les autres membres de ma famille soient tenus à l'écart, dans la mesure du possible. Ne crois pas que je veuille agir seul, mais plus nous entraînerons de gens dans cette mésaventure, plus nos ennemis auront de cibles.

Rachel réfléchit aux arguments de Tucker. Son discours était pertinent : le tireur était embusqué dans l'enceinte du ranch, Sarah aurait pu le croiser en se rendant en ville, et qui sait ce qui se serait alors passé.

Oui, en partant seuls, Tucker et elle avaient une petite chance de concentrer les efforts de leurs adversaires sur eux-mêmes plutôt que sur leurs proches.

— Ça veut dire que nous rallions Bonnesteel à cheval ?

— Non, non. Notre charmant visiteur a dû laisser sa voiture dans les parages, et il se trouve que j'ai pris ses clés.

Tucker guida Rachel vers le portail avant. Il supposait que l'homme des Vianni s'était garé sur la route où il était difficile de dissimuler un véhicule, de sorte qu'ils n'auraient aucun mal à le trouver.

— Quelque chose continue à me chiffonner, déclara Rachel, un bras glissé sous le sien.

— Tu peux être plus précise ?

— Le message de papa. Il n'a jamais été question d'une clé dans mes cauchemars. Pas plus que d'une serrure, ni dans mon ancien rêve ni dans sa version révisée. D'ailleurs mon père ne la connaît pas, de toute façon, puisque je n'en avais parlé à personne avant toi. Pour tout t'avouer, je me demande même s'il savait que je continuais à faire des cauchemars. Je ne lui ai rien dit et, comme je ne me suis pas réveillée en hurlant pendant une assez longue période, il a très bien pu supposer que tout cela était de l'histoire ancienne.

Tucker sentit son cœur se serrer à l'idée que Rachel se soit tant tourmentée à propos de ses rêves sans jamais se confier à personne. Elle avait dû s'en accommoder toute seule, alors même que le rêve se transformait en une sordide réalité.

— À quoi d'autre Duke aurait-il pu faire allusion ? lui demanda-t-il.

— Je n'en sais rien, seulement nous nous sommes concentrés là-dessus et, si ça se trouve, nous faisons fausse route depuis le départ.

— Admettons, répliqua Tucker à contrecœur. Le message disait que tu avais la clé et que tu savais à quelle serrure elle correspondait. Nous nous sommes intéressés principalement à la clé parce que tu l'as trouvée. Peut-être devrions-nous nous pencher sur la question des serrures, or j'ai cru comprendre qu'il n'y en a pas non plus dans ton rêve.

— Non, lui répondit-elle d'un ton ferme. Ni clé, ni serrure, ni cadenas, même symboliques.

— D'accord. Prenons Duke, à présent. Tu n'associes aucun de ces objets à ton père en particulier ?

Une fois qu'ils furent devant le portail, Tucker examina la route. Il tenait à repartir avant l'arrivée de la police, afin d'éviter les questions et de passer à l'étape suivante.

Il n'était pas pressé d'entraîner Cody dans cette histoire, mais il lui apparaissait nettement qu'il n'avait plus le choix. Brady y était mêlé, ainsi que Dev, à sa façon. Bref, une fois de plus, Tucker avait failli à sa mission et…

Rachel s'immobilisa sans prévenir.

— Attends, lui dit-elle. Une clé et une serrure. Tu crois qu'on doit prendre ça au sens littéral du terme ?

— Oui, puisqu'on a une clé.

— Erreur… C'est bien ce que je disais. Nous nous égarons. Ce n'est pas de la clé qu'il s'agit, c'est de papa. Emmène-moi au cimetière.

— Au cimetière ? répéta Tucker, interloqué.

— Oui, sur la tombe de ma mère. Ce n'est pas très loin, et papa n'avait de cesse de dire que ma mère était sa clé ou qu'elle l'avait toujours été. C'était même une de ses expressions préférées, avant qu'elle meure. Ça ne nous avance pas beaucoup, je te l'accorde, pourtant… je pense que tout est là.

Tucker n'était pas convaincu, aussi tenta-t-il de réfuter son raisonnement, en vain.

— Ça peut paraître fantaisiste, insista-t-elle. Il n'en reste pas moins vrai que c'est exactement ce que disait le message de papa.

Tucker ne voyait pas ce qu'on pouvait cacher dans un cimetière, et encore moins sur la tombe d'Eva Knight. Toutefois, il ne put refuser ce petit pèlerinage à Rachel, même s'il lui semblait farfelu.

— Avant cela, il faut qu'on retrouve la voiture de notre agresseur, dit-il néanmoins.

Tous deux longèrent la route, Tucker aux aguets. Comme il l'avait prédit, la voiture de leur agresseur se trouvait non loin de là, en équilibre précaire sur la crête d'un fossé.

Toujours à l'affût d'une voiture de patrouille, il emprunta les routes secondaires pour gagner le cimetière dont le parking était désert – une bonne chose en soi.

— Nous ne pourrons pas rester bien longtemps, dit-il à Rachel.

— Je sais. Je veux simplement voir… si maman *est* la clé.

— Je comprends, dit-il.

Il trouvait sa théorie fantaisiste, mais il lui paraissait

normal qu'elle veuille la vérifier. En outre, il savait déjà que s'il n'examinait pas la tombe lui aussi, il aurait l'impression d'avoir négligé une piste. Après être descendu de voiture et avoir aidé Rachel à en sortir à son tour, il lui fit passer la voûte qui ouvrait sur le cimetière.

À partir de là, ce fut Rachel qui le guida, plutôt que l'inverse. Elle était si souvent venue se recueillir en ces lieux qu'elle contourna sans encombre un certain nombre de tombes, avant de s'arrêter devant celle de sa mère.

EVA KNIGHT, ÉPOUSE REGRETTÉE ET MÈRE DÉVOUÉE – 1970-2006

Elle avait été tout cela et bien plus encore : elle seule avait su apporter un semblant de sérénité aux ranchs Knight et Wyatt, par sa douce présence. Rachel avait pris le relais, et il se pouvait que Tucker ait tenté de suivre ses traces, autant qu'il le pouvait.

— Elle me manque, murmura Rachel.

— À moi aussi.

Une fois de plus, Tucker se reprocha d'avoir laissé Rachel s'embarquer avec lui dans cette histoire. Eva aurait sans doute attendu de lui qu'il la protège, ainsi que toutes ses autres filles.

— Elle voudrait que tu sois en sécurité, chez toi, déclara-t-il.

— Je ne le crois pas, non, lui répondit-elle calmement.

Elle leva la tête vers lui, les yeux brouillés de larmes, et ajouta :

— Maman tenait à ce qu'on me traite en égale. Ma cécité mise à part, j'étais sa seule fille biologique, et elle ne voulait pas que mes sœurs se sentent moins aimées que moi. Elle faisait très attention à cela et elle veillait à me donner les mêmes responsabilités qu'aux autres. Je pense que c'est en partie pour cela que papa et Sarah ont tendance à me prendre pour leur bonne. Ils ne le font pas exprès, bien sûr, mais il a toujours fallu que je m'impose de façon à être sur un pied d'égalité avec les autres.

Elle prit une inspiration saccadée avant de poursuivre :

— Toi, tu as des yeux et des talents de policier ; moi, je détiens la clé et la serrure. Que vois-tu ?

— Rien d'autre que la stèle et l'herbe qui l'entoure. Il y a un bouquet de fleurs dans la jardinière.

— Des fleurs fraîches ?

— Elles commencent à faner. Elles doivent être là depuis plusieurs jours.

— Ça veut dire que papa est venu ici avant de partir.

— Lui ou une de tes sœurs, objecta Tucker.

— Non, non. Elles me préviennent avant de venir, comme ça, je peux les accompagner. C'est forcément papa, et comme c'est récent, la clé *doit* être là.

Tucker ne jugea pas utile de lui rappeler qu'ils en avaient déjà une, et qu'ils cherchaient plutôt la serrure qui correspondait. S'il acceptait de chercher, ce serait vraiment pour faire plaisir à Rachel, et parce qu'il n'avait aucune autre piste. Aussi contourna-t-il la stèle, à la recherche du moindre indice. Dans son élan, il alla même jusqu'à sortir le vase de la jardinière, pour regarder à l'intérieur. Il posa ensuite les mains sur la pierre tombale qu'il contournait lorsqu'il sentit quelque chose sous ses pieds.

Il se raidit et dit d'une voix hésitante :

— Attends un peu. Il y a…

Plutôt que de terminer sa phrase, il donna un petit coup de pied dans l'herbe. Tout un pan s'en détacha, comme si on avait posé un morceau de gazon sur la terre meuble. Bien que toujours convaincu qu'il s'agissait d'une coïncidence, il lâcha la main de Rachel et s'accroupit pour soulever le carré de gazon… sous lequel se trouvait une motte de terre encore humide. Tucker y enfonça un doigt et rencontra un objet dur.

— Tu as trouvé quelque chose ? s'enquit Rachel.

Encouragé par sa découverte, Tucker se mit à creuser activement et tomba sur un minuscule tube fermé par un couvercle qu'il dévissa. Le cylindre contenait un rouleau de papier sur lequel étaient notés des chiffres à la signification évidente.

— Oui, répondit-il à Rachel. Un morceau de papier avec ce que je pense être la combinaison d'un coffre.

— Le seul coffre dont j'ai entendu parler, c'est…

— Celui de mamie Pauline, achevèrent-ils d'une seule voix.

16

Pendant le trajet jusqu'au ranch Reaves, ils débattirent de la manière dont ils allaient aborder la question du coffre avec Pauline.

— Elle sait quelque chose, Tucker, dit Rachel. Si ça nous mène à un coffre remisé chez elle, il serait surprenant que mon père y ait enfermé un objet précieux à son insu.

— Si mamie t'a caché quelque chose d'aussi primordial, tu es en droit de lui en vouloir, grommela Tucker, qui s'était crispé.

— Je vais attendre de savoir exactement ce qui s'est passé avant de m'énerver. Tu es en colère parce que tu as peur, voilà tout.

— Peur, moi ? s'insurgea Tucker.

— Oui. Si ça peut te tranquilliser, tes frères sont assez grands pour prendre soin d'eux, même s'ils sont convalescents ou pères de famille. Tu tires un certain réconfort du fait qu'ils soient tous policiers et savent faire face à l'adversité, mais qu'en est-il de ta grand-mère ?

— Elle a élevé six d'entre nous, fait suffisamment peur à Ace pour qu'il la laisse en paix, et nous a donné des cours de tir bien supérieurs à ceux dispensés par l'État, alors je ne m'en fais pas pour elle.

Rachel était moins convaincue que lui concernant la force de la vieille dame. Parfois, comme son père, les gens avaient l'air d'être solides et sereins, alors qu'intérieurement ils étaient minés.

En soupirant, elle se tourna vers Tucker.

— Ça ne nous dit toujours pas comment on procède, lui fit-elle remarquer.

— On y va, on lui demande l'accès au coffre, et ça s'arrête là.

— Tu es fou ? Telle que je la connais, si tu arrives avec des exigences, elle va sortir son rouleau à pâtisserie. Il faut prendre des gants !

Comme Tucker ne protestait pas, elle se glissa hors de la voiture et dit d'un ton catégorique :

— Laisse-moi faire.

Elle ne se donna pas la peine de frapper à la porte avant d'entrer. Elle pénétra dans la cuisine, entendit Tucker la rattraper d'un pas vif et le soupçonna de vouloir arriver avant elle pour prendre les choses en main.

Non. Pas cette fois.

— Mamie Pauline ?

— Rachel ! Que fais-tu ici à une heure pareille ? lui demanda l'aïeule.

Rachel tourna la tête en direction de la silhouette penchée sur l'évier et répondit :

— Nous sommes venus ouvrir le coffre-fort de papa.

Tucker referma la porte, et Rachel le sentit se rapprocher d'elle. Elle ne vit pas la réaction de Pauline, mais devina son hésitation au silence qui suivit sa requête.

Elle désigna Tucker d'un geste du menton, avant d'expliquer :

— Nous avons la combinaison, papa nous l'a laissée avec un autre indice, donc il voulait qu'on ait accès à son coffre.

— Dans ce cas, dit Pauline d'un ton résigné, suivez-moi, tous les deux.

— C'est ce que tu appelles prendre des gants ? susurra Tucker à l'oreille de Rachel.

Sans attendre sa réponse, il lui prit le bras et, bien qu'elle n'ait pas besoin de son aide pour se repérer dans ces lieux familiers, elle s'accommoda volontiers de son geste.

— Je peux lui parler sur ce ton, pas toi, répliqua-t-elle, sûre de son fait.

Tout en suivant Pauline jusqu'à la cave, Rachel se dit qu'elle allait devoir s'en remettre entièrement à la vieille dame et à Tucker pour ouvrir le coffre et surtout, pour lui en décrire le contenu.

— L'étagère du bas est celle de Duke, annonça Pauline, toujours aussi pragmatique.

Tucker lâcha le bras de Rachel qui entendit des grincements puis :

— Un autre coffre, déclara-t-il, manifestement surpris. Et pas un petit, en plus ! Bon sang, qu'est-ce que c'est que cette histoire ?

— Avec une autre combinaison ? s'enquit Rachel.

— Non. Celui-ci ouvre avec un cadenas. Je suppose que c'est celui dont tu as la clé.

— Eh bien, ouvre-le !

Elle trépignait presque d'impatience. Pourvu que ce soit la dernière étape !

Il lui fallut attendre encore quelques secondes qui lui parurent interminables. Elle entendit Tucker glisser la clé dans la serrure du cadenas, un déclic, puis le son d'une porte qu'on tirait.

Tucker laissa échapper un juron, plus de surprise ou de peur que de colère. Mamie Pauline elle-même étouffa un petit cri.

— Alors ? demanda Rachel, comme personne ne disait rien.

— Rachel…

— Qu'est-ce que c'est ? Dis-moi vite ce que c'est.

Tucker soupira bruyamment avant de se décider à répondre :

— Écoute, on dirait… On dirait le couteau dont tu rêves. Celui que tu m'as décrit. Pire encore, il est maculé de sang et, à en juger par la couleur, c'est du sang ancien.

— Je ne comprends pas, murmura Rachel. Ça n'a aucun sens !

— Ton père a conservé le couteau avec lequel tu as été agressée.

Soudain, elle prit la mesure de ce qu'il venait de lui annoncer.

— Attends, commença-t-elle lentement. Il a gardé… le couteau de mon agresseur. Pour une raison bien précise.

— Tu savais ! s'exclama-t-il d'un ton si agressif que Rachel mit quelques secondes à comprendre qu'il s'adressait à mamie Pauline.

— Non ! Enfin, ce n'est pas ce que tu crois, mon garçon. L'accident a plongé Duke dans une immense détresse et…

Bien qu'elle n'ait laissé transparaître aucune émotion particulière, mamie Pauline avait perdu de sa verve habituelle. Elle poursuivit dans un soupir :

— Il se sentait seul, responsable, coupable. Vous vous êtes suffisamment frottés aux Fils, l'un comme l'autre, pour savoir que Duke n'était pour rien dans ce qui venait d'arriver à sa fille. Les coupables sont ces types.

Ces propos ne suffirent pas à consoler Rachel qui s'apprêtait à interroger Pauline plus avant, lorsque celle-ci reprit la parole :

— Duke m'a demandé de cacher un objet sans lui poser de questions, ce que j'ai fait. Il voyait cela comme une sorte d'assurance. C'est tout ce que je sais. Si j'ai deviné que c'était lié à l'accident de Rachel, je n'ai jamais su ni comment ni pourquoi.

— Enfin ! se récria Rachel. C'est complètement absurde ! Si papa avait été en possession de l'arme du crime, pour ainsi dire, il l'aurait apportée à la police !

Elle se tourna vers la silhouette de Tucker pour lui demander :

— Pourquoi ne s'est-il pas servi de ce qu'il avait à sa disposition pour faire enfermer ces gens ?

— Je n'en sais rien, Rachel.

La tristesse infinie qu'elle perçut dans sa voix la chagrina encore davantage. Apprendre, des années plus tard, que son père avait gardé une pièce à conviction comme pour protéger les gens qui l'avaient mutilée à l'âge de trois ans lui était insupportable.

— Évitons les conclusions hâtives, cependant.

— Tu plaisantes, mamie ! lui renvoya Rachel, indignée. J'ai perdu la vue quand j'étais toute petite, et mes blessures m'ont été infligées avec ce couteau. Celui qui m'a fait ça aurait pu me tuer, alors je me crois en droit de tirer toutes les conclusions que je veux.

Là-dessus, plutôt que d'éclater en sanglots, elle tourna les talons et entreprit de remonter l'escalier. Sans aide.

— Ne reste pas là, les bras ballants, mon garçon ! s'exclama mamie Pauline. Va la rejoindre !

Tucker était anéanti. Les choses n'auraient pu tourner plus mal.

— Mamie, cette découverte…

— Tu ne sais pas de quoi il retourne, moi non plus, d'ailleurs, alors inutile de me faire la morale. J'ai pris le coffre de Duke et je l'ai mis dans le mien pour rendre service à un ami. Je ne lui ai demandé aucune explication, car j'avais déjà assez vécu pour savoir que, dans certains cas, mieux vaut s'abstenir.

— Il lui a fait croire – comme à nous tous – qu'elle avait été mutilée par un animal.

— Quand on est capable de se servir d'un couteau pour faire du mal à une gamine sans défense, on *est* un animal. Ça, c'est une vérité. L'autre, celle de Duke, tu l'ignores. Qui te dit qu'il ne pensait pas protéger Rachel en agissant ainsi ? J'ai dû faire mon quota d'entorses à la règle, moi aussi, pour vous sauver la mise, à tes frères et à toi. Qu'est-ce que tu t'imagines ?

Tucker en resta sans voix. Mamie Pauline leur avait inculqué un certain nombre de principes. Après avoir fait en sorte qu'ils respectent la loi, elle lui avouait avoir eu recours à des méthodes peu orthodoxes pour leur épargner le pire ?

— Rachel souffre, insista Pauline. Elle se sent trahie, ce qui me semble normal. Comme elle est sous ta protection, il t'appartient de voir au-delà de sa blessure. Duke est un homme intègre, tu le sais aussi bien que moi.

— Peut-être pas aussi intègre que tu le penses, rétorqua Tucker avec amertume.

— À moins que ce ne soit pas si simple d'être honnête, lui renvoya Pauline. Allez, file. Va rejoindre Rachel.

Tucker s'exécuta, premièrement parce qu'on ne discutait pas les ordres de sa grand-mère, et deuxièmement par crainte de ce que Rachel allait faire maintenant. S'il savait, lui, ce que c'était que ne pas comprendre son père et ne pas croire en lui, Rachel n'avait jamais vécu cette triste expérience.

Comme il ne la voyait pas dans la cuisine, dont la porte était restée ouverte, il se rendit dans le jardin. Rachel y faisait les cent pas, et il eut le sentiment que ce petit exercice l'aidait à contenir ses larmes.

— Il faut qu'on se mette en route, Rachel, dit-il doucement. On a à faire.

Elle secoua énergiquement la tête.

— À faire ? Tu veux toujours essayer de tirer mon père des griffes de ces gens alors qu'il…

Elle s'interrompit, puis se remit à secouer la tête, comme pour nier la vérité.

— Il n'aurait pas dû conserver ce… truc. Il n'avait aucune raison valable pour le mettre sous clé.

— Viens, insista Tucker. Allons la chercher, cette raison. Quand nous aurons retrouvé ton père, nous aurons les réponses à toutes nos questions.

— Et si ce sont des réponses… et si papa…

Tucker vit qu'elle peinait à formuler son idée et lui vint en aide :

— Peut-être ton père n'est-il pas l'homme que tu croyais.

Les lèvres tremblantes, Rachel acquiesça brièvement.

— Quoi qu'il ait fait, deux choses restent certaines, Rachel. Primo, il a fait tomber un réseau de policiers corrompus, ce qui signifie qu'il a mené un combat juste et certainement destiné à protéger son entourage immédiat. Secundo, il a été un bon père et un homme droit la plus grande partie de sa vie. Il a pu commettre une erreur en toute bonne foi, tout comme il se peut que son acte ne constitue pas une erreur. Nous n'en savons rien, et nous ne serons renseignés que lorsque nous lui aurons parlé.

Tucker posa ses deux mains sur les épaules de Rachel, dans l'espoir de lui redonner une confiance qu'il était loin d'avoir retrouvée lui-même, et conclut :

— Duke t'a donné un indice, tu en as compris le sens, alors nous devons continuer, coûte que coûte, ne serait-ce que pour obtenir des explications.

— Des explications, répéta-t-elle avec dédain. Tu crois vraiment que ça suffirait à me faire oublier l'aspect sordide de notre découverte ?

— Encore une fois, je n'en sais rien, et ça ne veut pas dire qu'il n'y a rien à expliquer.

Rachel s'appuya contre lui, et même si le temps pressait, Tucker décida de ne pas la brusquer. Il ne connaissait que trop bien les affres par lesquelles elle passait. Lui-même haïssait son père. Depuis toujours. Malgré toute cette haine, néanmoins, il avait du mal à accepter l'idée qu'il avait été engendré par un être ignoble.

Duke n'était pas fait du même bois qu'Ace. En cela, mamie Pauline avait parfaitement raison. S'il était sorti du droit chemin, il n'avait pas agi par cruauté ou pour l'appât du gain. Tucker se raccrocha à cette idée, désespérément. Une fois qu'ils auraient le fin mot de l'histoire, tous pourraient reprendre le cours de leur vie, comme avant.

— Allez, mettons-nous en route. Cody devrait être à Bonesteel quand nous y arriverons. Ensemble, nous trouverons le moyen de parvenir jusqu'à Duke. Ton père voulait qu'on ouvre ce coffre, Rachel. Peut-être son contenu nous sera-t-il utile. Si ça se trouve, c'est même un élément capital dans toute cette affaire.

— Dans ce cas, nous serions peut-être bien avisés de retourner chez mamie Pauline pour le récupérer, cet élément capital.

— Ne t'inquiète pas, elle veillera à ce que personne ne s'en approche. C'est pour cela que ton père le lui a confié.

Rachel recula d'un pas et renversa la tête en arrière, comme pour dévisager Tucker. Les sourcils froncés, elle ouvrit la bouche, sans émettre le moindre son, puis la referma.

Manifestement, elle avait besoin de réconfort et, bien qu'il ne soit pas sûr de pouvoir le lui apporter, il se fit fort d'essayer. Elle devait retrouver confiance en son père et être convaincue du bien-fondé de leur entreprise. Duke était coincé entre North Star, les Vianni et les Fils des Badlands – il fallait le sortir de là.

— Ça va s'arranger, dit-il. Je ne dis pas que ce sera facile, mais ça va s'arranger, j'en suis certain.

17

Tucker dut guider Rachel jusqu'à la porte de Cody et Nina. Bien qu'elle soit déjà allée chez eux, la plupart des réunions de famille avaient lieu dans l'un des ranchs, et Rachel ne savait pas se repérer ailleurs.

Tucker lui avait expliqué qu'il allait se garer à l'arrière de la maison pour qu'elle sache qu'il la conduisait à une porte latérale menant à la cuisine.

Comme on était en milieu de journée, Nina devait être occupée à faire la classe à sa fille de sept ans, Brianna, ainsi qu'à Gigi dont on venait de fêter le cinquième anniversaire, et qui était la fille de sa demi-sœur, Liza. Nina et Liza se chargeaient tour à tour de la scolarisation à domicile de leurs enfants.

La porte fut ouverte par une Brianna plus qu'enthousiaste.

— Tante Rachel ! Je ne savais pas que tu viendrais aujourd'hui, s'exclama-t-elle. Tu es bonne en calcul ?

— Brianna, dit Nina sur un ton de doux reproche, ce ne sont ni Rachel ni Tucker qui vont faire tes additions à ta place. Finis ton exercice pendant que je vais chercher ton père. Et applique-toi, s'il te plaît.

— Gigi n'est pas là ? s'enquit Rachel.

— Elle est malade, répondit Brianna. Il paraît qu'elle a vomi partout !

Manifestement, la fillette trouvait l'anecdote savoureuse, pas au point cependant d'en oublier son problème de maths et le profit qu'elle pouvait tirer de l'arrivée de Tucker et Rachel.

— Alors, dit-elle, si tu avais trois cent vingt-quatre… euh, pommes, et que tonton Tucker t'en apportait cinquante-sept de plus…

— Brianna ! cria Nina, depuis une autre pièce de la maison.

L'enfant fit la grimace puis demanda :

— Qu'est-ce que vous faites ici, tous les deux ? C'est une drôle d'heure pour venir nous voir. Il y a encore des problèmes ?

Elle avait traversé beaucoup trop d'épreuves pour son jeune âge, et Rachel s'efforça de la rassurer :

— De tout petits soucis, rassure-toi. Et ils ne concernent que Tucker et moi.

— Papa va devoir vous aider ? demanda la fillette.

— On n'aura besoin de lui que l'espace de quelques minutes, lui expliqua Tucker. Il ne sera sans doute pas obligé de sortir d'ici.

Un sourire de soulagement aux lèvres, Brianna se posta devant Rachel et Tucker et, les poings sur les hanches, leur lança :

— Alors, vous aussi, vous allez vous marier ?

Tucker se mit à toussoter, tandis que Rachel haussait les sourcils.

— Qui ? Nous ? demanda finalement Tucker, d'un ton gêné. Pourquoi cette question ?

— Eh bien, maman et papa ont eu des problèmes, et ils ont fini par se marier. Pareil pour tante Liza et tonton Jamison. Maintenant, c'est Gage et Felicity qui vont se marier et avoir un bébé. Tonton Brady et tante Cecilia ne se marient pas encore, mais j'ai entendu maman dire que c'était inévitable. Alors, comme vous avez des problèmes ou des soucis, vous aussi…

— Non, non, non, ma chérie, objecta Tucker, d'un ton

chagrin. Ce n'est pas ainsi que ça fonctionne. Du moins pas vraiment.

Rachel entendit des bruits de pas dans le corridor, quelques murmures, puis la voix ferme de Nina qui ordonna à sa fille de rassembler ses affaires et de la suivre à l'étage où elles termineraient la leçon du jour.

— Allez, dis au revoir à Tucker et à Rachel.

— Ils ne restent pas pour manger ? On pourrait commander des pizzas !

Nina dut foudroyer la fillette du regard, car celle-ci sortit en tapant des pieds.

Rachel sentit la main fine de sa sœur se poser sur son bras.

— Viens, Cody et Tucker n'ont sans doute pas besoin de nous pour régler le problème, même si je ne sais toujours pas de quoi il s'agit.

Rachel se dégagea vivement.

— Pas toi ! se récria-t-elle. Tu ne vas pas me faire ça, alors que tu as toujours refusé qu'on t'aide !

— Du calme, Rachel. Je voulais juste te faire remarquer que tu pourrais rester en dehors de tout ça et rentrer à la maison.

— En dehors de tout ça ? s'insurgea Rachel. Je suis en plein dedans ! D'ailleurs, c'est moi qui nous ai menés jusqu'ici, pas vrai, Tucker ?

Elle perçut une hésitation chez ce dernier et en conclut qu'il essayait de donner à Nina une chance de l'emmener, bon gré, mal gré, pour la mettre en sécurité. *Sécurité*. Un mot qui avait une consonance toute nouvelle pour Rachel. Qu'elle parvienne ou non à arracher son père à ceux qui lui en voulaient, les faits étaient là : Duke lui avait menti et il était en danger.

Pourtant, elle continuait à espérer qu'il avait eu de bonnes raisons d'agir ainsi. Alors, il se pouvait qu'elle doive tenter de le retrouver, ne serait-ce que pour comprendre.

Si quelqu'un, son père inclus, lui affirmait qu'il avait agi pour son bien…

Non. Jamais elle ne pourrait lui accorder son pardon.

— Rachel a raison, dit enfin Tucker. Sans elle, on ne serait pas arrivés jusque-là. Si on doit tirer Duke des griffes de North Star…

— Hou là, du calme ! l'interrompit Cody. Qu'est-ce qui te fait penser que North Star est impliqué dans la fugue de Duke ?

— Ses agents ont tenté de m'enlever, expliqua Rachel.

— Sans vouloir te vexer, s'ils avaient vraiment voulu te kidnapper, ils y seraient arrivés.

— Je t'assure que c'est la vérité, intervint Tucker. Ils nous ont d'abord envoyé une certaine Shay qui avait pour mission de leur ramener Rachel. Ils nous avaient mis sur écoute, ce qui leur a permis de comprendre l'importance de ses rêves. Je me suis battu contre Shay et…

De nouveau, Cody l'interrompit :

— Ne le prends pas mal, vieux, seulement tu ne fais pas le poids face à Shay. En matière de combat, j'entends.

— Tu la connais si bien que ça ?

— Euh… Disons que j'ai collaboré avec elle et qu'elle m'a rendu divers services.

— Il faut que je remonte faire travailler Brianna, annonça Nina de sa voix suave. Une dernière chose, cependant : faites attention à vous, l'un comme l'autre.

— J'ai fait remarquer à Shay qu'il n'était pas indispensable d'enlever une innocente, poursuivit Tucker, sans s'offusquer de la remarque de son cadet. Je lui ai aussi dit que, de mon point de vue, une vie humaine primerait toujours une mission. Elle a fini par entendre mon raisonnement.

— Et elle vous a laissés filer ?

— Oui, parce qu'elle savait que j'avais raison et que North Star m'en demandait beaucoup trop.

— C'est bien pour agir que tu as rejoint le groupe au départ, non ? lui fit remarquer Cody.

Tucker souffla bruyamment, avant de répondre :

— Évidemment ! Tu crois qu'on n'a jamais rien exigé de moi ? Que je n'ai pas l'étoffe d'un agent de North Star ?

— Je n'ai rien dit de semblable, répondit Cody d'un ton égal.

Rachel aurait pris la défense de Tucker si cela avait pu changer quelque chose au fait qu'il s'était senti diminué par la pique de son cadet. Elle savait ce que c'était que d'être considéré comme quantité négligeable.

« Cody et Tucker n'ont pas besoin de nous pour régler le problème. »

Nina lui avait dit cela de bon cœur et parce qu'elle l'aimait, bien sûr. Cela n'en était pas moins blessant pour autant.

Le silence s'installant, Rachel supposa que les deux frères s'étaient lancés dans une de ces conversations muettes auxquelles elle n'aurait jamais accès.

Il lui restait donc trois solutions : se mettre en colère, bouder ou prendre la situation en mains, ce qu'elle fit :

— Après que nous avons échappé à Shay, papa nous a fait parvenir un message qui nous a menés à l'arme avec laquelle on m'a rendue aveugle. J'ai bien compris qu'on pourrait remettre l'arme en question aux pontes de North Star, mais qu'en feraient-ils ?

Cody mit quelques secondes à répondre :

— Aucune idée.

— Ce que tu sais, par contre, tout comme moi, c'est que cette pièce à conviction ne serait utilisée ni pour sauver mon père ni pour me protéger, moi. Elle servirait à éliminer un tiers.

— En nous débarrassant de tous ces malfrats, on assurerait ta sécurité, Rachel, répliqua-t-il.

— Tu me sembles bien sûr de toi, Cody. Tu te crois à l'abri du danger ? Tu ne crains plus rien depuis qu'Ace est derrière les barreaux avec bon nombre de ses petits camarades ?

Comme il ne lui répondait pas, Rachel enchaîna :

— Papa m'a fait parvenir ce message en secret, pour que j'aie cette preuve à l'insu de North Star. Ça en dit long sur les agissements du groupe, tu ne trouves pas ? Et Shay nous a laissés partir alors qu'elle travaille pour eux !

— Sois raisonnable, Rachel, dit Cody. Si tu n'as pas été enlevée, c'est justement grâce à l'initiative de Shay. Tu n'as sans doute pas tort de penser que North Star tend à négliger l'intérêt de l'individu, cependant ça ne change rien au fait qu'on ne pourra pas infiltrer le groupe *et* lui enlever Duke. Ses agents sont trop bien organisés pour cela.

— Tu sais où Duke est retenu ? s'enquit Tucker.

— Disons que j'en ai une vague idée, et que vous n'arriveriez pas à cinquante mètres de là sans vous faire repérer. Sans compter que c'est Rachel qu'ils voulaient, au départ. Par ailleurs, tu as raison, la mission que s'est donnée North Star passe avant tout, aux yeux de ses agents. C'est leur raison d'être.

— Je me fiche de leur mission et de leur raison d'être, Cody, gronda Rachel. Tout ce qui m'intéresse, c'est mon père, et la raison pour laquelle on m'a rendue à moitié aveugle. Il est hors de question que le groupe North Star ou un autre continuent de nuire à ma famille. Et je le répète : bien que je ne sois ni inspecteur de police ni agent d'une obscure organisation, je suis absolument certaine d'être une pièce essentielle de cette affaire.

— C'est vrai, renchérit Tucker. Rachel se souvient. Elle connaît son père, North Star a tenté de l'enlever, donc elle est au centre de notre problème du moment.

— Et toi, Tucker ? Pourquoi y es-tu mêlé ?

— Parce que le dirigeant de North Star m'a sollicité, et je m'empresse de préciser qu'il s'est trompé, dans la mesure où je n'ai jamais eu l'intention de sacrifier Duke.

Il m'a chargé d'assurer la protection des filles Knight, et c'est ce que je vais faire.

— Si je te dis où Duke est détenu, ça se passera mal, répéta Cody. Je n'ai aucune idée de la façon dont vous pourriez entrer sans qu'on vous repère, on vous verra arriver, et je ne pourrai rien pour vous. Je ne travaille plus pour le groupe North Star, et ses dirigeants le savent aussi bien que moi. S'ils avaient voulu me garder, ils se seraient protégés contre une éventuelle défection – que ce soit la mienne ou celle d'un de mes proches.

— Tu as tout de même les moyens de contacter Shay, lui rappela Tucker.

— Au risque de la faire renvoyer, elle aussi ? Sûrement pas !

— Elle ne m'a pas donné l'impression de vouloir continuer avec le groupe, commenta Rachel. C'est elle qui nous a fait parvenir le message de papa, alors tu pourrais l'appeler pour lui demander si elle veut rester avec North Star ou collaborer avec nous.

— Ce ne sera pas nécessaire, dit une voix féminine qui ne pouvait être que celle de Shay en personne.

— Vous êtes prête à nous aider ? lui demanda Rachel.

— Oui. Malheureusement, vous risquez de ne pas apprécier ma proposition.

Tucker dut se pincer le bras pour s'assurer qu'il ne rêvait pas, et que Shay venait effectivement de sortir de l'endroit où avaient disparu Nina et sa fille quelques minutes auparavant.

Il pivota vers la nouvelle venue, l'air perplexe.

— Comment… ? commença-t-il, trop abasourdi pour terminer sa question.

— Je me suis dit que vous vous tourneriez vers Cody dès l'instant où vous comprendriez le message de Duke.

Ainsi, vous avez découvert l'arme qui lui a fait ça ? demanda Shay en désignant Rachel d'un geste du menton.

— Tu aurais pu me dire qu'elle était chez toi, Cody ! gronda Tucker.

— Il n'en savait rien, annonça Shay. C'est grâce à Nina que je suis parmi vous.

— Qu'est-ce qui risque de nous chiffonner dans votre proposition, Shay ? s'enquit Tucker, soucieux d'en arriver à l'essentiel.

— C'est mon frère qui t'a fait ça ? demanda Cody à Shay, lorsqu'il remarqua l'ecchymose sur sa joue.

— Lui ? Il ne frapperait une femme sous aucun prétexte ! protesta Shay. C'est à Rachel que je dois ce joli coquard.

Cody siffla entre ses dents pour marquer son admiration.

— Joli coup, Rachel !

— Revenons à nos moutons, si vous le voulez bien, ordonna Tucker avec impatience.

— Eh bien, on dirait que le clan Wyatt est sur les nerfs ! commenta Shay, ce qui lui valut le regard réprobateur des deux frères.

— Duke refuse de me parler, poursuivit-elle. Je lui ai pourtant expliqué que j'avais changé de camp. Vous ne vous êtes pas demandé pourquoi j'ai pris la peine de déposer un message codé près de votre tente ? Bref, la seule solution à mon avis est d'amener Rachel jusqu'à son père.

— Ou l'inverse, marmonna Tucker.

Shay secoua la tête avec véhémence. Si elle était toujours vêtue de noir, elle s'était débarrassée de son masque et de son bonnet, et ses cheveux blonds étaient attachés en queue-de-cheval. Elle se tenait devant son auditoire, les jambes écartées et les bras croisés, comme un militaire d'une section spéciale.

— Il nous sera difficile de sortir Duke de l'endroit où il est retenu, déclara-t-elle. Pour cela, il faudrait que nos adversaires soient distraits par un élément qui leur serait plus utile que ce que sait Duke à propos des Vianni ou des Fils des Badlands.

Tucker s'interposa :

— Pas question, dit-il fermement.

— Ne réponds pas à ma place, grommela Rachel à l'oreille de Tucker avant de se tourner vers Shay pour ajouter : Dites-moi ce que vous avez en tête, et *je* refuserai tout si je le juge bon.

— Elle veut se servir de toi comme appât, dit Tucker, une nuance de dégoût dans la voix.

— Et quand bien même ? lui renvoya Rachel.

Tucker s'abstint de répondre. Son objection au projet de Shay ne serait peut-être pas comprise de tous.

— Alors ? demanda Rachel à Shay. Que nous proposez-vous exactement ?

Tucker dut se faire violence pour conserver son sang-froid. D'où Rachel tirait-elle sa force ? Du fait qu'elle n'ait pas pu voir l'arme responsable de sa cécité au fond du coffre ? C'était ça ou alors elle ne comprenait toujours pas ce dont les Fils étaient capables en tant que gang soudé, sans parler de leur association avec d'autres dangereux groupes de malfaiteurs.

Il tenta de se mettre à sa place, et une autre possibilité lui apparut. Simple, et parfaitement justifiée : Rachel avait subi ses cauchemars pendant des années ; elle avait enfin un certain pouvoir sur la situation et entendait en user.

— Je vais emmener Rachel au quartier général de North Star, annonça Shay. J'expliquerai que je l'ai pistée et que j'ai réussi à la convaincre de laisser tomber Tucker. De votre côté, Rachel, vous prétendrez m'avoir suivie pour venir en aide à votre père, ce qui sera la vérité.

— Ça revient à la jeter dans la gueule du loup, grommela Tucker, incapable de se taire plus longtemps.

— Dans la gueule *d'un* des loups, rectifia Shay, et pas le plus dangereux des trois, croyez-moi. Bref, pendant qu'ils seront occupés à interroger Rachel, je sortirai en catimini et j'irai chercher Tucker. Une fois réunis, nous réfléchirons à la manière la plus simple d'évacuer Duke.

— Et Rachel ? Elle sera toujours à l'intérieur de la forteresse, il me semble, protesta Tucker.

— Ça n'aura peut-être plus aucune importance, à ce moment-là, dit Rachel. Du moins si j'ai appris toute la vérité.

— Détrompez-vous, contra Shay. Si je me rebelle contre North Star, c'est parce que j'ai consacré six années de ma vie à essayer d'éviter que votre père et vous-même vous retrouviez au cœur de conflits qui ne vous concernent en rien et dans lesquels Duke n'a qu'une infime responsabilité.

— Ce sera ton dernier tour de piste, Shay, déclara gravement Cody. Tu le sais ? Granger a beau en pincer pour toi, si tu trahis son organisation, ta carrière est terminée.

— Ça m'est égal. Encore une fois, cette mission me déplaît souverainement. J'ajoute que l'atmosphère a changé après ton départ, Cody. L'incarcération d'Ace aurait dû nous faciliter la tâche, au lieu de quoi elle nous a amenés à frapper plus fort et à négliger de plus en plus de tiers impliqués.

— Tu risques ta vie, Rachel. Tu en as bien conscience ? demanda Tucker.

— Mon père a risqué la sienne, rétorqua-t-elle. Celle de Sarah, la mienne, les nôtres à tous. C'est bien ce qu'il a fait en s'alliant à North Star, non ?

— Le groupe m'a impliqué dans cette affaire pour que tu sois protégée, Rachel. Mon rôle était d'éviter que tu y sois mêlée, justement.

— C'est possible, cependant, ça ne change rien à ma situation. Je suis au cœur de l'action, et je refuse qu'on m'en écarte. Je t'accorde que notre trouvaille m'a perturbée, pour ne pas dire bouleversée. Même si papa avait d'excellentes raisons de ranger cette arme dans le coffre de Pauline, la savoir ainsi remisée m'est pénible. En même temps, Tucker, tu as été le premier à me rappeler que mon père était un homme droit doublé d'un bon père. Il nous a aimées, ma mère, mes sœurs et moi. Il a élevé ses filles tout seul après la mort de maman, et pendant ce temps-là…

Elle s'interrompit, le temps de souffler, avant de reprendre :

— Vous avez tous été durement éprouvés. À présent, c'est mon tour, et je ne reviendrai pas sur ma position. Personne, dans mon entourage, ne changerait d'avis à ma place. Alors pourquoi me demander de me mettre en retrait ?

— Ce n'est pas ce que j'attends de toi, Rachel, contra Tucker. Simplement, tu m'es trop précieuse pour que j'accepte que tu t'exposes au danger.

Aussitôt, Tucker se reprocha de ne pas lui avoir dit cela avant de l'embrasser. Bien sûr que Rachel lui était chère. Comme tous les Knight, d'ailleurs. Toutefois, ses sentiments envers elle lui paraissaient plus forts qu'envers les autres.

Elle chercha son bras à tâtons et lui prit la main pour la serrer doucement entre ses doigts avant de conclure :

— Nous essayons de résoudre le problème ensemble, parce que nous sommes soudés. Bien sûr, c'est un peu risqué, toutefois ce ne sont pas les plates-bandes des Fils que je m'apprête à piétiner, Tucker. Ce sont celles d'une organisation déterminée à anéantir deux dangereuses bandes de malfaiteurs. Non, vraiment, c'est le moins que je puisse faire. Tu vas prendre un risque encore plus important en tentant de porter secours à mon père.

Elle posa sa paume sur la joue de Tucker, avant de conclure :

— Nous devons être là l'un pour l'autre et nous soutenir si nous voulons mettre fin à cette crise. J'aimerais reprendre le cours d'une vie que je n'aurais jamais dû trouver trop monotone. Finalement, ma routine me convenait plutôt bien.

Elle fit glisser son pouce sur la joue de Tucker, puis laissa retomber sa main comme si elle venait de se souvenir qu'ils n'étaient pas seuls.

— Bon, il faut qu'on y aille, non ? demanda-t-elle ensuite.

— Oui, renchérit Shay.

Elle se tourna d'abord vers Tucker qu'elle considéra d'un regard perçant, avant de s'avancer vers Rachel à qui elle annonça :

— Je vais vous équiper d'un signal d'alarme. Comme il est minuscule, je vais le cacher au revers d'une de vos manches. Vous êtes prête ?

Rachel tendit docilement un bras en direction de leur nouvelle alliée qui entreprit aussitôt de fixer le dispositif à l'intérieur de sa manche, et Tucker ne s'étonna pas outre mesure de voir Cody lui faire signe de le suivre dans le hall d'entrée.

— Que se passe-t-il entre Rachel et toi ? lui demanda son cadet d'un ton agressif.

— De quoi parles-tu ? lui renvoya Tucker.

— De Rachel et toi. Tu crois que je n'ai pas remarqué votre petit manège ?

Vaguement déstabilisé, Tucker haussa les épaules et répondit :

— Ce n'est pas ce que tu crois… du moins pas vraiment.

— Si, *vraiment* ! contra Cody avant de partir d'un rire sonore. Prends Dev et Sarah, par exemple.

— Ça n'a rien à voir, rétorqua Tucker. Ces deux-là s'entretueraient avant même d'avoir commencé à s'approcher.

— À ta place, je n'en serais pas aussi convaincu.

18

Rachel fit de son mieux pour dissimuler son inquiétude. Elle savait que Tucker était franchement opposé au plan élaboré par Shay, dont il ne suivrait les instructions que parce qu'elle-même l'y avait incité.

Une certaine dose de courage était donc de mise. De conviction, aussi. Pourtant, elle était terrorisée.

Shay avait fixé un signal d'alarme à sa manche, avant de lui en expliquer le fonctionnement : trois sonneries pour émettre un son immédiatement relayé à Cody qui, sans aucun doute, enverrait tous les Wyatt à sa rescousse.

À *sa* rescousse, parce qu'il lui incombait d'attirer l'attention de ceux qui détenaient son père. Parce qu'elle était l'appât, et qu'elle s'apprêtait à pénétrer dans l'antre de North Star avec la ferme intention de retrouver Duke.

Shay l'avait prévenue : les agents du groupe préféreraient la transférer dans une salle d'interrogatoire, et elle ne verrait sans doute son père qu'après avoir répondu à leurs questions.

Elle était censée leur donner des indications minimes, mais de nature à retenir leur attention, tout en mentant au besoin, afin que tous les regards soient rivés sur elle, au moment où Shay et Cody entreraient à leur tour dans la forteresse pour en faire sortir son père.

C'était une responsabilité énorme, et bien que Rachel sache désormais que sa famille la considérait comme une égale, personne ne l'avait encore mise sous une telle pression. Le défi le plus important auquel elle avait été confrontée jusqu'à présent consistait en ses cours à la réserve indienne. Et, si on l'avait encouragée à réussir dans cette entreprise, elle n'avait encore jamais été mise ainsi à contribution.

— C'est ici que vous nous déposerez, expliqua Shay à Tucker.

La voiture s'arrêta, et Rachel, assise à l'arrière, se rendit soudain compte qu'elle allait devoir s'en remettre entièrement à Shay, la seule à connaître la vérité et à pouvoir la guider sur un territoire inconnu. Son anxiété monta encore d'un cran et, lorsqu'elle entendit la portière s'ouvrir, elle dut se faire violence pour ne pas refuser de sortir du véhicule.

Elle n'en fit rien, bien sûr, et bientôt elle sentit sous ses pieds le fin tapis de feuilles, déjà mortes en ce début d'automne.

— N'hésitez pas à me dire si je marche trop vite pour vous, l'idée est de vous mener à bon port, pas de vous bousculer.

Ces simples mots, ainsi que la manière dont Shay lui prit le bras, eurent pour effet de calmer les angoisses de Rachel qui se détendit légèrement. Shay semblait prendre son handicap avec détachement, c'était déjà ça.

— Attendez, je voudrais lui parler, annonça soudain Tucker.

— Pas de problème, répondit Shay en lâchant le bras de Rachel, tandis que les mains puissantes de Tucker se refermaient sur ses épaules.

— Sois prudente, lui souffla-t-il à l'oreille. Fais passer ta sécurité en premier. Je ne…

Il laissa échapper un soupir et reprit :

— Je ne veux pas qu'il t'arrive malheur, Rachel.

Elle se tourna vers lui, à court de mots. Puis, comme le temps pressait, elle opta pour le plus simple.

— Moi non plus, je ne voudrais pas qu'il t'arrive malheur, dit-elle, crois-le bien.

— Parfait. Ensuite, nous mettrons le plan à exécution et tout rentrera dans l'ordre.

— Tu ne me sembles pas convaincu, rétorqua-t-elle, à la fois parce qu'elle n'y croyait pas elle-même et parce qu'elle avait perçu le doute dans l'intonation de Tucker. Disons plutôt qu'on va mettre ce plan à exécution et espérer que tout aille pour le mieux. Dans le cas contraire, il ne nous restera plus qu'à nous battre.

— J'en ai bien peur, oui, répondit Tucker avec un petit rire.

Puis, avant qu'elle ait le temps de réagir, il l'embrassa. Pas de manière légère ou furtive, mais presque farouchement et, l'espace de quelques secondes, Rachel sentit son cœur s'emballer pour une raison tout autre que la peur.

— Prends soin de toi, Rachel, conclut-il avant de la relâcher et de la rendre à Shay.

Ces va-et-vient constants entre des gens qu'elle ne voyait pas, sur un terrain inconnu, auraient suffi à désorienter Rachel en temps normal, pourtant ils se noyèrent dans le bonheur provoqué par ce nouveau baiser.

— Ils sont tous comme ça ? lui demanda Shay.

— Que voulez-vous dire ?

— Courtois sans être mièvres. Tucker semble considérer les femmes comme ses égales, tout en rechignant à les exposer au danger. Un baiser, et hop ! Il part vous sauver la mise, pendant que vous êtes vous-même occupée à vous tirer d'affaire.

Rachel ne put réprimer un sourire.

— C'est à peu près ça, dit-elle.

Les deux femmes avancèrent en silence, jusqu'au moment où Rachel s'enhardit à demander :

— Vous voulez bien me donner un aperçu de ce qui

m'attend ? Me dire où on va m'emmener et surtout comment en sortir ?

— Excellente idée, répondit Shay avant de se lancer dans la description d'un pavillon de chasse équipé de salles d'interrogatoire, d'un centre médical et d'une pièce consacrée au matériel technique.

Elle lui dit également où Duke était retenu et lui indiqua l'endroit où elle serait probablement conduite.

— De sorte que si, pour une raison ou pour une autre, vous voulez vous enfuir, ils seront en mesure de vous localiser tant que vous n'aurez pas quitté la propriété. Ça ne servirait donc pas à grand-chose. Cela dit, pour passer la porte, il vous suffira de vous rappeler comment atteindre le hall d'entrée.

Rachel enregistra toutes ces informations en essayant de se représenter les lieux.

Soudain, Shay lui annonça qu'elles étaient arrivées.

Rachel s'attendait à ce qu'elle frappe ou sonne, mais le bruit d'une porte qui s'ouvrait fut la première chose qu'elle entendit une fois qu'elles eurent cessé d'avancer.

— Intéressant ! s'exclama une voix masculine. Où est le chien de garde à qui tu dois cet œil au beurre noir, Shay ?

— J'ai réussi à la soustraire à la vigilance de Wyatt, répliqua Shay.

Elle parlait d'un ton sec. Il n'y avait plus en elle aucune trace de la femme qui venait de chanter les louanges de Tucker.

— Tiens, et comment t'y es-tu prise ?

— J'ai profité de ce qu'il satisfaisait un besoin naturel pour m'entretenir avec Rachel, si tu veux vraiment tout savoir. Bon, tu nous laisses passer, oui ou non ?

L'homme grommela quelque chose d'inaudible. Rachel fut tirée vers l'avant et en déduisit que leur interlocuteur s'était décidé à leur ouvrir la porte.

— Attendez-moi ici, dit-il. Je vais prévenir McMillan de votre arrivée.

Rachel tendit l'oreille en direction des pas qui résonnèrent dans ce qui devait être un couloir.

— McMillan est mon supérieur, lui confia Shay dans un murmure. Ne vous laissez pas intimider, il aboie plus qu'il ne mord. Comme c'est lui qui s'est occupé de votre père, on peut supposer qu'il se chargera également de vous interroger. Si vous avez affaire à un tiers, faites traîner l'entretien jusqu'à ce qu'on vous mette face à McMillan.

— Entendu, murmura Rachel.

— Shay ! aboya un autre homme.

— Désolée pour ce léger contretemps, monsieur. Mieux vaut tard que jamais, non ?

— Alors comme ça, vous avez réussi là où vous aviez échoué la première fois ? Comment avez-vous fait ?

— Je les ai suivis. Ils étaient en cavale en dehors de leur territoire. Wyatt a dû baisser sa garde, et j'en ai profité pour approcher Rachel et la convaincre de se confier à nous. Elle est d'accord… à condition que vous l'autorisiez à voir son père.

— Dymon ! beugla McMillan.

S'ensuivirent de nouveaux bruits de pas et un échange de propos trop discret pour que Rachel en saisisse la teneur.

On voulut l'entraîner dans un sens. Aussitôt, Shay resserra son emprise et tenta de la tirer dans la direction opposée.

— Qui est cet homme ? s'enquit-elle, d'un ton soupçonneux.

— Votre remplaçant, répliqua McMillan d'une voix glaciale. Vous n'avez plus votre place parmi nous, Shay.

— Si je puis me permettre, monsieur, une femme aurait…

Granger McMillan ne la laissa pas terminer.

— Je viens de vous dire que c'était terminé pour vous, répéta-t-il, avec une certaine sécheresse.

Shay relâcha lentement le bras de Rachel, qui sentit

aussitôt l'emprise d'une deuxième poigne, si ferme qu'elle se souvint du conseil de Shay et se révolta :

— Vous me faites mal ! protesta-t-elle en essayant de se dégager.

— Ma pauvre petite. Tu n'as pas idée de ce qui t'attend ! susurra l'homme.

Rachel sentit son sang se glacer.

Cette voix…

… C'était celle qui hantait ses nuits.

— On a un problème.

Tucker fit volte-face, son arme à la main. Ce n'était que Shay, mais elle s'était approchée de lui trop silencieusement pour qu'il l'entende arriver.

— Quel problème ?

— Une nouvelle recrue, or il n'est pas dans les habitudes de Granger de faire entrer des novices dans son groupe.

— Il m'a bien recruté, moi.

— Ce n'est pas pareil. Vous n'êtes pas agent, vous entreriez plutôt dans la catégorie « communication ». Ce type, la nouvelle recrue, je veux dire, je ne l'avais jamais vu, et je ne sais rien de lui.

Elle se massa le cou en marmonnant :

— Je n'aime pas ça.

— Ça ne vous a pas empêchée de laisser Rachel là-bas ! s'écria Tucker, indigné.

— Du calme, lui ordonna sèchement Shay avant de tirer son téléphone de sa poche, de le porter à son oreille et de dire :

— Wyatt ? Bonjour. J'ai besoin de vos talents de hacker. Je…

Elle soupira bruyamment avant d'ajouter :

— Oui, oui, oui. Dès que vous aurez consulté votre femme pour savoir s'il ne serait pas préférable que vous

vous teniez à l'écart, à un moment où sa sœur est dans les locaux du groupe North Star avec un parfait inconnu.

De nouveau, elle s'interrompit, et la réponse de son interlocuteur dut être pertinente, car elle hocha la tête avant de dire :

— C'est ce que je pensais. Un certain Dymon. Rapportez-moi tout ce que vous pouvez trouver sur son compte.

Une fois ses consignes données, Shay raccrocha et rangea son téléphone dans sa poche.

— Vous êtes sûre que votre portable n'est pas sur écoute ? s'enquit Tucker avec inquiétude.

— Vous me prenez pour une débutante, Wyatt ? J'ai demandé à votre frère de brouiller tous les réseaux afin qu'on ne puisse pas nous surveiller pendant l'entretien de Rachel avec mes supérieurs.

— Il ne vous est pas venu à l'idée qu'une organisation telle que North Star a les moyens de vous pister, où que vous soyez et à tout instant ?

— Écoutez-moi bien, Wyatt. Vous ignorez tout du fonctionnement de North Star, et vous ne connaissez pas McMillan. Que me répondriez-vous si je vous annonçais que votre père est responsable de la mort de sa femme ?

Tucker resta sans voix. C'était une nouvelle de taille.

— Le chagrin a des effets surprenants sur les gens. Granger n'est pas un mauvais bougre ; j'irais même jusqu'à dire que ce qui se passe en ce moment prouve à quel point il est humain. Comme nous tous, non ?

Tucker n'était pas d'humeur à disserter là-dessus. À ses yeux, seule l'erreur était humaine, et une simple erreur pouvait coûter cher à Rachel tant qu'elle était dans le bastion de North Star.

— Allons-y, dit-il. Ne faisons pas attendre Rachel plus que nécessaire.

L'endroit ressemblait à un pavillon de chasse cossu. Tucker

suivit Shay, qui contourna l'avant du bâtiment en s'arrêtant de temps à autre pour pianoter sur son téléphone. D'abord intrigué, Tucker finit par comprendre que l'appareil était relié au dispositif de surveillance du groupe et demanda :

— Vous êtes sûre de connaître tous les emplacements ?

— Plutôt, oui. C'est moi qui ai posé ces caméras.

Ils ne tardèrent pas à atteindre la porte arrière, adjacente à un garage.

— J'entre, annonça Shay. Comme mes collègues savent que j'ai été congédiée, j'ai laissé mes affaires dans mon bureau pour avoir une raison d'y retourner. Je profiterai de ce qu'on ne fait pas attention à moi pour ouvrir ce garage, ainsi que la porte qui le relie à l'intérieur du pavillon. Vous la passerez immédiatement. Si Duke ne vous y attend pas, vous regagnerez le garage.

Elle se tut quelques instants et fixa Tucker qui hocha la tête en signe d'assentiment.

— Ensuite, il vous faudra vérifier toutes les cinq minutes, poursuivit Shay. Une fois que Duke sera là, vous le ferez entrer dans le garage, puis vous repartirez par le chemin que nous avons emprunté pour venir et vous irez récupérer la voiture. Vous attendrez un quart d'heure et, si vous ne me voyez pas arriver avec Rachel, vous évacuerez Duke. Je vous contacterai, vous ou votre frère, pour vous indiquer la suite, une fois que j'aurai Rachel. Ah et, par pitié, épargnez-moi votre numéro de Wyatt.

— C'est-à-dire ?

— Ne jouez pas les héros. N'oubliez pas que votre priorité reste Duke. Je vous connais, Tucker. Vous allez devoir résister à l'envie de débouler dans ce pavillon et de prendre Rachel par la main pour en ressortir aussitôt, ce qui serait de la folie. Accordez-moi votre confiance et vous aurez la mienne.

— C'est beaucoup demander, fit-il remarquer.

— Oui, convint-elle. Pour vous comme pour moi. Vous êtes prêt à relever le défi ?

Tucker hésita un instant. S'en remettre ainsi à une quasi-inconnue lui paraissait hasardeux, cependant il avait déjà joué avec la vie de Rachel, d'une certaine façon. En outre, Shay était loin d'être sotte, et elle s'en remettait à lui, au moins en partie. Ils étaient donc sur un terrain d'égalité.

— J'attends combien de temps avant d'ouvrir la porte ? s'enquit-il.

— À la seconde où le battant du garage se soulève, vous foncez. Si vous m'entendez siffloter, vous retournez vous cacher dans le garage. On recommencera l'opération jusqu'à ce que la voie soit libre.

Ils échangèrent un regard entendu, puis Shay se glissa dans l'entrebâillement de la porte intérieure. Tucker se tassa dans le coin adjacent au garage dont le battant se souleva presque sans un son. Il pénétra dans le garage dont il repéra aussitôt la porte intérieure.

Il s'introduisit dans la pièce sur laquelle elle ouvrait, un simple sous-sol faisant office de buanderie, avec son coin télévision, sa machine à laver et sa table à repasser.

Comme convenu, il attendit cinq minutes avant de regagner la buanderie.

Il dut répéter l'opération à trois reprises, et lorsque Duke apparut enfin, ce fut pour le toiser avec froideur, sans faire mine de bouger.

Tucker mit deux ou trois secondes à comprendre que Shay se tenait derrière lui, un revolver pressé contre ses reins, et qu'il était venu là sous la contrainte.

— Il refuse de coopérer, expliqua-t-elle à mi-voix. Débrouillez-vous pour le convaincre, et vite : il nous reste, au mieux, une dizaine de minutes avant le retour de Parker.

Convaincre Duke, *lui* ? Ça ne fonctionnerait pas, toutefois, Tucker s'avança vers lui et dit :

— Nous sommes venus vous faire sortir d'ici.

— Tu t'imagines que je vais te suivre sans poser de questions ? J'ai cru en Granger, et regarde où ça m'a mené. Tu voudrais me faire croire que deux agents de North Star essaient de me tirer de ce pétrin ? À d'autres ! Ça sent le piège à plein nez, mon garçon.

— Nous essayons de vous aider, Duke. Si nous changeons de camp, c'est en réaction aux méthodes du groupe.

— Et les filles ? Qui veille sur elles ?

Tucker mit quelques secondes à répondre :

— Nous faisons le nécessaire, Duke.

Comme il s'y attendait, son hésitation l'avait trahi.

Duke le considéra en plissant les yeux.

— Tu n'as jamais su mentir, mon garçon. Trêve de balivernes, où est Rachel ?

— Elle… est en haut, occupée à distraire vos hôtes, répondit Shay à la place de Tucker.

Comme prévu, Duke se rua vers l'escalier. Après l'avoir obligé à reculer d'un pas, Tucker essaya de parlementer :

— Vous ne savez pas ce qui vous arrivera, à vous ou à elle, si vous déboulez dans cette salle sans prévenir. Faites-nous confiance, nous maîtrisons la situation.

— C'est la vie de ma fille qui est en jeu, rétorqua Duke.

Bien qu'il n'ait pas haussé le ton, il était clairement à deux doigts d'exploser, ce que Tucker aurait parfaitement compris.

— C'est elle qui en a décidé ainsi, intervint Shay. Rachel risque sa vie pour vous, alors pourriez-vous nous faciliter la tâche afin que je puisse l'évacuer sans faire de blessés ?

À la grande surprise de Tucker, ce franc-parler vint à bout de la résistance de Duke qui s'écarta à contrecœur. Tucker se dépêchait de le contourner pour atteindre le palier avant lui lorsque Duke lui lança, dans un grondement menaçant :

— Je te tiens personnellement pour responsable, Tucker.

— Comme si je ne l'étais pas déjà, lui renvoya-t-il en jetant un coup d'œil à Shay, toujours derrière lui.

— Faites-le sortir d'ici, comme convenu, dit-elle. Moi, je vais chercher Rachel.

Tucker acquiesça, guida Duke jusqu'au garage et l'emmena au-dehors.

— Shay va nous amener Rachel, dit-il à Duke en chemin.

— Enfin, tu es franchement idiot ou quoi ?

Tucker lui fit face en haussant les sourcils.

— C'est sur ce ton que vous prenez les choses, alors que nous avons trouvé l'arme à cause de laquelle votre fille a perdu la vue ? J'ai dû supplier Rachel d'essayer de comprendre, d'accepter l'idée que vous aviez sans doute une bonne raison pour avoir mis cette arme dans le coffre de mamie Pauline, et je…

Son téléphone vibra dans sa poche, il secoua la tête et continua d'avancer. À la deuxième vibration, néanmoins, il se décida à tirer l'appareil de sa poche.

Bien qu'ils aient enfin atteint un bosquet susceptible de les dissimuler, il leur restait une certaine distance à parcourir jusqu'à la voiture de Shay. Tucker reconnut le numéro de Cody et décrocha.

— Je n'ai pas réussi à joindre Shay. En revanche, je suis entré dans les archives informatiques de North Star et j'ai eu le temps d'y jeter un coup d'œil avant qu'ils s'aperçoivent qu'ils étaient piratés. Apparemment, le type sur lequel Shay voulait des informations joue double jeu, comme nous.

— Tu oublies que nous n'avons jamais travaillé ni pour les Fils ni pour notre propre père, lui objecta Tucker. Non, pour moi, ce Dymon est à la solde des Vianni, qui sont décidés à faire tomber les Fils pour ne plus se soucier de leurs alliances, même douteuses.

— C'est possible, lui répondit Cody d'un ton grave. Quoi qu'il en soit, il faut évacuer Rachel au plus vite.

19

Rachel était presque paralysée par la peur, pourtant l'homme de ses cauchemars n'avait fait que la transférer dans une autre pièce et la pousser sur une chaise pour qu'elle s'y assoie. Elle était à peine installée qu'un autre homme entra dans la salle. Il lui suffit d'ouvrir la bouche pour que Rachel comprenne qu'il s'agissait du grand patron de North Star en personne.

Elle tenta de se rassurer en se disant qu'au moins elle ne serait pas seule face à celui qui hantait ses nuits, puis se demanda si son nouvel interlocuteur valait mieux que le précédent.

Peu importait, au fond. Tant qu'elle serait dans ces murs, elle aurait une petite chance de survie. Son père était là, quelque part, pas très loin. Tucker l'avait accompagnée jusqu'ici… Oui, elle serait tirée d'affaire sous peu.

Elle entreprit d'explorer son environnement et tendit une main pour palper la table. Elle était donc assise sur une chaise inconfortable face à McMillan ; une forme massive et obscure qui s'installa à son tour. Son subordonné était plus fluet que lui, plus nerveux aussi.

Rachel se souvint que l'homme de son rêve avait un constant besoin de bouger. Aujourd'hui, il vibrait littéralement.

Les questions se bousculaient dans son esprit. McMillan savait-il ce que lui avait fait cet individu ou était-il de mèche avec les Vianni ? Si c'était le cas, elle avait peu de chances de survie, Shay et Tucker étaient condamnés eux aussi, quant à son père…

Non. Shay et Tucker étaient partis à son secours, le responsable de North Star ne savait donc rien.

À moins qu'il veuille récupérer le couteau, et que ce soit l'unique raison pour laquelle Duke était encore en vie.

— Je veux parler à mon père, murmura-t-elle, la gorge nouée.

— C'est tout à fait compréhensible, mademoiselle Knight. Duke est sous notre protection. Que savez-vous de cette affaire ?

Rachel s'efforça de ne pas laisser son regard se poser sur l'homme debout près de lui. Savait-il qu'elle l'avait reconnu, ou pensait-il que sa cécité l'en avait empêchée ?

C'était peu probable : il avait dû percevoir sa terreur à la façon dont elle avait réagi à sa voix.

— Mademoiselle Knight ?

Rachel inspira bruyamment et tenta de répondre à la question de McMillan :

— Désolée. Je… je n'ai pas grand-chose à vous dire. Shay est venue au ranch dans l'intention de m'enlever. Elle s'est battue avec Tucker, et il a réussi à me libérer. Nous nous sommes enfuis, et je suppose qu'elle nous a suivis. Elle…

Rachel n'avait jamais su mentir, et la peur n'arrangeait rien. Sa voix chevrotait, elle tremblait comme une feuille, et elle se força à continuer en espérant que ses bégaiements seraient mis sur le compte de sa nervosité.

— Elle est venue me trouver un peu plus tard, pendant que Tucker… Bref. Elle m'a promis que, si je la suivais, je pourrais discuter avec mon père qui m'expliquerait les tenants et les aboutissants de l'affaire.

— Nous vous avons envoyé un de nos agents pour

en apprendre davantage sur votre cauchemar récurrent. Pouvez-vous nous en parler ?

Rachel hésita. Ses interlocuteurs devaient tout savoir, désormais. En tout cas, elle n'avait rien à apprendre au plus menaçant des deux. Si Tucker avait été sur écoute jusqu'à l'arrivée de Shay, McMillan était même au courant de l'évolution de son rêve dont il connaissait la nouvelle version.

— Ce n'est que ça, dit-elle. Un cauchemar. Je revis ce qui m'est arrivé. Aucun rapport avec papa.

— Et vous ne rêvez jamais de ce qui se passe ensuite ? s'enquit McMillan.

Rachel trouva son intonation singulièrement neutre, puis se rappela qu'il ne visualisait pas son rêve et ne pouvait en percevoir la réalité.

— J'avais trois ans, dit-elle. Un malade m'a lacéré le visage et j'ai été sauvée par un chien. Ça s'arrête là.

— Et le couteau ?

La question avait été posée par le second homme. En entendant sa voix, Rachel ne put contenir un frisson.

— Qu… Quel couteau ?

— Dymon, gronda McMillan. Je ne t'ai pas autorisé à prendre part à cet entretien. Si tu ne peux pas tenir ta langue, va prendre l'air.

Rachel perçut la frustration du dénommé Dymon, qui se tut immédiatement.

Une chose était certaine, néanmoins : il s'intéressait au couteau enfermé dans le coffre de Pauline, et Rachel ne devait en parler sous aucun prétexte.

— Je ne sais pas à quoi vous faites allusion, ajouta-t-elle pour faire bonne mesure. Par ailleurs, maintenant que je vous ai raconté mon rêve, je voudrais parler à mon père.

— Votre père, justement. Que savez-vous de son passé ?

— Ça ne vous regarde pas, dit-elle soudain, lasse de jouer les victimes effarouchées.

La situation lui était d'autant plus pénible qu'elle ne parvenait pas à cerner McMillan.

— Le groupe qui en veut à votre père s'est allié aux Fils des Badlands. Or plusieurs personnes dans votre belle-famille sont d'anciens membres des Fils. Je me trompe ?

— Oui. Il faut être un monstre pour considérer les victimes du gang qui les a asservis pendant des années comme des membres de celui-ci.

McMillan poussa un soupir semblable à celui d'un professeur déçu par une mauvaise élève et dit :

— Vous vous simplifieriez l'existence en répondant simplement à mes questions, mademoiselle Knight. Dites-nous la vérité et nous vous mènerons à votre père. Il est dans une position délicate, pour ne pas dire périlleuse, et il essaie de vous protéger, seulement nous n'arrivons à rien. Il apparaît que ce fameux couteau pourrait être la solution à nos problèmes, or je ne doute pas un instant que vous vouliez aider votre père.

Rachel réfléchit rapidement à ce que répondrait la plus extravertie de ses sœurs dans ces circonstances. Elle choisit Liza dont elle imita l'aplomb pour dire, d'un ton de défi :

— Allez au diable.

Elle envisagea ensuite de provoquer McMillan en lui demandant si c'était pour aider son père qu'un homme de main des Vianni assistait à cet entretien.

Elle ne devait pas oublier cependant que Duke était venu de son plein gré. Ni que Shay et Cody, entre autres, s'étaient joints à l'équipe de North Star parce qu'ils croyaient en sa mission. Et comme Tucker faisait partie du groupe, lui aussi, ces gens ne pouvaient pas être dans le mauvais camp.

Les Vianni, en revanche, l'étaient. Dès lors, comment savoir si North Star n'avait pas été infiltré et n'hébergeait pas un traître sans le savoir ? Le groupe n'avait pas encore anéanti le gang des Fils, après tout. En outre, il lui avait fallu l'aide de Jamison *et* de Cody pour faire arrêter Ace Wyatt.

Rachel se remit à cogiter. Il lui fallait trouver un moyen d'informer son interlocuteur que Dymon était son tortionnaire. Malheureusement, elle ne pouvait ni le lui faire savoir par écrit ni le lui dire de vive voix, sans le condamner à une mort certaine.

— Vous voulez peut-être un verre d'eau, lui dit McMillan. Je vais aller vous le chercher, le temps que vous réfléchissiez. Dymon va rester auprès de vous jusqu'à ce que vous soyez prête à parler.

Rachel entendit son interlocuteur reculer sa chaise, comprit qu'il allait la laisser seule avec Dymon et se redressa d'un bond.

— Attendez !

Elle parvint à refermer sa main sur le bras de McMillan juste avant qu'il se lève.

Pour une raison ou pour une autre, Cody lui avait appris l'alphabet morse, quand ils étaient enfants. Rachel ne se souvenait pas de tout, elle n'avait pas de temps à perdre en balbutiements, pourtant elle devait essayer. Et réussir, si possible.

— Lâchez-moi, mademoiselle, lui dit McMillan sans animosité particulière.

Son ton bienveillant lui redonna un semblant d'espoir, aussi lui tapota-t-elle sur le creux du poignet des mots détachés et néanmoins significatifs :

Danger… Mes yeux… Lui…

Comme McMillan ne réagissait pas, elle recommença l'opération.

Cette fois, McMillan dégagea son bras et referma une main sur celle de Rachel.

— D'accord, dit-il d'un ton égal. Dymon, en fait, c'est toi qui vas aller le chercher, ce verre d'eau. Je reste ici avec notre invitée.

— Vous n'avez pas mieux à faire, patron ?

— Tu es toujours à l'essai, lui rappela ce dernier. À ta place, je ne discuterais pas.

— J'ai réussi tous les tests, vous m'avez embauché, alors vous pouvez bien me confier Mlle Knight l'espace de quelques minutes !

Rachel ne résista à la panique que grâce à la main de McMillan, toujours posée sur la sienne. Il avait compris son message et ne l'abandonnerait pas.

— Tu m'as bien dit que tu n'avais jamais eu personnellement affaire aux Knight, non ? rétorqua tranquillement McMillan à sa nouvelle recrue. Si ma mémoire est bonne, tu as même précisé que tu étais placé trop bas dans la hiérarchie des Vianni pour en savoir long sur Curtis Washington et sa nouvelle vie.

— C'est exact.

— Tu maintiens cette version des faits ?

Un silence tendu suivit la question de McMillan, qui se mit à pianoter sur la main de Rachel à son tour.

Il dut s'y prendre à deux fois pour qu'elle déchiffre son message.

À terre.

Une détonation retentit presque aussitôt.

Rachel entendit un bruit de chute, puis on l'attrapa par l'avant-bras pour la tirer du dessous de la table où elle s'était réfugiée.

— Mal joué, fillette.

Dymon la tenait.

Mais cette fois, elle était décidée à se battre, et physiquement capable de se défendre.

Tucker remit son portable dans sa poche. Il devait conserver son calme, tant que Rachel était dans les murs de North Star, car Duke ne se laisserait pas porter par les événements sans réagir.

Il leur fallait évacuer Rachel, coûte que coûte.

— Vous connaissez le coin ? demanda-t-il à Duke.

— Avec qui étais-tu au téléphone ? bougonna celui-ci en guise de réponse.

— Il faut que je vous conduise jusqu'à la voiture. Elle est garée…

— Pas question, gronda Duke. Si tu retournes chercher ma fille, je t'accompagne.

— Vous plaisantez ? protesta Tucker. Vous n'avez pas entendu le coup de feu ?

— Écoute-moi, mon petit bonhomme. J'étais déjà flic quand tu portais encore des couches-culottes, alors je suis plus qualifié que toi pour porter secours à ma fille.

Tucker perdit patience et répliqua sans réfléchir :

— Ah oui. Comme le jour où un homme a voulu l'enlever et l'a mutilée à vie ?

— C'était ça ou il la tuait, lui répondit Duke. Je sais qu'elle a été blessée par ma faute, Tucker. Je ne peux rien changer à ce qu'elle a subi. En revanche, je peux t'assurer que j'ai toujours agi au mieux. Tu n'es pas parfait, toi non plus, si ?

Non, Tucker n'était pas parfait, loin de là. Aussi s'abstint-il de répondre.

— Bien. À présent, tu en as un autre comme celui-là ? lui demanda Duke en désignant le revolver qu'il tenait en main.

Tucker envisagea un instant de lui céder l'arme car il se savait plus à même de se battre à mains nues que Duke.

L'écho d'une déflagration interrompit soudain leur échange. Tucker se mit à courir. Il ne se retourna qu'une fois pour voir où en était Duke.

— Fonce ! lui cria ce dernier.

Tucker ne se le fit pas répéter. Il pivota sur lui-même et

partit en direction du pavillon, prêt à en enfoncer la porte si nécessaire, prêt à…

L'explosion fut si forte qu'il fut projeté en arrière et ne parvint à conserver l'équilibre que le temps de voir la bâtisse s'embraser.

L'instant d'après, il se précipitait vers le brasier. Par instinct pur. Pour porter secours aux gens qu'il savait pris au piège. Rachel. Shay…

Toutefois, tandis qu'il se rapprochait de la porte déjà dissimulée par la fumée et les flammes, des gens commencèrent à émerger du bâtiment.

A priori, Shay n'était pas parmi eux. Ce qui pouvait être un bien ou un mal : les rescapés toussaient et souffraient de brûlures. Tucker tenta de croiser le regard d'un d'entre eux, en vain. Ils étaient trop choqués pour pouvoir communiquer.

Deux silhouettes finirent par lui apparaître, l'une traînant l'autre. Shay… et la personne qu'elle soutenait était bien trop massive pour être Rachel.

Tucker se précipita vers Shay qui relâcha son emprise sur l'inconnu pour passer le relais à d'autres personnes.

— Il a été touché par une balle, expliqua Shay d'une voix rauque. Lorsque je suis entrée dans la salle d'interrogatoire, il était à terre. Je n'ai réussi à trouver ni Rachel ni la nouvelle recrue de North Star – un certain Dymon. Il a dû emmener Rachel à l'arrière du pavillon.

Tucker la vit chanceler et parvint à la rattraper avant qu'elle touche terre.

— J'ai déjà appelé les secours, poursuivit-elle pendant qu'il l'aidait à s'asseoir à même le sol.

— Passez-moi votre arme, parvint-il à lui répondre malgré la terreur qui montait en lui.

Lorsqu'il eut le revolver en main, il le tendit à Duke qui venait d'arriver, à bout de souffle.

— Shay pense que Rachel est sortie ou a été évacuée de force. Je vais essayer de la retrouver.

Bien qu'il lui en coûtât d'abandonner Shay, il n'avait pas le choix : il devait retrouver Rachel pour la protéger du pire.

Il dut contourner les flammes pour accéder à l'arrière du bâtiment, ce qu'il fit sans se préoccuper de Duke qui le suivait. Seule Rachel comptait, désormais.

Les débris étaient plus nombreux de ce côté du pavillon, et Tucker en déduisit que l'explosion avait été déclenchée à cet endroit. Si on avait été contraint d'activer l'engin manuellement plutôt qu'avec une télécommande, on avait dû tirer Rachel au-dehors avant la déflagration.

Mais pourquoi avoir tenté de la maintenir en vie ? N'aurait-il pas été plus simple de la laisser où elle était ?

Pourtant, l'agresseur de Rachel avait préféré la tirer du sinistre, du moins Tucker l'espérait-il.

Un petit bois s'étendait à l'arrière du bâtiment. Tucker tenta de refouler sa panique. Il devait agir rationnellement et penser comme le policier qu'il était. Comme sa formation l'y avait entraîné. Comme ses frères l'auraient fait.

Il s'avança sous les arbres pour y chercher des traces de pas ou de lutte. Il n'en vit aucune et, comme on ne pouvait ressortir du pavillon en feu que par ce chemin, il entreprit de fouiller le sol.

Duke arriva sur ces entrefaites et, sans un mot, joignit ses efforts aux siens.

Tucker refusait d'envisager que Rachel soit entre les mains d'une des petites frappes du gang Vianni

Pire encore, il était possible qu'un des Fils soit tapi non loin de là, prêt à aider le malfrat dans son ignoble entreprise.

— Attendez, dit-il à Duke.

La logique aurait voulu qu'il coure vers la futaie et se dissimule parmi les arbres… en espérant qu'il n'y serait pas attendu. Il se redressa pour déterminer la position du pavillon, par rapport au bastion actuel des Fils. Il était à bonne distance de celui de North Star, il lui fallait emprunter une route, autre que celle indiquée par Shay, trop fréquentée.

— Retournez au pavillon, Duke, ordonna-t-il en pivotant sur lui-même pour changer de direction. Prenez une voiture, n'importe laquelle. Quand vous l'aurez, roulez en direction de Flynn par la départementale cinq. Soyez prudent, néanmoins ; il se pourrait que les Fils rôdent dans les parages et qu'ils soient dans le coup.

Tucker se précipita vers la route qu'il venait d'indiquer à Duke. Un trajet dangereux car il devrait le parcourir à découvert, ce qui importait peu, si cela lui permettait de rattraper Rachel avant qu'on l'emmène Dieu seul savait où.

20

Rachel reprit connaissance et s'aperçut qu'on la traînait sur le sol. Elle sentait la terre sous son corps et le soleil sur ses joues.

— Tu parles d'un plan à la noix, maugréa l'homme entre deux jurons.

Elle se raidit. Cette voix… C'était celle de son cauchemar. En fait, la situation était similaire à celle de ses rêves, ou presque car elle avait grandi depuis son accident. En outre, l'adulte qu'elle était devenue se souvenait d'avoir lutté dans la pièce où on l'interrogeait, jusqu'au moment où l'obscurité l'avait engloutie.

À présent, elle souffrait d'un terrible mal de tête et se sentait contusionnée. Elle tenta de débattre. En vain : ses chevilles étaient ligotées, tout comme ses poignets. Au désespoir, elle réprima un sanglot : si son ravisseur ne s'était pas aperçu qu'elle avait repris connaissance, mieux valait garder le silence.

Elle ne pourrait pas lui échapper ainsi, pieds et poings liés, et le bouton cousu dans sa manche ne lui serait d'aucune utilité. Toutefois, elle était vivante, ce dont elle tira un véritable réconfort et un regain d'énergie mentale.

À l'âge de trois ans, elle avait survécu à l'attaque sauvage qui lui avait coûté la vue. Aujourd'hui, presque vingt ans plus tard, elle allait s'en tirer. Elle ferait tout pour cela.

Dymon s'immobilisa et lui lâcha les jambes sans prévenir, ce qui lui arracha un petit cri de douleur.

— Tu es déjà réveillée ?

Rachel garda les yeux fermés et laissa rouler son crâne sur le côté en gémissant pour faire croire à son tortionnaire qu'elle était toujours inconsciente ou sur le point de revenir à elle.

Il marmonna quelque chose, puis elle l'entendit arpenter le terrain autour d'eux. L'instant d'après, il donnait de la voix :

— J'ai besoin d'aide, mec. Je n'y arriverai pas tout seul, la route est encore trop loin. Hein ? Oui, oui. J'ai dû abattre McMillan et… je ne sais pas, je n'ai pas vérifié. La fille ? Je l'ai tirée de là. Je sais qu'on devait faire ça proprement mais j'ai été débordé.

Rachel comprit qu'il était au téléphone et qu'il devait l'emmener jusqu'à la route. S'il y parvenait, c'en serait fait d'elle.

Il lui fallait trouver un moyen de se battre.

Dymon se remit à bougonner, et elle s'aperçut qu'il parlait tout seul, ou plutôt qu'il pestait contre « ce sale boulot ».

Les yeux toujours clos, elle se demanda comment elle allait se tirer d'affaire. Ses liens étaient trop serrés pour qu'elle puisse s'en débarrasser, mais il devait y avoir une solution.

Son ravisseur s'était intéressé à son rêve ou, plus précisément, au couteau. Peut-être pourrait-elle l'occuper avec ça et gagner du temps.

Suffisamment, en tout cas, pour que Tucker puisse intervenir avant que Dymon atteigne la voiture.

Elle se remit à gémir, s'agita et battit des paupières.

— Je croyais t'avoir assommée pour un moment, grommela Dymon.

Il soupira bruyamment avant d'ajouter :

— Je vais devoir arranger ça... peut-être même régler définitivement le problème.

Rachel frémit. Il allait la tuer. Ici et maintenant.

— Non, non, par pitié, commença-t-elle.

Elle dut faire un effort surhumain pour continuer :

— Je sais qui vous êtes, je sais ce que vous avez fait et, surtout, je sais où est le couteau.

— Ton père aussi, lui fit-il remarquer.

— Et alors ? C'est moi que vous tenez, pas lui !

Dymon grommela quelques mots incompréhensibles. Elle n'avait aucune idée de ce qu'il allait faire, il n'était qu'une forme sombre au-dessus d'elle, et elle était totalement impuissante.

Tout en elle se révolta. Elle ne se laisserait pas mener à l'abattoir comme un agneau sans défense. Elle savait de quel côté d'elle se tenait Dymon et elle sentait qu'elle était sur une crête. Elle pouvait donc tenter de rouler sur elle-même et d'appeler au secours. Si ça ne marchait pas, au moins elle aurait essayé.

Elle testa le terrain, compta silencieusement jusqu'à trois, se mit en boule et se laissa glisser le long de la pente en hurlant à pleins poumons.

Dymon l'insulta copieusement. Rachel l'entendit courir, trébucher et recommencer à jurer. Puis elle se heurta à ce qu'elle supposa être les jambes de son ravisseur et s'immobilisa.

— Espèce d'idiote, hurla Dymon.

Elle eut l'impression qu'il s'apprêtait à frapper et elle se préparait à encaisser le coup lorsqu'une autre voix cria :

— Plus un geste !

Elle se serait mise à pleurer de soulagement, si elle n'avait senti le canon froid d'un revolver se presser sur son front.

Dymon était accroupi au-dessus d'elle et la tenait en joue. Si elle se débattait… il tirerait sûrement, mais elle parviendrait peut-être à le faire tomber. Ils étaient sur une colline, après tout… Le tout était de viser juste.

— Rachel…

La voix de Tucker était calme. Elle devina qu'il s'était rapproché.

— Tu te souviens de notre cours d'autodéfense ? demanda-t-il.

— Elle est incapable de se battre, riposta Dymon avec mépris. Je vais lui faire exploser la cervelle, et ensuite ce sera ton tour. Jette ton arme.

— Rachel est la seule à savoir où se trouve la preuve de votre crime, répliqua calmement Tucker.

L'entrejambe… Tucker lui avait dit de viser l'entrejambe et les yeux. Il fallait donc qu'elle se redresse et atteigne Dymon à un de ces niveaux, ce qui lui paraissait faisable.

— Curtis sait où est le couteau. Je vais tuer sa fille, puis…

La voix de Tucker s'éleva à nouveau.

— Je t'ai promis de ne plus te mentir et je vais tenir parole, Rachel. Je suis donc dans la triste obligation de t'annoncer que ton père a péri dans l'explosion du pavillon.

Elle sentit une vive douleur la traverser, qui ne l'empêcha pas de réfléchir à ce que Tucker venait de dire. Il ne lui avait jamais fait une telle promesse, au contraire. Alors ? S'agissait-il d'une ruse ? Sûrement. Son père ne pouvait pas être mort. C'était inenvisageable.

Elle envoya une supplication muette au ciel tandis que les deux hommes continuaient à s'invectiver. Ensuite, elle se concentra sur la silhouette de Dymon. Elle n'avait pas droit à l'erreur : elle devait atteindre le malfrat à l'entrejambe, sinon c'était la mort assurée, pour elle comme pour Tucker.

Tucker vit Rachel tenter de se relever. Il leva une main en signe de reddition et se baissa comme pour déposer son arme à ses pieds.

Il fallait que Rachel frappe, même une seule fois, même si elle n'atteignait pas sa cible. Un coup suffirait à faire reculer l'homme. Le dénivelé causerait sa chute ; son revolver s'envolerait et Tucker pourrait se servir du sien.

À condition toutefois que son adversaire n'ait pas déjà tiré.

— L'explosion ne devait pas faire de victimes, grommela ce dernier au terme d'un silence tendu.

Tucker continua à bluffer :

— Pour cela, il aurait fallu que tout le monde soit à l'avant du bâtiment, pas au sous-sol. Un de mes hommes était en train d'évacuer Duke, et ils ont péri tous les deux.

Si Rachel avait compris son message subliminal, ce qu'il espérait de tout cœur, elle savait que Duke était toujours en vie.

— Je ne vois pas l'intérêt de faire exploser toute une bâtisse, si ce n'est pas dans l'intention de tuer. Par ailleurs, il apparaît nettement que vous aviez infiltré North Star, alors pourquoi n'avez-vous pas emmené Duke chercher l'objet que vous convoitez ?

— J'aurais pu, répliqua l'homme avec un ricanement sinistre. Mais je tenais à finir le boulot que j'ai commencé il y a vingt ans.

— Pas si je t'en empêche !

Rachel et Tucker sursautèrent en reconnaissant la voix de Duke. Ce dernier tira alors et abattit leur adversaire.

— Papa ? demanda Rachel d'une voix saccadée.

Tucker allait déjà vers elle mais Duke fut plus rapide que lui. Il réconforta sa fille et entreprit de lui dégager les poignets, tandis que Tucker faisait de même avec ses chevilles.

Rachel se jeta dans les bras de Duke et Tucker s'éloigna

discrètement pour s'assurer que le ravisseur de Rachel était hors d'état de nuire.

Il ne trouva pas le pouls de l'homme, mais prit la précaution de le désarmer.

— Il faut qu'on s'en aille d'ici, déclara-t-il. Ce type ne travaillait sûrement pas seul.

— Non, intervint Rachel. Je l'ai entendu dire à un de ses complices qu'il peinait à m'emmener jusqu'à une voiture. Tout le monde va bien à North Star ? Dymon a aussi dit qu'il avait abattu McMillan, je…

Elle se tordit les mains, Duke les enferma dans les siennes pour la calmer et elle se remit à parler :

— Quand Shay m'a fait entrer, il y avait ce type. Il s'appelle Dymon. J'ai reconnu sa voix. C'est celle que j'entendais dans mon rêve.

— C'est bien lui ? demanda Tucker à Duke qui lui répondit par un hochement de tête.

— J'ai dû le dénoncer à McMillan, poursuivit Rachel, parce qu'il n'avait pas l'air de savoir à qui il avait affaire. Je lui ai tapé un message en morse sur le poignet et il… Dymon, je veux dire, a tiré sur McMillan. Quasiment à bout portant, alors je suppose qu'il est mort. Je me trompe ?

Elle pleurait à présent. Tucker s'approcha d'elle, la fit asseoir et lui essuya les joues avec le pan de sa chemise. Elle le remercia d'un sourire chancelant.

Tucker sentit sur lui le regard désapprobateur de Duke et décida de passer outre.

— Oui, tu te trompes. On s'occupait de lui quand je suis parti. Il devrait s'en remettre.

C'était enjoliver la réalité, cependant Tucker avait à cœur de rassurer Rachel. Elle avait utilisé l'alphabet morse pour sauver le patron de North Star et… bien qu'elle soit incroyable et pleine de ressources, il leur fallait s'éloigner au plus vite.

— Vous avez vu une voiture en montant jusqu'à nous ? demanda-t-il à Duke.

— Oui, pas très loin d'ici.

Duke aida sa fille à se relever, puis tous trois se mirent en route, les deux hommes encadrant Rachel. Le terrain était irrégulier, et la guider jusqu'à la route ne fut pas une tâche facile.

Bientôt, Tucker aperçut la route à travers les arbres. Malheureusement, elle n'était pas déserte.

— À terre, murmura-t-il en se plaquant au sol sans lâcher la main de Rachel.

— Que se passe-t-il ?

— Il y a trois hommes et une voiture garée à côté de celle qu'a empruntée Duke.

Il haussa la tête pour mieux voir la scène. Deux des individus faisaient le tour du véhicule abandonné dans un fossé, le troisième pianotait sur son téléphone.

— Je suis trop loin, dit Tucker en tentant de se redresser.

Rachel resserra son emprise sur son bras et chuchota :

— Non. Retournons plutôt au siège de North Star. Ça ne doit pas être bien loin !

Tucker n'avait aucune envie de lui annoncer qu'il ne restait plus grand-chose du pavillon et, surtout, il voulait capturer les hommes qui, de toute évidence, étaient à l'origine de l'explosion et de cette nouvelle tentative d'enlèvement. En liberté, ces criminels auraient beau jeu de revenir s'en prendre à Duke ou à Rachel.

— Donne-moi cinq minutes, Rachel, et ne bouge pas d'ici.

Là-dessus, il s'arracha à son emprise et s'éloigna dans l'espoir que Duke prenne le relais.

Il évolua en silence, en se dissimulant comme il le pouvait, jusqu'à ce qu'il soit suffisamment proche pour voir les trois hommes. Il les entendit parler sans parvenir néanmoins à comprendre leurs propos. Il se serait encore rapproché si le risque de se faire remarquer avait été moins grand.

Bien décidé à mettre Duke et Rachel à l'abri du danger avant tout, il remonta vers eux à pas furtifs.

— Ils ne sont que trois, mais ils semblent attendre que leur complice revienne avec Rachel, leur annonça-t-il.

— Vianni ! s'exclama Duke, une nuance de dégoût dans la voix.

— Ce ne sont pas les hommes de Vianni, ce sont ceux des membres du gang des Fils.

— Tu les as reconnus ?

— Ces trois-là ont des casiers judiciaires particulièrement épais. L'un d'eux a échappé à une condamnation pour viol à cause d'un problème juridique, je soupçonne le deuxième d'avoir commis le meurtre sur lequel j'enquête en ce moment, quant au troisième, il a séjourné en prison pour trafic de drogue, vol à main armée et j'en passe.

— Notre système judiciaire ne laissera jamais de m'épater, grommela Duke. Alors, qu'est-ce qu'on fait ? On les épingle directement ?

— Trop dangereux, répondit Tucker. Ils sont plus nombreux et mieux armés que nous, même si je me sers du revolver de… Dymon.

Il s'interrompit, le temps de se tourner vers Rachel. Elle n'allait pas être d'accord avec son nouveau plan, et il ne pouvait pas non plus la laisser derrière lui.

— Ramenez-la, Duke.

— Il est hors de qu…

Duke ne la laissa pas terminer sa phrase.

— Que comptes-tu faire, mon garçon ? demanda-t-il avec véhémence.

— Ces types ont trempé dans une tentative d'enlèvement, sans doute même dans l'explosion du pavillon. Je suis en droit de les arrêter.

— Seul contre trois ? Ça n'est pas l'idéal, il me semble.

— Ne vous en faites pas, je vais me débrouiller, lui répondit Tucker avant de tirer son téléphone de sa poche.

— Ah oui, et lequel de tes frères vas-tu mettre en danger, cette fois-ci ?

Il s'agissait d'une pique, toutefois, entre l'explosion et l'épisode qu'il venait de vivre, Tucker avait enfin compris ce qui lui avait échappé jusqu'alors. Quatre de ses frères s'étaient épris des filles adoptives des Knight. Trois d'entre eux avaient des enfants ou en attendaient, et ils se devraient de les protéger. En aucun cas, ils n'auraient dû risquer leurs vies…

C'était pourtant ce qu'ils avaient fait, à plusieurs reprises, au cours de l'été. Et pourquoi ?

Parce que rien ne serait vraiment réglé tant que les Fils existeraient. De sorte que plus on en arrêterait, plus on aurait de chance de tomber enfin sur celui qui entraînerait tous les autres dans sa chute.

— Tous, Duke, répondit Tucker. Tous mes frères.

21

— Il est hors de question que je reste à l'écart pendant que tu risques ta vie, répéta Rachel, sans hausser le ton alors qu'elle avait envie de hurler.

Son père la tenait fermement par le bras, et elle dut prendre sur elle pour ne pas lui reprocher d'avoir envisagé la possibilité de laisser Tucker se débrouiller seul ou avec ses frères.

— Attendez une seconde, dit Tucker.

Rachel passa d'une main à l'autre, ce qui accrut encore sa colère. De toute façon, elle n'aurait pas pu aller bien loin, en ce territoire inconnu.

— Calme-toi, Rachel, reprit Tucker. En leur qualité de policiers, mes frères peuvent procéder à des arrestations, eux aussi. Ils vont venir en renfort et peut-être trouver le moyen de porter un coup encore plus rude aux Fils. Il faut que je sois de la partie, et je ne pourrai rien faire tant que tu seras là.

Elle sentit sa gorge se serrer. Être arrivée jusqu'ici et se voir écartée ainsi, c'était… exaspérant. Aussi fit-elle une dernière tentative.

— Ce n'est pas juste ! Et moi, là-dedans ? Je n'ai rien fait, comme d'habitude !

Elle était submergée par l'émotion, à présent. Sa propre impuissance lui était devenue insupportable, tout comme l'idée qu'elle restait une charge, quoi qu'il arrive.

Les mains de Tucker se refermèrent sur ses joues, et il entreprit de lui rappeler les moments clés de sa participation. Il le fit sur un ton admiratif, sans rien omettre. Le recours de Rachel à l'alphabet morse semblait l'avoir particulièrement impressionné.

Il dut comprendre qu'il avait réussi à la calmer car il conclut :

— Côté Vianni, c'est terminé. Au tour des Fils, maintenant. Suis ton père sans faire d'histoires. Tu as largement fait ta part du travail. Maintenant, c'est à moi de jouer si tu veux bien.

Rachel n'était toujours pas vraiment d'accord avec lui, cependant elle comprenait ses motivations. Elle posa les mains sur son visage.

— D'accord, murmura-t-elle avant de poser sa bouche sur la sienne.

Il se raidit, sans doute à cause de la présence de Duke, mais peu lui importait. Il allait risquer sa vie, et elle le laissait partir.

Et puis il se détendit et lui rendit son baiser avec une ferveur prometteuse. Lorsqu'il se dégagea, elle lui dit :

— Attends l'arrivée de tes frères pour agir et reviens-moi indemne. J'ai ta parole ?

Il hésita un instant avant de serrer ses mains entre les siennes.

— Tu as ma parole, Rachel. Allez, suis ton père. Et, au passage, je te rappelle que tout cela t'a valu une énorme bosse au crâne, alors que, de mon côté, je n'ai rien du tout.

Rachel se rendit à l'évidence : Tucker ne pourrait rien faire tant qu'elle serait dans les parages et, en insistant encore, elle risquait de faire capoter l'opération. Il lui avait fait prendre conscience de sa valeur, désormais son rôle était de se tenir dans l'ombre.

— Prends soin de toi, lui dit-elle en serrant une dernière fois sa main.

À regret, elle se laissa guider par son père. Au fur et à mesure de leur progression, elle sentit sa tension retomber et la douleur envahir son corps.

— Je ne te cache pas que te voir embrasser un des fils Wyatt m'a vaguement contrarié, bougonna Duke quand ils furent suffisamment loin pour que ce dernier ne l'entende pas. J'espère que ça ne vous mènera pas là où ça a mené tes sœurs.

Si elle en avait eu l'énergie, Rachel se serait rebellée. Mais elle était trop soulagée que son père soit vivant pour lui en vouloir, aussi lui demanda-t-elle en souriant :

— Ça serait si terrible ?

— Que toutes mes filles soient confrontées au danger à cause d'eux, tu veux dire ?

— Allons, papa, dit Rachel en se renfrognant. C'est ta faute si nous nous sommes retrouvés impliqués dans cette nouvelle affaire, Tucker et moi. Si tu n'avais pas fugué…

— Je veux bien admettre ma part de responsabilité, à condition que tu reconnaisses que les Fils ont laissé leur empreinte sur la personnalité de ces garçons.

— Enfin, papa, ce couteau, celui avec lequel on m'a agressée, tu l'avais ! Et tu m'as encouragée, si je puis dire, dans l'interprétation de mon rêve, ce qui m'a fait douter de moi.

Duke continua d'avancer en silence. Rachel sentit une odeur de fumée et comprit qu'ils arrivaient à destination. Au bout d'un moment, son père reprit la parole :

— J'ai fait ce que je jugeais bon à l'époque. Je suis désolé que ça t'ait coûté la vue, ma chérie. Tu ne peux pas savoir… Je voulais assurer votre sécurité à toutes. J'étais sous la protection de WITSEC depuis huit ans quand mes ennemis m'ont retrouvé. J'avais refait ma vie. J'avais ta mère, je t'avais toi et j'avais tes sœurs. Fuir m'aurait obligé à abandonner tout ça, ce que j'ai refusé. Pour rester, il me fallait quelque chose de plus fort que le protocole de protection, et ce couteau m'est apparu comme une sorte d'assurance vie ; comme le meilleur moyen de tenir mes adversaires à distance.

— Alors, tu as laissé partir mon agresseur ?

— Il s'est enfui. J'ai dû t'emmener à l'hôpital, de sorte que je n'ai pas pu le pourchasser. En revanche, j'ai réussi à ramasser tout ce qu'il avait laissé derrière lui, dont ce couteau qui a servi mon projet.

— Jusqu'à maintenant, lui fit remarquer Rachel. Que s'est-il passé ?

— J'ai reçu des menaces, à peine voilées, au début du mois, et je me suis adressé à McMillan. Son père était à la tête de WITSEC quand on m'a délocalisé, et nous étions devenus amis. Il m'a conseillé de demander l'aide de l'organisation de Granger pour essayer de comprendre. À ma connaissance, tous les Vianni étaient morts ou incarcérés. Granger a découvert un lien entre le gang Vianni et les Fils, et il m'a convoqué.

— Tu es allé le voir de ton plein gré, souligna Rachel.

— Plus ou moins. Ma priorité était de vous protéger et il m'est apparu que, pour cela, je devais disparaître pendant quelque temps. J'étais en possession de la preuve, je pouvais l'utiliser au besoin, et je comptais sur McMillan pour m'aider à la remettre à qui de droit. Mais avant, je voulais être sûr qu'il était digne de confiance. J'avais des doutes, tu comprends ? Je les ai toujours, d'ailleurs.

— Il a été abattu par Dymon. Je l'ai informé que c'était l'homme que je voyais dans mes cauchemars, et il m'aurait aidée si Dymon ne lui avait pas tiré dessus.

— Ton agresseur était le fils de Vianni, expliqua Duke. McMillan l'a embauché dans l'espoir de le retourner. Granger m'a parlé d'un certain nombre de petites frappes avec lesquelles je n'avais jamais eu aucun contact, et je n'ai pas reconnu celui que tu appelles Dymon. On suppose qu'il a eu recours à la chirurgie plastique quand il a changé d'identité, car il était censé avoir été exécuté par un tueur à gages, tout de suite après ton agression, probablement parce qu'il avait échoué dans sa mission. C'est quand tu m'as dit avoir reconnu sa voix que j'ai compris. Bref. Je ne prétends pas avoir anéanti le gang Vianni dans son ensemble, cependant les membres de la famille que j'ai fait enfermer sont tous morts. On ne devrait plus en entendre parler.

— Si ce n'est que Tucker s'est mis en tête de porter un dernier coup aux Fils, lui fit remarquer Rachel avec amertume.

— C'est un Wyatt, que veux-tu ? Comme ses frères, il ne renoncera pas tant que le gang des Fils existera, et tant qu'Ace sera en vie, même en prison. C'est le prix à payer quand on se commet avec un Wyatt.

— Tu n'as pas pu fermer les yeux devant l'injustice, tu as refusé de fuir quand ton acte de bravoure est redevenu une menace…

Rachel reprit son souffle avant de poursuivre :

— Je sais que tu aimes profondément les fils d'Ace Wyatt, et je comprends que tu sois aussi protecteur avec nous, tes filles, cependant c'est toi qui nous as donné l'exemple. Dès lors, il me paraît logique que nous l'ayons suivi, même sans connaître les détails de l'histoire.

Duke ne dit rien pendant un long moment puis, au lieu de prendre le bras de Rachel, il lui posa une main sur les épaules et la fit pivoter sur elle-même.

— Il faut que tu te fasses soigner la tête, déclara-t-il en plantant un baiser tout près de la bosse qui enflait entre ses yeux.

Soudain, Rachel se sentit apaisée. Elle avait toujours eu peur pour Tucker et pour ses frères, bien sûr. Elle continuait à espérer que McMillan se remette de sa blessure, mais son père était là, sain et sauf, et au moins un des aspects du problème était réglé.

Il fallait maintenant que Tucker s'occupe du sien et lui revienne sain et sauf, lui aussi.

Tucker avait la ferme intention de tenir sa promesse. Malheureusement pour lui, ses trois cibles s'étaient lassées d'attendre le quatrième larron et semblaient sur le point de repartir.

Jamison et Cody pouvaient arriver en dix ou vingt minutes, les trois autres étaient beaucoup plus loin, et ce groupe-là comportait deux convalescents : Dev et Brady.

Tucker décida de ne pas se cacher tandis que les hommes remontaient la colline. Il avait promis à Rachel de ne rien tenter avant l'arrivée de ses frères. Une véritable gageure car lorsque deux des individus s'étaient lancés à sa recherche, le troisième était resté sur la route pour fouiller la voiture que Duke y avait abandonnée.

Pourtant, Tucker resta tranquille et, gardant son revolver à portée de main, écouta leur conversation.

— Les hommes de Vianni sont de vrais abrutis, dit l'un d'eux. J'en ai déjà marre de passer derrière eux pour réparer leurs bêtises.

— En même temps, on ne pouvait pas refuser. Il y a trop d'argent en jeu et tout s'écroule autour de nous.

Son acolyte lui répondit par une boutade qui les fit rire tous les deux de bon cœur.

Tucker se serait sûrement laissé influencer par l'humeur légère de ses proies s'il n'avait pas eu connaissance de leurs casiers judiciaires. Ces types étaient des monstres, du moins, ce qu'ils s'apprêtaient à faire était monstrueux.

Ils se rapprochaient dangereusement, et les frères de Tucker étaient en route, il le savait.

— Ce fils de... quel fainéant ! Même pas fichu de traîner la fille jusqu'ici !

— Détrompez-vous, il y est arrivé, leur annonça Tucker d'un ton jovial.

Les deux hommes pivotèrent sur eux-mêmes en dégainant, l'un un revolver, l'autre un couteau.

Celui que Tucker connaissait sous le nom de Justin Hollie lança d'un ton chargé de mépris :

— Un Wyatt… Ton laissez-passer est périmé, mon gars. Nous ne sommes plus censés épargner les rejetons d'Ace.

Tucker s'était attendu à tout sauf à ça.

— Ah ouais, et pourquoi ?

— Tu n'as pas entendu la nouvelle ? Tu es bien le seul ! Ace est mort en prison. Plus la peine de s'en prendre à nous, c'est fini pour lui. Cela dit, je suis raisonnable et je te propose un marché : on te laisse partir et tu nous fiches la paix.

— Mort en prison, Ace ? répéta Tucker, sidéré. Je ne vous crois pas.

— Ça m'est égal, je te disais ça pour que tu saches qu'il n'y avait plus rien pour toi, ici.

Tucker n'avait toujours pas digéré la nouvelle de la mort de son père. Il lui semblait impossible qu'Ace Wyatt ait eu une fin aussi banale, lui qui était le mal incarné.

Comme les deux hommes qui lui faisaient face ne valaient guère mieux, il leur répondit :

— Il se trouve qu'à mes yeux les explosions, les meurtres et les enlèvements ne sont pas rien. Le viol non plus, ajouta-t-il en jetant un regard appuyé à celui qu'il avait identifié comme étant Travis Clyne, l'individu qui avait échappé à la justice à la suite d'une erreur de procédure.

— Là, tu es mort, répliqua Clyne avant de mettre Tucker en joue.

Il le visait toujours lorsqu'un coup de feu déchira l'air. Sans faire de dégâts a priori, mais Cody et Jamison apparurent aussitôt et se positionnèrent de part et d'autre des membres du gang.

Celui qui était armé d'un couteau se précipita sur Jamison. Tucker fut forcé de tirer et fit hurler sa cible.

Cody frappa Clyne au visage pour l'obliger à lâcher son revolver. Le troisième homme, sûrement alerté par le tumulte, surgit à son tour, vit les frères Wyatt se tourner vers lui, l'arme au poing, et laissa tomber la sienne.

Tucker lui ordonna de s'agenouiller, puis entreprit de le ligoter avec les menottes que lui tendit son frère, tandis que Jamison et Cody s'occupaient des deux autres.

— Encore indemne, fit remarquer Cody en secouant la tête d'un air désabusé. Tu as une sacrée veine, Tuck !

Tucker laissa échapper un rire étranglé.

— Je sais. Ça m'a miné pendant un bon moment, mais je crois avoir fini de me sentir coupable.

Cody se chargea d'appeler son supérieur pour lui faire part des derniers événements, puis Tucker dut se résoudre à aborder avec ses frères le sujet de leur père.

— D'après eux, Ace a été tué en prison, annonça-t-il.

Cody et Jamison échangèrent un regard entendu.

— Il paraît, oui. Gage allait vérifier l'information quand j'ai reçu ton message, répondit Cody. On lui a dit de rester où il était pendant qu'on venait t'aider.

— Et vous, vous vous imaginez qu'il vous a écoutés ?

— Les hommes du comté me préviendront s'il essaie de venir nous rejoindre, dit Jamison avec un petit sourire narquois.

— Vous pensez qu'Ace est vraiment mort ? demanda Tucker.

Ses deux frères changèrent d'expression. Cody haussa les épaules pour lui signifier qu'il n'en savait rien, tandis que Jamison se passait une main sur la nuque, avant de répondre :

— Je ne sais trop que penser. Je suggère qu'on attende l'arrivée de mes collègues et qu'on aille s'assurer que tout va bien pour Duke et Rachel.

— Le groupe North Star a pris un sacré coup, fit remarquer Tucker à Cody.

— Oui, ils sont tous en chemin pour l'hôpital. Nina se charge d'aller récupérer Duke et Rachel.

— Il faut que Rachel voie un médecin.

— Nina s'en occupera, ne t'inquiète pas.

Tucker acquiesça d'un air sombre. La possibilité que le tristement célèbre Ace Wyatt ait passé l'arme à gauche continuait à le perturber.

— S'il est mort, ça veut dire… que c'est fini.

— Nous sommes des représentants de la loi, lui rappela Jamison. Tant que les Fils des Badlands seront en mesure de faire du mal autour d'eux, ce ne sera pas fini.

— En revanche, notre filiation et ce qu'elle impliquait pour nous sur le plan émotionnel, tout ça, c'est terminé. Il ne pourra plus nous nuire.

— Eh bien, espérons qu'il a péri comme il le méritait : brisé, incarcéré et sans que personne n'en parle, déclara Cody.

Tucker réfléchit au propos de son frère. Ça lui paraissait à la fois incroyable et pertinent. Pas de tapage, pas de fin spectaculaire, rien qui puisse évoquer une intervention divine ou inspirer d'éventuels admirateurs. La hantise d'Ace, qui redoutait tant une disparition dont personne ne se souviendrait.

Tucker se tourna vers ses frères et leur sourit franchement.

Oui, il espérait lui aussi que la planète était débarrassée d'Ace Wyatt.

Épilogue

Il y eut tout de même un certain tapage. Officiellement, les Wyatt et les Knight ne célébrèrent pas la mort d'Ace, mais les raisons de se réjouir ne manquaient pas : Duke était sain et sauf, Brady guérissait vite, et Felicity venait d'apprendre qu'elle donnerait naissance à une petite fille.

Rachel savait néanmoins que ces réjouissances étaient, au moins en partie, dues à la certitude que l'homme qui leur avait fait tant de mal au fil des ans n'était plus.

Mamie Pauline avait préparé un festin, tout le monde s'était serré autour de sa table et les conversations allaient bon train. Même Dev était souriant. Un vrai bonheur, et la meilleure des réunions familiales dont se souvienne Rachel.

Son père était indemne, personne n'avait été blessé, pour une fois ; les hommes arrêtés par Tucker et ses frères avaient accepté de parler, ce qui avait entraîné d'autres arrestations et un raid de la police fédérale sur le quartier général des Fils. À défaut d'être totalement démantelé, le gang avait subi d'énormes pertes.

Et surtout, Ace Wyatt était mort, de sorte que ses fils paraissaient… plus légers. Un peu décontenancés, certes, mais soulagés.

Après le repas, personne n'eut l'air pressé de repartir. Même Duke et Sarah qui devaient s'occuper du ranch s'attardèrent.

— Va donc voir sur le porche si j'y suis, chuchota mamie Pauline à l'oreille de Rachel.

— Pour quoi faire ?

— T'occupe. Fais ce que je te dis.

Intriguée, Rachel s'exécuta et sortit dans la fraîcheur de la nuit tombante.

— Rachel, tu rentrais te coucher ? Toute seule ?

Tucker. Rachel sourit intérieurement. Il avait dû s'éclipser, et mamie Pauline l'avait envoyée aux nouvelles.

— Non, rassure-toi, répondit Rachel en s'avançant vers lui, guidée par sa voix. Que fais-tu seul ici ? s'enquit-elle.

Il mit un moment à répondre :

— Je ne sais pas trop. Tout le monde est si heureux… Je le suis aussi, pourtant ça me fait un drôle d'effet. Je suis content pour vous, content pour mes frères et pour moi, ravi que l'ombre d'Ace ne pèse plus sur nous et que nous puissions enfin vivre en paix… La seule chose qui me perturbe, c'est que j'avais toujours pensé que sa mort serait médiatisée et qu'il soit parti comme ça… Bref, je suis à la fois heureux et un peu perdu.

— C'est ton droit, lui répondit Rachel. Il me paraît normal que tu sois partagé, et tes sentiments concernant ton père n'appartiennent qu'à toi.

— Tu as sûrement raison, ma belle.

Il lui posa un bras sur l'épaule, et Rachel passa les siens autour de sa taille. En soupirant d'aise, elle se laissa aller contre lui et déclara :

— Tu es un homme merveilleux, doté d'un cœur d'or, Tucker. Tu ne peux pas savoir à quel point je me réjouis que tu n'aies rien eu.

— On s'en est tous bien tirés : Granger McMillan sort de l'hôpital demain…

— Et Shay n'a pas perdu son emploi, finalement, acheva Rachel.

— Bref, tout est bien qui finit bien, conclut Tucker.

Elle réfléchit un instant avant d'objecter :

— Je ne suis pas d'accord avec toi. Ce n'est pas une fin en soi, c'est la vie qui suit son cours, avec son lot d'épreuves et de bons moments.

— Les bons moments..., répéta Tucker d'une voix songeuse. Parlons-en. Il y en a au moins un dont nous n'avons pas encore profité. Je ne t'ai jamais proposé de passer une soirée avec moi, par exemple.

— Passer une soirée avec toi ? Tu me fais des avances ?

— Ça ressemble même à un rendez-vous amoureux, si je puis me permettre.

Rachel sentit son cœur s'emballer. Tucker et elle n'avaient pas eu le temps de parler de ce qui s'était passé entre eux, sur le plan personnel. Elle était trop inhibée pour cela, trop inquiète pour aborder le sujet. Et voilà qu'il lui proposait une sortie en amoureux.

— Permets-toi, permets-toi, lui répondit-elle d'un ton léger.

— Demain soir ?

— Il faut que je vérifie mon agenda.

Tous deux se tinrent cois dans l'obscurité pendant un long moment. Un moment d'apaisement, de sérénité, au cours duquel Rachel se fit un résumé de la situation.

Tucker était un homme intègre, il allait l'emmener dîner quelque part, avancer à son rythme, soit pas à pas, et elle savait déjà qu'il prendrait leur relation au sérieux. Former un couple stable... Rachel se plaisait à croire que c'était ce qu'il leur fallait, après toutes ces épreuves.

Elle pivota sur elle-même pour enrouler les bras autour du cou de Tucker.

— Encore une fois, Tucker Wyatt, tu es un type bien. Tes frères aussi, et la mort d'Ace n'a rien à voir là-dedans. Vous avez toujours lutté contre lui, et que vous ayez été blessés au cours de votre lutte ou que vous en ayez réchappé n'a aucune importance. J'espère que tu en as enfin conscience.

— J'y arrive tout doucement, et j'avoue que c'est bon à entendre.

— À mon avis, tu ne vas pas tarder à t'apercevoir qu'une des qualités des filles Knight est de vous valoriser comme vous le méritez.

— Heureusement que j'en ai trouvé une, alors !

— Je ne te le fais pas dire.

Sur ces mots, Rachel se hissa sur la pointe des pieds pour embrasser Tucker. Et s'émerveilla : c'en était fini de la peur, du stress, des contraintes. Ils étaient seuls au monde.

Elle sentit l'emprise de Tucker se resserrer, sans que leur étreinte prenne un tour plus passionné. Il leur restait à se découvrir, et ils avaient toute leur vie pour cela.

Ils s'étaient trouvés, et débarrassés en même temps d'années de terreur, d'inquiétude et de nuages menaçants.

C'en était fini des soucis, et il ne leur restait plus qu'à apprendre à se connaître mieux, en tant que simples amis d'abord, et à parvenir à vivre ensemble, entourés par leurs familles respectives.

Pour être heureux jusqu'à la fin de leurs jours.

Retrouvez prochainement,
dans votre collection

BLACK ROSE

Une héritière dans la tourmente, de Lena Diaz - N°672

LES JUSTICIERS - 3/4

Le cœur battant, Harper se prépare à affronter l'homme qui depuis six ans hante ses rêves : Gage Bishop, qui était alors son garde du corps personnel. Gage dont elle était follement amoureuse et que son père a renvoyé en apprenant qu'elle attendait un enfant de lui. Gage enfin dont elle a besoin aujourd'hui car un complot est en train de se tramer contre elle. Une sourde menace dont lui seul saura la protéger…

Dans l'ombre du secret, de Cindy Dees

Quel secret cache Anna, la jolie serveuse que Brett vient de secourir lors d'une attaque à main armée ? Et pourquoi le sourire qui illumine son visage fait-il place à une poignante expression de détresse dès que l'on prononce le nom de son défunt mari ? Bien décidé à élucider ce mystère, Brett découvre bientôt que la belle-famille d'Anna s'acharne sur elle, multipliant contre elle menaces et agressions…

Protection risquée, de Marie Ferrarella - N°673

Intrépide, insolente, indépendante… Décidément la journaliste Krys Kowalski a tout pour étonner l'inspecteur Morgan Cavanaugh. D'autant qu'elle mène deux enquêtes de front : l'une pour déjouer les malfaçons d'un laboratoire peu scrupuleux, l'autre pour retrouver un *serial killer* surnommé « Barbe-Bleue ». Deux investigations à hauts risques dans lesquelles il est censé tenir le rôle du garde du corps…

Unis par le mensonge, de Cindi Myers

Mari et femme ! En apprenant que Jace Cantrell et elle vont devoir jouer au couple parfait dans l'enquête sous couverture qu'ils mènent ensemble, Laura a bien du mal à cacher son désarroi. Car non seulement Jace et elle ont des méthodes de travail radicalement opposées, mais elle n'est pas sûre en outre de réussir à feindre d'être une épouse aimante. Un rôle de composition qui les mettra en danger de mort si leur mensonge est découvert…

Retrouvez prochainement,
dans votre collection

BLACK ROSE

Le bébé de la discorde, de Nicole Helm - N°674

La peur au ventre, Dev Wyatt comprend que le moment est venu pour lui de révéler ses secrets. En effet, il y a urgence car, surgi du passé sombre des Wyatt, un homme, un frère inconnu de tous, vient de réapparaître et menace toute la famille. À commencer par Sarah Knight. Sarah la meilleure amie de Dev. Sarah qu'il aime depuis toujours et à qui, sans jamais le révéler à quiconque, il a accepté de faire un bébé...

Une mystérieuse révélation, de Rachel Lee

« Les crimes vont recommencer... » Alors qu'il prépare une émission sur des phénomènes paranormaux, Steve Hawks rencontre un médium qui lui fait cette stupéfiante prédiction. Bientôt, en effet, un double meurtre est commis en ville. Entraînant avec lui Candy Serrano, la policière chargée de le protéger et qui ne cache pas son scepticisme concernant le surnaturel, Steve mène l'enquête et se retrouve plongé en plein mystère...

Un enfant en péril, de Carol Ericson - N°675

« Dévalisez cette bijouterie, ou vous ne reverrez jamais Bobby. » La peur au ventre, Deb s'enfuit du magasin qu'elle vient de braquer. Mais, en reconnaissant celui à qui elle doit remettre son butin, elle étouffe une exclamation de surprise. Car, à la place du malfaiteur qui séquestre son petit garçon, se tient Beau Slater. Beau, avec qui elle a vécu une brève histoire d'amour et qui lui promet de retrouver Bobby. Sans même savoir qu'il est son fils...

La plus troublante des promesses, de Carla Cassidy

En se réveillant à l'hôpital après avoir été victime d'une violente agression, Lizzy est sous le choc. Qui pourrait vouloir la supprimer ici, à Grady Gulch, la petite ville où elle s'est arrêtée pour quelques semaines ? Daniel Jefferson – un cow-boy séduisant dont elle a fait la connaissance quelques jours plus tôt, et qui est loin de la laisser indifférente – le découvrira, il lui en fait la promesse...

Retrouvez prochainement,
dans votre collection

BLACK ROSE

Une vérité dangereuse, de Paula Graves - N°676

« Le nom des Cumberland est mal vu ici... » Interloquée, Dana dévisage Walker, le détective qui vient de lui faire cette révélation. Poussée par la curiosité, elle se renseigne et fait une découverte stupéfiante : bien avant son mariage, sa mère aurait eu un petit garçon, mort à la naissance. Folle de douleur, elle aurait alors volé le bébé d'une autre femme, héritière d'une riche famille de la région...

Un cœur en détresse, de Rita Herron

Récupérer Ryan sain et sauf... pour Brianna, c'est tout ce qui compte depuis que le bébé de sa meilleure amie – dont elle a la garde depuis sa mort – a été enlevé. Et tant pis si, pour le retrouver, elle doit collaborer avec Derrick McKinney, l'inspecteur chargé de l'affaire qui l'a humiliée des années plus tôt en la repoussant alors qu'elle venait de lui avouer son amour...